KB190387

갈증

갈증

후카마치 아키오 지음

양억관 옮김

잔

차례

프롤로그

수건으로 흠뻑 젖은 얼굴을 닦고 시동을 건다.

와이퍼를 움직여 앞 유리창에서 물기를 걷어 낸다. 바람에 날리는 빗방울이 끊임없이 유리창을 때린다. 어둠과 가로등 불빛이 녹아들어 시계는 거의 제로에 가깝다.

무선으로 센터와 연락을 취한다. 여행을 떠난 계약자의 집 창은 제대로 잠기지 않았다. 비바람에 창이 저절로 열려 경보기가 오작동을 일으킨 듯하다고 전한다. 오늘 밤 이런 똑같은 대사를 대체 몇 번이나 되뇌었을까.

8월. 태풍 시즌이 평년보다 빨리 닥쳤다. 밤이 되면서 습기와 열기가 한층 더해졌다. 경비원 임무가 예년에 비해 더 바빠졌다. 바람에 날린 나뭇가지와 새들이 빌딩이나 주택 유리창에 그냥 부딪친다. 그때마다 센서가 비명을 질러 댄다. 저녁나절 이후로 한 번도 사무실에 들어가지 못했다.

눈 아래 짙은 그늘이 떠올랐다. 야근이 몸에 부담을 주기 시작했다. 한 손으로 핸들을 잡고 뭉친 어깨를 주물러 풀어 본다. 액셀러레이터를 밟는 발이 무겁고 나른하다. 눈 안쪽에서 응어리 같은 걸 느낀다. 초점을 맞추는 것조차 힘들 때도 있다. 나이가 들었다.

남자는 체념 섞인 한숨을 내쉬었다.

무선이 다시 새로운 경보 작동을 알린다. 넌덜머리가 난 지도 오래다. 그렇지만 마이크를 잡고 출동을 알린다. 전원 풀가동이라 불평도 할 수 없다. 밥 먹을 시간조차 없다. 벌써 새벽 2시가 지났다.

파이브마켓 후카사쿠점. 24시간 편의점이다. 지금 남자가 위치한 히가시오미야에서 바로다. 국도 16호선 가까운 주택지에 위치한 가게. 무선은 벌써 가까운 경찰서에 연락을 해 두었다고 전한다.

시파. 아는 얼굴을 만날지도 모른다고 남자는 생각했다.

구획 정리 중인 신흥 주택지에 이르렀다. 편의점의 오렌지색 조명이 빗줄기 너머로 뿌옇게 보인다. 보라색 유충등 곁에서 경보 작동을 알리는 붉은색 램프가 돌아간다. 주차장에 차가 두 대, 가게 벽 앞에 스쿠터가 섰다.

밴을 주차장에 대고 뒷좌석에 던져 둔 헬멧을 쓴 다음 문을 연다. 비스듬히 몰아치는 빗줄기가 소리를 내며 방풍 마스크에 닿는다. 젖은 깃이 물기를 더 빨아들여 목덜미에 착 달라붙는다.

털이 곤두선다.

강한 비바람 속에 가게 문은 활짝 열린 채였다. 젖은 리놀륨 바닥, 입구 가까이 진열된 신문도 검게 젖었다. 인기척이 없다. 카운터에 점원도 없다. 아직도 빗속에 섰다는 것을 깨닫고 황망히 안으로 발을 들이민다. 허리에 찬 경찰봉을 빼든다. 입구 발판을 밟자 빗물이 위로 올라온다.

남자는 숨을 죽이고 다가가 카운터 안을 엿본다. 숨을 딱 멈춘다.

빨간 제복 차림의 청년이 웅크리고 있다. 청바지가 검게 변색되었다. 바닥에 피가 고였다. 계산대와 카운터에 손가락으로 빨간 페인트를 그은 듯한 흔적이 있다. 계산대 서랍은 활짝 열린 채였고, 동전이 주변에 흩어졌다.

남자는 카운터 안으로 몸을 기울인다. 말을 걸려 하다가 그만둔다. 피와 배설물 냄새가 진하게 코를 찌른다. 제복의 아랫배 부분이 그 아래 티셔츠와 함께 날카롭게 그어졌고, 청년은 흘러내린 내장을 끌어안은 듯한 자세로 등을 둥글게 말았다. 저항한 흔적인 듯 제복 여기저기가 찢어지고 터지고, 붉은 입을 크게 벌린 채 팔과 가슴의 상처, 지방과 핑크빛 살이 드러났다.

뒤편 선반에 놓였을 게임 소프트웨어와 DVD가 바닥에 떨어져 피에 젖었다. 처참한 광경에 어울리지 않게 가게 안은 팝 뮤직의 멜로디와 오뎅 냄새로 가득하다. 따끈한 오뎅 국물과 죽음의 비린내에 남자는 욕지기를 느꼈다.

"어이."

남자가 청년에게 달려간다. 달리다가 가게 구석에서 쓰러진 사람 머리 같은 것을 본다. 질끈 묶은 갈색 머리 중년 여자가 바닥에 나뒹굴었다. 노슬립에 반바지, 소박한 차림새다. 바구니가 굴렀고 마른안주와 페트병 같은 것들이 흩어졌다.

무릎을 꿇고 말을 건넨다. 그 순간 얼굴을 찌푸릴 수밖에 없는 악취를 맡는다. 핏발 선 눈알이 바깥으로 튀어나왔다. 바닥에 닿을 만큼 축 늘어진 혀. 목에는 보라색으로 졸린 흔적이 있다. 사타구니가 흥건히 젖었다.

남자는 가게 안을 반바퀴 돌았다. 유제품 선반에 기댄 안경 낀 소년. 실 끊어진 꼭두각시 인형처럼 팔을 축 늘어뜨린 채 꼼짝도 하지 않는다. 하얀색이었을 순면 탱크톱이 검붉게 변색되었다. 목에 커다랗게 벌어진 상흔. 마치 요괴 같은 미소. 가슴 몇 군데 구멍이 뚫렸고 주변은 스프레이 깡통이라도 부순 듯 피보라에 물들었다. 붉은 핏방울을 매단 빵, 우유, 치즈, 시리얼.

"아무도!"

시체에는 면역이 있다. 그런 남자의 목소리에도 불안과 공포의 색깔이 뒤섞였다. 스멀스멀 일어나는 악몽을 떨쳐 내고 뒤쪽으로 통하는 문을 발로 찬다. 정체 모를 공포와 흥분에 휩싸인다. 콘크리트와 철골이 드러난 좁은 창고. 주스와 컵라면 상자 따위가 가득 쌓였다. 아무도 없다는 것을 확인하고는 안도하면서도 낙담한다. 헬멧 차양을 올리고 이마에서 떨어지는 땀을 소매로 닦는다.

오토바이 엔진 소리가 다가온다. 뒤편 공터로 나선다. 제복 차림 경찰관 둘이 나타났다. 검은 비옷을 걸친 젊은 경찰이 입구에 돌처럼 굳은 채 섰다. 다른 하나는 배가 나오기 시작한 30대. 아는 얼굴이다. 역전 파출소에 근무하는 경찰이다.

그를 향해 고개를 끄덕인다. 젊은 경찰이 카운터 안 점원을 보자마자 소녀처럼 새된 비명을 내지른다. 중년 경관이 무전기 마이크를 잡으면서 절박한 목소리로 외친다. 몇 십 분만 지나면 주차장에는 경찰차량이 가득 들어찰 것이다.

남자는 울적했다. 기동대, 거기에 강력계와 관할서. 대체 아는 얼굴을 몇이나 보게 될까. 피와 내장과 배설물이 뒤섞인 살인의 냄새에서 벗어나려 가게를 나온다. 굵은 빗줄기를 뚫고 걸어간다. 헬멧을 벗고 차의 무선 마이크를 잡는다. 드센 빗소리를 지울 듯한 기세로 사이렌 소리가 고막을 뒤흔든다.

갈증

1

땀이 눈을 파고든다.

후지시마 아키히로는 소매로 얼굴을 닦았다. 태양과 아스팔트의 반사열이 사정없이 몸을 달궜다. 길 위 후지시마의 뚜렷한 그림자 위에 땀방울이 떨어진다. 사이타마시 오나리초의 대형 쇼핑센터 한구석. 가게 입구 가까이 설치된 현금인출기에서 현금을 회수한다. 그것이 젊은 나카가와의 업무다.

키 180센티미터의 후지시마가 경찰봉을 들고 주위를 둘러보며 경계를 선다. 헬멧, 재킷, 홀스터를 비롯한 완전무장 태세가 그를 열지옥에 빠뜨린다.

가게 현관 앞에 매달린 자그만 종이 자동문이 열릴 때마다 시원스럽게 울린다. 멀리 떨어진 공원에서 가을을 알리는 듯 매미가 맥빠진 울음소리를 낸다. 특별 할인 행사가 열리는 날의 저녁나절. 수백 대를 수용하는 콘크리트 평원은 아지랑이를 피어 올리며 밀려드는 차량에 묻혔다. 차가 곁을 지날 때마다 몸을 부르르 떨어야 할 만큼 열기를 느낀다. 나카가와는 현금을 케이스에 넣고 자동인출기를 잠근다. 은색 현금수송차에 올라탄다.

에어컨을 최고로 올린다. 유리창 너머로 파고드는 자외선이 피부를 찌른다. 땀이 청색 제복에 문양을 그려 낸다. 담배를 물고 차 안을 연기로 가득 채운다. 니코틴과 곰팡내로 좁은 공간에 가득 찬 땀 냄새를 희석시킨다. 두 사람 다 말이 없다. 현금 회수가 끝나긴 했지만 오늘도 야근이 기다린다.

침묵을 더는 견딜 수 없었는지 나카가와가 라디오를 켠다. 후지시마가 넌더리를 내며 혀를 찬다. 흘러나오는 뉴스가 그 사건을 다루기 때문이다.

세 명이 살해당한 편의점 강도 사건이었다. 또는 강도로 위장된 대량 학살 사건이다. 벌써 일주일이나 지났는데도 경찰은 용의자조차 특정하지 못했다. 라디오는 짧게 그 사건을 다루고 다음으로 넘어갔다. 빨리도 뉴스의 가치를 잃어버린 것이다. 소비되는 특종. 별것도 아닌 돈 때문에 세 명을 잔인하게 죽였다. 경찰이 슬쩍 냄새를 피우자 매스컴은 아시아계 외국인의 범행이라는 추측 보도를 냈다. 그러나 그것도 언제 그랬냐는 듯 지워져 간다. 외국인에 대한 편견과 배척이라는 문제로 화제의 중심이 바뀌어 가고 있었다.

"오늘도 형사가 와 있지 않을까요?"

나카가와가 입을 열었다.

"글쎄."

후지시마는 울적한 눈길로 바깥을 바라보며 관심 없다는 듯 대답했다.

"범인은 과연 누구일까요?"

"글쎄."

"그거, 역시 외국인일 겁니다. 8만 엔 정도였다고 하잖아요. 그
런 푼돈 때문에 세 명이나 죽이다니 우리 감각으로는 좀 무리죠.
그 자식들 대체 무슨 생각을 하는 걸까요?"

그 사건이 머릿속에서 떠나지 않는다. 동물적인 비린내와 얼빠
진 배경 음악이 뇌리에 달라붙어 떨어지지 않는다. 후지시마는 사
건의 첫 발견자다. 일주일 동안 몇 번이나 꿈에서 그들을 보았다.
그로테스크한 상처와 흘러내린 내장, 늘어진 혀. 그 기억을 지우
려고 다량의 수면제를 털어 넣었다. 목격자 없음. 증거 없음. 피살
자 세 사람의 공통점 없음. 단독범인지 복수범인지도 발표되지 않
았다. 피해자 숫자와 동수 또는 그 이상. 아니 단독범. 매스컴은 제
멋대로 기사를 갈겨 댄다.

한 사람이 가게 안으로 들어오자마자 카운터 점원을 찔러 버린
다. 다른 하나는 소년을 쫓아가서 목을 긋고 가슴을 찌른다. 중년
여자는 비명을 지르며 바구니를 내던지고 도망친다. 세 번째 범인
이 입구에서 여자를 막아섰다가 둔기로 머리를 내려친다. 끈으로
목을 조른다. 그런 범행을 혼자서 했다. 둘이서 했다. 아니 다수가
했다. 납득할 만한 정보는 없었다.

두 가지 분명한 사실은 있다. 범인은 냉정했다. 세 사람을 도살
한 후 CCTV 기록을 지워 버렸다. 경보를 울린 사람은 점원이다.
마지막 힘을 짜내 버튼을 눌렀을 것이다. 경보기가 몇 분만 더 빨
리 울렸더라면 네 번째 희생자는 아마도 후지시마였을 것이다. 식

은땀이 솟구치면서 소름이 돋았다. 그렇게 죽음을 가까이 느낀 적이 없었다.

신호가 빨강으로 바뀌자 나카가와는 기어를 중립에 놓았다.

"그렇지만 후지시마 씨, 우린 정말 재수 없어요. 담당 구역이 너무 넓다 보니까 이런 꼴을 당하기도 하는 겁니다. 이거 정말 너무 위험해요."

"나라고 좋아서 하는 건 아니잖아."

"후지시마 씨, 소장하고 잘 통하잖아요."

경비 회사에 자리를 얻은 지 아직 1년도 되지 않았다. 그런데도 후지시마는 사이타마의 동쪽 구역 대부분을 맡고 있었다. 체력이 뛰어난 베테랑이라도 감당하기 힘든 양이다. 소장은 가벼운 어투로 후지시마라면 충분히 감당할 수 있을 것이라고 호언했다. 소장하고는 궁합이 안 맞다.

나카가와가 몸을 앞으로 기울이며 말했다.

"그런데 진짜 어떻게 된 겁니까?"

"뭐가?"

"제발요, 좀 가르쳐 주세요. 옛날 동료들한테 아무 말도 듣지 못했습니까? 나, 외국인이라는 데 2만 걸게요."

후지시마는 피우던 담배를 꽁초가 넘쳐나는 재떨이 속에 꽂아 넣었다.

나카가와가 말을 이었다.

"후지시마 씨도 알고 싶어 견딜 수 없잖아요. 그 사건을 다룬 신문이며 잡지 모조리 읽지 않습니까? 옛날 그 시절의 피가 끓어오르는 거 아닙니까?"

나카가와는 야비한 웃음을 흘렸다. 하나같이 후지시마를 깔봤다. 그러나 아무래도 좋았다. 그는 마냥 사람 좋은 웃음을 떠올렸다. 정신과 의사에게 처방받은 신경안정제가 그에게서 분노의 싹을 아예 잘라 버린 탓이다.

"애석하게도 그쪽하고는 완전히 인연을 끊어서 말이야."

"그래도 옛날 일을 잊기 힘들 텐데요."

"애써 잊으려고 해."

"추리라도 해 보세요. 대단한 솜씨였다고 들었는데요."

"그런 인간이 여기서 이러고 있겠어?"

"하긴 뭐 그렇기도 하네요."

나카가와는 노골적으로 실망스런 표정을 떠올리며 핸들을 다시 잡았다. 신호가 바뀌자 힘껏 액셀러레이터를 밟는다. 그러다 앞차와 거리가 확 줄어들자 급브레이크.

"험하게 몰지 마."

후지시마는 다시 담배를 물고 창밖으로 눈길을 던졌다. 거칠게 차를 몰면서도 정해진 노선을 따라간다. 도호쿠 간선을 가로질러 오미야공원을 휘감아 돈다. 공원 경륜장에서 돌아가는 사람들이 보인다. 맥주병이며 청주병을 든 남자들이 여기저기 바닥에 퍼질러 앉았다. 주저앉아 술을 마시는 자신의 모습을 본 듯한 느낌에 사로잡혔다. 목이 잘리고 배에서 튀어나온 내장을 끌어 모으는 자신의 모습이 보였다. 관심이 없을 리 없다. 신경안정제를 먹어도 자꾸만 솟아나는 악몽에서 벗어날 수 없었다.

회수한 현금을 은행에 넣고 사무실로 돌아왔다. 그는 대형 경비 회사에 근무한다. 국도 16호선 연변의 드넓은 주차장과 회색 건물. 수송차를 건물 앞에 세운다. 2층 사무실로 올라간다. 문을 열고 들어서자 소장이 반백의 머리를 치켜들고 지겹다는 듯 턱으로 소파 쪽을 가리켰다.

　검은 가죽 소파에 몸을 묻은 남자가 일어섰다. 자그만 몸집에 목이 거의 없어서 마치 달마 상을 보는 듯한 느낌을 주는 아사이와 큰 키에 어깨가 떡 벌어진 수사1과 형사다. 둘이서 자주 후지시마를 찾아온다. 아사이는 일어서서 머리를 조아렸다. 다른 형사는 일어서지 않았다. 그런 역할이다.

　아사이는 눈을 아래로 깔면서 말했다.

　"죄송합니다."

　후지시마는 소파에 앉았다.

　"올 줄 알았지."

　"네."

　"언제?"

　"탐문조사하고 감식만 계속하는 셈입니다."

　"그날의 행동을 처음부터 자세히 말하라는 거지?"

　아사이는 고개를 끄덕였다.

　"지겹구먼."

　"계장님."

　"계장은 무슨."

　"죄송합니다."

"돌아가서 조서를 읽어 봐. 그게 다니까."

1과 사내가 볼을 실룩거리더니 등을 꼿꼿이 세우고 몸을 앞으로 기울였다.

"다라고요?"

후지시마는 사내를 지그시 바라보았다. 뭉툭하니 옆으로 퍼진 코, 두툼한 눈꺼풀. 남 사정 따위 티끌만큼도 생각하지 않는 수사 1과에 잘 어울리는 낯짝이다.

"현장에 도착한 순경 말로는 당신이 편의점 창고에서 나오는 걸 봤다고 하는데, 거기서 뭘 했소?"

"조서를 읽어 봐."

"점원은 아직 숨이 붙어 있었을지도 몰라요. 당신, 그걸 방관한 거 아니오?"

"……."

"범인이 도망치고 고작 몇 십 초도 되지 않아 당신이 나타난 거요. 뭐라도 보았을 거 아니오."

후지시마는 테이블에 놓인 보리차를 들이켜고 일어섰다.

"어이, 아직 끝나지 않았다니까."

사내는 잔뜩 바람이 든 목소리로 엄포를 놓았다. 사무실 공기가 얼어붙었다. 아사이는 불만스런 눈길로 형사를 바라본다. 아사이 마모루 순사부장. 오미야경찰서 형사과 1계에 소속된 사람이다. 1년 반 전만 해도 후지시마의 짝이었다.

사내는 눈을 치켜뜨며 후지시마를 노려보았다.

"현장에 첫발을 들이민 사람이 당신이 아니었다면 이렇게 찾아오지도 않소. 옛날에 잘린 원한이 있을 테고, 그래서 증거를 없애지는 않았을지라도 중요한 정보 하나 둘 숨겼을지 모른다는 게 윗선의 생각이라는 거 알아 두시오."

"잘린 게 아냐. 퇴직이야."

"어느 쪽이든 원해서 그만둔 건 아니잖소. 그 기분 잘 알아요. 강력반 후지시마 형사라면 조금은 알아주었으니까. 아직도 당신을 시답잖게 보는 사람이 많긴 하지만, 어쨌든 수사1과로 승진될 예정이었잖소. 재수 없이 희생양이 되었다고 생각하는 거 아닙니까?"

아사이가 끼어들었다.

"자리를 좀 옮기지 않을래요? 시간이 괜찮다면."

"여기라도 충분해."

후지시마는 담배를 빼 물었다. 커다란 유리 재떨이를 끌어당겼다. 의구심으로 번득이는 형사의 눈길이 재떨이에 떨어진다.

"그 마음 나도 잘 알아요. 내게도 가정이 있소. 변변치는 못하지만. 언제 들어갔는지 기억도 안 나요. 수사에 쫓기며 살다 보면 집에서 무슨 일이 일어나는지 깜깜한 거요."

후지시마는 빙긋 웃으며 사내의 말에 귀를 기울였다. 신경안정제 효과는 확실하지만 경찰봉이 자꾸만 의식에 떠올랐다.

"그만두지."

아사이가 굳은 표정으로 말했다. 형사의 언동을 막으려 한 건지 후지시마에게 경고를 보낸 건지 알 수 없었다.

형사가 가볍게 기침을 했다.

"옛날을 따지고 싶지는 않소. 밀고 당기는 것도 귀찮고. 요컨대 당신이 그 후에 기억해 낸 게 있느냐 없느냐 그걸 묻고 싶은 것뿐이오."

후지시마는 고개를 저었다.

"조서를 읽어 봐. 그게 다야."

잠시 서로를 노려본다. 그리고 사내는 기세 좋게 일어서더니 바닥을 쿵쿵 울리며 사무실을 나가 버렸다.

"죄송합니다."

아사이는 정중하게 고개를 숙였다.

"괜찮아."

후지시마는 재떨이에 남은 꽁초 몇 개를 내려다보았다. 웃을 줄 모르는 사내. 수사1과 형사. 마치 예전의 자신을 보는 것 같았다.

아사이가 달래듯이 말했다.

"그 후로 좀 어떠세요?"

"뭐가?"

"집 말입니다."

"아……."

후지시마는 소파에 등을 기댔다. 갑자기 끝 모를 피로가 솟구쳐 올랐다.

"퇴직하고 도장 찍어 줬지 뭐. 친권도 다 그쪽이야."

"따님이 고등학생이었죠."

"요 1년 동안 만나지 못했어."

"아, 그렇군요……."

아사이가 침묵을 피하려는 듯 말을 이었다.

"이번에 우리 집에 한번 놀러 오세요."

"응?"

"우리 집사람 음식 솜씨도 볼 겸해서요."

후지시마는 재떨이에 담배를 비벼 끄면서 고개를 끄덕였다.

아사이는 즐거운 표정으로 미소 짓는다. 후지시마는 결코 친절한 사내가 아니다. 남에게 호감을 주는 성격도 아니다. 아사이하고는 짝을 이루었지만 딱히 잘 맞은 것도 아니었다.

"그럼 가 보겠습니다."

그는 허리를 굽혔다. 후지시마는 몸을 앞으로 굽히면서 가볍게 손을 흔들었다. 눈을 똑바로 바라볼 수 없었다. 젊은 형사의 눈에 떠올랐을 연민의 감정 같은 것에 넌더리가 난 참이었다.

2

조용한 밤이었다. 일주일 전의 장난감 상자를 뒤집기라도 한 듯한 폭우와 엄청난 사건이 거짓말 같았다. 보고서를 작성하면서 침묵을 지키는 무선을 힐끗 바라보며 고맙다는 생각을 했다. 젊은 동료들은 게임을 하느라 정신이 없다.

직통 전화가 울리자 그가 고개를 들었다. 눈앞에 편의점이 나타났다. 선반에 기댄 소년의 목에서 수돗물처럼 피가 솟구친다.

"……아, 예, 카드를 긁고 암호를 입력하세요. 그럼요, 예, 예."

젊은 사원이 늘어진 목소리로 응답한다. 어느 가게의 아르바이트 학생이 문 잠그는 방법을 잊어버린 모양이다. 매뉴얼대로 대답한 다음 다시 게임기에 매달린다.

"증거 하나 둘 정도 숨긴다고 해서 이상할 것도 없잖소."

수사1과 형사의 말이 되살아났다. 아무것도 안 숨겼다. 몇 번이나 그날 밤의 일을 떠올렸던가. 파이브마켓에 도착하기 직전에 범인은 사라졌다. 도주하는 모습을, 차를 보지는 않았는지 기억해 내려 했다. 몰아치는 비바람 저편에서는 결국 아무것도 나타나지 않았다.

또 직통 전화. 긴장도 풀리고 가슴 두근거림도 멈추었다. 눈앞에 보이던 시체도 사라졌다.

"후지시마 씨."

젊은 사원이 수화기를 흔들었다.

"저, 부인이신 것 같습니다."

그의 눈동자가 호기심으로 반짝이는 듯이 보였다.

순간적으로 피가 끓어올랐다. 약효가 떨어졌는지도 모른다. 분노가 늘 자신을 지배한다는 사실을 잘 안다. 이것이 만일 악질적인 장난질이라면 그 사원을 죽여 주리라 작정했다. 묵사발로 만들어 버리는 장면을 떠올리며 수화기를 들었다.

"여보세요."

대답이 없다.

"여보세요."

얼굴에서 핏기가 사라지는 것을 느꼈다. 주먹을 불끈 거머쥐는 순간 주저주저하는 목소리가 들려왔다.

"나야."

후지시마는 살짝 공기를 들이켰다. 당혹감을 감출 수 없었다. 헤어진 아내하고는 몇 달 동안 얼굴을 보지 않았다. 합의도 끝나 만날 이유도 없었다. 앞으로도 만나지 못하리라 각오했다.

"아…… 다행히, 미안해. 그렇지만."

애써 냉정을 되찾으려 했다.

"무슨 일이야?"

"할 이야기가 있어서."

"이야기?"

후지시마가 되뇌었다.

"이제 와서 할 이야기라니?"

참았던 울분이 터지려 했다. 퇴직이 결정되자마자 이혼신청서가 날아왔다. 퇴직은 그가 일으킨 사건 때문이었다. 아내는 사건 다음 날 집을 나갔다. 딸 가나코를 데리고 친정으로. 몇 번이나 전화하고 찾아가 이야기 좀 하자고 얼마나 하소연했는지 모른다. 그러나 이혼합의서에 도장을 찍을 때까지 한 번도 만나 주지 않았다.

"부탁이야, 그냥 들어 줘, 제발."

헤어진 아내 기리코의 목소리는 이상하리만치 초조감에 젖어 있었다. 생각지도 않은 상황에 흐릿하던 의식이 쩅 맑아지면서 경보음이 울렸다. 분명 기리코의 목소리에는 눈물이 배어 있었다. 성격이 격한 그녀에게 어울리는 일이기는 하지만.

"뭔데?"

"가나코 일이야."

"잠깐만."

후지시마는 수화기를 내렸다. 책상에서 벗어나 탈의실로 갔다. 등으로 호기심 어린 눈길을 느끼면서 어두운 복도를 지나 로커에 걸어 둔 재킷으로 손을 뻗었다.

가슴 호주머니에 넣어 둔 휴대전화를 꺼내 전원 버튼을 눌렀다. 알루미늄 포장지에 든 약 세 알을 입 안으로 던져 넣었다. 경찰이나 진배없이 마초 분위기 충만한 이 직장 사람들에게 보이고 싶지 않은 자신의 모습 가운데 하나였다. 오랜만의 대화에 흥분하는 자신을 저주했다. 10대처럼 가슴이 두근거리는 자신의 모습에 연민을 느꼈다.

전화를 걸기 전에 충격에 대비했다. 딸의 모습을 떠올렸다. 분명 열일곱이 되었을 테고 우라와에서 여고에 다닌다. 공부를 잘해 최고 국립 대학을 지망한다.

그다음은……. 아무리 머리를 쥐어짜도 그것밖에 떠오르지 않았다. 스스로 생각하기에도 어이가 없을 만큼 딸에 대해 몰랐다. 형사 시절은 오로지 일밖에 몰랐다. 가족을 돌아보지 않았다.

기리코가 사는 아파트 전화번호를 눌렀다. 그 옛날 후지시마가 구입했지만 이혼 협의 과정에서 건네주어야 했던 집이다. 침착해. 스스로에게 다짐을 주면서 눌렀다. 신호음 한 번에 연결되었다.

"가나코가 어떻게 됐다고?"

"당신한테 간 거 아냐?"

"뭐라고?"

"부탁이야. 숨기지 말아 줘."

"미쳤어!"

후지시마는 반사적으로 외쳤다. 위기감이 밀려왔다. 기리코의 목소리가 흐느낌으로 변했다. 수화기를 한 손에 들고 테이블에 팔꿈치를 댄 채 머리를 감싼 기리코의 모습이 떠올랐다. 오랜 세월 헤아릴 수 없을 만큼 본 모습이다.

"무슨 일이야? 가나코가 왜 나한테 와야 하지? 하나하나 제대로 설명해 봐."

"……없어. 집에 와 보니 없어."

비탄에 찬 목소리였다. 계산이나 음모의 낌새는 없었다.

"복수라는 말을 하고 싶은 거야? 나를 뭘로 보고."

"그게 아니라……."

"거짓말하지 마! 가나코가 나한테 왔을 거라고? 정말로 그렇게 생각했어? 그 애는 절대 내 편이 아니야. 차라리 가나코를 납치하지 않았느냐고 묻지 그래."

후지시마는 수화기를 향해 퍼부어 댔다. 기리코는 잠시 입을 다물고 코를 풀었다. 액정에 표시된 통화 시간이 5초, 10초 더해 갔다.

가나코를 생각해 본다. 작은 얼굴과 가녀린 몸 그리고 색깔이 엷은 커다란 눈동자. 어머니를 닮아 얇은 입술에 가느다란 콧날. 고집세 보이는 얼굴. 아버지의 눈에는 참 아름다운 소녀였다. 대화만 잘 통했더라면 가슴을 펴고 멋진 딸이라며 자랑스러워했을 것이다.

몇 안 되는 기억을 더듬어 본다. 아이가 열두 살 때의 일이다. 친척들이 아이를 사립 중학교에 보내라고 권했지만 후지시마는 반대했다. 아파트를 산 직후였다. 형사 월급으로 감당할 수 없는 학비였다. 지방 은행의 중역이었던 장인이 어깨에 잔뜩 힘을 주고 내미는 원조로도 부족했다. 가나코 스스로 시립 중학교에 가는 친구들과 헤어지기 싫다고 해서 그 이야기는 없던 걸로 되었다.

그 일이 그와 가족 사이의 변곡점이었다. 교육에 열성이던 아내가 일을 하기 시작했다. 아버지 연줄로 부동산 회사의 사무원이 되었다. 일에 재미를 들였는지 밤이 깊어서야 돌아오는 날이 많아졌다. 그러다 일상이 되었다. 부부 관계를 포기하고 딸마저 방치해 버렸다. 말다툼은 없었다. 언제 서로에게 열정을 품었는가 싶었다. 냉각의 시대로 들어섰다. 사립 학교 진학을 거부한 남편과 딸에 대한 불만도 있었을 것이다. 귀하게 자란 터라 그런 어린애 같은 면이 있었다.

딸이 사라졌다. 기리코는 과연 언제 그것을 알았을까.

"나는 아무 상관이 없어. 그것뿐이야."

수화기에서 비명이 들렸다. 살짝 건드려 보았다가 바로 효과가 나타나자 후지시마는 묘한 쾌감을 느꼈다.

"언제부터?"

부자연스러울 만큼 틈이 길었다.

"어이, 내 말 못 들었어?"

"어제부터. 어제 아침에 일 나간 이후로 못 봤어."

후지시마는 휴대전화 잡은 손을 바꾸고 땀에 젖은 손바닥을 바지에 닦았다. 10대 딸이 여름 방학 중에 며칠 외박하는 일은 그리 드물지 않을 것이다. 오히려 기리코의 흐트러진 심리가 더 마음에 걸린다.

"여름 방학 동안 줄곧 학원에 다니는 것 같았어. 물론 어제도. 학원에 확인해 봤어. 어제 오후까지는 학원에 있었대."

"친구한테는? 행방을 모를 리 없잖아."

"연락은 다 해 봤어. 그렇지만 아무도……. 어제 저녁 때 헤어지고는 모른대."

"그런 말을 진짜로 받아들인 건 아니겠지?"

"어느 게 거짓말인지 어떻게 알아!"

기리코는 울화통을 터뜨리고는 잠시 흐느끼다가 입을 열었다.

"당신, 내가 미쳤다고 말하고 싶은 거겠지."

"그럼."

"좋아, 바보처럼 히스테리나 일으키고 웃기는 여자라고 생각해도 좋아."

말과 흐느낌 사이에 깡마른 소리가 섞인다. 뭔가를 테이블에 내려놓는 소리. 아마도 스카치 위스키를 따른 유리잔일 것이다.

"집으로 와. 꼭 보여 줄 게 있으니까."

"그건 좀 그런데. 자네 변호사가 가만있지 않을 텐데."

"제발!"

"잠깐만, 왜 경찰에 신고하지 않아?"

정말로 딸이 실종되었다면 경찰서에 신고할 것이다. 그녀의 성격으로 보아 후지시마보다는 경찰을 믿는 것이 자연스럽다. 그렇게 했더라면 벌써 형사들이 주요 참고인으로 그를 조사했을 것이다. 유괴 납치는 친권을 빼앗긴 쪽 부모가 저지르는 일이 많다. 의

심받을 만한 이유가 있다.

"우리 집으로 와. 그러면 알아. 정말로."

"어젯밤 자네는 어디서 뭘 했어?"

"왜 내 일을⋯⋯."

"솔직하게 말해. 잘 들어. 거기에 따라 내 대답도 달라져. 가나코가 실종된 걸 안 게 언제야?"

"⋯⋯오늘 저녁."

"넌 어제 알았어야 했어. 그러니까 밤새 집에 없었다는 거야, 그렇지?"

"지금 딸 애기를 하는 중이야."

"어디 있었어? 호텔, 아니면 어떤 놈 아파트?"

"아냐."

그냥 하다 보니 나온 말인 듯한 뉘앙스였다. 이어서 다른 대답이 나왔다.

"맞아."

"그래서?"

"아파트. 그."

"뭘 했어?"

후지시마의 숨결이 점점 거칠어졌다.

"그게⋯⋯ 아니 지금 이런 말을 할 때가 아니잖아."

"뭘 했느냐니까."

무거운 침묵이 흘렀다. 때로 코를 훌쩍이는 소리가 들렸다.

"그 새끼가 그렇게나 소중해?"

"부탁이야. 제발 멋대로 생각하지 말아 줘."

"이제 와서 엄마 흉내 내려는 거야?"

"그 사람하고는 벌써 끝났어."

"조금이라도 부끄러움을 느껴 봐."

"그렇지 않아. 내 말 좀 들어!"

"어이."

"들어! 숨길 이유도 없잖아. 애당초 누구 탓에 이렇게 되었는데. 그 사람 지금도 내심 당신을 두려워해. 밤새 이야기를 나누는데도 내 얼굴을 제대로 보려 하지 않아."

흐느끼며 나오는 가느다란 목소리가 넌더리가 날 만큼 이어졌다.

"지금 바로 경찰서에 전화해. 나도 말해 두지. 그러니까."

"그게 안 된다고 했잖아! 부탁이야. 내 말 들어. 여기 와서 보면 안다고 하잖아!"

그는 기리코의 억지와 고집에 흔들렸다. 다시 내 집으로 돌아간다. 강아지처럼 꼬리라도 흔들고 싶을 만큼 기뻐하는 자신의 감정에 당황한다.

"당직이 끝나자마자 바로 가지."

"정말!"

더는 말하지 않고 전화를 끊었다. 전원을 끄고 재킷 호주머니에 휴대전화를 넣은 다음 책상으로 향했다. 낮과는 다른 끈적끈적한 땀이 등에 달라붙었다. 감정이 제대로 움직이지 않는다. 마치 남의 일을 들은 듯했다.

후지시마는 딸에 대해 생각해 보았다. 가나코는 어머니에게 말도 안 하고 몸을 숨기는 그런 소녀일까. 친구 집을 전전하다가 과자 한조각으로 저녁을 때우는 그런 딸일까. 아니면 정해진 대로 학교생활을 하고, 직장 다니느라 피로에 젖은 어머니 대신 집안일을 하는 아이일까. 후지시마는 자조했다. 상투적인 이미지밖에 떠올리지 못하는 스스로에게 화가 치밀었다.

평온을 가장하고 정말 지겹다는 듯 하품을 해 보았다. 다른 사원은 아직도 게임기에 달라붙었다. 서류 정리를 할 마음도 일지 않아 스포츠 신문을 끌어당겨 펼쳤다. 건성으로 읽으면서 다시 생각해 보았다.

어디로 갔을까? 가출을 감행할 그런 딸이었던가. 알 리 없다. 그 잡년이 이제 와서 전화를 하다니. 사내랑 희룽대는 사이에 딸이 실종되고 말았다고. 너무도 그 여자다운 이야기다. 집에 오면 안다고? 방금 대화를 나눈 여자가 정말로 기리코였을까.

"멍청한 년."

잇새로 푸념이 새 나왔다.

3

당직 근무가 끝난 새벽, 출동 나가는 소장을 붙들었다. 비번인 오늘하고 내일까지 휴가를 달라고 했다.

"아내 일로."

이유를 말하자 사정을 아는 그가 얼굴을 찌푸렸다.

"아무 일도 없을 겁니다."

"정말이지? 그거 약속할 수 있지?"

넌더리가 날 만큼 다짐을 주고 또 준다. 탈의실에서 정장으로 갈아입은 뒤 문을 열고 나서자 공기가 벌써 눅진하게 피부에 달라붙는다. 오늘도 더울 모양이다. 따가운 햇살이 사정없이 피부를 태우고 뜨거운 아스팔트가 발바닥을 달구었다.

회색 카로라. 문을 열자 속을 뒤집어 놓을 만큼 뜨거운 열기가 덮쳤다. 헤어진 아내가 사는 미야하라 쪽으로 향했다. 신호 대기하는 동안 카페인 알약 세 알을 털어 넣었다. 오랜만에 가는 길이다. 예전에 내 집이라 불렀던 아파트. 옛 나카야마로에서 국도 쪽으로 나섰다. 그날도 지금과 같은 루트였다. 뚜렷이 기억한다.

작년 10월. 사이타마, 가와코시, 가스카베, 미츠이치를 중심으로 일어난 25건의 연속 방화 사건을 수사하는 중이었다.

용의자는 가와구치의 간이 숙소를 전전하는 주소 불명의 30대 남자에 지나지 않았다. 이도 저도 아닌 사소한 동기와 시체 둘 그리고 불탄 오토바이와 집들. 그 사건을 생산한 용의자의 자백을 받아 내고 검찰 송치까지 순조롭게 이루어졌다. 검사는 눈앞에 놓인 먹잇감을 삼키고 남자는 기소되었다.

경찰서에서 가벼운 축하 모임을 갖고 집으로 돌아갔다. 짧은 휴가도 받았다. 기분이 좋았다. 설령 우리 집이라 부를 수 없는 곳이라 해도 집에만 돌아가면 모든 게 잘 풀릴 것 같은 예감마저 들었다. 말도 안 되는 허망한 꿈을 꾸었던 것이다. 가족 관계는 이미 먼 옛날에 싸늘히 식어 버렸다. 가장 후지시마가 없는 일상이 가정

환경이 되어 버렸다.

후지시마가 아파트에 이르자 낯익은 경차가 출구를 나서고 있었다. 빨간 미등을 켠 엷은 블루 왜건 R. 기리코 차였다. 생각을 하기 전에 몸이 먼저 반응했다. 후지시마는 액셀러레이터를 밟으며 차를 따라갔다. 신오미야 우회도로로 나서서 우라와 쪽으로. 차 두 대를 사이에 두고 기리코를 미행했다. 주행 중에 휴대전화를 꺼냈다. 집으로 전화해서 가나코에게 물어볼까? 다시 휴대전화를 호주머니에 넣었다. 부모의 치부가 될지도 모를 일을 굳이 딸에게 알릴 필요는 없다. 가나코라면 모든 사실을 이미 알 것이라는 느낌이 들었다. 그러나 아버지를 위해 배려해 줄 것 같지는 않았다.

하반신에서 요의 같은 것이 치밀어 올랐다. 요노에서 고속도로에 올라서는 순간 적어도 기리코가 친정으로 가는 것이 아님을 알았다. 기리코의 친정은 우라와다. 어렴풋이 기대했을 따름이지만 배신당했다는 생각을 하니 무서운 오한이 등허리를 꿰뚫었다. 자신에게 그런 감정이 남았다는 사실에 놀라지 않을 수 없었다.

분노와 체념 속을 헤엄치듯 하며 도심지에 이르렀다. 기리코는 운전에 능숙하지 못한데도 매끄럽게 핸들을 돌려 좁은 주차장으로 들어갔다. 엷은 회색 정장, 미용실에서 막 나온 듯 물결치는 머리카락, 멀리서도 눈에 띌 만큼 짙은 립스틱. 그녀는 한껏 치장하고 하이힐 굽을 높이 울리며 고코쿠지의 고급 아파트 안으로 사라졌다. 자동문 건너편에는 매끈한 대리석 현관이 펼쳐졌다.

뒤를 따라가 기리코를 잡아챌 생각은 없었다. 다리도 움직이지 않고 말도 나오지 않았다. 설령 달려가서 팔을 낚아챈다 한들 기리코가 잘못을 뉘우치지는 않을 것이다. 생각지도 못한 충격에 새파랗게 질려 고작 멀뚱하게 바라보기만 할 것이다. 후지시마를 경멸하며 악담을 터뜨릴 게 뻔하다. 도저히 견딜 수 없었다. 어딘가로 향하는 기리코는 아름다웠다. 기리코의 달아오른 모습을 본 지도 정말 오래되었다. 그의 눈이 젖어 갔다.

그녀의 목적지를 파악하는 건 간단했다. 기리코의 휴대전화를 슬쩍 엿보는 것으로 충분했다. 아파트 소유자는 부동산 회사의 임원이면서 그녀의 고용주인 이와나카라는 사내였다. 알로하 셔츠가 잘 어울릴 듯 얼굴선이 뚜렷한 미남이었다. 일이 끝나면 짐에서 열심히 운동하고 거울이 보이면 멈춰 서서 롤렉스를 찬 자신의 모습을 한번 살펴봐야 직성이 풀리는 인종이다. 그녀가 일하는 회사 주소록에는 당연히 이와나카의 주소가 실려 있었다.

휴가 태반을 남자의 신원 파악과 감시에 소비했다. 뭘 어떻게 하겠다는 생각도 없었다. 그냥 모든 것을 포기한 상태였다. 아내하고는 종말에 이르렀다고 해서 항변해야 하는 사이도 아니었다. 스스로 그리 생각했다. 휴가 마지막 날 파칭코를 하고 술을 마시기 전까지는.

10월 하순이었다. 고코쿠지 아파트는 관리인이 상주하는 견고한 성이었다. 지하 주차장을 제외하고. 콘크리트 주차장에는 CCTV가 없다. 희고 차가운 형광등만 천장에 매달렸을 뿐이다. 고급 차가 늘어선 가운데 후지시마는 이와나카의 주차 공간에 카로라를 세워 두고 그가 돌아오기를 기다렸다. 달아오른 얼굴, 차 안에는 술 냄새가 가득했다.

거기서부터 기억은 면사를 덮어쓴 듯 뿌옇게 흐려지고 단편적인 장면으로 변한다. 자신의 술버릇이 좋지 않다는 것은 잘 안다. 도를 넘어서면 어떻게 될지 스스로 잘 알았다. 그러나 지금이라면 이해할 수 있다. 애당초 한껏 차려입은 아내가 아파트에 들어가는 장면을 목격한 그날부터 이렇게 습격하리라 작정했던 것이다.

이와나카의 향수 냄새, 녹슨 금속을 연상시키는 피 냄새. 오로지 그것만 기억에 남았다. 그리고 우스꽝스러울 만큼 크게 들리던 방귀 소리. 경찰봉으로 때려 부순 옆 유리창 파편이 우박처럼 흩어지고 아우디에서 끌려 나온 이와나카가 위액을 쏟아 냈다. 팔꿈치가 결릴 정도로 둔탁한 충격. 천 조각처럼 흔들거리며 늘어진 잇몸, 테가 비뚤어진 선글라스.

너무도 처참한 광경에 오히려 후지시마가 치를 떨며 주차장을 치달렸다. 분노와 함께 자기 연민이 솟구쳐 올랐다.

얼이 빠진 채 며칠을 보냈다. 결국 사건이 신문에 나오지는 않았지만 사흘도 지나지 않아 사찰 팀이 주변을 맴돌기 시작했다. 몇 번에 걸친 조사와 사직 권고. 거기에 따르기만 하면 체포도 사찰도 없을 것이라고 상사는 말했다. 거절할 수 없다. 경찰수첩, 가족 그리고 삶의 보람, 자부심. 많은 것을 잃었지만 형사 입건을 피하고 바깥세상을 걸을 수 있었다.

후지시마는 자동차를 주차장에 대고 오랜만에 집을 올려다보았다.

8층 건물, 갈색 아파트. 바깥세상과 내부를 가르는 자동 유리문.

1층에는 좁긴 하지만 로비 같은 것도 있고 다리가 몇 개 달린 의자와 책상이 놓였다. 거품경제가 무너지고 가격이 폭락한 다음에 구입한 집이지만, 그래도 후지시마의 월급으로 감당할 만한 물건이 아니었다. 전 장인이 도와준 결과물이다.

올려다보니 주부들이 베란다에 빨래를 넌다. 현관으로 향하는 그를 힐끗 쳐다본다. 인터폰을 누른다. 간발의 틈도 없이 응답이 온다.

"잠깐만."

눈앞의 유리문이 열린다. 안으로 들어서자 엘리베이터 문에 동전으로 긁은 듯한 흔적이 눈에 들어온다. 로비 천장엔 담배 연기가 달라붙었다. 세월의 흔적이다. 그 자신도 아파트도.

기리코가 사는 103호 앞에서 벨을 누른다. 이미 방문을 알렸는데도 기리코는 문을 잠가 두었다. 자물쇠를 여는 소리가 들린다.

"들어와."

후지시마는 마른침을 삼켰다. 어깨까지 늘어진 카페오레색 머리카락이 그녀의 볼에 달라붙었다. 퉁퉁 부어오른 눈두덩. 빨갛게 물든 눈알. 잠을 자지 못한 듯 눈 아래가 검게 그늘졌다. 구겨진 흰색 셔츠와 타이트 스커트, 스타킹. 일을 마치고 와서 옷도 갈아입지 못한 것 같았다. 기리코의 몸에서 향수와 섞인 강렬한 알코올 냄새가 풍겼다. 피폐와 절망의 냄새였다.

그는 비틀거리며 부엌으로 가는 기리코를 눈으로 따라가면서 곰곰 생각해 보았다.

기리코는 허영심으로 똘똘 뭉친 여자다. 이전보다 많아진 북유

럽 스타일 가구나 허세가 잔뜩 든 유리 선반의 식기들을 보고 역시 조금도 변하지 않았다고 생각했다. 세면장에는 같이 살 때보다 훨씬 더 많은 화장품이 빼곡 들어찼을 것이다. 피부와 몸선을 유지하기 위해서라면 수행승려보다 더 많은 노력을 기울인다. 그런데 지금 저 모습이라니.

사이펀을 매만지는 기리코에게 물었다.

"무슨 일이야?"

그녀가 부르르 어깨를 떨었다. 바닥에 고인 커피에 시선을 두고는 얼굴을 들려고도 하지 않았다. 빤한 연극에 지나지 않는다고 생각했지만 그 눈동자에 깃든 가식 없는 공포를 읽을 수 있었다.

"응, 그런데 그게."

자신에게 말하듯 하면서 몇 번이나 고개를 끄덕거렸다.

"가나코 방에 가 봐. 그러면 알아."

기리코는 그 한마디를 하고 입을 꾹 다물었다. 후지시마는 고개를 돌려 방금 자신이 걸은 복도 쪽으로 눈길을 던졌다. 며칠 치 먼지가 쌓였다.

"무슨 일이냐고 물었을 텐데?"

"가 보면 알아."

"혼자 들어가도 돼?"

기리코는 반사적으로 무선 전화기를 바라보았다. 쓸쓸한 추억이었다. 그녀의 불륜을 알고 난 뒤 도청기를 장치해 둔 적이 있었다.

기리코는 아이보리색 컵에 커피를 따랐다. 손이 떨렸다.

"몰라. 내가 잘못 생각했을지도 모르니까."

"그럴 리야 없겠지. 대체 무슨 일이야?"

"내 딸의 명예를 위해서라도 더는 묻지 마. 내 착각이기를 바랄 따름이야."

"무슨 말도 안 되는 소리!"

후지시마는 눈을 날카롭게 빛내면서 걸음을 옮겼다. 그녀는 부엌 구석으로 뒷걸음치다 냉장고에 세게 부딪쳤다. 후지시마의 가슴에 아릿한 통증이 치달렸다. 내가 뭘 어떡한다고 그렇게 겁을 먹어.

"미안해. 도지히 입이 떨어지지 않아. 용서해 줘."

스테인리스 스틸 개수대에 손을 짚고 흐느껴 운다. 이건 분명히 과격하고 히스테리컬한 동작이다. 후지시마가 아는 그녀는 아주 터프하다. 특히 그때는 재빠르기도 했다. 가나코를 데리고 집을 나갔다. 아버지에게 유능한 변호사를 소개받고 입원 중인 이와나카와도 합의를 보았다. 일방적으로 이혼 서류를 보냈고 재판조차 허락하지 않을 기세였다. 경찰 업무에서 벗어난 후지시마에게 이 집을 넘기라는 강렬한 압박이 들어왔다.

가만히 슬픔에 빠진 그녀를 바라보았다. 눈초리와 턱선에서 나이에 걸맞은 피로와 노화가 엿보였다. 고코쿠지의 아파트로 들어가는 기리코의 모습이 교차했다. 어금니를 깨물며 복도를 걸었다. 문에 손을 댔다. 불안과 초조가 무작정 밀려왔다. 살짝 열고는 몸을 안으로 들이민다. 가나코의 방을 둘러본다.

커튼을 걷어 놓은 방은 아침 햇살을 받아 밝았다. 마루를 깐 산뜻한 방이다. 엷은 화장수 냄새가 났다. 마구 흐트러졌으리라 예상했는데 배신당한 듯한 기분이었다.

오히려 생활의 냄새가 희박하다는 생각이 들 만큼 잘 정돈되었다. 파이프 베드와 테이블, 책이 빼곡 꽂힌 책장에다 오디오, 노트북이 가지런했다. 소녀 취향의 곰 인형, 인기 가수나 배우의 포스터도 없다. 액세서리도 결코 많은 편이 아니다. 화분 몇 개와 사진 액자, 수많은 문고본, 하드커버 소설 등이 방을 장식했다. 오래전에 사다 준 커다란 책상은 벌써 사라져 버리고 심플한 테이블이 그 자리를 대신했다. 그 위 북엔드에는 교과서 몇 권과 참고서가 꽂혔다.

액자를 집어 들었다. 교복 차림의 소녀들이 카메라를 향해 나름 개성 있는 포즈로 해맑은 웃음과 함께 V 사인을 보낸다. 가나코는 오른쪽 끝에서 어깨를 움츠리며 미소 짓는다. 다른 소녀들과 온도차가 있었지만 후지시마를 놀래기에 충분했다. 가나코도 이런 표정을 지을 수 있다니.

가나코는 성적이 좋았다. 어머니의 젊은 시절을 연상시키는 아름답게 뻗은 콧날. 그러나 제대로 얼굴을 마주할 기회가 거의 없었다. 그 아이는 방에서 나오려 하지 않았다. 늘 음악이 흐르는 헤드폰을 끼고 부모와 벽을 쌓았다. 술기운을 빌려 화를 내며 몇 번 방문을 걷어찬 적이 있었다. 그는 딸하고 어떻게 대화를 시도해야 하는지 몰랐다.

침대를 바라보았다. 여름용 타월 이불이 구겨진 채로 있었다. 그걸 보고서야 비로소 가나코가 이 방에서 지낸다는 걸 실감했다. 후지시마는 의아한 느낌을 받았다. 단순히 유괴당한 것인가. 딸은 오늘도 평상시처럼 학원 수업을 받지 않을까. 알 수 없었다. 가나코는 자신을 가꾸는 데 온갖 정성을 다하기는 하지만 추하고 연약하게 보이도록 연출하는 성격은 아닐 것이다.

반쯤 열린 옷장. 확 열어젖힌다.

와이셔츠 몇 장, 고등학교 교복과 플리츠 스커트, 겨울옷과 여름옷. 검은색과 흰색 위주의 깔끔한 옷이 많았다. 목덜미 쪽을 살펴보았지만 처음 보는 브랜드뿐이다. 어쩐지 비쌀 것 같은 느낌이 들었다. 무릎 쪽에 놓인 수납장을 열어 보니 속옷과 티셔츠가 가득 차 있었다.

그 많은 옷은 가나코의 실종이 자신의 의지가 아님을 말해 주었다. 나중에 세면도구와 화장품 유무를 확인하지 않으면 안 된다. 범죄에 말려들었는지, 어떤 자에게 납치당했는지. 후지시마는 낮게 신음을 뱉어 냈다. 어떤 이유에서건 기리코도 단순한 가출이 아님을 알 것이다. 바로 경찰에 알렸어야 했다.

수납장 옆에 감색 통학가방이 있었다. 지퍼가 열려 있다. 참고서 몇 권, 수식이나 영어 단어가 빼곡 적힌 노트, 생리용품이 든 천 주머니가 들었다. 미니 디스크 몇 장과 작은 화장수, 콤팩트, 립스틱이 든 파우치. 기대한 휴대전화는 보이지 않았다.

가방 바닥에서 후지시마는 뭔가를 발견했다.

어둠 속에서 건져 올려 보니 남성용 손가방이었다. 갑작스런 물건에 당황하면서 지퍼를 열고 손을 집어넣었다. 등허리에 차가운 땀이 솟구쳤다. 허리를 구부리고 가방을 거꾸로 뒤집어 흔들어 본다. 내용물이 소리도 없이 바닥에 떨어졌다.

1센티미터 크기의 작은 봉지. 그 위를 구르는 플라스틱 주사기에 은색으로 빛나는 알루미늄 포일로 만든 수제 파이프. 하이라이트 담배. 그 의미를 깨닫기까지 몇 초가 필요했다. 파이프의 굴곡진 부분에는 불에 그은 흔적이 보였다. 떨리는 손길로 투명한 봉지를 집어 들었다. 투명한 알약이 들어 있었다. 각성제 결정체다. 기리코의 심정을 알 것도 같았다.

각성제 결정체였다. 작은 봉지의 숫자를 헤아려 보았다. 100여 개나 되었다. 전체 중량은 모른다. 경험상 그것이 말단에 이르면 100만 엔이 넘는 가치가 있다는 것만은 안다. 어지간한 중독자가 아닌 한 한참 동안 즐길 수 있는 양이다. 여고생 신분에 잠깐 즐기는 기분으로 소유할 양이 아니다.

눈앞에 있는 물건들은 중독자의 필수용품이다. 알루미늄 파이프는 각성제 연기를 즐기는 데 필요하다. 하이라이트는 필터만 떼어 내고 주사기용 간이 여과기로 사용한다. 생활안전과에 근무할 때 배운 지식이다. 직업이 직업이니만큼 드물게 보는 것도 아니다. 하지만 그것이 딸의 방에서 발견되었다면 심각한 문제다. 악질적인 농담을 들은 기분이었다.

후지시마는 잠시 그것들을 바라보다가 결단을 내리고 봉지를 조심스럽게 뜯었다. 결정을 손가락 끝에 올렸다. 이것이 청산가리가 아니라는 보장은 없다. 입 안에 넣고 손가락으로 잇몸을 문질렀다. 알약은 잇몸 위를 구르면서 녹아 없어졌다. 진짜 각성제인지 아닌지 알 수 없었다. 적어도 장뇌나 사탕이 아니라는 것만은 확실하다. 라이터로 비닐 봉지를 지져서 막아 놓았다. 주사기 케이스를 벗겨 내고 바늘을 바라보았다. 실린더도 바늘도 새것이었다.

그는 손가방에 모두 쓸어 넣고 잰걸음으로 거실로 돌아왔다. 각성제 탓인지 놀란 탓인지 가슴이 심하게 뛰기 시작했다.

기리코는 멍하니 카우치에 앉아 있었다. 테이블 위로 가방을 거칠게 집어던졌다. 신경안정제 때문에 일어나는 멍한 의식이 어디론가 날아가 버렸다.

커피 잔을 구석으로 밀쳐 버리고 가방의 내용물을 다시 쏟아냈다. 사르르. 비닐봉지들이 소리를 내며 흩어졌다. 테이블 끝에서 카펫으로 커피 방울이 떨어졌다. 그녀는 눈을 꼭 감고 있었다. 눈 주위에 까마귀 발자국 같은 흔적이 떠올랐다. 김빠진 웃음을 터뜨리고 싶을 만큼 피로에 전 얼굴이었다.

"자네 거야, 기리코?"

후지시마는 말을 이었다.

"아니면 딸 건가?"

대답이 없었다.

"자네도 알 거야. 맞아, 그거였어. 각성제하고 주사기, 이건 수제 파이프. 중독자의 필수용품이지. 왜 이 집에 이런 것들이 있는 거야?"

대답이 없었다.

"가나코의 체중이 달라지지 않았어? 갑자기 마르지는 않았어? 갑자기 먹는 양이 확 줄진 않았어? 말과 행동은 어때?"

기리코는 눈을 떴다. 눈물과 땀 때문인지 목이 빨갛게 물들어 있었다. 그녀는 몇 번 딸꾹질하듯 숨을 들이켜더니 뒤집어진 목소리로 말했다.

"그 애가 그런 걸 할 리 없잖아."

"그럼 네가 하는 거야?"

"웃기는 소리 하지 마."

"웃기는 건 너야."

카우치에 앉았다. 테이블의 각성제를 사이에 두고 아내와 마주 앉았다가 아무런 의미도 없이 벌떡 일어서서 그녀를 내려다보았다.

"네 게 아니라는 거지?"

"응, 응."

후지시마는 얼굴을 문질렀다. 손바닥에 끈적한 기름과 땀이 묻어났다.

"네년들은 개보다 못해."

기리코는 입을 꾹 다문 채 눈알만 이리저리 굴린다. 눈앞의 음침한 물건에 주눅이 든 것 같았다.

"내 딸이 각성제 중독자가 되었다니. 이거 정말 대단하지 않아?"

"그만."

"옛날에 아버지 실격이라고 많이도 몰아붙이더니만. 자기는 뭘 잘났다고. 너 자신은 어떻다고 생각해? 그 애를 마약 중독자로 만드는 게 꿈이었어? 웃기는 소리 하지 말라고 해."

"그만둬! 당신 딸이야. 어떻게 그런 심한 말을 할 수 있어!"

기리코는 전남편을 노려보았다. 그러나 표정에는 힘이 없었다. 울먹이는 얼굴, 충혈된 눈. 이렇게 서로의 얼굴을 정면에서 바라보는 게 그 후로 얼마 만이던가.

"도대체 알 수가 없어서 그래. 그 애가 지금껏 어떻게 자랐는지, 어떤 친구를 사귀고 어떤 음식을 좋아하는지. 아버지인데 난 아무것도 몰라."

"그렇지만……."

"이제는 나한테 정말로 딸이 있었는지 없었는지도 모르겠어. 내 편을 든 적이 단 한 번도 없었으니까."

"당신…… 그거 진심으로 하는 말이야?"

"너 때문이야."

그는 말다툼할 때가 아니라며 손사래를 친다.

"가나코는 사건에 휘말려 든 거야."

"사건…… 가나코는 그냥."

"여고생이 그냥 장난 삼아 가질 수 있는 양이 아니야. 방을 둘러보았지만 옷을 가지고 나간 흔적이 없어. 여행가방도 그대로야. 정상인 상태라면 이런 걸 놔두고 외박할 수가 없는 거야."

기리코의 얼굴에서 표정이 사라졌다. 늘어진 입가에서 길고 가느다란 숨결이 새 나왔다. 이런 표정을 짓는 여자를 꽤 보았다. 가족의 범죄 또는 부음을 들었을 때 나타나는 표정이다.

"그 애가 왜."

"그걸 확인하려고 날 불렀을 거 아냐."

기리코의 목소리가 뒤집어졌다.

"경찰에 알리지 않을 생각이야?"

"당연하지."

"어떻게 그런! 안 돼, 그러면 안 돼."

기리코가 후지시마의 손을 잡고 어린애처럼 매달렸다. 구원을 갈구하는 눈길로 올려다보며 긴 손톱으로 팔목을 꽉 거머쥐었다.

"이런 건 우리 힘으로 어떻게 할 수 있는 게 아니잖아!"

"그럼 왜 나를 불렀지? 자네도 처음부터 그럴 생각으로 날 불렀을 텐데?"

후지시마는 그녀의 손길을 거칠게 뿌리쳤다. 그리고 비닐봉지와 주사기, 알루미늄 파이프를 손가방에 밀어 넣었다.

그녀는 벌떡 일어서더니 이번에는 전화기에 매달렸다.

"그만둬!"

후지시마가 손목을 잡자 기리코는 그 손길을 세차게 뿌리치려 했다.

"놔, 놓으란 말이야."

그는 왼손으로 수화기를 거머쥐었다. 발버둥치는 기리코를 끌어안았다. 짙은 향수 냄새가 풍겼다. 땀과 술 냄새가 뒤섞여 있었다. 부드러운 팔의 감촉과 등에서 전해 오는 온기에 자기도 모르게 손에서 힘이 빠져나갔다.

"잘 들어. 이런 사실을 놈들에게 알리면 어떻게 될 거 같아? 형사 마누라였잖아. 잘 알 테지."

"놔! 빨리. 우리 딸이."

"잘 들어. 우리 딸은 사건에 휘말린 거야. 놈들이 길길이 날뛸 만큼 제대로 된 건수라고. 네가 그걸 견딜 수 있을 것 같아? 가나코는 어떻게 돼? 매스컴이 냄새라도 맡는 날이면 그 애 인생은 끝장이야. 그걸 견딜 수 있어?"

그의 팔 안에서 그녀는 점점 저항할 힘을 잃어 갔다. 견디지 못한다. 그가 한마디씩 던질 때마다 수많은 생각이 복잡하게 얽히며 떠올랐을 것이다. 관사에 살던 시절, 그녀는 일찍이 경찰의 아내라는 처지에 넌더리를 냈고, 결국 그 사회에서 도드라진 존재가 되었다. 경찰 사회에 순순히 녹아들려 하지 않았고 가나코에게도 그런 자세를 강요했다. 딸 교육에 심혈을 기울여서 딸이 사립 중학교에 진학하면 비로소 자기 신분에 어울리는 새로운 인간 관계를 만들려고 했다.

"한때의 기분에 가출한 거야. 분명히 그럴 거야."

그녀의 목에서 비명에 가까운 흐느낌이 터져 나왔다.

"당신이 뭘 안다고."

"나한테 맡겨."

가슴에 아릿한 통증이 치달린다. 그녀는 얼굴을 그의 셔츠에 묻고 가슴 근육에 손톱을 박은 채였다. 불길하고 칙칙한 감정이 전해져 왔다. 후지시마는 그 손을 떨쳐 내고 다른 손에 수화기를 들려 주었다.

기리코는 얼이 빠진 채 울적한 눈길로 후지시마를 바라보았다. 마치 전화기 사용법도 잊어버린 아이처럼.

"치사해…… 비겁한 자식."

"경찰에 알리지 않을 거면 바로 욕실에 들어가서 술기운부터 빼. 물어볼 이야기가 산처럼 쌓였으니까."

"당신 같은 인간한테 의지한 내가 바보야."

기리코는 짜내는 듯한 어투로 말하고 수화기를 테이블에 올려

놓았다. 그러고는 느릿느릿 거실을 나섰다. 이윽고 세면대에서 물 흐르는 소리가 들렸다.

후지시마는 묵묵히 담배를 피웠다. 라이터를 든 손이 떨렸다. 정상이 아니라는 건 아주 잘 안다. 사태의 엄중함에 몸이 찌부러 질 것 같았다. 혼자서 뭘 어떻게 할 수 있다는 거야. 아무것도 할 수 없어. 얼굴이 고통스럽게 일그러졌다.

언젠가는 누군가 가나코가 사라진 사실을 알고 소란을 피울 것 이다. 형사 출신의 직감이었다. 딸은 무사하지 못할 것이다. 자기 보신만 생각하는 부모에게 마땅한 결말인지도 모른다. 그러나 도 저히 인정할 수 없었다. 어떤 형태로든 딸을 산 채로 되찾을 수만 있다면. 후지시마는 꿈을 꾸어 본다. 가구도 식기도 음악이나 향 수도 모든 것이 낯설지만 그래도 자신이 마련한 자신의 집이었다. 혼자 살기에는 너무 나이가 들고 말았다.

찬장의 유리문을 열었다. 열쇠가 놓인 위치도 그대로다. 겹쳐진 접시 옆에 가만히 놓여 있다. 열쇠에는 눈에 익은 상처가 있다. 예 전에 그가 사용하던 놈이다. 그것을 호주머니에 넣고 가나코를 생 각해 보았다. 여름 더위에 썩어 가는 몸뚱이가 떠올랐다. 그런 상 상밖에 하지 못하는 자신을 저주했다.

3년 전 | 1

책상에 가득 갈겨 쓴 낙서에서 눈길을 떼고 일어섰다. 홈룸시간은 벌써 끝나고 방과 후를 알리는 종소리가 울렸다. 하루의 마지막을 알리는 해방의 소리. 가방을 메고 재빨리 교실을 나섰다.

무사히 복도로 나선다. 나도 모르게 등이 오그라든다. 숨을 멈추지 않을 수 없다. 복도 가장자리를 따라 목을 움츠리고 걸어간다. 놈들은 그런 내 모습을 보고 마치 더러운 노숙자 같다고 놀리기도 했다. 참으로 서글픈 모습이란 건 스스로 잘 안다. 그렇지만 어느새 그런 태도가 몸의 중심까지 배어 버렸다.

요 몇 달 동안 완전히 겁에 질려 살았다. 복도에 서기만 해도 남학생 여학생들의 시선이 아프게 느껴진다. 설령 나를 바라보지 않는다 해도. 스쳐 지나가면서 손으로 치고 발로 찬다. 반항하다가는 묵사발이 난다. 매일 그런 일이 반복된다.

이것으로 힘든 오늘도 끝난다. 그러나 무사히 끝날까. 빨간 햇살이 비치는 승강구. 거기에 이르러 깊은 한숨을 내쉬다 우뚝 멈춰 서고 말았다.

신발장에 있어야 할 내 스니커즈가 없다. 슬프고 또 지겹다. 주위를 살펴본다. 승강구 바깥이나 밟고 선 받침대 아래를. 누가 모르고 내던졌을지도 모른다는 생각을 하며.

바로 옆으로 남학생 여학생들이 스쳐 지나간다. 뭐가 그리 우스운지 즐겁게 떠들어 대면서. 이윽고 숫자가 늘어나는데 나는 그 사이를 헤집으며 어쩔 줄 몰라 한다.

가까운 교실이나 화장실까지 가서 살펴본다. 그래도 없다.

포기하고 맨발로 돌아가리라 생각했다. 그렇지만 앞으로 벌어질 일을 생각하니 그냥 멈춰 설 수밖에 없다. 부모님한테 이런 일로 연락할 수는 없다. 당연히 두 사람은 내가 평범하게 학교생활을 즐기는 중학생이라고 생각할 것이다.

어쩔 줄 몰라 하며 쭈그리고 앉은 나를 지나가는 여학생들이 의아한 눈길로 바라본다. 너무 창피해서 고개를 숙인다. 어찌지 못하고 멍하니 있는데 눈초리 쪽에서 웃는 놈들이 보였다.

놈들이란 같은 반 남학생이다. 4월에 반을 바꾸어 아직 이름을 모른다. 기억할 수도 없다.

큰 덩치에 긴 머리 A, 유도부인 듯 깍두기 머리에 뚱뚱한 B 그리고 늘 비웃는 듯한 웃음을 매달고 다니면서 둘과는 달리 눈을 치켜올리고 노려보는 시마즈.

놈들에게 말했다.

"내 신발 돌려줘."

시마즈는 웃기는 소리 하지 말라는 듯 침을 뱉었다.

A가 손짓한다.

"너, 잠깐 이리 와 봐. 왜 그렇게 빨리 돌아가려고 해?"

"내 신발 돌려줘."

B가 손가락으로 귀를 후빈다.

"무슨 말인지 도무지 모르겠는데."

시마즈가 내뱉듯이 말했다.

"까불고 있어…… 누가 도망치라고 했어?"

가만히 선 나에게 A가 턱으로 교실을 가리킨다. 아무도 없는 공작실. 나는 고개를 저었다.

"이리 와. 혹시 내가 신발의 행방을 알지도 모르니까. 꾸물거리지 말고 빨리 와."

세 사람이 먼저 공작실로 걸어간다.

B가 돌아보며 새된 소리로 웃는다.

"따라와. 소각로에 넣을 거야, 네 신발."

나도 모르게 발걸음을 옮겼다. 다 떨어진 신발 따위 멋대로 하라지. 그래도 맨발로 귀가한다는 건 정말 괴로운 일이다.

세 명이 공작실로 들어간다. A가 입구에서 얼굴을 내밀고 마치 즐거운 파티라도 여는 듯한 표정으로 방긋방긋 웃으며 손짓한다.

들어서자마자 시마즈가 멱살을 잡고 끌어당기더니 무릎을 내 배에 꽂았다. 몸이 푹 꼬꾸라지며 숨이 턱 막혔다.

B는 기성을 지르며 내 발을 걸어 넘어뜨렸다. 리놀륨 바닥에 엉덩방아를 찧자 놈의 발이 등을 찍었다.

A의 발이 볼을 스쳤다. 다시 한번 그 더러운 회색 실내화가 위로 올라갔다. 나는 두 팔로 얼굴을 감쌌다. A의 발가락이 목덜미와 팔꿈치 뼈를 쳤다. 통증이 머리 꼭대기까지 치솟았다. 시커멓게 멍이 들 것이다.

콧날을 향해 날아오는 발꿈치를 손바닥으로 받아 냈다. 날아오는 야구공을 맨손으로 받는 것 같았다. 얼굴만은 상처를 입고 싶지 않았다. 더럽히고 싶지 않았다.

누가 봐도 폭력을 당했다는 것을 알 만한 증거를 남기고 싶지 않았다. 죄인의 피부에 인두로 남긴 흔적인 것 같아서 폭력을 당하는 것보다 더 무서웠다.

반 아이들 대부분이 나의 적이었다. 개중에는 게릴라처럼 구는 아이도 있어 눈길만 떼면 노트나 교과서를 마구 찢기도 하고 낙서를 하기도 한다. 이놈들은 그 가운데서도 가장 노골적이었다.

A는 흥분한 듯 숨을 거칠게 몰아쉬었다.

"이놈 봐라."

얼굴 공략이 잘 안 되자 이번에는 어깨와 발을 짓밟았다. 검은 교복에 더러운 발자국이 찍혔다. B가 다리에 힘이 빠진 나를 멱살 잡이하고 끌어당겨 일으켜 세웠다.

가슴 단추가 날아갔다. 굵은 팔이 목을 휘감더니 경동맥과 기도를 압박했다. 서글프게도 신음이 새 나오고 입 안에 침이 가득 고였다.

뒤틀린 시야 한가운데 볼을 실룩거리는 시마즈의 얼굴이 있었다. 웃는지 화를 내는지 구분이 안 가는 표정이었다.

B가 귓가에 대고 으름장을 놨다. 입 냄새가 심하게 났다.

"시키는 대로 가져온 거지, 엉?"

나는 대답하지 않고 입을 꾹 다물었다. 말을 할 수도 없고, 목이 팔에 꽉 끼어 꼼짝할 수도 없었다. 의식은 뚜렷했다. 다만 위액이 넘어오려 했다.

"어이, 대답해 봐."

B가 귓가에 대고 으르렁거렸다. 잇몸이 썩는 듯한 냄새가 났다.

목에 감긴 팔에서 힘이 빠져나갔다. 기침을 하며 바닥에 무릎을 꿇었다. 교복은 어깨에서 발끝까지 희멀건 먼지로 더러워졌다. 주머니에 꽂힌 지갑이 쉽게 뽑혀 나갔다.

그걸 낚아채려는 내 손길이 허망하게 허공을 갈랐다. 그러나

곧장 혀 차는 소리와 함께 지갑이 날아왔다. 안에는 동전밖에 없었다.

"돈은?"

A가 내 허벅지를 밟으면서 물었다. 나는 고개를 저었다.

"그냥 넘어갈 줄 알아?"

B가 따지듯이 말했다. 너무도 당당한 어투였다. 죄의식 같은 건 눈곱만큼도 없었다. 스스로 정의를 믿는 자의 확신에 찬 목소리였다.

시마즈가 지그시 나를 내려다본다. 그 눈동자가 기름이라도 부은 듯 번득인다. 그것이 무엇을 의미하는지 잘 안다. 경멸도 조롱도 아닌 순수한 증오심이었다.

"배신자⋯⋯."

놈은 낮은 목소리로 중얼거렸다. 그리고 이제는 단골 노래처럼 되어 버린 대사를 뱉어 냈다.

"네 멋대로 빠져나가서⋯⋯ 인사도 하지 않고 그만둘 수 있다고 생각해?"

나는 고개를 저었다.

"오래전에 감독에게 탈퇴신청서를 제출했어."

"시끄!"

"난 벌써."

"닥쳐!"

시마즈는 낮게 으르렁거리며 내 몸을 훑듯이 바라보았다. 그리고 다시 단골 노래.

"머리카락, 제멋대로 기르고 말이야."

놈의 팔이 뻗어 나와 내 앞머리에 손가락을 집어넣고 더듬었다. 놈의 다른 한 손은 내 볼을 더듬었다.

"어이, 여자 냄새가 나잖아, 호모자식."

놈들이 풋 웃었다.

시마즈도 볼을 실룩거리며 웃었다. 지난 2년간 나는 매일처럼 이 병적인 웃음을 보아야 했다. 놈도 이런 호모 아닌 호모와 주전 경쟁을 벌여 왔다.

시마즈가 얼굴을 가까이 댔다. 내뿜는 숨이 볼에 닿았다.

"돈 같은 건 필요 없어. 그 대신 죽어. 죽어서 그 자식 똥구멍이나 빨아."

놈들이 다시 웃었다.

놈이 그 자식이라 부른 그의 모습이 뇌리에 되살아났다.

혈관이 비쳐 보일 만큼 새하얀 얼굴. 방과 후 립스틱을 바른 여자애처럼 새빨갛게 보이는 입술. 남자들의 음침한 어둠을 다 뒤집어쓰고 죽은 오가타 세이치의 반듯한 얼굴이었다.

맥이 빠졌던 두 다리가 바닥을 차고 일어섰다. 나는 허리를 깊이 꺾었다가 코뿔소처럼 시마즈의 배에 머리를 박았다. 이마에 딱딱한 교복 단추가 닿아 눈물이 고일 만큼 아팠다. 시마즈는 낮은 신음을 뱉더니 배를 움켜쥔 채 쭈그리고 앉았다.

나는 그 모습을 멍하니 내려다보았다. 나 자신이 저지른 행동에 당황해서 그들에게 싹싹 빌어야 할지 이대로 도망쳐야 할지 몰랐다. 결국 나는 아무것도 하지 못한 채 그 자리에 얼어붙고 말았다.

이마에 손을 댔다. 손바닥에 작은 핏자국이 달라붙었다. 이마의 상처가 깊지 않기를 바랐다. 어색한 표정으로 나를 바라보는 담임선생과 나무라는 눈길로 딱딱하게 얼어붙은 부모님의 얼굴이 스쳐 갔다.

"이 자식, 죽고 싶어!"

"이 개새끼!"

A와 B가 동시에 외친다. 잔뜩 힘을 넣어 으름장을 놓지만 그 표정은 상처받은 듯 생각지도 않게 배신을 당한 듯 어딘지 모르게 애절함과 경악으로 뒤틀려 있었다. 마치 고양이나 강아지한테 물린 듯한 표정이다. 슬펐다.

B가 두 팔을 뻗어 압도적인 힘으로 목을 조른다. 꼼짝도 못 하는 나에게 A가 시뻘게진 얼굴로 주먹을 날린다. 힘 조절이니 배려니 하는 건 아예 생각도 할 수 없는 주먹이 연달아 볼과 이마에 박혔다. 이에 찢은 입술이 열기를 머금고 욱신거린다.

"개새끼, 시발놈."

입 안 가득 녹슨 금속 냄새가 퍼져 나가고 충격받은 광대뼈가 불에 댄 듯 뜨겁다.

그리고 시마즈. 아랫배를 움켜쥔 채 째려보는 그 얼굴이 지옥에서 기어 나온 귀신처럼 뒤틀렸다. 시마즈는 내게 달려들어 주먹을 날리려 하지 않았다. 호주머니에 손을 집어넣더니 뭔가를 꺼냈다.

"죽여 버릴 거야."

놈의 손에서 은색 깃털 같은 것이 튀어나온다. 나이프였다. 처형대에 올라선 느낌에 휩싸였다.

A의 눈이 화들짝 열렸다. 내 목을 조른 팔에서 힘이 조금 빠져 나갔다.

"어이……."

뒤에서 B의 얼빠진 목소리가 들려온다. 나이프를 쥔 시마즈의 손이 바르르 떨린다. 진짜로 찌를 기세다.

"죽여 버릴 거야."

시마즈가 혀를 차면서 갑자기 나이프를 허벅지 안으로 숨긴다. 문이 열리고 반백의 선생이 공작실로 들어섰다.

그는 눈을 동그랗게 뜬 채 멈춰 서더니 그 눈길로 나를 바라보았다. 이거 참 곤란해졌다는 듯한 표정이 순간 그 얼굴을 스쳤다.

"여기서 뭐 하는 거야?"

"그냥요."

A가 태연한 표정으로 말했다.

"우리 아무 짓도 안 했어요."

B의 목소리도 어느새 평탄한 흐름으로 바뀌었다. 어른들이 두려워할 음침한 목소리였다. 그것으로 충분했다. 선생의 눈길은 이미 내게서 떠나 버렸다.

시마즈가 나를 노려보았다. 뭐든 한마디만 해 봐. 그냥 죽여 버릴 거야!

"빨리 돌아가."

그렇게만 말하고 선생은 몸을 돌렸다.

문이 닫히자 B가 가슴에 고인 숨을 토해 냈다.

"좀 곤란하지 않을까? 본 것 같은데."

"별일 아냐. 괜찮을 거야."

A가 얼굴을 잔뜩 구기며 말했다.

시마즈가 다시 나이프를 꺼내자 A가 고개를 저었다.

"이제 됐어. 그거 집어넣어."

시마즈는 나이프를 내 눈높이까지 들어 올렸다. 뭐에 홀린 듯한 표정으로 칼날을 볼 가까이 댔다.

A가 거칠게 말했다.

"어이! 이제 됐다고 하잖아."

놈은 숨을 거칠게 몰아쉬며 아깝다는 듯이 나이프를 떼더니 칼날을 접어 넣었다. 버르장머리 없는 개처럼 낮게 으르렁거렸다.

"배신자 자식……."

"우리 이름은 모르겠지, 그 선생?"

B가 매달리는 목소리로 말했다.

"일단 시치미 떼는 거지 뭐."

"응."

어색한 공기가 퍼져 나갔다. 목을 조른 팔이 풀리자 내 몸은 그냥 바닥에 무너졌다. 볼과 입술이 뜨겁고 콧속이 욱신거리고 숨쉬기가 힘들다. 와이셔츠 깃에 피가 묻었다. 거울 보기가 너무 두렵다.

"너 까불지 마. 우리한테 빌어야 할 입장이야, 넌."

"반드시 가지고 와. 지갑에 만 엔짜리 안 들었으면 죽을 줄 알아."

A와 B의 발소리가 멀어져 갔다. 시마즈가 교복에 침을 뱉었다. 침과 함께 모욕당한 자존심이 바닥으로 흘러내렸다.

놈들이 웃으면서 공작실을 나간 뒤 천천히 일어섰다. 교복에 허옇게 묻은 먼지를 털어 냈다. 이어서 침을 닦아 낸다. 아까처럼 누가 들어오지 말란 법도 없다. 그런 때 어떤 표정을 지으면 좋을지 막막하기만 하다.

나도 모르게 몸속의 공기가 다 빠져나갈 만큼 깊이 한숨을 뱉어 냈다. 스니커즈는 교단 옆에 나뒹굴고 있었다. 멀리서 봐도 알 수 있을 만큼 찢어져서 안감이 비어져 나왔다. 철저하게 찢긴 그 상흔에서 지금이라도 피가 솟구쳐 나올 것만 같았다.

스니커즈를 집어 들었다. 죽은 강아지를 끌어안은 기분이었다.

복도로 나섰다. 눈앞으로 여학생 몇이 스쳐 간다. 하나같이 대화를 뚝 멈추고 잰걸음으로 지나친다. 아까 그 선생처럼 뭔지 모를 불길한 물건이라도 본 듯한 표정으로. 복도에 놓인 쓰레기통에 스니커즈를 버렸다. 신을 수도 없고 집에 들고 갈 수도 없었다.

발걸음을 뗄 때마다 코피가 방울방울 바닥에 떨어졌다. 아무도 나를 알아보지 말아 주기를 바랐다. 하긴 누가 이런 나에게 말을 걸까.

교실과 반대 방향으로 걸어갔다. 아무도 나를 모르는 곳으로 가고 싶었다. 수돗가에 가서 얼굴을 씻었다. 차가운 물이 뜨겁게 달아오른 피부에 닿자 기분이 상쾌해졌다.

눈이 뜨거워 손수건으로 얼굴을 닦았다.

눈물이다. 제발 그만둬! 그치라니까! 나를 향해 중얼거린다. 더 이상 서글픈 꼴을 당하고 싶지 않다. 애원하고 기도했지만 눈물과 콧물이 입 안까지 마구 파고들었다.

몇 번이나 얼굴에 물을 뿌렸다. 어떻게든 냉정을 되찾으려고 있는 힘을 다해 심호흡을 했다. 얼굴을 푹 숙이고 있는데 불현듯 그 놈 얼굴이 눈앞에 나타났다.

지금의 나처럼 수돗물로 얼굴을 씻는다. 같은 반이었던 오가타의 얼굴이다. 그랬다. 그 아이도 눈자위가 벌겋게 물들었다. 주먹으로 열심히 수도꼭지를 내리친다.

"씨파!"

오가타는 빨간 입술을 바르르 떨며 욕을 퍼부어 댔다.

"씨파, 씨파."

벌써 몇 달 전의 일이다. 연습을 끝낸 뒤였으니까 저녁나절이 한참 지난 때였을 것이다. 마침 교실에 잊어버린 물건을 찾으러 갔다가 오가타를 보았다.

주먹을 망치 삼아 내리치자 수도관이 흔들거렸다. 찢어진 손등에서 나온 피가 수돗물과 함께 흘러갔다. 가만히 바라보는 내 시선을 알아차리고 창피한 듯 목을 움츠렸다. 우는지 웃는지 애매모호한 표정이었다.

"꼴 같지도 않은 모습을 보이고 말았네."

거기서 내가 보인 반응이란 별것도 아니었다. 못 볼 걸 보았다는 다른 아이들 표정과 하나도 다를 게 없었다. 아무 말도 없이 그냥 지나쳐 버린 것이다.

오가타라는 이름을 듣고, 나는 왜 놈들에게 그리도 격하게 반응했을까. 그런 식으로 폭력을 휘두른 것은 태어나서 처음이었다. 마치 모욕당한 친구를 위해 분연히 일어선 의리의 사나이 같았다. 너무 부끄러워 다시 얼굴에 물을 끼얹었다.

그하고는 같은 교실에서 같은 공기를 마셨을 뿐이다. 친구라고 하면 무덤에서 벌떡 일어나 나에게 따지고 들지 모른다.

수도꼭지 아래 잠긴 뒤통수를 끌어 올린다. 긴 머리카락에서 물이 떨어져 어깨를 흠뻑 적셨다. 이제야 겨우 발작 같은 눈물이 멈춘 듯하다. 그렇다고 마음이 편해진 건 아니다. 놈들의 가학적인 웃음과 낙서, 찢어진 신발이 끝도 없이 뇌리에 떠올라 분노의 눈물을 끌어내려 한다.

창으로 바깥을 내려다본다. 운동장에서는 얼마 전까지 내가 속했던 운동부 아이들이 캐치볼을 하며 몸을 푼다.

기세가 실려 유성처럼 날아가는 공도 있고, 늘어진 포물선을 그리며 맥없이 날아가는 공도 있다. 이제 곧 시마즈도 준비를 하고 그들 속으로 들어갈 것이다.

봄이 되어 1학년이 들어왔기 때문인지 처음 보는 앳된 얼굴도 있다. 그러나 거의가 아는 얼굴이다. 동료라는 말을 써도 좋을 만큼.

더는 보고 있을 수 없었다. 손수건을 짜서 젖은 머리카락을 닦아 낸다.

갑자기 부드러운 감촉이 목덜미에 닿았다. 반사적으로 몸을 움츠리며 뒤돌아보았다. 파란 타월이 목에서 떨어졌다. 여자애가 표정 없는 얼굴로 서 있었다. 본…… 얼굴이다. 너무 갑작스러워 이름이 떠오르지 않았다.

"……뭐야?"

목소리가 떨려 나왔다. 여자애 앞에서 이렇게 떨며 말할 이유는 없잖아. 얼굴에서 불꽃이 이는 것 같아 고개를 푹 수그리고 말았다.

나는 그냥 떨고 있었던 것이다.

"써, 이거."

그녀는 떨어진 타월을 주워 나에게 건네주었다. 이윽고 그 아이 이름이 떠올랐다. 후지시마 가나코. 2학년 때 같은 반이었다. 그 아이가 아니라면 이렇게 금방 이름이 떠오르지도 않았을 것이다.

"고, 고마워."

황망히 손을 뻗어 타월을 받아 들며 오랜만에 보는 그 얼굴에 시선을 고정했다. 아주 예쁜 얼굴이다. 둥글고 가느다란 눈썹. 백인처럼 색이 엷은 눈동자. 가늘게 선 볼과 조금 튀어나온 듯한 턱. 거기에 비쩍 말라 보이는 몸매. 나보다 키가 크다. 도무지 같은 중학생으로 보이지 않는다.

인상 깊은 여자애였다. 단순한 편견인지는 모르겠지만 여자애란 늘 무리를 지어 행동하는 생물이다. 특히 학교 같은 장소에서는 그러지 않으면 불안해진다는 이야기를 대학 다니는 사촌 누나한테 들은 적이 있다. 지금의 나라면 그러냐고 고개를 끄덕일 것이다. 혼자 있다는 건 여러 가지 의미에서 최악이다.

그런데도 그 아이는 혼자 있는 시간이 많다. 쉬는 시간이나 방과 후 무리를 지어 다니지 않고 책이나 만화를 보든지 아니면 인기척 없는 곳을 찾아 걷든지 한다. 내 눈에 비친 그녀는 소년 소녀의 세계에 잘못 끼어든 어른처럼 보였다.

"빌려 줄게."

그러고는 등을 돌려 걸어갔다.

"잠깐, 기다려. 왜? 왜 이런 걸?"

그녀는 들고 있던 가방을 닫더니 이상하다는 듯 눈초리를 치켜올렸다.

"흠뻑 젖었으니까. 애석하게도 붕대는 없어. 빨리 병원에 가 보는 게 좋을 거야. 내버려 두면 곪을지도 몰라."

그녀는 자신의 이마 언저리를 손가락으로 가리켰다. 지당한 말이었다. 나는 그냥 고개를 끄덕일 수밖에 없었다.

"그렇긴 하지만."

"피가 안 지워지면 굳이 돌려주지 않아도 돼."

"······아, 응, 아아."

어색한 대화에 답답한 가슴으로 젖은 얼굴을 닦는다.

"그럼 가."

또렷해진 시야 저편으로 살짝 미소 짓는 그녀의 모습이 보였다. 숨이 턱 막혔다. 걸어가는 그녀를 말없이 바라볼 따름이었다. 무슨 말을 하려다가는 어처구니없는 대사가 나와 버릴 것 같았다.

슬쩍 거울을 보았다. 처참하다. 코에서 입술에 걸쳐 피딱지가 달라붙었다. 한쪽 볼이 너무 익어 버린 복숭아처럼 빨갛게 부풀어 올랐다. 눈이 붉게 물들었다. 나는 깊이 한숨을 내쉬고 고개를 저었다.

조금은 오가타하고 닮은 것 같기도 하고. 그런 생각을 하며 얼굴을 들여다보았지만 말도 안 되는 이야기라는 것을 깨달았다.

죽은 오가타는 나하고 친구도 뭐도 아니었다.

그렇지만 후지시마 가나코는 어떨까. 친구, 동료, 연인. 어떤 말로 정리하면 될지 몰랐다.

다만 나는 본 적이 있다. 휴일 이케부쿠로역 앞에서 같이 걸어가는 모습을. 그때 그 아이는 순진무구한 웃음을 흘리고 있었다. 학교에 있을 때처럼 지겨운 듯한 표정이 아니었다.

타월을 머리에 갖다 댔다. 비누하고는 다른 달콤한 냄새가 났다. 머리카락을 닦으면서 그녀가 오가타에게 보였던 그 웃음 띤 얼굴을 몇 번이나 떠올렸다.

4

어제 아침, 가나코는 평상시처럼 학원으로 갔다. 어젯밤, 기리코는 이와나카의 아파트에서 몇 번이나 집에 전화를 걸었다. 녹음이 흘러나올 따름이었다. 가나코의 휴대전화 번호를 눌렀다. 전원이 꺼진 채 연결되지 않았다. 기리코는 불안을 끌어안고 출근했다. 일을 하는 중에도 몇 번이나 휴대전화와 집으로 전화를 걸었지만 받지 않았다. 수업이 끝나는 시간에 맞춰 바람처럼 집으로 달려갔다. 가나코가 귀가하지 않은 것을 알고 학원에 다니는 몇몇 친구에게 전화를 걸었다. 어제저녁 패스트푸드점에 들렀다 헤어졌다고 한다. 그 이후 가나코의 행방을 아는 아이는 없었다.

아이들 연락처가 있었지만 누가 친구고 누가 아닌지 구별할 수 없었다. 학교나 경찰에 연락하려고 망설이다가 그만두었다. 딸과 그 딸을 키운 자신의 이력에 상처를 남기고 싶지 않았다. 별거와 이혼으로 충분히 상처를 주었기 때문이다.

기리코는 해가 완전히 떨어졌을 즈음 무슨 단서라도 잡아 보려고 딸의 방을 뒤지기 시작했다. 이윽고 옷장 구석에서 가방을 발견했다. 경악과 공포 때문에 잠시 시간 감각을 잃고 말았다. 의식에서 거의 지워진 전남편에게 전화를 걸었다.

후지시마는 딸의 친구 관계를 물었다. 기리코의 입에서 나온 말은 같은 학원에 다니는 학교 친구와 어렸을 때 친구 몇뿐이었다.

"그것뿐이야? 남친은?"

"몰라. 있었을지도 모르지만."

"누구야?"

"그런 걸 내가 어떻게 알아."

"어떤 애였다고 생각해?"

"몰라. 없을지도 모르니까."

기리코의 볼이 발갛게 물들었다. 전남편의 눈에 떠오른 경멸의 기색을 알아차렸기 때문이다.

"어쩔 수 없지. 지금은 모두 휴대전화나 인터넷으로 연락을 주고받으니까. 우리가 알 여지는 별로 없지. 그렇지만."

고개를 기울이며 잠시 생각한다.

"아마도 있었을 거야. 그것도 같은 세대가 아니라 연상으로."

"왜?"

"그냥 감이야. 의미는 없어. 그렇지만 또래 여자애들보다, 뭐라고 하면 좋을까, 가나코는 너무 어른스러웠어."

세면장에는 가나코의 세면도구와 화장품이 그대로 놓여 있었다. 기리코에게 그것을 확인시키자, 그녀는 굳은 표정으로 가늘

게 한숨을 내쉬었다.`

다시 딸의 방으로 돌아와 수색을 시작했다. 그녀에게 하나하나 확인을 요구했다. 옷장의 옷에 대해서도 물었다. 반쯤은 사 준 것이지만 나머지 반은 모른다고 한다.

"가나코가 아르바이트했어?"

기리코는 고개를 젓는다. 아르바이트는 학교에서 금지하는 사항이었고, 딸에게서 그런 낌새를 느끼지도 못했다고 한다. 후지시마는 옷 하나를 잡고 물었다.

"이거 비싼 브랜드인가?"

"아마도 그런 것 같긴 한데 나도 잘 몰라."

기리코는 얼버무렸다. 유복하지도 않고 아르바이트도 하지 않는 여고생이 비싼 옷을 입을 수 있는 길은 많지 않다. 그만한 연상의 남자가 있어도 이상하지 않다. 경찰서나 파출소에 끌려온 소녀들의 얼굴이 떠올랐다. 몸을 판 건 아닌가 하고 물을 수는 없었다. 자기 딸을 그런 아이들로 보기 싫었다.

책상 아래 서랍에서 크림색 파우치가 나왔다. 알루미늄으로 싼 캡슐 알약과 가루약이 든 종이봉지가 있었다.

"어디 아픈 데라도 있었어?"

기리코는 멀뚱한 표정을 지었다. 종이봉지에는 약국 이름이 적혀 있었다. 그 안에 신경과 병원 이름이 적힌 종잇조각이 있었다.

내용물은 수면제, 진정제, 항우울제인 것 같았다. 부모 자식이 모두 약물에 의존하는가 하는 자괴감이 일었다. 술도 훌륭한 약물이다.

책장 아랫단에 사진관에서 현상할 때 건네주는 작은 앨범이 몇 권 있었다. 친구나 같은 반으로 보이는 아이와 찍은 사진이 있었다. 어깨 아래로 내려오는 검은 머리카락, 다른 아이보다 머리 하나가 큰 키. 수학여행, 학교 축제, 운동회. 시간을 점점 거슬러 올라가 중학교 시절의 교복 입은 모습에 이르렀다. 아직도 어린 티가 남았고 아직은 나름 대화를 나누던 시절의 낯익은 얼굴이다.

마지막 한 권. 사진 몇 장이 듬성듬성 배치되어 있었다. 그는 페이지를 넘기던 손을 멈추고 미간을 찌푸렸다.

"어이."

얼빠진 표정으로 선 기리코에게 앨범을 보여 주었다.

"이놈 누구야?"

모든 사진에 그 소년이 있었다. 중학교 시절의 가나코와 어깨를 나란히 하고 겸연쩍은 미소를 머금은 아이. 가나코가 찍은 것인지 소년이 카메라를 향해 손을 흔드는 모습도 있었다.

"오가타……."

"오가타?"

가나코보다 키가 작고 하얀 피부에 입술이 빨갛다. 몸이 가늘고 어딘지 모르게 병약해 보이는 인상이다. 교복을 입은 덕분에 소년이라는 것을 알 뿐 눈썹까지 가린 긴 머리, 가느다란 모습이 소녀 같아 보였다.

사진은 둘 사이를 추량하기에 충분했다. 아마도 연인 사이였을 것이다. 어느 사진보다도 가나코가 아름답고 사랑스러웠다. 후지시마는 한참이나 그 사진을 바라보았다. 이윽고 오가타라는 소년에 대해 어이없는 질투심 같은 것이 가슴속에서 솟구쳐 올랐다.

기리코는 잠시 그 사진을 바라보더니 고개를 젓고는 앨범에 넣었다.

"뭐야?"

"중학교 때 가나코랑 같은 반이었는데 이 애, 없어."

"무슨 뜻이야?"

"죽었어."

후지시마는 아내의 얼굴을 바라보았다. 그녀는 애써 냉정한 표정을 짓고 있었다. 후지시마는 사진으로 눈길을 돌렸다. 푸른 하늘을 배경으로 웃는 가나코. 그 소년을 잃은 후의 가나코. 단 한 번도 그런 마음을 헤아려 주지 못했다.

수첩을 열고 페이지 사이에 끼워 놓은 그 사진에 다시 눈길을 던졌다. 영양 음료를 들이켰다. 달콤한 맛이 목에 달라붙었다가 미끄러져 내려간다. 오미야역 서쪽 출구에 가까운 편의점 앞이었다. 시간은 12시를 넘어섰다. 병을 냄새 나는 쓰레기통에 던져 넣었다. 점심시간이기도 해서 그리 넓지도 않은 가게 안이 학원생으로 붐볐다. 하나같이 도시락이나 음료수를 집어 든다. 점원은 열심히 계산기를 두드리고 손님은 그 더위 속에서 물건을 계산대에 올려놓는다.

후지시마는 주위를 살펴보았다 관할서를 포함하여 인근 경찰서 세 곳의 전 요원이 동원되어 편의점 순찰을 강화했다는 이야기를 들었는데 경찰관의 모습은 보이지 않는다. 점심 식사 후 특유의 나른함에 감싸인 샐러리맨과 학생, 백화점에서 쇼핑을 즐기는 노파. 서쪽 출구 앞의 쇼핑몰에서 저녁 햇살에 지지 않을 만큼 강렬한 볼륨으로 음악이 흘러나와 더위를 더 끓어올린다. 그리고 사진 속의 여자애들이 편의점에서 나왔다.

"잠깐만."

마츠시다 메구미와 나가노 도모코는 사진과 달리 의구심과 짜증을 잔뜩 머금은 얼굴로 그를 바라보았다. 장소가 장소이니만큼 스카우터라 착각한 듯했다.

둘 다 몸선이 그대로 드러나는 짧은 티셔츠에 청바지 차림이었다. 그러지 않아도 키가 큰 마츠시다는 바닥이 두꺼운 샌들을 신어서 후지시마와 어깨를 나란히 할 정도였다. 어깨까지 늘어진 검은 머리, 드센 인상을 풍기는 얼굴이었다.

나가노는 배꼽이 보일 듯 짧은 미채색 티셔츠에 은 목걸이, 금 피어스 그리고 오렌지색 짧은 머리. 화사한 겉모습과 달리 그냥 바람에 날려 버릴 것처럼 가느다란 몸매였다. 올려다보는 눈에서 낯선 사람에 대한 두려움 같은 것이 엿보였다.

"잠깐만."

모델처럼 팔다리가 긴 마츠시다는 낯선 사람이 접근하는 일이 드물지 않은 듯 당당한 눈길로 바라보았다.

"가나코의 아버진데."

마츠시다는 뭔가를 가늠하는 듯한 눈길로 슬쩍 쳐다보더니 가볍게 눈썹을 끌어 올렸다. 딱히 놀라는 기색도 없었다. 오렌지색 나가노는 굳은 표정 그대로 마츠시다 뒤로 물러났다.

"가나코, 돌아왔나요?"

마츠시다는 껌을 씹으며 물었다.

후지시마는 고개를 저었다.

"혹시 너희에게 연락은?"

"우리도 몰라요. 휴대전화도 안 되고요."

나가노도 마츠시다 뒤에서 고개를 끄덕였다. 마치 남장미인에게 보호받는 공주님 같다. 기리코가 맨 먼저 연락한 상대가 바로 이 둘이다. 딸과는 고등학교에서 같은 반이고 마츠시다는 가미오에서 나가노는 요노에서 학교와 학원을 오간다. 가나코의 사진은 두 아이와 같이 찍은 것이 많다. 같은 학원을 다니고 수학여행 때 같이 행동하고 축제를 함께 즐긴 것 같았다.

마츠시다가 어깨를 으쓱했다.

"그래서요?"

후지시마는 더는 참을 수 없다는 듯 손을 이마 위로 올려 햇살을 가렸다. 정수리가 뜨거운 철판처럼 달아오르기 시작했던 것이다. 턱으로 얼마 떨어진 패스트푸드점을 가리킨다.

"잠시 이야기 좀 해도 될까?"

"그렇지만."

마츠시다가 편의점 봉지를 들어 올려 보였다.

"부탁해."

마츠시다는 보란 듯이 한숨을 내쉬었다. 어떡할래? 두 아이는 당혹스런 표정으로 서로를 바라보았다. 나가노는 굳은 표정으로 친구를 바라보았다. 말은 하지 않아도 빨리 도망치고 싶다는 마음

을 노골적으로 드러냈다. 도대체 이게 무슨 친구라고. 후지시마는
보이지 않는 가나코를 향해 속으로 중얼거렸다.

"우리도 어디 갔는지 도무지 몰라요. 걱정은 되지만요."

"귀찮게는 안 할게. 몇 가지 질문에 대답해 주면 돼."

마츠시다가 눈을 가늘게 떴다.

"이거, 일인가요?"

"뭐라고?"

"기억이 나서요. 아빠가 형사라고. 가나코가 그랬거든요."

"경찰은 그만뒀어."

"그럼 신고했나요, 경찰에?"

"아니."

"왜요?"

"알리는 게 좋겠어?"

"글쎄요, 그런 건 잘 모르겠네요. 그렇지만 걱정되지 않으세요?"

마츠시다는 입술을 비죽 내밀었다.

그는 한 걸음 앞으로 나아가 고압적인 자세로 말했다.

"걱정되지, 물론. 그러니까 이렇게 찾아오지 않았는가."

백화점 종이봉지를 든 중년 여성들이 의구심 섞인 눈길을 던지
며 곁을 지나친다. 후지시마는 고개를 빼며 뒤에 선 소녀에게 말
했다.

"부탁할게."

나가노는 시선을 아스팔트 위로 떨어뜨렸다.

"그럼 그러죠 뭐."

마츠시다가 말 사이로 끼어들며 강렬한 눈길을 던졌다. 후지시마는 그런 분위기가 가나코와 닮았다는 느낌을 받았다. 딸이 그런 눈길로 자신을 바라본 적이 있었다.

　북적대는 패스트푸드점에 들어가서 두 아이에게 자리를 잡으라고 했다. 그는 커피 컵을 올린 쟁반을 들고 자리에 앉았다.

　"뭐든 생각나는 거 없을까? 가나코 엄마한테 말한 것 말고."

　"글쎄요, 진짜로 아무것도 몰라요."

　"자네는 어때?"

　후지시마는 나가노에게 물었다. 낮고 기어 들어가는 듯한 목소리가 들렸다. 무슨 말인지 몰라 몇 번이나 되물어야 했다.

　"저 역시 아는 게 하나도 없어요."

　"그저께 일을 다시 한번 말해 보지 않을래? 어떻게 지냈는지."

　"그러니까요."

　대답하려는 마츠시다를 손을 들어 제지하고 나가노를 가리켰다.

　"이 애한테 묻는 거야."

　마츠시다는 놀란 듯 숨을 딱 멈추더니 모욕당한 사람처럼 노기를 드러내며 눈을 내리깔았다.

　"그날도 학원에서 같이 보냈지?"

　"같이 있긴 했지만 오전뿐이었어요."

　곁에서 마츠시다가 입을 비죽 내민 채 고개를 끄덕였다.

　"그건 또 무슨 말이지?"

　"나랑 메구미는 사립 대학 문과 코스니까 오전은 셋이서 영어 수업을 듣지만 오후부터는 각각 강의실이 달라요. 가나코는 국립 대학 지망이라서 오후는 수학을 들으러 가거든요."

"마치고 같이 간 게 아니었어?"

"평상시에는 그렇지만요."

나가노는 또박또박 말을 가렸다.

"어제도 여기서 기다렸어요. 그렇지만 오지 않았어요. 아마 먼저 간 모양이라고 생각했어요."

"그럼 가나코는 어디로?"

마츠시다는 뭐가 초조한지 손가락으로 테이블을 톡톡 두드린다.

"방금 말했잖아요. 집에 먼저 간 걸로 생각했다고."

"집에는 오지 않았어. 어디 갔다고 생각해?"

"글쎄요, 가나코가 어디 갔는지는. 1년 내내 같이 있는 것도 아니니까요."

질문을 계속 날렸다. 가능한 한 생각할 시간을 주지 않으면서.

"남자를 만난 거야? 어떤 사람을."

마츠시다가 코웃음 쳤다.

"가나코가? 설마요."

"뭐가 이상하다는 거야?"

"아무것도 아네요."

"진지하게 대답해 주기 바라. 자네들이 숨겨 주고 싶다면 어쩔 수 없겠지만."

"숨겨요? 우리가?"

아이를 데리고 온 주부들이 뒤를 돌아본다. 마츠시다는 말도 안 된다는 듯 위를 올려다보더니 자리에서 일어섰다.

"가. 우리를 의심하는 것 같아."

"아직 이야기가 끝나지 않았어. 자리에 앉아."

"명령하지 말아 주세요."

침묵과 휫소. 시끄러운 팝 음악이 귀를 거스른다. 후지시마는 이마의 땀을 소매로 닦았다. 머리를 조아린다.

"미안, 사과할게."

허리를 들어 올리던 마츠시다가 불퉁한 표정 그대로 다시 자리에 앉았다.

후지시마가 말을 이었다.

"가나코는 집을 나간 게 아냐. 누군가에게 납치당했어."

"왜 그런 결론을 내린 거죠? 그냥 기분 전환 삼아 어딘가에서 외박했을지도 모르잖아요. 오로지 공부만 하다가 넌더리가 났을지도 모르잖아요."

"아냐, 가나코한테는 수입이 있었어. 뭔가를 팔지 않았어?"

"아저씨, 정말로 가나코 아버지 맞으세요?"

마츠시다의 얼굴이 혐오감으로 일그러졌다.

"말도 안 되는 소리는 하지 말아 주세요."

나가노가 분노를 드러냈다. 눈을 꼭 감고 부르르 떨었다.

"그렇게 생각하는 데는 그만한 이유가 있어."

"믿을 수 없어."

나가노는 더는 참지 못하고 눈물을 흘렸다.

마츠시다가 입을 열었다.

"남자, 있을지도 몰라요."

"뭐라고?"

"남자가 있을지도 모른다고요. 아저씨가 말한 어떤 사람."

"누구야?"

"글쎄요, 가나코가 말해 주지 않았으니까요. 우리도 좀 화가 났어요. 가나코가 우리를 피하니까요. 휴대전화도 잘 안 받고 잘 만나려 하지도 않고. 여름 방학 전부터 줄곧 그래요. 어제 같은 일이 그리 드물지도 않았고 이전부터 제멋대로 행동하는 애라고는 생각했지만 이렇게 노골적일 줄은 몰랐어요. 그냥 감에 지나지 않지만 그 남자하고 어디 여행이라도 간 게 아닐까요? 여름이기도 하고."

"자네도 그렇게 생각해?"

나가노가 눈물을 닦으면서 고개를 저었다.

"난……."

"그러다 지겨워지면 돌아올 거예요. 이제 됐어요? 시간도 다 됐네요."

"자네들도 가나코에 대해 잘 모르는군. 친구이긴 하지만."

후지시마가 슬쩍 도발해 보았지만 자리에서 일어선 마츠시다는 엷게 웃을 따름이었다.

"누가 친구라는 거예요?"

후지시마는 할 말을 잃고 말았다. 마츠시다는 편의점 봉지를 흔들며 걸어갔다. 나가노가 그 뒤를 따랐다. 후지시마는 나가노의 팔을 낚아챘다. 가늘고 딱딱한 뼈의 감촉이 전해져 왔다. 나가노는 팔 안쪽을 파고든 손을 바라보았다.

그 순간 온몸이 딱딱하게 얼어붙었다. 눈을 부릅뜨고 성큼 다가선 마츠시다가 후지시마의 뺨을 쳤다.

5

나가노와 마츠시다를 놓치고 말았다. 학원까지 찾아가 교실을 엿보았다. 청소년들이 모인 장소에 침입한 중년 남자. 딱히 위화감을 드러내지는 않았다. 그러나 어느 교실에서도 두 아이의 모습을 찾아볼 수 없었다.

비상구가 열려 있었다. 학원에서 역까지 달려 두 아이를 추적했다. 쇼핑몰 안을 걸었다. 서쪽 출구 아르쉐, 역 빌딩 루미네, 소고, 동쪽 출구 상점가를 빠져나와 잡화점 로프트로. 키 차이가 비슷한 두 소녀를 몇 번이나 불러 세웠다가 싸늘한 눈총을 받았다.

적어도 공주 나가노는 각성제를 경험한 아이다. 또는 경험하는 중이다. 주사 흔적을 발견한 건 아니다. 주사를 꼭 팔에만 맞으란 법은 없다. 주사가 아닌 방식도 있다. 단순한 직감에 지나지 않았지만 확신했다. 곧 자백을 받아 내고 말리라 다짐했다.

5시. 강렬한 저녁 햇살이 눈알을 따갑게 찌른다. 선바이저를 내렸다. 더러운 앞 유리창이 시야를 가린다. 에어컨을 최강으로 틀어도 뜨거운 햇살의 열기를 피할 수 없었다.

차들이 땅에 달라붙은 듯한 정체. 느릿느릿 사이타마의 신도시로 향한다. 건축물 사이를 빠져나와 노상에 차를 세웠다. 타운 페이지에서 뜯어 낸 종잇조각을 펼쳐 들고 다시 확인한다. '츠지무라 신경과클리닉'이라는 커다란 간판이 보였다. 주변 지도와 진료 시간. 신도시역 동쪽 출구에 선 새 빌딩 2층에 자리 잡은 병원이다.

클리닉은 붐볐다. 색감이 따스한 조명과 나뭇결을 본뜬 벽지. 화분과 열대어가 노니는 수족관이 있다. 사람들의 숨결이 냉방의 기운을 미지근하게 중화시킨다. 테이블에는 캔디가 든 접시가 놓였고 그것을 둘러싼 의자에는 사람이 가득했다. 퇴근길의 회사원, 주부, 게임기를 정신없이 내려다보는 소년들.

후지시마는 수납에서 명함 한 장을 내밀었다. 통원 환자에 대해 묻고 싶다고 했다. 명함은 몇 년 전에 콤비였던 오미야경찰서 생활안전과 계장의 것이었다. 그 사람도 벌써 퇴직했다. 여직원은 어색한 몸짓으로 대기실 의자를 권했다.

영원과도 같은 시간을 사색과 관찰로 버텼다. 가나코는 이 의자에 앉아 무슨 생각을 했을까. 환자 하나가 멍한 표정으로 캔디 접시를 바라본다. 가나코는 무엇을 바라보며 순서를 기다렸을까. 환자 태반은 약을 받아 간다. 새로운 환자가 보충되니 진료는 끊임이 없다. 한 시간 정도 기다리자 진료실에서 불렀다.

츠지무라는 배가 튀어나온 40대 남자였다. 몸에 매단 장식품이 티나게 자신을 내세운다. 프레임이 두꺼운 차광안경과 금 도장 같은 반지. 불가리 손목시계. 진료기록부와 명함을 보고 있었다. 다시금 후지시마는 자기 소개를 하고 둥근 의자에 앉았다.

"후지시마 가나코. 이 환자에 대해 듣고 싶다는 거죠?"

"가족에게서 실종 신고가 들어와서요."

"실종 신고…… 가출했다는 말인가요?"

"사건에 휘말렸을 가능성도 있어요. 오히려 그럴 가능성이 더 많아요. 이미 실종된 지 사흘이 지났습니다. 집에서 가지고 나간 소지품도 없는 데다 행방을 감출 만한 동기도 현재로서는 발견되지 않았으니까요."

세컨드 백에서 약이 든 종이봉지를 꺼냈다. 꼭 일주일 전의 날짜가 적혀 있었다.

"학생의 행적과 교우 관계를 중심으로 조사를 시작했지만 여기서 내린 진단에 관심이 가서 말이죠."

츠지무라는 진료기록부와 약을 대조했다.

"선생님."

"신경안정제와 가벼운 수면제를 처방했네요."

"학생이 여기서 어떤 말을 했는지 알고 싶은데요."

츠지무라는 어이가 없다는 듯 고개를 저었다.

"애석하게도 환자의 프라이버시에 관해서는 일체 말할 수 없어요."

이번에는 후지시마가 어이없다는 눈길을 던졌다.

"이 환자는 지금 위험한 상황에 처했다고 봐야 합니다. 시간이 없어요."

"처음 찾아온 게 석 달 전입니다. 일주일 전에 약을 받으러 왔을 테지요. 난 만나지 못했어요."

"몇 달 전 일이라도 괜찮습니다."

츠지무라는 넌더리가 난다는 듯 손가락으로 눈두덩을 문질렀다.

"부탁합니다. 생명이 걸린 일입니다."

"한 가지는 가르쳐 줄 수 있어요."

후지시마는 조용히 고개를 끄덕였다. 책상 위의 진료기록부를 내려다본다. 저걸 빼앗아 든다면 딸에 대해 얼마나 많은 것을 알 수 있을까, 그런 생각을 하면서. 눈앞의 의사에게 가벼운 질투를 느꼈다.

"이 환자의 아버지는 경찰관이었어요."

"그렇습니다."

"그러나 지금은 그렇지 않아요. 학생 말로는 옛날에 아내의 불륜 상대를 습격해서 전치 3개월의 중상을 입히고 쫓겨났다고 해요. 세월이 흘러 그 딸의 진료 내용을 알고 싶다며 명함 한 장을 들고 한 남자가 찾아왔다는 거지요."

"……."

"내가 어떻게 하면 좋을 것 같습니까?"

입 안과 목이 까칠까칠해졌다.

"경찰수첩 좀 보여 줄래요?"

"내가 신분을 사칭한다는 거요?"

"진료 내용을 알려 달라고 찾아오는 사람이 많아서 말이죠. 다른 사람의 비밀을 냄새 맡아 보려는 하이에나 같은 인간이. 그러니 신중할 수밖에요."

츠지무라는 수화기를 들었다.

"보여 줄 수 없다는 거요?"

"잠깐만."

츠지무라는 조금 과장된 몸짓으로 수화기를 세차게 내려놓았다. 검은 테 안경 속에서 눈을 치켜올렸다.

"그냥 돌아가세요. 당신을 안 만난 걸로 할 테니까."

"잠깐만."

"장난칩니까?"

"좋아, 내가 그 애 아버지야. 그렇지만 실종된 건 사실이야."

츠지무라는 진료기록부를 내려다보면서 가련하다는 듯 고개를 저었다.

"그런 말은 들은 적이 없어요. 어차피 경찰도 아닌 당신한테 해 줄 말은 없어요. 친권도 지금은 어머니에게 양도된 걸로 아는데. 다시 말해 당신은 후지시마 가나코에 대해 뭔가를 알아야 하는 가족조차 아니라는 거요."

"내 딸이 죽어도 괜찮다는 거야!"

"어이!"

츠지무라가 사람을 부르자마자 진료실 문이 열렸다. 수간호사로 보이는 나이 든 여자가 창백한 얼굴을 들이밀었다. 목을 빼내고 호기심 어린 눈길로 바라보는 환자들. 휙 돌아보는 후지시마의 날카로운 눈빛에 기가 죽는다. 그들을 떠밀듯 하며 진료실을 나선다. 흥분이 가라앉지 않았다. 아내에게 던진 말이 되살아났다. 이제 와서 엄마 흉내 내지 마.

"딸에게 무슨 일이라도 생기면 다 당신 책임이야."

츠지무라는 이미 다른 환자의 진료기록부로 눈길을 돌렸다. 진료기록부를 든 손이 떨리는 듯 보였다. 후지시마는 세차게 발걸음을 내디디며 클리닉 유리문을 뚫고 나왔다.

　오랜만이었다, 이렇게나 감정이 흐트러진 것은. 씨파, 씨파. 차가 흔들릴 때마다 거칠게 핸들을 내리쳤다. 새끼손가락 뿌리께에 내출혈이 일어난다.

　저 새끼 분명 뭔가를 아는 거야. 그렇게 볼 수밖에 없어. 진료기록부에 결정적인 뭔가가 있는 거야. 그러니까 그를 거부한 것이라고 생각했다. 클리닉에 침입해서라도 진료기록부를 확보해야 해. 도저히 불가능한 일이었다. 츠지무라가 전화 한 통만 해도 골치 아픈 사태가 벌어진다. 전 경찰의 신분 사칭. 놈들은 위신과 체면에 민감하다. 자리를 떠난 경찰에게는 몹시 냉정하다. 신경안정제 두 알을 입에 머금고 냉정을 되찾자고 몇 번이나 되뇌었다. 국도 17호선을 달려 오미야로 돌아왔다. 이상해, 이건. 낮게 중얼거리면서 단속적으로 핸들을 두드렸다. 자신은 형사가 아니었던가. 그런데 이게 뭐야. 조금 전의 대화만 문제였던 것은 아니다. 처음부터 모든 것이 이상하다. 확고한 조직도 없고 동료도 없다. 나약한 일반인 가운데 한 사람에 지나지 않는다는 것을 그는 절실히 깨달았다. 갑자기 발밑에 깔린 암흑을 더듬거리며 앞으로 나아가는 것 같은 불안이 솟구쳤다.

　핸들을 잡으면서 휴대전화를 매만진다. 휴대전화에는 한다발이나 되는 착신 이력이 남았다. 기리코는 매달리는 듯한 목소리로 말했다. 가나코는 아직 돌아오지 않았다.

　"당신은? 당신은 찾았어?"

"아직이야."

끝도 없이 묻는다. 낙담에서 야유로 바뀌었다가 경멸과 원망으로 옮겨 갈 즈음에 전화를 끊었다. 이미 딸이 모습을 감춘 지도 사흘째 들어선다. 마츠시다와 나가노의 집에 학원 직원 이름으로 전화를 걸었다. 둘 다 어머니가 받았고 둘 다 외출 중이라는 대답이 돌아왔다. 행선지를 묻자 두 어머니 다 의심스런 목소리로 되물었다.

이틀 치 땀 냄새가 났다. 핸들을 그가 사는 토로 쪽으로 틀었다. 역에서 걸으면 20분. 밭으로 둘러싸인 목조 모르타르 연립주택이다. 그래도 집세는 장난이 아니다. 집 안은 사우나나 다름없었다. 단칸방에는 빈 캔과 술병이 주욱 늘어섰다. 포르노 잡지와 만화 잡지, 쓰레기가 가득 든 봉지가 바닥에 쌓였다.

땀에 흠뻑 젖은 셔츠를 벗고 곰팡내 풍기는 욕조에서 샤워를 한다. 머리를 감는 동안에도 얼굴을 씻는 동안에도 가나코가 뇌리에 달라붙은 채 떠날 줄 몰랐다. 시체 썩는 냄새에 놀라 욕조 벽에 뒤통수를 찧었다. 배불뚝이 중년 남자와 가나코가 엉켰다. 너무 징그러워 욕지기가 올라왔다. 충혈된 사타구니를 보고도 못 본 척했다.

옷장에서 여행가방을 꺼냈다. 형사 시절에 애용하던 소가죽 가방이다. 셔츠와 세면도구를 넣었다. 덧붙여서 형사 시절에 몰수한 흉기도 넣었다. 날이 15센티미터나 되는 홀딩나이프와 경찰봉. 각성제의 실제 소유주를 만났을 때 필요할 터였다.

뜨거운 사우나 같은 쓰레기 더미에서 탈출했다. 계단을 내려오고 나서 문을 잠그지 않았다는 사실을 깨달았다. 그러나 올라가지 않고 자동차에 올라탔다. 대시보드에 나이프를 숨겼다.

9시가 되자 딸의 어릴 적 친구에게 전화했다. 어젯밤 아내가 전화를 건 세 명 가운데 하나다. 가미나가 아케미는 낮 시간에 슈퍼마켓에서 아르바이트를 한다. 늦은 시간에 미안하다고 한 다음 만나서 이야기를 좀 할 수 없을까 하고 부탁했다. TV 드라마가 끝난 다음이면 괜찮다고 낮은 목소리로 대답했다. 이놈 저놈 할 것 없이 희희낙락이다. 차가운 물로 샤워했다. 시체처럼 차가워진 몸에 다시 불길이 일어났다.

옛 17호선 연변의 패밀리 레스토랑에서 만났다. 옛날 후지시마가 살던 아파트와 가미나가가 사는 단독주택의 거리는 생각보다 가까웠다. 4인석 박스에 자리를 잡고 기다렸다. 가미나가는 약속 시간보다 20분이나 늦게 나타났다.

가미나가는 7부 소매 티셔츠에 면바지 차림이었다. 통으로 쭉 뻗은 듬직한 몸매에 손질하지 않은 검은 머리. 부어오른 듯한 눈두덩에 눈동자는 약간 사시인 듯 보였다. 후지시마는 가미나가를 처음 보았다. 중학교 때는 아침마다 아파트로 가나코를 데리러 왔다고 한다.

후지시마는 소다수를 주문하고 나서 입을 열었다.

"그 후로 연락이 있었는가?"

"예?"

"가나코가 자네한테 말이야."

가미나가는 너무 생뚱맞다는 표정을 지으며 실소에 가까운 웃음을 떠올렸다.

"아뇨, 아무 연락도. 가나코 짱이 없어졌다는 말은 가나코 짱 어머니한테 들었을 뿐이에요."

"최근에 가나코를 만난 적이 있어?"

가미나가는 고개를 저었다. 중얼거리듯 흘러나오는 말이 주위의 소음에 섞여 때로 지워지기도 했다.

"아뇨, 벌써 2년이나 만나지 않았어요."

"2년?"

"예, 그 정도 될 것 같네요."

"그랬는가."

속으로 한숨을 내쉬었다. 사람을 잘못 가렸다고 생각했다.

"가나코하고는 초등학교 때부터 친구였다면서?"

"예, 그런 셈이죠. 초등학교 5학년 때부터 친하게 지냈어요."

후지시마는 고개를 끄덕였다. 7년 전에 아파트를 샀다. 모든 불협화음은 그때부터 시작되었던 것 같다. 고급스런 아파트에 만족해하는 아내와 뿌듯해하는 딸의 표정이 떠오른다.

"지금은 몇 년이나 만나지 못한 상태라는 거네?"

가미나가는 스트로로 바닐라 아이스크림을 콕콕 찌르며 지그시 남자를 올려다보았다. 한쪽으로 쏠린 눈동자에서 약간의 수치심 같은 것이 떠오르는 듯했다.

"무슨 일이 있어서가 아니에요. 학교도 바뀌고 서로 만나는 친구도 달라졌으니까요."

"소문이든 뭐든 상관 없어. 뭔가 들은 말 같은 것도 없는가?"

그녀는 생각하는 몸짓을 보이더니 다시 고개를 저었다.

더는 질문을 해도 아무 소용이 없을 것 같은 느낌이 들었다. 눈앞의 소녀는 이미 딸의 친구가 아니었다. 그 사실을 뒷받침이라도 하듯 가미나가는 가나코나 화사하게 차려입은 같은 반 아이들하고 확연히 달랐다.

"몇 번 본 적은 있어요."

"딸을?"

"아파트에 들어가는 모습 같은 거요."

"최근에는."

"한 달 전에. 그냥 편의점에 왔다 갔다 하면서 보는 정도였지만요. 아마 밤 1시 정도였던 것 같아요. 휴대전화로 누군가랑 통화하는 듯 보였어요."

"왜 그랬을까?"

"예?"

"가나코 말이야. 자네랑 친했던 중학교 시절에는 착한 아이였어. 적어도 심야까지 바깥에서 어슬렁거리는 아이가 아니었어."

자기 방에 각성제를 숨겨 놓는 아이는 결코 아니었다.

가미나가는 긴 스푼에 묻은 아이스크림을 빨면서 멍한 표정으로 말했다.

"글쎄요."

"글쎄요라니?"

"아뇨. 별 뜻은……."

애써 어른스런 표정을 지으려 애쓰는 모습이었다.

후지시마는 미간을 찌푸렸다.

"너 무슨 정보원 흉내 내고 싶은 거냐?"

"아뇨. 그렇지만 보통은 어릴 적 친구를 나쁘게 말하지 않잖아요."

"까불지 마."

후지시마의 목소리가 갈라져 나왔다. 듬성듬성 앉은 손님들, 자기들끼리 대화에 열심인 웨이트리스들. 그렇다고 해도 뺨을 한 대 치기에 적절한 장소는 아니다. 가미나가의 목이 격하게 움직이고 있었다.

"나중에 줄 테니 얘기해 봐."

"지금…… 괜찮은데요. 아무도 원조교제라고는 생각하지 않을 테니까요."

후지시마는 지갑에서 1만 엔을 꺼내 접어서 건네주었다. 가미나가는 그 돈을 마구 구겨서 호주머니에 집어넣었다.

"고마워요. 우리 집은 가나코 쨩네하고는 다르게 가난해서 너무 힘들거든요. 아버지 실업보험으로 먹고살 정도예요. 고등학생이 슈퍼마켓에서 계산기 두드려 봐야 얼마를 벌겠어요."

"말해 봐."

가미나가는 두 사람 이름을 댔다. 하나는 남자 다른 하나는 여자였다. 가미나가는 느릿느릿 빙 둘러서 이야기했다.

중학교 동창인 불량 청소년들에 대해. 드라이브를 즐기고 하루가 멀다 하고 번화가를 오가며 제대로 학교에 가지도 않고 담배를 피우며 향수 냄새를 물씬 풍기는 아이들. 또래 아이들한테는 공포의 대상 그 자체다. 다시 말해 불량 청소년들과 같이 다닌다는 것이다. 그 아이들이 운전하는 차를 근처에서 자주 보았다고 한다.

"중학교 3학년 정도인데요, 개조한 차나 불량배들이나 탈 것 같은 커다란 차를 우리 집 부근에 대놓고는 음악을 크게 틀어요. 학교도 아저씨도 모르는 일이지만, 옛날부터 그런 애였어요, 가나코 짱은."

후지시마는 집에서 가지고 나온 사진들을 건넸다. 가나코와 친구들, 같은 학년 아이들이 찍혀 있었다.

"이놈 누구야?"

이윽고 가미나가가 손가락으로 다른 사진을 가리켰다. 졸업 앨범에서 빼낸 반 전체 사진이었다. 가나코와는 다른 반 사진이다. 3단으로 늘어선 소년 소녀들이었다.

엔도 나미는 단체 사진을 찍지 않았는지 흑백 얼굴 사진이 오른쪽 끝에 삽입되어 있었다. 입학 때 찍은 사진인 듯 얼굴이 다른 아이들보다 어려 보인다. 교칙대로 잘 다듬은 머리카락과 굳은 표정. 단정한 얼굴이지만 우울과 분노가 응어리진 표정이었다.

소년 무나가타 야스히로는 단체 사진 맨 끝에 있었다. 갈색 머리에 좁게 빠진 턱. 미소년이라고 해야 할 그 얼굴은 무서우리만치 무표정했다. 양쪽 소년들은 무나가타와 한패일까. 마치 미덕이라도 되는 양 미간에 주름을 잡고 렌즈를 노려본다.

"이건 너무 작아서 모르겠어. 스냅 사진 쪽은?"

테이블 위의 스냅 사진을 가리켰다. 모두 가나코가 찍은 것이다.

같은 패거리라면 분명 그 아이의 얼굴이 어딘가에 있을 것이다. 가미나가는 잠시 사진을 바라보다가 하나하나 넘겼다. 그리고 고개를 저었다.

"여기에는 없어요."

"그럴 테지."

그는 강탈하듯이 사진 다발을 낚아챘다. 가나코의 방에 있는 앨범을 전부 살펴보았다. 그런 음침한 아이들과 함께라면 금방 알아차릴 수 있다.

"돈을 돌려줘야겠어. 네 이야기는 전부 거짓말이야."

가미나가는 침착한 태도로 소다수를 입에 머금었다.

"거짓말 같은 건 하지 않았어요. 나만 알아요. 증명하라고 하면 곤란하지만."

"거짓말하면 돈 돌려받는 것 정도로 넘어가지 않을 거야."

"경찰관이 그런 말을 해도 괜찮아요?"

말을 되받기도 뭐했다.

"좋아, 됐어."

지금은 이 아이의 말을 믿을 수밖에 없다. 확인할 시간도 여유도 없다.

테이블 위의 졸업 사진을 다시 바라본다. 중학교 시절의 가나코는 표정이 거의 없다. 아름답지만 죽은 사람처럼 보였다.

"이놈은?"

다른 반 졸업 사진. 엔도 나미처럼 오른쪽 끝에 삽입된 흑백 사진을 가리켰다. 부드럽게 웃는 새하얀 얼굴이다. 가나코와 웃으며 찍은 오가타였다. 졸업 사진을 찍을 즈음에는 이미 이 세상 사람이 아니었다.

"그 애가 어쨌는데요?"

"가나코의 남친이었을 텐데?"

"그랬어요?"

"이 애는 자살한 모양이야."

"글쎄요, 잘 모르겠어요."

그는 다시 지갑을 꺼냈다. 가미나가의 눈이 지갑에 쏠리는 것을 확인하고 샌들 신은 발을 구둣발로 밟았다. 짧은 비명이 터져 나왔다. 그는 슬쩍 주변을 둘러보았지만 그쪽을 주목하는 사람은 없었다.

"부탁해. 기억해 봐."

그가 힘주어 말했다.

가미나가의 표정이 격하게 일그러졌다.

"고함칠 거예요."

"부탁이야. 잠도 못 자고 아침부터 죽을 힘을 다해 찾는 중이야. 딸의 생명이 걸린 문제라면 누구든 신경이 곤두서는 거야."

테이블 구석에 있던 재떨이를 집었다. 후지시마의 어투가 평탄해졌다. 진심인지 연기인지 그 경계선은 그 자신조차 몰랐다.

가미나가의 얼굴이 하얗게 변했다.

"그럴지도. 그럴 거예요."

"딸하고 사이가 좋았던 건가, 이 친구?"

가미나가는 고개를 끄덕였다. 이마에 기름땀이 배어 나왔다. 발을 떼자 가미나가는 반사적으로 발을 들어 올렸다. 무릎이 테이블에 부딪쳐 유리잔이 굴렀다. 얼음과 냉수가 테이블에 쏟아졌다. 웨이트리스가 행주를 들고 달려왔다. 후지시마는 미안하다며 웃어 보였다.

"사이가 좋았을 거예요. 그러니까 가나 짱이……."

가미나가는 가나코와 오가타가 나란히 찍은 사진을 보았다.

"가나 짱이 이렇게 예쁘고 밝은 적은 없으니까요."

"어떤 애였어, 이 친구?"

"그런 건 딱히 아무 관계도 없을 텐데요."

"작은 거 다섯 장 정도 줄 수도 있거든."

가미나가는 눈을 치켜뜨고 가늠하는 듯이 엿보았다. 손을 내밀려 하지는 않았다. 그는 5000엔짜리를 접어 코스터 밑에 넣었다. 가미나가는 그것을 잠시 바라만 보고 있었다.

"운 나쁜 초식동물."

"뭐라고?"

"옛날에 그런 말들을 하곤 했거든요. 약하고 작고 토끼 같은 애였어요. 2학년 때 전학 왔는데 신장인지 뭔지가 안 좋아서 친구도 없었죠. 늘 혼자서 이어폰을 끼고 음악만 듣는 애였어요."

후지시마는 사진 속의 오가타를 보았다. 내장 질환을 가진 소년의 안색으로는 안 보인다. 어느 사진에서도 밝은 웃음을 보인다.

"집이 부자라서 자주 갈취당하고 그랬어요."

"우리 애가 왜 이 아이랑 사이가 좋아졌지?"

"몰라요, 정말로. 가나 짱이 뭘 생각하는지 사실 아무도 몰랐어요."

그는 가미나가의 얼굴을 보았다. 두려움에 전 얼굴이었지만 깊이 파고들고 싶지는 않았다.

"가나코는 친구가 별로 없었어?"

"글쎄요."

가미나가의 시선이 천장 쪽을 배회했다.

"그게 아니라 아예 없었을 거예요. 가나 짱은 그때부터 거의 어른이었으니까요. 주위 애들을 바보 취급 하지 않았나 싶어요. 어쩔 수 없이 그냥 분위기에 맞춘다는 걸 누구든 알 정도였어요. 그 있잖아요, 드라마 같은 거 보면, 이미 세상일들이 지겹고 재미없다는 걸 알아 버린 그런 아이."

후지시마는 고개를 끄덕였다. 가끔 집에서 보는 딸은 주위 사람을 거절하는 듯한 차가운 분위기를 풍겼다. 그런 만큼 오가타 소년과 함께 한 딸의 모습을 받아들이기 힘들었다.

"그 애가 죽었다고 하던데, 가나코는 어땠어?"

"어땠다는 건?"

"슬퍼했다고 생각해?"

"글쎄요, 기억이 없어요. 소식을 들었을 때도 장례식 때도. 평상시하고 다르지 않았을걸요. 다른 사람 눈만 없었더라면 아마도 단어장을 봤을걸요."

마치 감정이 드러나는 걸 막으려는 것처럼 통명스러운 어투였다.

"넌?"

"예?"

"너도 오가타 군을 좋아했어?"

"내가요?"

"아냐?"

"난 아니에요…… 나는."

어딘지 모르게 말하는 표정이 울적해 보였다.

"그럼 왜 가나코를 미워해?"

5000엔을 깔고 앉은 코스터를 건드린다.

"복수인가, 가나코에 대한?"

"글쎄요."

가미나가가 조용히 웃었다.

"외로웠다고 할까요. 가나 짱이 변해 버렸으니까요. 옛날에는 누군가와 손을 잡는다든지 사이가 좋아진다든지 그런 건 생각도 못 했으니까요."

방정맞은 비명이 터져 나왔다. 대각선 자리에 앉은 유카타 차림의 여자가 소매에 커피를 쏟고 소란을 피운다. 그것을 신호로 가미나가는 자리에서 일어섰다. 밟힌 한쪽 발을 과장되게 절뚝거리며 걸어간다.

"이제 됐죠? 내일 일찍 아르바이트하러 가야 하거든요."

5000엔이 깔린 코스터를 다시 한번 찔렀다.

"이제 다 알았잖아요."

그녀는 코를 훌쩍이며 있는 힘을 다해 눈물을 감추었다.

"뭐라고?"

"슬픈 얼굴 하고 있다는 거. 그 애 가까이 있는 애들 모두 그렇다는 거 모르겠어요?"

가미나가는 돈을 집지 않고 출구로 향했다. 울먹이는 얼굴을 감추려 하지 않았다. 손님 몇과 웨이트리스가 그 모습을 보고 후지시마에게 호기심 어린 눈길을 던졌다.

3년 전 | 2

나는 고립되었다.

야구부를 떠났기 때문이다. 결국 그것이 키도 작고 힘도 약한 내가 가야 할 길이었을지도 모른다.

원래 스포츠 활동이 왕성한 학교였다. 그중에서도 규율이나 연습이 엄한 것으로 알려진 명문 야구부를 선택했다. 그 당시의 나는 몸과 마음을 바꾸어 보고 싶은 강렬한 의지에 사로잡혔다.

소문대로 연습은 강렬했다. 지겹기도 했다. 공은 만져 보지도 못했다. 허리를 구부린 채 몇 시간이고 고래고래 고함만 질러 댔다. 한여름 햇살 아래서 버터처럼 녹아내릴 때까지 몇 주일이나 운동장을 돌아야 했다.

육체만 고된 것이 아니었다. 선배들의 괴롭힘과 마치 종처럼 부려먹는 태도도 견딜 수 없었다. 주말도 여름 방학도 겨울 방학도 연습 시합을 해서 이겨 본 적이 없었다. 1년도 지나지 않아 신입 부원의 반 이상이 떠나 버렸다.

나도 그렇게 할걸 그랬다고 후회했다. 고작 뒤치다꺼리 요원 하나가 사라진들 아무도 화를 내거나 미워하거나 폭력을 휘두르지 않았을 것이다.

그렇지만 얻은 것도 많다. 병약한 내가 감기 한번 걸리지 않았다. 100미터를 13초에 주파하고 운동장 몇 바퀴 돈들 힘든 줄도 몰랐다. 대단한 정도는 아니었지만 그런대로 쓸 만한 몸이 되었다.

그리고 부원들. 격한 규율과 훈련을 견뎌 낸 정예들이었다. 뭘 하든 함께였다.

밤늦게 피로에 전 몸을 이끌고 같이 귀가했다. 연습 시합을 하러 가는 버스에서 자주 카드놀이를 했다. 합숙할 때는 새벽 연습이 있는데도 밤을 새워 좋아하는 여자애 이야기를 나누고, 그렇고 그런 화제에 목소리를 높이며 열을 올렸다. 야구부원실에서 눈치를 살피며 담배를 피웠다. 유일한 휴일이었던 추석과 설날에도 운동장에 모여 불꽃놀이를 하고, 감독 집에 모여 식사를 즐겼다. 그런 추억이 끝도 없이 가슴에 쌓였다.

주장 이시바시는 2루 베이스까지 빨랫줄 같은 공을 던지는 포수였다. 자신감이 넘쳐흘러서 건방져 보일 때도 있지만 모두가 인정하는 4번 타자였다. 몇 번의 시합에서 우리에게 꿈과 낭만을 던져 주었다. 몇 점 뒤진 상황에서 역전 안타를 날려 승리를 가져오는 모습은 아군을 구원하는 슈퍼히어로 그 자체였다.

투수 미야시다는 바위 같은 심장을 가진 소년이었다. 어떤 위기 상황이든 단 한 번도 조금 얼 빠져 보이는 그 미소를 잃은 적이 없다. 놀랄 만큼 대식가여서 합숙 때 찌개나 회가 나오면 눈 깜짝할 사이에 깡그리 먹어 치우는 통에 다들 그 옆에 앉기를 싫어

했다. 엉덩이가 너무 커서 공을 던지다 바지가 터져 우리를 웃겨
주기도 했다.

레프트 데즈카는 학생회장이기도 했다. 그렇게 격한 연습을 소
화하느라 공부할 시간 따위 없을 텐데도 성적은 늘 전교 10등 이
내였다. 운동부라는 대의명분을 내세워 공부를 등한시하는 우리
에게는 조금 부담스런 존재이기도 했다. 그렇지만 누구든 그 아이
에게서 마음의 안정을 찾았고 많은 것을 배웠다. 무작정 후배를 괴
롭히는 부원들을 나무라고 다툼이 벌어지면 늘 중간에 들어 화해
시켰다. 후배나 선배 모두 데즈카를 존경했다. 나도 예외는 아니
었다. 언젠가는 나도 저런 사람이 되리라 생각했다.

재미있는 애가 많았다. 나는 라이트에다 8번 타자 언저리를 배
회하면서 후보로 자리를 지켰다. 50명이 넘는 대 군단이다. 그 가
운데서 늘 그런 것은 아니지만 스타팅 멤버 자리를 꿰찼던 것이다.
운동신경이 둔한 나로서는 믿기 힘든 쾌거였다.

하지만 그건 별로 중요한 일이 아니다. 시합이 벌어지면 설령
벤치에 앉았다 해도 타석에 선 듯 글러브를 끼고 수비를 하는 느
낌이었다. 누군가가 히트를 치고 멋진 수비 솜씨를 보이면 마치 내
가 한 일처럼 흥분하며 기뻐했다. 그들의 아픔은 나의 아픔이고 나
의 기쁨은 그들의 기쁨이었다.

우리는 한몸이나 다름없었다. 같은 부원끼리 다투기라도 하면
설령 나하고는 아무 관계가 없다 하더라도 슬퍼했다. 누군가가 다
치면 전염이라도 된 듯 줄줄이 부상을 입는 것이었다.

누군가가 연습에 나오지 않고 모습을 감추거나 다른 부로 옮

겨 가기라도 하면 몸의 일부분이 사라진 듯한 아픔을 느꼈다. 괜히 화가 나서 학교에서 만나면 째려보거나 무시하거나 했다. 배신자. 침을 뱉어야 할 대상이었다. 그러므로 그들의 분노를 충분히 이해한다. 2년 동안이나 같이 노력해서 선발을 손에 넣고는 무책임하게 내팽개쳤기에.

특별한 이유가 있어 야구부를 떠난 것은 아니다. 그냥 강렬하게 하나로 뭉친 분위기에 답답함을 느꼈을지도 모른다. 부원이라고는 하지만 늘 따스한 우정으로 뭉친 것은 아니었다.

주전 경쟁이라도 벌어지면 음습한 다툼이 일어나곤 했다. 연습 중에 물을 마셨다는 별것 아닌 일을 가지고 아까까지 담배를 나눠 피우던 사이인데 마녀사냥 식으로 공격할 때도 있었다.

운동 능력이 조금이라도 떨어지면 후배한테 바보 취급을 당하기도 했다. 막 들어온 신입생 가운데는 리틀 야구 출신도 있어서 마음을 놓을 수 없었다. 우리는 있는 힘을 다해 연습에 열중했다. 몸 안의 수분이란 수분은 모두 날아가 버릴 만큼 격한 훈련을 하고 집에 돌아가서도 스윙 연습을 했다. 손에 못이 박일 때까지. 프로틴을 마시고 몇 만 엔이나 하는 글러브나 스파이크를 사 달라고 어머니를 졸랐다. 경쟁에서 이기려면 더 힘을 내야 한다는 초조감이 늘 우리를 압박했다.

그날 규슈 우레시노에 사는 할아버지가 심부전으로 갑자기 돌아가셨다. 귀향을 서두르는 부모님에게 말했다.

"난 못 가."

규슈. 게다가 장례식까지 치러야 하니 족히 사흘은 쉬어야 한다.

사흘!

쉬는 동안 여태껏 확보한 자리를 위협받을지도 모른다는 생각을 하니 가족의 장례식이라 해도 갈 수가 없었다.

주전이건 벤치를 지키는 후보건 상관이 없었다. 공식 시합에서 등 번호를 달고 벤치에 들어가는 선수는 15명에 지나지 않는다. 후배를 비롯한 나머지 부원들은 스탠드에서 응원해야 한다. 도저히 견딜 수 없다. 내가 도대체 뭘 위해 지금까지 노력했던가.

등번호를 달고 싶었다. 그것을 손에 넣지 못하면 지금까지의 고생이 물거품이 되고 말 것 같았다. 감독은 실력 최우선주의자여서 우리의 체면이나 자존심 따위는 눈곱만큼도 생각하지 않는다.

어머니 아버지가 상복이니 신발이니 짐을 챙기다가 한 사람씩 말했다.

"안 된단 말이지?"

"그러니?"

"오늘도 연습이 있어서."

두 사람은 서로의 얼굴을 바라보았다.

"어떡하지?"

"적어도 사흘은 집을 비워야 하는데 그래도 괜찮겠니?"

"괜찮아."

"그래, 지금이 중요한 시기니까."

"혼자서 지낼 수 있겠어?"

내가 말해 놓고도 두 사람의 얼굴을 바라보는 사이에 점점 짜증이 치밀어 올랐다. 둘 다 사람이 좋다 보니 자식에게 너무 신경 쓰다가 무슨 뜻인지 모를 말을 하기도 한다.

이런 장면에서는 자식의 냉정함이나 이기주의에 화를 내야 하지 않는가. 천성 같은 청개구리 심보가 발동하여 열심히 준비하는 두 사람을 향해 말했다.

"아냐, 갈게."

옛날에는 1년에 한두 번 우레시노에서 지냈다. 할머니 할아버지는 늘 따스하게 맞아 주었다. 시골집 분위기와 녹차 향기. 놀라우리만치 깊게 주름진 할아버지 손에는 밭에서 따 오거나 이웃 비닐 하우스에서 얻어 온 딸기가 가득했다.

찾아갈 때마다 작은 봉투에 용돈을 넣어 주었다. 검고 반들반들한 굵은 기둥에 나를 세워 두고 자로 키를 재고는 얼굴을 마구 구기며 웃었다. 나는 할아버지가 좋았다. 그런데 중학생이 되고부터 한 번도 찾아가지 못했다.

비행기에서도 전차에서도 향이 피어오르는 할아버지 집에 도착해서도 야구만 생각했다. 그러나 관에 누운 할아버지의 얼굴을 보는 순간 울음을 터뜨렸다.

오랜만에 만난 친척이나 사촌들이 눈을 동그랗게 떴다. 3년 전 기둥에 표시한 키가 지금은 가슴 언저리밖에 되지 않았기 때문이다.

그런 가운데서도 짬을 내 사촌들과 놀았다. 할아버지 집에는 가족이 모였을 때를 대비해서 축구공, 배드민턴 세트, 야구 장비가 산처럼 쌓여 있었다. 모두 어린이 사이즈여서 나에게는 너무 작아도 놀기에는 충분했다. 그리고 다 함께 모여 식사를 했다. 어머니 아버지와 얼굴을 마주하는 식사는 정말 오랜만이었다. 어머니도 직장이 있어 우리 셋의 귀가 시간은 제각각이었다.

돌아가신 할아버지한테는 미안하지만 정말 즐거웠다. 학교생활을 깡그리 잊어버릴 만큼. 사흘째 아침이 되어 아버지가 말했다. 장례식이 끝나고 모인 친척들이 각기 돌아가려는 참이었다.

"온천이라도 가지 않을래?"

아버지는 부친상이라고 해서 일주일 휴가를 받아 두었다. 어머니도 마찬가지였다.

"가족이 함께 여행하는 것도 정말 오랜만이잖아. 규슈에 쉽게 올 수 있는 것도 아니고 말이야."

농담하지 마. 난 빨리 돌아가야 한단 말이야.

날카롭게 외쳤을 수도 있었다. 여기 오기 전이었다면. 그렇지만 아버지를 잃은 아버지의 말을 냉정하게 뿌리칠 수도 없었고, 그런 감상적인 기분을 충분히 이해할 수도 있었다. 잠시 고향에 머물고 싶은 건 당연하다. 나는 고개를 끄덕였다. 두 사람은 의외라는 표정을 지었다.

할아버지가 몰던 승용차로 벳부까지 가서 하룻밤을 잤다. 다음 날은 서쪽으로 방향을 틀어 아버지가 고등학교 때까지 자주 놀았다는 사세보에 가서 미군들이 자주 온다는 레스토랑에 들러 피자를 먹었다. 그리고 우레시노로 돌아와 온천여관에서 하룻밤을 묵었다.

야구부가 자주 타는 마이크로 버스에서 카드놀이를 하는 것도 즐거웠지만, 승용차 차창으로 풍경을 바라보는 것도 꽤 괜찮다는 것을 알았다.

결국 꼬박 일주일을 쉬고 말았다. 잔뜩 불안한 마음으로 다음 주에 등교해 보니 특별한 변화가 있는 것도 아니고, 조금 수업을 따라잡기 힘들다는 정도일 뿐 야구부에서 내 자리가 없어진 것도 아니었다. 늘 하듯이 라이트 자리는 나를 위해 비어 있었고, 노크를 받고 순서에 따라 피칭 머신을 상대로 타격 연습을 했다.

변한 것은 오히려 내 쪽이었다. 매사에 서두르기만 하던 초조감이 사라졌다. 늘 참가하던 아침 자율 연습에도 나가지 않았다. 주말은 이유를 대서 쉬는 날이 많아졌다.

휴일이면 모아 둔 용돈으로 여행을 즐겼다. 목적지는 아무래도 좋았다. 우츠노미야, 마에바시. 그곳에 뭔가가 있는 것도 아니지만 열차를 타고 풍경을 즐기는 데 흠뻑 젖어들었다.

당연한 일이지만 부원들이 점점 나를 이상한 눈으로 보기 시작했다. 그들에게는 제대로 연습하지 않는 인간만큼 보기 싫은 것도 없다. 내가 그랬다. 우리는 한몸이다. 태만한 나를 대할 때마다 곪아 가는 상처를 보는 듯한 기분에 사로잡혔을 것이다. 감독에게 불려 가기도 했다.

"무슨 일이라도 있어?"

감독은 내게 심각한 일이라도 있다고 생각한 것 같다. 변명 한마디 하지 않고 입을 꾹 다문 나와 무릎을 맞대고 몸을 앞으로 기울인 채 물었다. 집안에 경제적으로 곤란한 문제라도 생겼느냐부터 나쁜 친구한테 당하기라도 하느냐에 이르렀다. 나는 아무런 말도 할 수 없었다. 그와 똑같은 질문을 다른 부원의 부모한테도 들었다. 선생도 아니면서 감독이나 되는 듯한 표정으로. 꼴 보

기 싫은 사람들이다. 나는 표정 관리도 제대로 못 한 채 그냥 뚱
하게 있었다.

나는 점점 설 자리를 잃어 갔다. 연습에 제대로 나오라고 글러
브를 들어 머리를 치며 주의를 주는 부원도 많았다. 무단으로 쉬
는 날이 더 많아졌다.

그날도 겨울이라 조깅과 근육 트레이닝을 중심으로 한 연습이
있었다. 조깅을 하면서 목이 말라 가는 듯한 느낌에 사로잡혔다.
여름처럼 죽을 것 같은 갈증은 아니었지만 수돗가로 가서 물을
마셨다.

그 모습을 시마즈가 보았다. 마치 귀신 목이라도 자를 듯한 기
세로 운동장까지 달려가서 특종 전단이라도 뿌리는 목소리로 외
쳐 댔다. 부원들이 운동장에 모여 돌아온 나를 똥이라도 보는 듯한
눈으로 맞이했다. 나는 평생 그 눈길을 잊지 못할 것이다.

감독에게 동아리 이적 신청을 했다. 교칙상 어느 동아리건 반드
시 가입해야 한다. 그러나 인문계 동아리는 이름만 있을 뿐 실제
활동은 거의 하지 않는다.

사실상의 퇴출이었다. 감독은 아무 말도 하지 않았다. 평상시처
럼 볼을 치지도 않았다. 이유를 물었을 때 나는 그 자리를 피할 요
량으로 입시 때문이라고 했다. 감독은 불끈 치밀어 오르는 울화를
억누르며 더는 아무 말도 하지 않았다.

후회가 가슴을 가득 메웠다. 좀 그럴듯한 대답을 마련해 두는
건데 그랬다. 누구든 중요한 한 가지를 희생하고 가진 힘을 모두
쏟아 붓는데 궁지에 몰렸다기로서니 입시 때문이라고 변명하다

니, 그 말을 들은 부원들은 어떤 기분이 들었을까.

같은 시기에 같은 동아리였던 오가타 세이치가 죽었다.

온 학교가 술렁댔다. 사인은 목을 맨 자살. 왕따에 의한 자살이라고 나는 생각했다. 거친 놈들이 중성적인 오가타의 미모에 홀리기라도 한 것처럼 틈만 나면 괴롭혔다. 여학생들은 그 아이의 옷을 감추고 칠판에 호모니 뭐니 하는 말을 마구 갈겨 썼다.

오가타의 자살에 대해 학교와 경찰은 왕따와는 무관한 일이라고 발표했다. 유서가 없는 탓도 있었고, 이전에는 어땠는지 몰라도 자살하기 한 달 훨씬 전부터 오가타에 대한 폭력은 없었다는 것이 이유였다.

전교생이 모인 가운데 눈물을 글썽이는 교장을 바라보며 석연치 않은 오가타의 죽음에 대해 생각해 보았다. 오가타는 자살하기 2주일 전 수돗가에서 서럽게 울었다.

그 아이가 자살한 원인은 모른다. 나는 오가타와 친구도 무엇도 아니었다.

그래도 경찰 조사는 꽤 철저한 것 같았다. 오가타를 괴롭힌 아이들 가운데는 피로와 충격 때문에 며칠 학교에 오지 못한 아이도 있을 정도였다.

오가타의 집에서 치른 장례식 때 온통 눈물에 젖은 여학생의 얼굴을 훔쳐보며 그 아이의 뒤를 따를 사람은 바로 나 자신이 될지도 모른다고 생각했다.

그리고 그녀를 찾았다.

후지시마 가나코는 그 엷은 눈동자로 영정 사진을 바라보았다.

무덤덤한 표정으로 두 손을 모으고 있었다. 나는 그 모습이 무엇보다 슬퍼 보였고 오가타를 애도하기에 적절한 몸짓이라 여겼다.

나는 몇 번인가 향을 들고 오가타의 묘를 찾았다. 왜 그랬는지 모른다. 구해 주지 못했다는 죄책감이 작용했을지도 모르겠다.

아니 그냥 오가타라는 존재를 잊고 싶지 않았던 것이다.

오가타의 묘지는 언제나 깨끗했다. 잡초도 모두 뽑았고 주변을 빗자루로 쓴 흔적도 보였다. 늘 과일과 주스가 놓여 있었다. 어떤 날은 향이 타고 있기도 했다. 나는 알 수 있었다. 바로 그녀가 찾아온 것임을. 그런 여자 친구를 둔 그 아이가 부럽기도 했다.

예상한 대로 내 앞에 그 길이 열렸다. 다들 서먹서먹한 표정으로 말도 걸지 않았다. 그것만으로 나는 깊은 상처를 입고 말았다.

3학년이 되어 죽은 오가타의 여파가 가라앉을 즈음 그 아이의 자리에 내가 앉았다.

6

문을 열자 식기 부딪히는 소리가 났다. 단란한 가정처럼.

기리코가 부엌에 서서 프라이팬을 씻고 있었다. 테이블에는 밥그릇 둘과 국그릇이 놓였다. 한가운데 토란조림과 구운 생선이 랩에 감싸여 있었다.

"먹을 거지?"

기리코가 수도꼭지를 잠그고 착 가라앉은 태도로 물었다. 약간의 당혹감에 휩싸이면서 후지시마는 고개를 끄덕였다. 여행가방을 거실 한구석에 내려놓았다. 그녀는 아무 말도 하지 않았다.

의자에 앉는다. 밥그릇과 수저 한 세트는 가나코를 위한 것임을 알 수 있었다. 식기를 닦는 아내 모습을 곁눈질로 살펴보았다. 초췌해 보이기는 하지만 역시 옅은 화장과 립스틱으로 미모를 유지하고 있었다.

밥과 국이 나왔다. 그 온기만으로 가슴이 뿌듯했다. 식욕이 없다. 의자 등받이에 몸이 달라붙은 듯 짙은 피로감이 밀려왔다.

"마음이 좀 가라앉은 건가?"

"안달한들 피로만 쌓일 뿐이잖아."

후지시마는 더는 말하지 않았다. 똑같은 의문이 아버지인 그의 뇌리에서도 소용돌이쳤다.

그 소녀는 착실하게 학교 다니고 쉬는 날은 학원에 가며 국립 대학을 목표로 하는 우등생이었다. 영어를 잘했고 중학교 때는 번역가가 되리라는 꿈을 갖기도 했다. 한편으로 중학교 시절 불량 서클에 관련되기도 했다. 지금도 지속될 것이다. 고등학교에 들어와서는 깊은 밤이 되어서야 집에 들어오는 일도 잦았다. 나아가 각성제 중독자 특유의 소지품을 숨겨 두기도 했다. 후지시마는 형사 시절의 기억을 떠올렸다. 유복한 가정에서 자라나 일류 학교를 다니며 약물이나 폭력으로 파멸하는 젊은이를 자주 보았다. 가나코도 그런 아이인가.

"이건 가나코가 우리를 벌하려고 저지른 일이라는 생각 안 들어?"

그는 냉장고를 뒤졌다. 뜨거운 햇살에 노출되었던 몸이 차가운 맥주를 애타게 찾는다.

기리코가 말을 이었다.

"인정할게. 가나코를 너무 놓아 키웠어. 아니 방임이라는 말은 너무 안이해. 줄곧 노골적으로 무시했어. 가나코가 당신 말을 따랐으니까. 내가 원하는 중학교에 가지 않았으니까. 그것 하나만으로 너무 실망해서 일을 핑계 삼아 나만 생각했던 거야. 아이를 오랫동안 혼자 내버려 두고 말았어."

후지시마는 적당히 고개를 끄덕이며 맥주를 단숨에 들이켰다.

"화내지 말고 들어 줘. 화내지 마. 당신도 마찬가지였어. 사건만 쫓아다니면서 당신도 자기 생각만 했어. 그러니까 언제 이런 일이 일어난들 이상하지도 않아. 가나코는 우리를 포기한 거야."

실종은 그 애의 의지가 아니다. 증오나 사랑과는 아무 관계도 없는, 아주 단순하고 즉물적인 뭔가가 그 애를 덮친 것이라 볼 수밖에 없었다. 그러나 그는 아무 말도 하지 않고 고개만 끄덕였다.

"가나코를 나무라고 싶지는 않아. 아직도 우리에게 분이 풀리지 않았다면 돌아오지 않아도 좋아. 다만 건강하게 지내는지, 그것만 알려 주면 충분해……. 그냥 목소리만이라도 들려준다면……."

기리코는 접시의 물기가 다 말라 버렸는데도 계속 닦아 내고 있었다. 후지시마는 밥을 반이나 남기고 거실 카우치에 드러누웠다. 여행가방에서 수면제를 꺼내 이틀 치를 한꺼번에 털어 넣었다. 기리코는 카우치에 들러붙은 그를 훔쳐보았다. 그러나 아무 말도 하지 않았다.

가나코의 사진을 한 장 한 장 바라본다. 인화지를 한 손에 든 채 몽롱해져 가는 그의 몸에 여름 이불 한 장이 올려졌다. 긴 하루였다. 그리고 오늘만큼 딸을 직시한 적도 없었다. 이 세상에 그 아이가 태어나서 오늘에 이르기까지 보통의 부모 정도는 아니었지만 아버지로서 그 성장의 중요한 시기를 확인했다고 생각했다. 하지만 그 어떤 것도 도저히 오늘 하루에는 이르지 못한다.

죽은 소년의 스냅 사진. 동물원일까. 동물이 든 우리 앞에 나란히 섰다. 누가 찍었을까. 둘 다 우스꽝스러우리만치 엄숙한 표정으로 등을 곧추세웠다. 납색 하늘. 그리고 나무 그늘에 남은 잔설. 사진에는 날짜가 없었지만 아마도 중학교 2학년 겨울이었을 것이다. 중학생답게 싱그럽고 정답게 미소 짓는 그 모습을 볼 때마다 가슴이 아렸다.

시간 순서대로 정리해 보았다. 중학생 가나코 주위에 불량 소년 소녀로 보이는 아이는 결코 없다. 하물며 각성제 밀매꾼으로 보일 만한 인물은 더더욱 없다.

여고생 가나코는 어린 티가 사라진 얼굴에 키도 크고 손발도 길고 머리카락도 등 중간까지 길렀다. 하얀 얼굴에 어른스런 분위기가 풍겼다. 마치 절제를 의무로 삼는 듯한 인기 모델 같다. 내 딸이 이랬나 하고 고개를 갸웃한다. 이즈음의 후지시마는 1계에 소속되어 사건에 푹 절어 살았다. 그렇다고는 하지만 딸의 변화를 어떻게 느끼지 못했을까. 사복, 교복. 다양한 차림새와 풍성한 표정. 고전적인 은근한 미소부터 하얀 이를 드러내고 활짝 웃는 얼굴까지 있었다. 그런가 하면 입술을 비죽 내민 뾰로통한 표정도 보인다.

어둠. 어느새 머리 위의 전구가 꺼졌다. 사진이 손에서 떨어지고 몽롱한 의식 속에서 가나코의 모습을 반추했다는 것을 안다. 피로가 온몸을 녹여 버린다. 수면제 효과도 있어서 시야가 흔들린다. 눈꺼풀이 마냥 무겁다. 기리코는 이미 침실로 들어갔다. 비디오데크의 디지털 시계가 새벽 4시를 가리킨다. 목이 바싹 말라 왔다. 몸을 일으켜 부엌으로 갔다. 수돗물은 반컵도 목 안으로 넘어가지 않았다. 발걸음이 침실 쪽으로 향했다.

조용히 문을 열었다. 기리코는 세미더블 침대에서 등을 문 쪽으로 돌린 채 잠들었다. 조용히 이불자락을 들춘다. 그녀는 잠옷 차림으로 발가락 하나 까닥하지 않는다. 짙은 몸 냄새에 등 근육이 떨렸다. 파자마 사이로 보이는 속옷이 관능적이다. 몸선이 예전보다 조금 무뎌지긴 했지만 역시 나이보다 젊고 곡선이 잘 살아 있었다.

그는 잠옷을 벗었다. 상반신만 벌거벗고 침대 안으로 미끄러져 들어갔다. 살짝 땀이 배어 나온 그녀의 몸을 끌어당겨 어깨를 감쌌다. 그녀의 잠든 얼굴이 시야에 들어왔다.

예리한 칼날이 피부를 스친 듯한 아픔이 일어났다. 잠든 얼굴이 아니다. 미간에 깊은 주름을 잡고 고통을 참으려는 듯 이를 꽉 깨물고 있었다. 무슨 말을 하려 하는데 그녀가 천천히 고개를 저었다. 도망치고 싶을 만큼 강렬한 수치심이 덮쳤다. 그렇다고 물러날 수도 없어 모호한 미소를 머금으며 몸을 더듬었다. 탄력을 그대로 간직한 가슴을 잡고 얼굴을 목덜미에 묻었다.

"안 돼."

그녀는 몸을 뒤틀어 그의 팔을 떨쳐 냈다. 긴 손톱이 그의 손등을 파고들어 그 아픔이 흥분에서 깨어나게 했다.

"안 돼."

"왜?"

얼굴을 그녀의 배에 묻었다.

"부탁이야. 그만둬!"

강력한 힘이 몸을 밀쳐 냈다. 마치 강간범에게서 도망치려는 여자처럼 본능적인 힘을 느꼈다. 기리코의 손바닥이 목젖에 닿는다. 그는 세차게 기침을 했다.

"지금이 어떤 상황인데, 제정신이야?"

"난 그냥."

강렬하게 솟구쳐 오르는 기침이 말을 가로막았다.

"그만둬. 아무 말도 듣고 싶지 않아."

"난 처음부터 다시 시작하고 싶을 뿐이야."

"농담이지?"

"왜 농담이라고 생각해?"

"아무튼 거짓말이야."

"왜 거짓말이란 거지?"

"당신은 하나도 변하지 않았어. 정말 제정신이 아냐. 딸이 어떻게 되었는지도 모르는데 이런 거 할 생각이 나? 다시 시작하고 싶으면 왜……."

기리코는 불쌍하다는 듯 후지시마를 올려다보았다.

"난 반드시 가나코를 찾아낼 수 있어."

"그럼 어떻게 된 것 같아. 정말로 지금 어떻게 된 것 같아?"

'산 채'라는 말은 도저히 할 수 없었다.

"난 전력을 다하고 있어."

"그래서 어떻게 되는데?"

"찾아낸다고 하잖아."

더는 참지 못하고 격앙하면서 얼렁뚱땅 감추려는 듯이 말했다.

"혼자서는 도저히 안 되겠어. 외로움을 견딜 나이가 아냐."

그녀는 얼굴을 찌푸리며 침대 끝자락까지 몸을 빼냈다.

"아무래도 무리야. 다시 시작한다는 건."

"왜?"

"말을 해야겠어? 잘 알잖아?"

"왜냐고 묻잖아."

"당신을 이해할 수 없기 때문이야. 무서워. 당신은…… 아무튼 어느 모로 보나 도저히 같이 살 수는 없어."

"그럼 나는?"

무엇 때문에 딸을 찾으러 다니는 줄 알기나 해. 얼굴에 드러내지도 말을 하지도 않았다. 아니 생각조차 하지 않았다.

그러나 기리코는 혐오감을 넘어서 한탄이라도 하는 듯이 얼굴을 찌푸렸다.

"당신, 나를 안으려고 딸을 찾으러 다녀?"

"그런 건 아냐."

"그럼 왜 하필이면 이런 때 나를 건드리려고 해? 조그만 단서도 없는 이 판국에 어떻게 거기가 설 수 있어?"

어떻게? 그도 참 이상하다고 생각했다. 할 말을 잃은 채 자신을 몰아세우는 그녀에게 분노했다. 왜 이 여자는. 입만 꼭 다물고 있으면 얼마나 좋은 여자인가.

"당신한테는 고맙게 생각해. 정말로. 의지할 데라고는 당신뿐이니까. 역시 당신은 아버지라는 생각이 들어. 그렇지만."

"내 말 좀 들어 봐."

그녀는 몸을 숨기려는 듯 여름 이불을 몸에 감았다.

"나가. 이제 못 견디겠어."

"말도 안 되는 소리. 그럼 어떻게 가나코를 찾으라는 거야?"

"당신 방에서 자고 일어난다고 딸을 못 찾는다는 게 말이나 되는 소리야? 그 여행가방 안에 콘돔 한 움큼 넣어 왔지, 아냐?"

그냥 시커먼 분노만 솟구쳐 올랐다.

"그래서 나랑 그거 못 하면 가나코 안 찾을 생각이야?"

갑자기 짙은 피로가 밀려와 그를 침묵하게 만들었다.

"부탁이야. 돈이라면 내가 마련할게. 만일 가나코한테서 연락이 있으면 내가 전화할 테니까."

오른손이 그녀의 목을 거머쥐었다. 두려움에 그녀의 눈알이 앞으로 툭 불거진다. 왼손으로 볼을 쳤다. 날카로운 손바닥 감촉에 저도 모르게 신음을 뱉어 낸다. 송곳니에 닿은 검지 뿌리께가 찢어지고 피가 방울방울 시트에 떨어진다. 검은 상처에서 심장 고동에 맞춰 피가 뿜어져 나온다. 놀랄 여유조차 주지 않는다. 턱에 그녀의 팔꿈치가 닿아 뇌가 흔들린다.

오른손에 힘을 넣는다. 빨갛게 부풀어 오른 얼굴과 원숭이처럼 튀어나온 하얀 이. 반듯한 그녀의 얼굴이 흉하게 일그러진다. 이해할 수 없었다. 너를 위해. 딸을 위해. 어떤 위험도 감수하고 온 힘을 다하려 하는데. 넌 왜.

"살려 줘."

그녀의 말뜻을 알아들을 수 없었다. 왜 내가 너를 죽여야 하는데? 이마에 뻑뻑한 충격이 일어나고 눈앞에서 별이 번득였다. 그녀의 손에 자명종 시계가 들려 있었다. 왼손으로 시계를 빼앗아 벽에 집어던졌다.

"숨 막혀."

그때도 그랬다. 그 불륜 사내가 말했다.

"제발 그만둬."

"저년하고 몇 번 했어?"

"제발 용서해 줘."

"나를 농락했단 말이지."

배기가스 냄새. 서늘한 지하 주차장이 뇌리를 스쳤다.

목을 조르던 오른손을 놓았다. 그녀는 웅그리고 앉아 짐승처럼 끅끅거렸다. 아래로 숙인 얼굴에서 누런 위액이 흘러나왔다. 이윽고 신음은 흐느낌으로 바뀌었다. 후지시마는 그녀의 허리를 잡고 잠옷을 아래로 내렸다. 얇은 핑크색 팬티를 내렸다. 매끈하고 하얀 엉덩이가 드러났다. 그녀는 저항하려 하지 않았다. 그는 팬티를 내리고 벌거숭이가 되었다. 허리를 끌어 잡고 그녀의 음부에 침을 바른 다음 욱신거릴 만큼 발기한 성기를 밀어 넣었다. 잠옷을 끌어 올리고 가슴을 만지며 허리를 움직였다. 아주 모호한 감각이었다. 그래도 솟구치는 뜨거운 열기를 느끼고 살을 꽉 집으며 사정했다.

성기에 정액이 달라붙었다. 제정신을 차리고는 멍해지고 말았다. 회환과 죄책감. 그것도 귀울림 같은 분노의 외침 앞에서 지워져 버렸다. 그냥 새롭게 시작하고 싶었을 따름이다. 돈은 준비해 두겠다고? 어떻게 그런 말을 할 수 있어!

그의 목에서 딸꾹질 같은 오열이 터져 나오고 눈두덩이 뜨거워졌다. 눈물이 콧날을 타고 흐른다. 어지럽게 수염이 자란 얼굴을 감싸고 침실을 나섰다. 욕실에서 얼굴을 씻었다. 거울에 비친 어린애 같은 얼굴. 빨갛게 핏발 선 눈. 갈비뼈 위에서 늘어진 가슴살. 강도를 잃은 성기. 이마에 난 빨간 상처.

또 눈물이 솟구쳤다. 구급상자에서 소독약을 꺼내 상처에 뿌렸다. 핏방울은 계속 떨어진다. 가벼운 현기증을 느끼며 붕대를 감는다.

거실을 하릴없이 오간다. 선반에서 스카치 위스키를 꺼내 병나발을 불고 광기를 부추긴다. 여행가방 지퍼를 열었다. 그 안에는 콘돔이 없다. 갈아입을 바지가 있다. 반라로 침실로 돌아갔다. 그녀는 반라 그대로 팔다리를 쩍 벌리고 침대에 널브러져 있었다. 가슴이 심하게 오르내린다. 거칠게 숨을 몰아쉰다.

"샤워해."

그녀는 엎드린 채 움직이려 하지 않았다. 그렇게나 큰 충격이었던가. 나에게 안기는 게 그렇게나 싫었던가. 이 정도로 나약한 여자가 아니다. 두 손으로 거칠게 침대에서 끌어냈다. 괴물이라도 바라보는 듯한 그녀의 눈길에는 짙은 증오가 서려 있었다.

후지시마는 그녀의 눈길을 견뎌 내며 말했다.

"난 기리코 아버지야. 기리코를 찾을 때까지 여기 있을 거야."

"좋을 대로 해. 내가 나갈 테니까."

"나간다고? 우라와 친정으로? 아님 그 자식한테?"

그녀는 기묘한 느낌이 들 만큼 조용하게 말했다.

"어디든 좋아. 전부 밝힐 거야. 경찰에도 실종 신고를 할 것이고. 당신한테 부탁한 내가 바보였어. 아무리 그런 물건을 가지고 있었다 해도 우리 딸이 나쁜 짓을 한 증거는 안 될 거야. 그리고 만일 그…… 각성제를 했다 해도 좋아. 그 애를 반드시 지켜 주고 말 거야."

"아주 기특한 생각을 하는구먼."

이마의 상처가 욱신거린다.

"경찰에서 움직이지 않는다면 탐정사무실로 갈 거야. 가진 돈을 모두 털어 넣어서라도. 만일 부족하다면 모든 친척에게 고개를 숙이고 부탁할 생각이야. 당신이 허리를 움직이는 동안 난 그런 생각을 했어. 그게 지극히 당연한 조치라는 것을 깨달았어."

"그랬단 말이지."

경찰이 움직인다. 그 정도 양의 각성제를 가진 여고생에게 관심을 보이지 않을 리가 없다. 단순한 가출 소녀가 아니라 특수 범죄자의 틀에서 바라볼 것이다. 매스컴을 활용하여 대대적인 문제로 발전시킬 수도 있다. 전국 파출소에 고속도로 휴게소에 구의 모든 시설에 딸의 얼굴 사진이 붙을 것이다.

딸이 모든 인간에게 흥미의 대상이 될 것이다. 생각만 해도 몸저 안쪽에서 음침하고 불쾌한 기운이 기어오른다.

"이건…… 빨리 적절한 조치를 안 취한 벌로 생각할 거야."

기리코는 벌거벗은 채 침대에서 일어섰다. 정액이 말라붙어 음모가 허옇게 변색되어 있었다.

그는 바지 주머니에서 비닐 팩 하나를 꺼냈다. 가나코 방에서 발견한 것이었다. 봉지를 찢어서 손바닥에 결정체를 올렸다.

기리코는 팬티를 입다 말고 그의 손바닥을 바라보았다.

"뭘…… 뭘 하는 거야?"

"내가 가나코를 찾을 거야. 한다면 해."

그는 붕대를 감은 왼손으로 그녀의 배를 쳤다. 짙은 갈색 머리카락이 허공에서 출렁거리고 그녀는 무릎을 꺾으며 침대에 쪼그리고 앉았다. 침대 모퉁이를 잡고 신음했다.

"……당신, 정말로……."

"가족은 내가 지켜. 반드시 찾아내고 말 거야. 놈들한테는 절대로 안 맡겨."

가나코를 찾아서 안아 주고 싶었다. 기리코를 마음 편하게 해주고 싶었다.

결정체 위에 침을 뱉어 손가락으로 휘저었다. 그녀의 질 속에 침에 녹은 각성제를 밀어 넣고 손가락으로 문질렀다. 그녀는 여름 이불을 부여잡고 코맹맹이 소리로 비명을 질렀다. 이윽고 온몸을 바르르 떨었다.

"그놈한테 간단 말이지? 경찰은 네 이야기 같은 건 듣지도 않을걸. 각성제 이야기를 하면 일단 너를 검사할 거야. 놈들한테 각성제 중독자로 취급받고 싶어? 놈들은 가나코보다 너를 의심하겠지. 그래도 놈들한테 부탁할 거야? 놈들이 그렇게나 좋아?"

다시 사타구니에서 힘이 솟구쳤다. 그녀는 허리를 구부린 채 떨고 있었다. 그러면서도 음모는 흠뻑 젖어 있었다.

"한걸음이라도 바깥으로 나가 봐. 30분마다 전화할 거야. 세 번 울릴 때까지 받지 않으면 내가 경찰에 신고해 줄게. 보지에 각성제 쑤셔 넣은 여자가 있다고."

"그렇지만 당신 힘으로는 무리야."

창으로 비쳐 드는 햇살이 따갑다. 화가 치밀 정도로 강렬한 햇살이었다. 커튼을 다시 쳤다.

그녀는 가는 목소리로 말했다.

"딸에 대해 아무것도 모르는 주제에."

가슴 저 안쪽에서 영문도 모를 자신감이 솟구쳐 올랐다. 반드시 찾을 거야. 후지시마는 스스로를 향해 되뇌면서 그녀의 가슴을 거머쥐었다.

7

휴대전화 신호음을 듣고 눈을 떴다.

햇살이 침실을 비추는 가운데 열기가 가득하다. 아주 짧은 시간

잠들었던 것 같은 느낌이었다. 음침하고 눅눅한 느낌에 자신도 모르게 신음을 뱉어 냈다. 목이 마르다. 땀이 시트를 흠뻑 적셨다. 드러난 성기가 메마른 체액으로 덮였다.

기리코의 모습은 보이지 않았다. 침실은 엉망으로 흐트러졌다. 자명종 시계의 잔해가 흩어졌고 벽이 푹 들어갔다. 침대와 바닥에는 말라붙은 피 흔적. 왼손의 상처가 욱신거린다. 바지 주머니를 뒤져 휴대전화를 꺼낸다.

"예."

"아사이입니다."

"무슨 일인가?"

"지금 어디 계십니까?"

"옛날 집에."

서둘러 침실 문을 열었다. 욕실에서 샤워하는 소리가 들린다. 안도의 한숨을 내쉰다.

"지금 바로 좀 만날 수 없을까요?"

"힘든데."

"잠깐이면 됩니다. 제가 찾아가면 안 될까요?"

놈은 빠른 어투로 말을 이어 갔다. 놈은 왜 안 되느냐고 묻지 않았다. 서로 시간 낭비라는 것을 잘 안다. 경찰의 방문은 절대로 그냥 방문이 아니다.

"무슨 일이야?"

"좀 봐야 할 사진이 있습니다."

사건 때문에 인생이 뒤틀리는 건 피해자나 피의자만이 아니다.

첫 발견자는 며칠의 시간과 일상을 파괴당하고 만다. 너무나 잘 아는 일인데도 정작 자신이 그 일을 당하고 보니 얼마나 고통스러운지 새삼 느낄 수 있었다.

"꽤 재미있는 낯짝을 보여 줄 것 같은데."

여태까지 몇 십 장이나 되는 몽타주 사진을 대면했다.

"네, 아마도 그리 될 것 같습니다."

아마도 피해자 주변 인물일 것이다. 가슴에 수도 없이 구멍이 뚫린 젊은이, 고야마 준페이. 같은 자리에서 목 졸려 살해당한 술집 주인 야스다 노부코. 배에 칼을 맞은 파이브마켓의 아르바이트 점원 가와모토 히로시.

깊이 한숨을 내쉬었다. 지금은 1분 1초가 아깝다. 조금이라도 가나코에게 다가서고 싶다.

"아파트에는 오지 마. 아내가 경찰 싫어하는 거 알잖아. 가까운 패밀리 레스토랑에서 봐."

어젯밤에 가미나가를 만난 레스토랑 이름을 댔다.

"알았습니다."

그는 전화를 끊고 욕실로 이어지는 세면장으로 향했다. 샤워 소리가 아직 이어진다.

"어이."

슬라이드 도어 건너편으로 불렀다. 대답이 없다. 문을 열었다. 수증기 가득한 건너편에서 기리코는 스펀지로 몸 구석구석을 문지른다. 언제부터 저러고 있었을까. 거품으로 덮인 하얀 피부 여기저기에 불그레한 흔적이 보였다.

발을 안으로 들이밀고 손을 낚아챘다. 바지에 뜨거운 물이 닿는다.

"그만두지 못해!"

"이거 놔!"

소리를 지르면서도 집요하게 몸을 닦으려 한다. 후지시마의 손이 닿으면 마치 몸이 더러워지기라도 한다는 듯이. 바닥에 떨어진 샤워기 헤드를 집어 들고 그녀에게 물을 끼얹었다. 그녀는 짧은 비명을 지르며 따가운지 등을 움츠렸다. 그는 샤워기 헤드를 욕조 안으로 집어던졌다.

"빨리 기어 나와서 얌전하게 있어."

그녀는 몸을 웅크리면서 커다란 눈으로 그를 올려다보았다.

"당신 탓이잖아."

"나갈 거야. 잘 들어. 한걸음도 집 밖으로 나가지 마."

"빨리 꺼져 버려!"

땀과 물기에 젖은 채 욕실을 나섰다. 세면대에서 세수를 하고 머리를 빗었다. 빗살이 이마의 상처에 닿아 비명을 질렀다.

패밀리 레스토랑까지 걸어갔다. 손님은 거의 없고 회사원 몇이 아침을 먹고 있었다. 아사이는 벌써 벽에 등을 기댄 채 커피를 마시고 있었다. 아마도 아사이의 짝일 것이다. 폴로셔츠 차림의 형사가 옆 자리에 앉았다. 지난번하고는 다른 젊은 형사였다.

아사이가 일어나 머리를 조아렸다.

"쉬시는데 죄송합니다. 이렇게 아침부터."

의자에 걸터앉았다. 아사이는 상처 난 그의 이마를 멀뚱하니 바라보았다.

"무슨 일이라도?"

"잠이 좀 안 와서."

"깊이 파고들 생각은 아니지만요."

후지시마는 호색한처럼 웃으려고 애를 썼다.

"아내하고 관계를 회복할지도 몰라."

"정말입니까?"

그는 놀란 듯 눈을 동그랗게 떴다.

"믿기지 않는다는 거야?"

"솔직히 의외라는 생각이 듭니다."

형사 시절 술기운으로 몇 번이나 그를 아파트까지 데리고 갔다. 기리코는 제대로 인사도 하지 않았다. 게다가 아사이는 후지시마가 일으킨 사건을 잘 안다. 설령 유치원 아이라도 그 사건 이후에 두 사람이 관계를 회복할 수 있다고는 생각하지 않을 것이다.

"어제부터 심한 독감에 걸려서 말이야. 내가 간호해 주고 있지."

"그렇습니까?"

아사이의 눈이 형사의 눈으로 바뀌었다.

"한 가지 물어봐도 되겠습니까?"

"깊이 파고들 생각은 없다면서?"

"따님은 지금 어디 있습니까?"

"규슈에 친구랑 여행 갔지."

아사이의 이마에 살짝 땀이 밴다. 귀를 쫑긋 세우고 있던 젊은 형사가 두 사람을 번갈아 바라보았다.

"계장님."

후지시마는 휴대전화를 집어 들었다.

"혹시 내가 말이 안 되는 짓이라도 벌인다고 생각하는 건가?"

아사이는 대답하지 않았다.

"그 여자하고 딸을 감금이라도 하는 줄 알아?"

"아뇨, 설마요."

바로 집으로 전화했다. 세 번 울리자 연결되었다.

"네."

얼이 빠진 듯한 목소리.

"나야. 열은 좀 내렸어? 가는 길에 뭐 사 갈 거 없는가?"

"도대체…… 무슨 얘길 하는 거야?"

"같이 근무하던 아사이 형사, 알지? 오랜만에 인사라도 하고 싶다는데."

당황하는 기리코의 목소리를 들으면서 눈을 동그랗게 뜬 아사이에게 휴대전화를 건네주었다.

"여보세요."

기리코는 성질이야 더럽지만 바보는 아니다.

아사이는 휴대전화를 건네받아 귀에다 대고 말했다.

"오랜만입니다. 예, 잠시 뭐 좀 물어볼 게 있어서요. 아, 그렇습니까? 예, 몸조리 잘하십시오."

번개처럼 재빨리 짧은 대화를 나눈다. 그에게서 휴대전화를 받아 든다. 후지시마는 눈으로 물었다.

"……죄송합니다."

"빨리 찾아온 용건이나 말해. 아픈 사람을 혼자 내버려 두기도 뭐하잖아."

그는 휴대전화로 기리코에게 말했다.

"나야."

"도대체 이건 또 무슨 짓거리?"

"금방 갈게."

뭐라고 내질러 대는 그녀의 목소리를 무시하고 전화를 끊었다. 벌레 씹은 듯한 표정을 짓는 아사이에게 말했다.

"그 자식이 도와달라고 했어?"

"아닙니다."

"딸이 어디 있는지 물었는가?"

"아닙니다."

"집에서 왜 나를 불러들였는지, 물었어?"

"아뇨…… 그렇지만 이제 사정을 알았으니까요."

"당연하지. 쓰잘머리 없이 파고들면 죽여 버릴 거야."

"죄송합니다."

아사이는 깊이 머리를 조아렸다. 옆 자리 형사가 눈을 동그랗게 떴다.

"뭔데?"

"이겁니다."

테이블에 펼쳐진 얼굴 사진 세 장. 하나같이 어린 놈들이다. 나름 앞머리를 물들인 소년들의 얼굴 사진, 경찰에 연행되었을 때 찍은 것들이다. 전부 경찰에 연행된 적이 있다는 말이다. 하나는 황금색으로 물들인 머리카락을 한쪽만 기른 양키 같은 청년. 다른 하나는 서퍼처럼 피부가 거무스름하게 타고 갈색으로 물들인 머리카락을 어깨까지 늘어뜨린 스무 살 넘은 청년이었다. 그것도 패션인지 앞니 하나가 금니다.

그리고 나머지 하나는 나이 미상. 빡빡머리이며 턱과 입 주변에 수염이 자랐다. 귀, 입술, 코 여기저기에 피어스를 했다. 오른쪽 이마에서 볼에 걸쳐 길게 칼자국이 났다. 빡빡머리는 어둡고 울적한 눈길로 멍하니 입을 살짝 벌렸다.

후지시마는 정신없이 그 사진을 바라보았다.

"왜 그러세요?"

아사이의 목소리에 제정신을 차렸다.

"자식들, 얼굴이 꽤 그럴듯한데 그래."

무관심을 가장하면서 사진을 테이블에 내려놓았다.

빡빡머리는 가나코와 한패였다는 무나가타라는 소년과 많이 닮았다. 졸업 사진에 실렸을 즈음과는 스타일이 완전히 다르다. 그러나 한없이 울적한 그 눈길은 조금도 변하지 않았다.

"모르겠어. 다시 말하지. 그날은 비가 무지하게 내렸잖아. 아무것도 안 보였어."

"틀림없습니까?"

"이렇게 화려한 놈이었다면 안 보려고 해도 눈에 띄었을 테지."

웨이트리스가 오믈렛과 빵이 담긴 아침 메뉴를 들고 왔다. 사진을 구석으로 밀었다.

"……."

목이 찔려 죽은 고야마에 대해 물었다.

"불량소년 서클과 관련되어 있었던 듯합니다. 아포칼립스라는 이름입니다."

"아포칼립스."

기억의 페이지를 들춰 보았다.

"그쪽 출신 몇이 이시마루 조직에 들어갔지."

"그렇습니다."

"꼬마들에게 그런 살인은 무리야."

"그럴지도 모릅니다. 하지만 그 아포칼립스입니다. 3년 전 중학생 살인 사건에도 아마 관련이 되었을 겁니다. 교활한 데다 전력이 있는 놈들입니다."

"흐음."

"그렇지만 우리 팀의 반은 불법 거주 외국인을 중심으로 파헤치고 있습니다. 윗선도 계장도 꼬마들이 그런 살인을 저지를 수는 없으리라 생각하는 것 같습니다."

그는 평상시와 달리 말이 많았다. 때로는 극비에 속할 수사 상황까지도 드러냈다. 그러나 후지시마의 정신은 온통 딴 데로 쏠려 있었다. 오로지 무나가타라는 소년에 대해 생각했다.

냉수를 마시면서 억지로 아침을 밀어 넣었다. 무작정 위 속으로 밀어 넣은 다음 아픈 아내를 걱정하는 남편 역에 충실하면서 식당을 나섰다. 전화를 걸었다. 가나코가 다니던 중학교로. 교직원으로 보이는 남자가 무뚝뚝하게 전화를 받았다.

담임이었던 아즈마 리에는 벌써 감독을 맡은 테니스부 연습장으로 나갔다고 했다. 아직 인사 이동 없이 같은 학교에 근무하는 것 같았다. 불러 달라고 하자 남자는 거만한 목소리로 나중에 이쪽에서 전화를 걸겠다고 했다. 이름과 전화번호를 알리고 전화를 끊었다. 어차피 중학교는 바로 코앞이다. 얌전하게 기다리고 있을 수만은 없었다.

몇 번이나 뒤를 돌아보며 잰걸음으로 나아갔다. 땀이 셔츠를 적시는 것도 개의치 않고 교문 안으로 들어섰다. 학교에는 인기척이 없고 아지랑이 피어나는 운동장에서는 운동부원들이 고함을 지르며 땀을 흘리고 있었다. 메마른 모래먼지 냄새가 났다. 철망으로 둘러싸인 테니스 코트에서는 칙칙하니 흙색으로 물든 공을 치며 연습에 열중하는 여학생들의 목소리가 울려 퍼졌다. 아즈마는 코트 뒤편에서 말없이 연습하는 학생들을 지켜보고 있었다. 학생보다 머리 하나 정도 큰 선생이었다. 선바이저를 걸친 얼굴이 거무스름하게 그을렸다. 아마도 30대 후반일 테지만, 운동선수답게 탄탄히 조인 근육이 나이를 짐작키 어렵게 했다.

후지시마가 자기 소개를 하고 목적을 밝히자 아즈마는 험악한 표정을 지었다.

"아까 전화를 주셨다고요?"

"여전히 여기서 근무한다는 것을 알고 마음이 놓였습니다."

"후지시마 가나코 말이죠?"

"3년 전에 선생님 반이었습니다."

"잘 기억하지요. 그렇지만……."

후지시마는 아내와 이혼한 사실을 알렸다. 친권은 어머니에게 있어 가나코와 만날 기회가 거의 없었다는 사실도. 가능한 한 성실하고 간절한 표정을 지으면서.

"오랜 세월 일에만 매달린 결과 이렇게 되고 말았지요. 돌이킬 수야 없겠지만 그렇다고 아무것도 모른 채 그냥 지내고 싶지는 않아요. 조금이라도 딸에 대해 알고 싶습니다."

선바이저에 가려 표정을 읽을 수 없었다. 그러나 의아해한다는 것 정도는 알 수 있었다.

"경찰에 적을 두고 있는 줄로 압니다만."

"경찰은 그만두고 지금은 민간 회사에 다닙니다."

"이렇게 딸을 잘 아는 사람을 하나하나 찾아다니는 겁니까?"

"아무런 의미도 없는 일이라고 생각하십니까?"

"그럼요. 역효과일걸요. 마치 형사가 탐문 수사를 하는 듯한 방식으로는 말이죠."

아즈마는 연습 상황을 곁눈으로 지켜보면서 말을 이었다.

"하지만 그 마음은 충분히 이해해요. 저도 어린 딸이 있으니까요. 자식 일이라면 누구든 냉정해지지 못하는 것 같아요."

아즈마는 희미한 웃음을 떠올렸다. 그리고 말없이 발 아래 테니스공을 잡더니 라켓을 든 부원에게 던졌다. 공은 부드러운 곡선을 그리며 지면으로 떨어진다. 소녀 부원은 용수철 달린 인형처럼 아즈마에게 깊이 머리를 조아렸다.

아즈마는 소녀들을 향해 손뼉을 치면서 지시를 내리고 교사 쪽으로 발걸음을 옮겼다. 서늘한 현관을 지나 아무도 없는 교직원실로. 낡은 응접 세트의 소파를 후지시마에게 권하고 보리차가 든 글라스를 내밀었다.

후지시마는 그녀의 기억력을 감탄하면서 칭찬했다. 3년 전에 졸업한 학생을, 그것도 아버지의 직업까지 기억하다니. 아주 강렬한 인상을 받지 않았다면 결코 기억할 수 없지 않을까. 그녀는 어깨를 으쓱했다.

"그럴 만한 이유가 있지요."

손에 엽서 한 장을 건네주었다. 뒷면에 나팔꽃 문양이 그려졌고, 여름철 안부를 묻는 내용이었다. 청색 펜으로 대학 입시 준비에 바쁜 근황을 적었다. 분명 가나코의 글씨였다.

"때로 이렇게 소식을 받기도 하거든요. 물론 아무런 연락이 없었다 해도 기억했을 테지만요."

"딸이 인상 깊은 학생이었습니까?"

"그럼요. 아주 영특하고 귀엽다고 할까요, 아름다웠어요. 자기주장이 강한 타입은 아니지만 사람을 끌어들이는 매력이 가득했습니다."

엽서를 바라보며 말을 이었다.

"게다가 사람을 기쁘게 하는 방법을 잘 알아요. 이렇게 몇 년이나 지난 후에 엽서를 받다니요. 교사 생활을 오래 했지만 드문 일이에요."

"그래서."

그녀가 말을 가로막았다.

"잘 압니다. 그 아이에 대해 묻고 싶겠지요."

"그 아이?"

"모르세요?"

"아뇨, 그렇습니다. 당시 딸한테는 남자 친구가 있었고, 그 아이가 스스로 목숨을 끊었다는 것도."

"그날 일은 오랫동안 잊을 수 없을 거예요."

"가나코가 충격을 받았습니까?"

"그 당시는 충격받지 않은 사람이 없었죠."

"딸이 그리 크게 슬퍼하는 모습을 보이지 않았다고 하던데요."

"누가 그런 말을?"

"이 세상에 딸에게 호의를 가진 사람만 있는 건 아닙니다."

"슬픔을 드러내는 방식이 꼭 눈물을 보이는 것만은 아니죠."

"아, 그렇겠지요."

어쨌든 가나코는 거기에 대해 한마디도 해 주지 않았다.

사진 다발을 보여 준다. 엔도 나미와 무나가타 야스히로 두 아이를 가리킨다.

"이 아이들과 어울린 것이 오가타가 죽었기 때문입니까?"

그녀는 어색한 웃음을 띠며 말했다.

"둘 다 결코 나쁜 애는 아니었어요."

"이 무나가타라는 학생. 아포칼립스라는 불량 서클의 멤버였습니다."

"아주 조사를 많이 하셨네요."

그녀의 표정에 진한 의구심이 떠오르기 시작했다. 역시 자신의 눈이 틀리지 않았다고 후지시마는 확신했다. 빡빡머리 소년은 무나가타였던 것이다.

"애 엄마한테 부탁받았습니다. 딸은 우리 둘과 벌써 몇 년째 대화를 거부하고 있습니다. 총명하고 건실한 아이였습니다. 대학도 장학금을 받고 진학해서 자기 길을 찾을 겁니다. 우리하고는 관계를 끊고 말이죠. 그러기에 우리 딸이 어떤 길을 걸어왔는지 가능한 한 자세히 알고 싶습니다. 너무 우리 사정만 내세우는 것 같아 죄송합니다."

이건 결코 속이는 게 아니다. 지금 찾아내지 못하면 영원히 그 모습을 볼 수 없을 것이다. 그런 느낌이 들었다.

아즈마의 시선이 따가울 정도로 강렬하다. 진위를 파악하려는 듯 눈동자에서 강렬한 빛이 뿜어져 나왔다.

"가나코가 학교에 오지 않은 시기가 있었어요. 공부는 물론이고 식사도 잠도 제대로 취하지 않았는지 안색이 나쁘고 야위기 시작했죠. 3학년이 되자마자였습니다."

"예?"

"오가타 군이 그렇게 세상을 떠나고 정신적으로 큰 충격을 받았음에 틀림없습니다. 그렇지만 지금 생각해 보면 그것만은 아니었던 것 같아요. 그 애 자신은 단호하게 부정하지만요."

"약물입니까?"

아즈마는 놀란 듯 눈을 화들짝 떴다. 그리고 크게 한숨을 내쉬었다.

"당시는 망설였어요. 부모님께 알려야 할지 말아야 할지. 그 애는 약물이 얼마나 무서운 것인지 잘 알면서 사용하는 것 같았어요.

천천히 자살을 시도하는 것처럼 말이죠."

"조금도 눈치 채지 못했습니다."

"그 아이는 자책했을 겁니다. 누구보다도 엄격하게. 서서히 슬
픔에서 벗어나 치유되어 가는 우리와는 반대로. 일상으로 돌아오
는 것조차도 거부하면서. 무나가타는 그런 약물을 구하는 수단을
가지고 있었어요. 우리로서는 도저히 상상도 못 할 그런 것까지."

"그래서 우리 딸은."

아즈마는 갑자기 고통스런 표정을 지었다.

"사실 그 당시 기억이 모호합니다. 3년 전 그즈음에는 너무도 많
은 일이 있었으니까요. 오가타의 자살을 시작으로."

"네, 그랬지요."

후지시마는 기억이 되살아나려 했다. 3년 전이라면 이 중학교
학생이 몇 명이나 자살하는 충격적인 사건이 일어났다. 그 사건
은 분명……

아즈마는 변명하듯이 말했다.

"어느 정도 안정되었을 때 가나코를 만나 이야기했죠. 약도 끊
고 무나가타 서클하고도 관계를 끊으라고 말이죠."

후지시마는 고개를 끄덕였다. 말도 안 되는 소리라고 생각하
면서.

아즈마는 지그시 후지시마의 얼굴을 바라보았다.

"만날 생각이세요, 무나가타나 엔도하고? 만일 그렇다면 그건."

그는 고개를 저었다.

"아뇨, 이미 충분합니다. 아무리 과거를 파헤친들 상황이 변하

는 건 아니니까요. 이제부터 우리가 어떻게 마주할 것인가가 더 중요하니까요."

"총명한 아이니까 언젠가는 이해해 줄 테지요."

후지시마는 자리에서 일어나 손을 내밀었다.

"선생님을 만나서 정말 다행입니다."

그러고는 그녀의 손을 잡았다. 햇살에 그을린 그 손은 소년처럼 큼지막하고 두툼했다. 부드러운 선풍기 바람에 그녀의 머리카락이 날린다.

마지막 인사를 하려는데 불현듯 그녀가 말했다.

"잘 지내나요, 가나코는?"

"바쁘게 지내는 거 같습니다. 여러 가지로."

목례를 하고 교직원실을 나섰다. 매미가 막 시동이 걸린 엔진처럼 시끌벅적 울어 댔다.

해는 높이 솟아올랐고 현관을 나서니 모래먼지 냄새가 한층 강렬해졌다. 다 닳은 구두 바닥으로 아스팔트 열기가 전해져 왔다. 몸이 여린 야구 소년이 비쩍 마른 버려진 개처럼 헐떡이며 보도를 걸어간다. 목이 마른지 애절한 눈길로 수돗가를 바라본다.

어금니가 모래를 씹는다. 교문을 들어설 때 곁을 지나치는 가나코의 모습을 본 듯했다. 가방을 든 손이 나뭇가지처럼 가늘다. 창백한 얼굴이다. 손으로 햇살을 가리고 물었다. 괜찮니?

가나코는 힘없이 웃을 따름이었다. 입술을 끌어 올린 시니컬한 웃음이었다. 무슨 말을 한 듯하지만 알아듣지 못했다. 가나코는 아지랑이 저편으로 흔들리며 흩어졌다.

굵은 철사로 양손을 뒤로 묶인 채 방과 후의 복도를 달렸다. 지나치는 학생들이 놀라기도 하고 웃기도 한다. 많은 사람들 가운데서 나는 지독한 고독을 느꼈다.

"기다려."

"도망치지 마."

"잡아."

새된 소리를 내면서 쫓아오는 인간들도 많다. A, B가 선두를 달리고 거기에 나보다 키도 작은 알랑방귀 C.

얼굴도 이름도 다 알지만 기억하기조차 싫었다. 게다가 시마즈의 빡빡머리도 보였다.

바닥에 쓰러져 어쩔 줄 몰라 하며 복도를 구른다. 시끌벅적한 웃음이 터져 나온다. 철사가 손목을 파고들어 아프다. 몇몇이 우르르 나를 둘러싸는 가운데 기둥 같은 시커먼 다리에 시야가 가려진다. 시마즈가 손목을 잡아 끌고 간다.

"이리 와, 새끼야."

비틀거리며 쓰러질 듯 뒤를 따라간다. 복도를 다 지나 계단을 올라간다. 3층에서 더 계단을 타고 올라가면 옥상밖에 없다.

놈들의 목소리가 천장에 울린다. 잠겨 있어야 할 문이 열린다. 직원실에 있어야 할 열쇠를 훔친 놈이 있고 그것을 복사했다는 말이다. 이가 달그락달그락 부딪치며 소리를 냈다.

손이 뒤로 묶인 채 바닥에 굴렀다. 갈라진 콘크리트 틈새에서 피어난 잡초와 흙이 입 안으로 들어왔다. 햇빛에 그을린 얼굴 몇 이 나를 내려다본다.

누군가가 있었다.

"이제 와서 연습에 나오라고는 하지 않겠어. 너 따위 오건 말건 우리 알 바 아냐."

시마즈가 미간에 주름을 잡으며 말을 이었다.

"그렇다고 그냥 집에 가라는 건 아냐. 어이, 멍청이, 지금 학원에 간다고? 더러운 놈. 우리가 연습 끝낼 때까지 거기 있어, 알았어?"

"그럼 너도 학원에 가면 되잖아?"

내가 말했다. 야구부도 아닌 A와 B 그리고 놈의 눈이 날카로워 진다. 배에 강렬한 킥이 들어온다. 내장이 솟아오르고 숨이 막혀 등을 둥그렇게 만다.

"뭐라고? 뭐라고 했어, 이 새끼야?"

"이 자식, 뭘 모르네."

몇 개의 팔이 뻗어 나와 허리띠를 풀어낸다.

"그만둬!"

바지가 벗겨져 나간다. 허벅지가 차가운 공기를 느끼고 두려움 에 떨며 바닥을 굴렀다. 미친 듯한 웃음소리가 아래로 쏟아진다. 무릎을 굽히고 저항하는데 옷 어딘가가 찢어지는 소리가 났다. 윗 도리가 벗겨졌다. 하반신은 팬티 하나뿐이다. 죽고 싶을 만큼 수 치스러웠다.

시마즈가 바지를 들어 올렸다. 얼굴에서 칙칙한 증오심을 뿜 어냈다.

"이렇게 하면 가고 싶어도 못 갈걸. 이런 꼴로 걸어갈 근성이라도 있으면 다르겠지만."

"발가벗겨 버려."

"저런 건 만지기도 싫어."

음험한 웃음소리가 터져 나왔다.

"가자."

만족스런 표정으로 놈들은 등을 돌렸다.

"잠깐만."

놈들은 내 바지를 들고 옥상을 떠나 버렸다.

"기다려!"

발가락 끝이 콘크리트 바닥에서 미끄러진다. 문이 닫히고 자물쇠 거는 소리가 난다. 나는 손에 감긴 철사를 몇 번이고 흔들어 겨우 손목을 빼냈다. 살갗이 벗겨지고 피가 배어 나온다. 문에 달라붙어 손잡이를 돌린다. 손잡이는 허망하게 돌아갈 따름이다.

문을 두드려 보아도 텅텅거리는 소리만 날 뿐 아무런 반응도 돌아오지 않았다.

"아…… 시발."

문에서 벗어나 옥상을 하염없이 걸었다. 5월의 바람이 벌거벗은 아랫도리를 차갑게 휘감는다. 정말로 이런 곳에 몇 시간이고 감금되어야 한다는 생각을 하니 분노보다는 두려움이 앞섰다. 욕지기가 솟구친다. 옥상을 둘러친 철조망에 기대선다.

건물 아래서 학생 몇몇이 즐겁게 재잘대며 하교한다. 다른 아이들은 동아리 활동 준비를 한다.

마치 나만이 어딘가 멀리 다른 차원의 세계에 남겨진 듯했다. 불길한 상상이 부풀어 오른다. 이대로 놈들은 연습에 열중하다가 나를 여기 가둔 것까지 까맣게 잊어버리고 자기들끼리 과자 같은 걸 먹으며 가 버리는 건 아닐까.

신경이 타 들어가는 듯한 느낌에 사로잡혔다.

"씨파."

철조망 너머로 보이는 지면이 너무 가까워 보인다. 내일도 모레도 그다음 날도 이런 굴욕을 받아야 하는가.

그런 생각을 하니 딱딱한 아스팔트가 던져 주는 어둠이 아주 매력적으로 보였다. 따스하고 부드럽게 나를 맞아 줄 것 같은 예감이 들었다.

철망에 머리를 박았다. 이런 자세로 어쩌다 철망이 풀어져 버리기라도 하면 나와 함께 아래로 무너질 것이다. 몇 번 흔들어 보았지만 철망은 생각보다 견고해서 어둠으로 뛰어들려는 나를 세차게 거부했다.

그렇지만 이건 아무런 문제도 아니다. 애당초 철망의 높이는 가슴께 정도밖에 안 된다. 그냥 밟고 넘어서면 그만이다.

퍼뜩 제정신을 차리고 바닥에 다리를 끌듯 하며 뒤로 물러섰다. 땅바닥에 내동댕이쳐 뇌가 터져 나온 내 모습이 머릿속에 떠올랐다.

물을 덮어쓰기라도 한 듯 갑자기 온몸에 땀이 솟구쳐 바람이 불 때마다 등허리가 서늘해졌다. 교복 자락으로 이마를 닦았다. 목매달아 죽은 오가타의 얼굴이 스쳤다. 말도 안 돼. 난 절대로 그 애처럼 되지 않을 거야.

문에서 자물쇠 건드리는 소리가 나 깜짝 놀란다.

반사적으로 숨을 곳을 찾는다. 놈들이 무슨 의도를 가지고 갑자기 되돌아왔다면 또 심하게 당할 것이 뻔하다. 만일 놈들이 아니라면 이런 꼴을 보일 수는 없다. 그러나 이 휑하니 넓은 콘크리트 광장에서 몸을 숨길 데가 있을 리 없다. 그냥 멍하니 서 있을 따름이었다.

나는 멍하니 입만 벌렸다.

후지시마 가나코였다.

어깨까지 내려온 머리카락이 바람에 날린다. 나를 보더니 이상하다는 듯 멀뚱한 표정으로 멈춰 섰다. 또 너냐, 정말 지겹다는 표정으로 보였다.

"뭘 해? 이런 데서."

"아, 나는⋯⋯."

그녀는 위에서 아래로 사정없이 나를 훑어보았다. 너무 창피해 다시 옥상에서 뛰어내리고 싶은 충동에 휩싸였다.

그녀는 물러날 생각도 하지 않고 들고 있던 가방을 뒤졌다.

"이런 거 좋아해?"

"엉?"

"내 말은, 묶이고 감금되고 하는 거 좋아하느냐고."

그녀의 시선이 묶인 자국이 남은 내 손목에 머물렀다.

"말도 안 돼!"

내가 생각해도 어이가 없을 만큼 목소리가 컸다.

"그럴 리, 없잖아."

"농담이야."

그녀는 입술을 조금 벌린 채 미소 지었다. 다행이다. 우물쭈물하면서 그냥 가 버리면 어쩌나 생각했다. 그녀만은 그러지 말아 주기를 바랐다.

"아직 좀 추워."

그녀는 흔들리는 머리카락을 손으로 누르면서 말했다. 다른 한 손에는 검은 병이 들려 있었다.

그녀는 병에서 코르크 마개를 빼더니 입을 대고 마셨다. 그 갑작스런 동작에 나는 당황하고 말았다.

"그건?"

"그런 차림으로 있었으면 추웠겠다. 마실래?"

"……고마워."

병을 건네주었다. 달콤한 포도와 알코올 향기가 피어올랐다. 머뭇거리다 입에 대 보니 역시 레드 와인이었다. 담배라면 몇 번 피운 적이 있지만 술은 낯설다. 익숙지 않은 술맛에 기침이 나올 것 같았다. 입 안에 살짝 쓴맛이 남는다. 위에서 징 하며 열기가 솟구친다.

"왜 이런 걸 마셔? 여기 자주 오니? 이거 마시러."

"그렇지 뭐. 교실에서 마시기는 뭣하니까."

병을 건네주었다. 그녀는 입에 대더니 다시 병을 기울였다. 그 동작이 아주 자연스러웠다. 나처럼 주저하는 기색이라고는 찾아볼 수 없고, 마치 필요에 의해 마실 수밖에 없다는 어른스런 느낌을 주는 폼이었다.

"그런데 바지, 어디 있어?"

어둡고 칙칙한 감정이 다시 나를 휘감았다.

"……몰라. 아마 운동부실에 있을 거야."

"운동부실?"

"야구부. 내가 속했던."

"지금 시간에 그 방에 누가 있어?"

나는 바깥을 내려다보았다. 이미 선수들은 하얀 볼을 주고받는 중이었다.

"아무도 없을 거야. 지금은."

"그래."

"갈 생각이야?"

나도 모르게 얼빠진 말을 하고 말았다.

"그런 꼴로 걸어갈 생각이야?"

나는 필사적으로 말을 찾았다.

"너한테 피해가 갈지도 모르는데."

"그래?"

"이런 거…… 나 혼자면 돼."

"그럼 나한테 무슨 일 있으면 지켜 줄 거야?"

"엉?"

"농담이야."

그녀는 다시 술병을 내게 내밀고는 등을 돌려 문 쪽으로 걸어갔다.

그녀가 사라지자 가슴에 구멍이라도 뚫린 듯한 상실감이 밀려왔다. 그녀의 가방과 술병이 이 자리에 남긴 했다. 그렇지만 후지시마라면 이런 걸 내버려 둔 채 그냥 가 버린다 해도 이상하지 않을 것 같은 생각이 들었다.

얼굴이 발갛게 달아올랐다. 머리 한구석이 찌릿찌릿 마비된 듯한 느낌이다. 위험하다는 생각을 하면서도 또 한 모금. 딱히 맛있다는 생각은 안 들었지만 그녀와 비밀을 공유한다는 생각을 하니 특별한 맛이었다.

문은 그냥 열린 채였다. 이대로 두었다가는 혹시 교내를 순찰하는 선생이 올라올지도 모른다. 그러면 팬티 차림으로 술병을 끌어안은 나에게 과연 어떤 제재가 가해질지 모른다.

소름이 돋을 만큼 두려웠지만 문을 그대로 두기로 했다.

누군가가 계단을 올라온다. 마른침을 삼키며 입구를 지켜본다. 역시 후지시마였다. 손에는 내 바지가 들려 있었다.

"있더라. 여기."

그녀는 밝은 목소리로 말하며 바지를 들어 올렸다. 하얀 볼이 술기운 탓인지 흥분한 탓인지 빨갛게 물들었다.

"정말 더럽더라. 바닥에 던져 놓으니까 이렇게 더러워지지."

그녀는 바지에 묻은 먼지를 털어 내게 건네주었다. 눈물이 솟구쳐 올라 주변 풍경과 그녀의 얼굴이 비뚤어져 보였다. 입술을 깨물고 얼굴을 들어 올려 겨우 억눌렀다.

"고마워."

별말을 다 한다는 듯 그녀는 가볍게 어깨를 으쓱했다.

나는 옥상 끝까지 걸어가서 몸을 숨기며 바지를 입었다. 이미 팬티를 보였지만, 어쩐지 그녀가 보는 데서 바지를 입고 싶지 않았다.

"난 좀 더 여기 있을게."

그녀는 가방에서 문고본을 꺼내며 말했다. 그리고 급수탑 벽에 기대면서 주저앉는다. 바로 곁에 술병이 있다. 그녀가 늘 시간을 보내는 방식일 것이다. 벽으로 바람만 막는다면 햇살을 받으며 따스하게 그리고 기분 좋게 시간을 보낼 수 있을 것도 같았다.

"이것이 두 번째야. 너한테 도움받은 것이."

"그래?"

나는 말을 꺼냈다.

"오가타에게도 이렇게?"

그녀는 살짝 눈썹을 끌어 올리고 이상하다는 듯이 나를 바라보았다. 호박색 눈동자에 당황하면서 말을 이었다.

"옛날에 같이 가는 모습을 이케부쿠로에서 봤더랬어. 너랑 그 애. 사실은 아주 즐거워 보였거든."

그녀는 아득한 눈길로 풍경을 바라보았다. 그 시선 끝에 아라가와강 하천 부지에 조성된 드넓은 운동장이 펼쳐져 있었다. 혹시 화를 돋운 건 아닌지 걱정하면서도 말을 멈출 수 없었다.

"그래서 난 좀 걱정했어. 그 후로 줄곧."

"걱정?"

"네가 걱정스러웠어. 오가타가 죽고 충격받았을 거 같아서."

그녀는 작게 웃었다.

"정말 다양한 시선으로 나를 바라보는 것 같아."

"……미안."

"아냐. 그렇지만 이런 식으로 말한 사람이 네가 두 번째야."

"두 번째?"

"처음은 지금의 담임."

"담임? 아즈마가?"

햇빛에 그을린 여선생의 얼굴이 떠올랐다. 여자 테니스부 감독 체육 선생이다. 학생들에게 인기가 있어서 여자애들이 큰언니, 왕 언니라 부르며 잘 따른다고 한다. 입이 건 남자애들은 아마조네스 라는 야유 섞인 별명으로 부르기도 한다.

"아즈마가 뭐라고……."

"그게, 잊어버렸어."

그녀는 술병을 기울여 술을 입에 머금었다. 그렇게 술을 마심으 로써 오가타의 죽음을 씻어 내려는 듯이 보였다.

"세이치랑 처음 만난 곳이 여기였어."

"엉?"

"너랑 똑같아. 내가 여기서 뛰어내리려 하는데 세이치가 나타 난 거야. 그 자식 늘 두들겨 맞았으니까 혼자 여기 올라와서 울었 던 모양이야."

"자, 잠깐, 뛰어내리려…… 뭔데, 그거?"

아무렇지도 않게 내뱉은 그녀의 말에 나는 당황하고 말았다. 후 지시마는 아득한 눈길로 그냥 웃을 뿐이었다.

"세이치가 그러더라. '나랑 똑같네'라고. 사실은 그 애가 나를 구해 주었어."

나는 말을 잃고 말았다. 묻고 싶은 말이 너무나 많았는데도. 뛰어내린다는 것은 나처럼 죽으려 했다는 말일까. 왜 네가 죽지 않으면 안 되는 거야? '같네'라니, 그건 또 무슨 뜻이야? 너도 아이들한테 당한다는 말이야?

"그 애 묘지에 향을 피우는 것도 너구나."

나는 잠시 망설이다가 고개를 끄덕였다.

"아, 뭐…… 응."

"고마워."

그녀는 초승달처럼 둥글고 가늘게 뜬 눈으로 자그만 보조개를 지으며 웃었다. 심장이 콩닥콩닥 마구 뛰어오르기 시작했다.

그리고 그녀는 술병을 건네주었다.

"조금 더 마실래?"

나는 고개를 끄덕이고 그녀 곁에 앉았다. 참 이상한 기분이었다. 기쁘기도 하고 쓸쓸하기도 했다.

"나도 오가타처럼 되면 좋겠는데."

"엉?"

바람이 말을 가로막았다. 나는 내가 취했다고 생각했다.

질문을 던지고 싶지만 두려워서 입을 다물었다. 그래서 그녀를 아직도 이해하지 못한다. 그래도 한 가지만은 안다.

그녀는 지금도 죽은 오가타를 마음에 담고 있다는 것. 여자처럼 비쩍 마른 그 창백한 소년을. 그녀의 옆얼굴을 엿보면서 다시 한 번 작게 중얼거려 본다. 어떻게 하면 나도 그 애처럼 될 수 있을까.

그녀가 오가타에게 보였던 그런 웃음 띤 얼굴을 나에게도 보여 주었으면 했다. 많이 줄어든 와인을 입에 머금으며 온통 그 생각만 했다.

8

차를 타고 세이부도서관 곁을 지나 니신시 방향으로 나아갔다.

방치된 자전거가 늘어선 상점가를 빠져나가 선로를 따라 뻗은 좁은 골목길로 들어섰다. 라디오에서는 후덥지근한 느낌의 팝이 흘러나온다. 상점가 뒤편에는 오래전의 신흥 주택지인 듯 획일적으로 낡아 버린 집들이 늘어섰다. 노상에 차를 세웠다. 이윽고 현관에 나이테 무늬가 드러난 문패를 단 집을 찾아냈다. 거의 다 지워져 희미한 '棟方(무나가타)'라는 이름.

고등학생이 된 가나코는 어떤 생활을 하다가 실종되기에 이르렀을까. 모르는 것이 너무 많다. 그러나 적어도 나아가야 할 방향만은 확실히 잡은 느낌이 들었다.

양면성을 가진 소녀였다. 우수한 성적으로 명문 대학을 지망하는 수험생이기도 했다. 다른 한편으로는 약물 관계를 끊지 못하고 법에 저촉되는 어둠의 세계에 한쪽 발을 들이밀었다. 자기 하나에 그치지 않고 주변에 각성제를 권했을지도 모른다. 나가노가 좋은 예다. 머리 좋은 가나코가 아닌가. 처음에야 식사도 제대로 못 하고 중독 환자처럼 탐닉했을 테지만, 어떻게든 자제심을 발휘하여 죽음의 세계로 나아가지 않고 어느 선에서 멈추었다 해도 이상하지 않다.

보통 각성제에 대한 이미지는 극단적인 것이 많다. 절대적인 정신 의존과 흉포한 각성 상태. 환각이나 망상에 사로잡혀 흉악 범죄를 일으키고 병원에 갇힌다. 하지만 거기까지 이르려면 긴 세월 극단적인 남용의 과정을 거쳐야 한다. 현실적으로는 그렇게 극적인 상황까지 가기 힘들다. 거의가 돈이 없어서, 법적 사회적 제약 때문에 손에 넣기 어려워서 자연스레 그만둘 수밖에 없는 경우도 있는가 하면, 10년이고 20년이고 계속 사용하는 사람도 있다. 또는 자신은 끊고 오로지 판매에만 전념할 수도 있다.

그 결과 가나코는 모습을 감출 수밖에 없는 사태에 이르지 않았을까. 이런 예상이 맞지 않기를 바랐다. 그러나 각성제에는 조직폭력배의 그림자가 늘 따라다닌다. 만일 가나코가 도망치지 못했다면 남은 건 최악의 상황뿐이다.

초인종을 눌렀다. 망가졌는지 울리지 않았다. 현관문을 두드리고 몇 번 불러 보았다. 손바닥이 아플 지경에 이르렀을 즈음 이윽고 문 건너편에서 소리가 들렸다.

"누구, 신가요?"

중년 여자의 기어 들어가는 목소리였다.

"경찰입니다."

대답이 없었다. 잠시 침묵이 흐른 뒤 문이 열렸다. 주름투성이 원피스를 입은 자그만 여자였다. 아무렇게나 뒤로 묶은 머리. 그러나 얼굴 화장은 제대로 했다.

그렇지만 입술에 남은 딱지나 안구 안쪽에 남은 출혈은 숨길 수 없었다. 올려다보는 눈동자가 겁을 먹은 듯 가늘게 떨렸다.

"저······."

"오미야경찰서의 후지시마라고 합니다."

이전 직장의 명함을 내밀었다. 미련을 떨치지 못해 계속 가지고 있었는데 이렇게 다시 사용할 날이 오리라고는 생각지도 못했다. 무나가타의 어머니로 보이는 여자는 수첩을 보여 달라고 하지 않았다.

"야스히로 군, 있습니까?"

"아들이 또 무슨······."

"아니 아무 일도 없습니다. 그 애가 아는 사람이 간단한 상해 사건을 일으켜서 거기에 대해 좀 물어보려고 왔습니다."

어머니의 표정은 바뀌지 않았다. 명함을 든 손이 떨렸다. 집 안에서 간장이 조는 냄새가 났다.

"정말인가요?"

"예. 그런데 야스히로 군은?"

"지금은 없어요."

"어디?"

그녀는 힘없이 고개를 저었다.

"죄송하지만 나도."

"짐작 가는 데도 없나요?"

"짐작 가는 데는 몇 군데 있지만 사흘 전에 나가고는."

사흘 전. 가나코가 모습을 감춘 그날이다.

"사흘 전 몇 시쯤에 집을 나갔습니까?"

어머니의 표정이 어두워졌다.

"저녁나절일 거예요. 저녁도 안 먹고 나가서. 저, 아들이 정말로 아무 짓도?"

"괜찮습니다."

"어디 친구 집에 있을 겁니다."

그녀는 아들의 친구 이름을 들었다. 집 전화번호와 주소를 종이쪽지에 적어 주었다.

"밤이 되면 제2공원 강변에 있는 경우가 많다고 해요."

"강변…… 시바가와강?"

그녀는 고개를 끄덕였다. 시바가와는 오미야를 북에서 동으로 흐르는 작은 강이다. 오미야 제2공원의 강 주변에는 넓은 밭과 공터가 많다. 8월 말에는 불꽃놀이가 열린다. 옛날부터 여름밤 폭주족이나 불량소년들의 집결지로 알려진 곳이다.

"만일 집에 돌아오면 연락해 줄 수 있습니까? 내 휴대전화로. 뒤편에 적혀 있습니다. 늘 바깥에서 근무하는 편이니까요."

"예……."

"그런데 그 상처, 아들이 만든 겁니까?"

오른쪽 앞니가 빠진 자리로 검은 동굴 같은 구강이 엿보였다. 긴소매 원피스를 입은 것도 상처를 숨기기 위해서일 것이다. 그녀는 벌떡 고개를 들어 올리고 부인했다.

"아녜요, 그런 게 아니에요. 이건 그런 게 아니라……."

그녀의 표정이 얼어붙었다. 도망치듯 문을 닫고 안으로 들어가 버렸다.

좁은 마당으로 눈길을 돌렸다. 잡초가 무성한 가운데 타이어 빠진 스쿠터가 쓰러져 있었다. 오일 깡통과 페트병이 굴러다니고 나뭇조각으로 변해 버린 개집에 사슬이 방치되어 있었다. 가정 환경을 여실히 말해 주는 황량한 마당이었다.

차로 돌아와 메모한 그의 친구들에게 전화했다. 본인이 받는 경우는 없었다. 녹음 음성이 흘러나온 경우가 둘. 거의 치매로 보이는 노인이 받은 것이 한 건. '무나가타 같은 건 몰라'라고 강렬하게 주장하는, 어머니로 추정되는 여자가 하나.

좁은 골목길을 빠져나와 국도 16호선으로 나섰다. 천천히 사이타마시를 돌아본다. 이윽고 널찍한 밭, 갈대와 잡초가 무성한 시바가와 강변에 이르렀다. 공원의 야외 수영장에서 어린아이들의 함성이 들린다. 강가에 마련된 주차장은 이미 가득 찼다. 그 3분의 1이 방치된 자동차의 잔해다. 타이어도 없고 유리도 깨진 채 여기저기 불법 대출 전단지가 달라붙은 폐차들. 여기저기 배터리, 미러, 잡다한 부품이 나뒹군다. 콘크리트로 포장한 지면에는 무수한 타이어 흔적이 새겨져 있다. 놈들이 모여 놀기에 더없이 좋은 장소임이 분명하다. 한낮인 지금은 영업용 택시로 가득하고 하나같이 에어컨을 켰다.

아직은 그들의 시간이 아니다. 다시 차에 올라탔다.

마츠시다와 나가노의 집에 전화를 걸었다. 마츠시다는 녹음 응답. 나가노 쪽은 어머니로 보이는 사람이 받아서 외출 중이라고 무덤덤하게 말했다. 오미야역 서쪽 출구까지 달렸다. 3시. 차를 역 옥상 주차장에 대고 학원까지 걸어갔다. 쇼핑몰에서 소음이 들려오고 사람들이 북적거린다. 덥다. 어제와 같은 풍경, 똑같은 느낌이다.

조용히 강의실 문을 열었다. 강의 중이었다. 넓은 강의실이 꽉 찼다. 온갖 색깔로 물들인 뒤통수들이 보인다. 길고 검은 머리와 오렌지색 머리를 찾는다.

창가에 마츠시다의 모습이 있었다. 검은 머리카락이 햇빛에 빛난다. 나가노의 모습은 보이지 않는다. 마이크를 한 손에 들고 화이트보드를 주먹으로 두드리는 강사의 열의에도 불구하고 멍하니 바깥만 바라보는 마츠시다.

문에 기대선 채 마츠시다를 응시했다. 불현듯 그 아이가 돌아보았다. 시선이 마주쳤다. 놀란 표정을 지었지만 금방 모른 척하며 화이트보드 쪽으로 시선을 돌린다. 한 손으로 턱을 괴고 노트 위로 펜을 미끄러뜨린다. 그러다 작정을 한 듯 벌떡 일어서더니 문 쪽으로 다가왔다. 빨리 나가. 불꽃이라도 튀어나올 듯 험악한 표정과 귀신이라도 떨쳐 낼 듯한 손짓. 복도에서 마주 섰다.

"이게 무슨 짓이에요?"

"도망치면 그냥 쫓아갈 수밖에 없어."

"누가 도망친다고 그래요."

"오렌지색은? 어제 그 애한테도 할 말이 있어."

"안 왔어요. 감기 걸렸대요."

"걔 어머니는 집에 없다고 하던데."

"아, 그래요."

그녀는 짜증스럽다는 듯이 혀를 끌끌 찼다.

"쓸데없이 도망치고 쫓아다니고 그러지 말고 이야기나 좀 해. 네가 숨기고 있지?"

"무슨 말인지 도무지 모르겠는데요."

"가나코한테서 연락은?"

"없어요."

햇빛이 들지 않는 복도. 사람 그림자도 없다.

"그럼 이야기나 좀 해 보지. 자네보다는 오히려 그 애한테 볼일이 있어."

마츠시다의 얼굴이 그늘 속에서도 알아차릴 수 있을 만큼 발갛게 물들었다.

"만나서 무슨 이야길 하려고요? 몇 번이나 말했지만 우리는 가나코가 어디 있는지 정말 몰라요."

"어디 있는 줄은 몰라도 그 애가 뭘 했는지 정도는 알잖아?"

"무슨 말인지 정말 모르겠네요."

"가나코 방에서 다량의 약물이 나왔어."

그녀는 후지시마를 가늠하려는 듯 가만히 노려보았다. 발개진 얼굴에 물방울 같은 땀이 맺혔다.

후지시마는 말을 이었다.

"어제 확신했지. 자네 친구는 각성제를 하고 있어, 그렇지?"

마츠시다는 후지시마를 노려보며 침묵했다.

"가나코는 판매책이었어. 너도 그 애한테 산 적 있지?"

"없어요. 그런 거 한 번도 안 했거든요."

"난 경찰이 아냐. 따지자는 것도 아냐. 오로지 가나코를 알고 싶을 뿐이야. 그래서 반드시 그 애를 좀 만나야겠어."

그는 앞으로 다가가 하소연했다. 마츠시다는 뒷걸음치며 거친 숨을 몰아쉬었다.

"……가나코하고는 친구였어요. 노래방 같은 데 가면 정말 음치였지만 머리도 좋고 마음 씀씀이도 좋았어요. 옷이나 액세서리 같은 거 받은 적도 있고요. 인정하고 싶지는 않지만 남한테 자랑하고 싶은 친구였죠. 아저씨도 그렇죠?"

"그럼. 남한테 자랑하고 싶은 딸이었지."

"가나코는…… 늘 약을 들고 다녔어요. 힘나게 해 준다면서. 그렇게 공부만 하는 학교에는 그런 걸 바라는 애들이 많아서 정말 인기 있었어요. 다들 그게 스피드라는 것 정도는 알았어요."

"그래서?"

"그런데 가나코가 갑자기 태도를 바꾸어 노랑이짓을 하기 시작했어요. 손에 넣기 힘들다면서 돈을 요구하기 시작했거든요. 1만에서 2만으로 올리기도 하고. 다들 화를 내면서도 경찰에 신고할 생각은 안 했어요. 가나코 뒤에 야쿠자가 있다는 소문이 돌았거든요."

"아포칼립스 같은 거?"

그녀는 한숨을 내쉬면서 고개를 끄덕였다.

"나가노는 내버려 두세요. 이제 겨우 정신을 차렸으니까요. 그런 애를 불러내서 상처를 건드리면 무너지고 말아요."

"친구 생각해 주는 거냐?"

"성질 건드리지 마세요."

"그래서 나가노는 어디 있어?"

마츠시다는 어이가 없다는 듯 입을 벌리고는 도전적인 눈길을 던졌다.

"내 이야기 듣고 있어요?"

"그 애, 부모한테 들키지 않을 만큼 돈 많은 집 딸인가?"

마츠시다는 의아하다는 듯 미간을 찌푸렸다.

"각성제 살 돈을 어떻게 구했지?"

"몰라요, 그딴 거. 무슨 상관이에요."

"아포칼립스의 배경에는 이시마루라는 조직이 있어. 여자가 일하는 전문 업소도 몇 개 가지고 있고. 거기 갔을 가능성도 있어. 우리 딸의 행방을 아는 사람이 있을지도 몰라."

마츠시다는 천천히 고개를 저었다.

"아저씨하고는 절대로 만나게 하지 않을 거예요."

그러곤 발길을 돌려 강의실 문을 잡았다.

"잠깐만."

"가나코 같은 건 어떻게 되든 내 알 바 아녜요."

후지시마는 손을 뻗어 팔을 낚아챘다.

"내 말 들어 봐. 딸의 목숨이 걸린 일이야."

돌아보는 마츠시다의 얼굴이 새파랗게 질려 있었다. 눈을 크게 뜨고 온몸을 떨며 큰 소리라도 지를 것처럼 입을 벌렸다. 후지시마는 멈칫했다.

마츠시다는 그 자리에서 무너졌다. 검은 머리카락이 얼굴을 덮어 표정을 살펴볼 수 없었다.

"어이."

바닥에 엎드리는 그 아이의 어깨를 흔들었다. 눈두덩이 가늘게 떨렸다. 어금니를 꽉 깨물고 있었다.

"어이."

공포에 질린 얼굴이었다. 당장이라도 비명을 지를 듯이 거칠게 숨을 몰아쉬었다.

"마음 놔. 아무 짓도 안 해."

마츠시다는 바닥에 손을 짚으면서 옅은 숨을 몇 번이나 몰아쉬었다. 그런 다음 안정을 되찾으려는 듯 심호흡을 했다.

"아무 짓도 안 한다니까."

맥이 빠진 듯한 표정으로 마침내 고개를 끄덕였다.

"가라면 그냥 갈게."

"아, 지옥이야."

떨려 나오는 목소리였다.

"미안해."

"놔요."

마츠시다가 어깨를 잡은 손을 떨쳐 내며 말했다. 그리고 일어섰다.

비틀거렸다. 주변에 인기척이 없다는 것을 확인하고 안도한 듯 숨을 내쉬었다. 눈초리에 눈물이 맺혔다.

"도대체 무슨 일이 있었어?"

그 아이는 부끄럼 타는 소녀처럼 얼굴을 숙였다.

"그냥 간다고 하지 않았나요?"

"나가노는 어디 숨겼어?"

"몰라요."

"도망치지 않으면 안 될 만큼 뭔가를 아는 거야?"

"몰라요, 정말로."

손수건으로 눈물을 닦으면서 짜증스럽게 말했다.

"어제 아저씨가 나타난 후로 겁을 먹은 거예요. 집에도 없다는 걸 보면."

"왜?"

"글쎄요, 이제 겨우 웃을 수 있을 만큼 됐는데. 이제야. 스피드로 맛이 간 웃음이 아니라. 이제야 제자리를 찾았는데."

"아무것도 묻지 않고 그냥 숨기는 거냐?"

"어쩔 수 없잖아요."

조금은 쓸쓸한 어투로 대답했다.

"좀 만나게 해 줘."

젖은 눈동자로 한참이나 후지시마를 응시하더니 말했다.

"조금만 기다려요."

"안 돼. 오늘 중으로 봐야 해."

"안 돼요. 아저씨가 그 애를 덮치지 말란 보장도 없잖아요."

"너 지금 장난치는 거냐?"

"장난 아니에요. 번호 가르쳐 주세요."

명함 뒤에 볼펜으로 휴대전화 번호를 적어 주었다.

"옛날에 무슨 일이 있었어?"

"입 닥쳐요."

마츠시다는 휴대전화에 번호를 저장하고는 명함을 구겨서 쓰레기통에 던져 넣었다. 그러고는 후지시마에게서 도망치듯 여자화장실로 들어가 버렸다.

9

상점가의 라면집으로 들어갔다. 미지근한 라면을 위 속에 밀어넣으면서 집으로 전화를 걸었다. 몇 번 신호가 울려도 연결되지 않는다. 돈을 놓고 가게를 나섰다.

아파트 창은 커튼이 쳐져 있었다. 자동문 현관에서 벨을 눌렀다. 반응이 없다. 문에 키를 밀어 넣었다.

집 안에 인기척이 없었다. 분노가 치밀어 올라 신발을 신은 채안으로 들어갔다. 거실에는 그가 마시다 남긴 스카치 위스키 병이그대로 있었다. 침실은 도둑이라도 든 듯한 꼴이었다. 옷장은 거의 다 열려 있었다. 옷장에서 옷이 흘러나왔다. 기리코가 분노에떨며 여행가방에 옷을 쑤셔 넣는 모습이 눈에 선했다. 텅 빈 딸의방도 살펴보았다. 씨파. 책장에 놓인 책을 바닥에 쏟아내렸다. CD를 내동댕이치고 스테레오를 바닥에 던졌다. 플라스틱 케이스가와장창 소리를 내고, 스테레오에서 뭔가가 부서지는 소리가 들렸다. 호주머니에 넣어 둔 신경안정제 포장을 벗겼다. 알약 몇 알을 입 안에 넣고 씹었다. 쓴 화학 약품 맛이 입 안 가득 퍼졌다. 입술에서 하얀 분말이 튀어 나왔다.

휴대전화로 전화를 걸었다. 연결이 된다.

"기리코, 너 지금 뭐 하는 짓이야?"

공갈하듯 낮게 으르렁거렸다.

"자네야말로 우리 딸한테 무슨 짓을 한 거야?"

수화기 저편에서 쉰 듯한 노인의 음성이 들렸다. 기리코의 아버지 아키바였다.

"기리코 좀 바꿔 주세요. 있죠, 거기?"

후지시마는 숨넘어가는 목소리로 말했다. 그러나 아키바는 한참이나 침묵을 지켰다. 땀이 눈을 따갑게 파고들었다.

"역시 자네였어. 딸이나 손녀에게 접근하지 말라고 했을 텐데. 설마 자네 지금 기리코 방에 있는 건 아니겠지?"

"기리코 좀 바꿔 주세요. 이야기 좀 해야겠습니다."

"내 딸은 지금도 울고 있어. 도대체 무슨 짓을 한 거야?"

순간적인 현기증에 몸이 비틀했다. 자신이 버림받았다는 것을 깨닫는다. 그녀를 범했다. 각성제를 사용했다.

평범한 행동은 아니라고 생각했지만, 그러나 나름 믿었다.

"이건 우리 둘의 문제입니다. 어르신하고는 관계없어요."

"말도 안 되는 소리! 손녀는? 가나코는? 가나코를 어디로 데려갔어? 어디 있느냐 말이야?"

아키바는 아무것도 모르는 것 같았다. 당신의 사랑하는 딸 거기에 각성제를 밀어 넣었어. 손녀는 각성제를 같은 학교 아이들에게 팔았고. 이런 내용을 알려 준다면 그는 과연 어떤 표정을 지을까. 아키바는 4년 전에 심혈관 확장 수술을 받았다.

"말 좀 전해 주세요. 돌아올 거면 지금이 기회라고."

"자네는…… 지금 자신이 어떤 입장인지 알고나 있는가? 경찰을 불러야겠어?"

"할 테면 하세요. 기리코만 곤란해질 테니까요. 어르신 경력에 오점을 남기고 싶지 않다면 그냥 입 다물고 계세요."

"뭐라고?"

전화를 카우치로 던진다.

눈앞이 흐릿해지고 시야 가득 물이 고인다. 배신자. 지금이라면 큰 소리로 말할 수 있다. 그녀를 사랑했다. 아마도 그녀는 돌아오지 않을 것이다. 그가 이곳을 떠나지 않는 한. 셋이서 다시 한번 살고 싶었다. 이번에야말로 평온한 가정을 꾸리고 싶었다. 가나코를 찾아내 두 사람의 영웅이 되는 꿈에 젖어 보았다. 두 사람의 아버지이며 남편으로 살고 싶었다. 씨파. 떨리는 입술에서 서글픈 흐느낌이 터져 나왔다. 끈적끈적한 여름날 저녁 어스름이 그의 마음을 비관과 절망으로 몰아갔다.

아내는 자신의 껍질 속으로 숨어 버리고 딸은 산인지 바단지 모를 변방으로 숨어 버렸다. 기리코의 따스한 살갗과 가나코가 걸어온 인생을 떠올릴 때마다 눈물이 솟구쳐 올랐다.

코를 풀고 계속 울어 대는 휴대전화를 집어 들어 전원을 껐다. 거울에 비친 자신의 모습을 보면서 부끄러움을 느꼈다. 빨갛게 물들어 겹쳐진 눈꺼풀. 스카치 위스키 병을 거울을 향해 집어던졌다. 거미줄처럼 깨진 거울이 후지시마의 얼굴을 뒤틀어 놓았다.

　10시 45분. 속옷을 갈아입고 땀을 배출하는 화학 섬유 옷을 입었다. 시골 조폭 같은 분위기였지만 앞으로의 일을 생각해 보면 참 그럴듯한 차림새가 될 것 같았다. 집에서 나와 차에 올라탔다. 속도를 50에서 70, 90으로 올렸다. 심야의 국도 16호선을 뚫고 나아갔다.

　놈들의 소굴 바로 앞 시바가와강 다리에 차를 세웠다. 조수석에 놓아 둔 경찰봉을 옆구리에 찔러 넣고 차에서 내렸다. 바로 옆에 시영 수영장의 미끄럼틀이 있다. 멀리 사이타마 신도시의 빌딩에서 깜빡이는 불빛이 보인다. 주차장은 깊은 어둠에 감싸였다. 압도적인 고요. 강에서 시원한 벌레 울음소리가 들렸다. 불꽃놀이도 하지 않고 배기음도 없고 청소년들의 괴성도 없다. 아직 놈들의 시간이 아니란 말인가. 그는 김이 빠져 목을 늘어뜨렸다. 주차장에는 버려진 금속 조각과 함께 오토바이, 대형 쉐보레, 세르시오, 거기에 소음기를 손본 스쿠터와 중형 오토바이 몇 대가 서 있었다.

　마른침을 삼켰다. 신경이 곤두서는 것을 느끼며 접근해 간다. 이윽고 이상한 사태가 벌어지고 있다는 것을 깨달았다. 쓰러진 오토바이와 깨진 라이트, 거기에 오일이 흘러내렸다. 승용차나 대형 쉐보레도 예외는 아니었다. 가까워지면서 참상이 드러났다. 옆 유리창이 박살나 아스팔트에 모래알 같은 유리 파편이 흩어졌다. 앞 유리창은 하얀 거미줄처럼 금이 갔다. 문은 둔기에 맞은 듯 찌그러지고 페인트도 벗겨졌다. 타이어에 구멍에 뚫렸는지 한쪽으로 기울어졌다.

볼을 한대 맞은 기분이었다. 후지시마는 경찰봉을 빼내고 그들의 모습을 찾았다. 습격, 린치. 폭력적인 장면이 뇌리를 스치고 그날의 광경이 되살아났다. 젖은 청색 경비복. 어둠 속에서 불을 밝힌 편의점엔 붉은색 등이 번쩍이며 돌아가고 있었다. 피에 젖어 무럭무럭 김을 피워 내는 내장, 툭 튀어나온 눈알. 권총이 필요했다. 응원을 요청하고 싶었다. 두려움에 다리 근육이 딱딱하게 굳어 버렸다. 자신이 아무것도 아니라는 것을 깨닫는 순간 온몸에서 힘이 빠져나갔다.

승용차 안에서 사람 그림자를 본 듯한 느낌이 들었다. 긴 머리 어린 여자다.

"가나코."

짧게 외치며 잰걸음으로 승용차에 접근했다. 주술에서 벗어난 것처럼 경직된 다리 근육이 풀렸다. 엉거주춤 허리를 구부리고 안을 들여다본다. 표범 문양의 시트. 야단스럽게 차 안을 장식한 조화. 조수석에는 유리 파편을 덮어쓴 채 얼굴을 끌어안은 소녀가 있었다. 가나코가 아니다. 추하게 브리지된 머리카락. 꽃 문양 캐미솔 사이로 엿보이는 햇살에 그을린 어깨는 유리 파편을 맞아 붉게 물들었다.

"어이! 왜 이래? 무슨 일이야?"

소녀는 머리를 끌어안은 채 웅크리고 있었다. 찌그러진 운전석 문을 열고 손을 뻗어 팔을 흔들었다. 붉은색 머리카락이 소녀의 얼굴을 가렸다. 가나코가 아니다. 씨파. 소녀는 아직도 두려움에 떨며 고개조차 들려 하지 않았다.

"어이!"

머리카락에 달라붙은 유리 파편이 우수수 떨어져 내렸다.

"무나가타는 어딨어? 어서 말해!"

얼굴을 들어 후지시마를 응시했다. 마스카라가 떨어지고 펜으로 그린 눈썹이 지워져 얼굴 반쪽이 숯으로 문지른 듯 검게 물들었다.

"저기, 저기."

떨리는 손가락이 공원으로 이어지는 아스팔트 인도를 가리켰다. 도중에 있는 공중 화장실의 서늘한 형광등 불빛 말고는 사위가 어둠에 싸이고, 그 앞으로 더 짙은 어둠이 깔렸다.

넓은 산책로에는 사람 그림자 하나 없었다. 이윽고 하얀 빛을 내뿜는 가로등 아래 이르렀다. 속이 메슥거릴 만큼 날벌레가 많았다. 그 곁의 테니스장은 이미 닫혔다. 사람 소리가 들린다. 고함인지 비명인지 모를 새된 소리다. 작은 강이 흐르는 그 산책로쪽이다.

길가에 사람 머리가 보였다. 열 명이나 되는 소년들이 강가의 철망에 기댄 채 벌러덩 누워 있었다. 차림새는 다양하나 하나같이 더러워졌고 머리카락은 산발이었다. 어둠 속에서도 그 아이들이 집요한 폭력에 노출되었음을 알 수 있었다.

더 깊은 어둠 속에 어떤 움직임이 있었다. 소년 넷이 실험 결과를 살펴보듯 차갑게 내려다보고 있었다. 손에는 알루미늄 배트,

테이프를 두른 쇠파이프.

하나가 움직였다. 밭을 가는 농부처럼 소년이 방망이 같은 것을 휘두른다. 살을 파고들어 뼈를 치는 것 같은 둔탁한 소리가 들렸다. 아기처럼 울부짖는 소리.

"꼼짝 마! 경찰이다."

후지시마가 외쳤다. 소년들이 일제히 그를 보았다. 표정을 가늠할 수 없다. 경찰봉을 든 손에서 땀이 배어나고 떨렸다. 왼손으로 호주머니를 뒤져 수첩을 꺼냈다. 그냥 검은 가죽 수첩일 뿐이다. 그러나 꺼내지 않을 수가 없었다. 멀리서 보면 경찰수첩으로 보일 수도 있다.

네 소년이 멍하니 후지시마를 올려다보았다.

"살려 줘, 살려 줘요!"

쓰러져 있던 소년이 몸을 일으켜 후지시마 쪽으로 기어 왔다. 배트를 든 검은 야구모자가 소년의 배를 축구공 차듯이 걷어찼다. 마치 후지시마에게 시위라도 하는 듯이.

야구모자는 작게 웃으며 말했다. 후지시마 쪽은 바라보지도 않았다.

"다무라, 결국 네놈 머리에는 썩은 똥밖에 들지 않았다는 거야. 참 안됐지만 말이야."

"너, 그만두지 못해!"

이마에서 흘러내린 땀이 눈을 파고들었다. 다무라라는 소년은 삶은 새우처럼 등을 동그랗게 만 채 피를 토했다. 몇 분 뒤 자신의 모습을 보는 것 같았다.

"무기를 버려! 꼼짝하지 마."

나머지 셋이 후지시마를 지켜보면서 야구모자의 눈치를 살폈다.

명령을 기다리는 병사 같은 눈길로. 야구모자가 리더라는 것을 깨달았다.

야구모자가 후지시마를 슬쩍 보더니 동료들과 귓속말을 주고받았다. 후지시마가 경찰이 아니라는 것을 아는 듯 냉정한 태도였다. 무기를 손에 든 소년들이 고개를 끄덕인다. 같이 싸워 줄 동료가 필요하다. 피에 굶주린 놈들과 싸우기 위해서는 무모한 용기가 필요하다.

야구모자가 천천히 팔을 들어 올렸다. 알루미늄 배트가 손에서 떨어져 깡마른 소리를 내며 아스팔트 위로 굴렀다.

"어이."

동료들을 향해 말했다. 그와 동시에 세 명이 들고 있던 무기를 멀리 던졌다.

"손. 손을 모두 높이 들어 올려."

야구모자에게 다가갔다.

"네가 무나가타냐?"

빡빡머리를 야구모자로 가렸다. 귀와 입술, 눈두덩에 박힌 피어스. 하얀 탱크톱에 갈색 항공바지. 가느다란 턱과 쌍꺼풀. 놈이 눈을 가늘게 떴다.

"당신은?"

"이쪽으로 와!"

"정말로 경찰 맞아? 수첩 좀 보여 줘 봐."

"와!"

"다시 한번 보여 달라고 하잖아."

"닥치지 못해!"

무나가타의 팔을 잡았다. 소년들의 눈빛이 확 바뀐다. 분노와 증오가 응어리진 표정.

"거기 비키지 못해!"

경찰봉을 난폭하게 휘둘러 놈들을 쫓아낸다. 나일론 천이 스치며 소리를 냈다.

"비켜. 거기서 꼼짝도 하지 마."

발 아래에서 티셔츠가 피에 얼룩진 소년이 신음을 뱉어 냈다. 폐병 걸린 노인처럼 기침을 해댄다.

무나가타는 표정 없는 얼굴을 가로 젓더니 호주머니 안으로 손을 찔러 넣었다.

"누구야, 당신은?"

"네놈한테 물어야 할 게 산처럼 많아. 빨리 따라와!"

놈의 팔이 움직였다. 호주머니에서 빠져나온 손에는 뭔가가 들려 있었다. 뇌가 강력한 경고 신호를 보냈다.

후지시마는 경찰봉을 들어 올렸다. 눈앞에 손바닥에 쏙 들어갈 정도의 작은 스프레이 캔이 있었다. 가스가 새는 소리와 함께 바늘구멍 같은 분출구에서 오렌지색 액체가 뿜어져 나왔다. 후지시마는 손으로 얼굴을 가렸다. 그러나 이미 늦었다.

얼굴과 손등이 짓무르는 것처럼 아린 통증을 느꼈다. 가느다란 액체 방울이 눈과 코를 파고들어 입 안과 기관지를 태웠다. 메마른 기침을 뱉어 내고 눈물을 흘렸다. 아무것도 보이지 않고 숨도 쉴 수 없었다. 공포가 밀려오고 쇠파이프와 배트가 아스팔트를 스치는 소리가 들렸다. 한 놈이 팔에 달라붙고 다른 놈이 경찰봉을 빼앗아 들었다.

"나도 네놈한테 묻고 싶어. 누구야, 너?"

등을 돌리고 도망치려 했다. 눈에 달라붙은 스파이스 알갱이가 눈알을 찔렀다. 쓰러진 소년에게 걸려 바닥에 쓰러지고 말았다. 땅을 짚은 팔에 충격이 퍼져 나가고 아스팔트에 쓸려 살갗이 벗겨졌다. 굴욕감이 몸을 달구고 공포가 심장을 얼어붙게 했다. 씨파!

한 놈이 허리를 감쌌다. 그와 동시에 목에 달라붙는 쇠파이프의 차가운 감촉. 턱을 파고든 쇠파이프에 이끌려 자리에서 일어섰다. 호주머니 안으로 몇 개의 손이 파고들어 수첩을 탈취해 갔다. 달콤한 향수 냄새가 퍼져 나간다.

"뭐야, 순 거짓말이잖아!"

"무나가타 야스히로지, 너?"

쇠파이프가 압력을 높였다. 기관지가 눌렸다. 위액이 뒤섞인 딸꾹질이 솟구쳤다.

"내가 묻잖아, 경찰 아저씨."

허리에 달라붙은 놈이 무나가타라는 것을 알았다.

"잠깐…… 난 후지시마 가나코의 아버지야."

"후지시마 가나코의 아버지."

"너희지! 우리 딸 어딨어, 어디 있느냐고? 똑바로 대답하지 않으면 네놈들 다 죽여 버리겠어."

후지시마는 자신이 뱉어 낸 말에 흥분해서 기침을 하며 외쳤다. 딸한테 무슨 짓을 한 거야. 손가락 하나라도 건드리기만 해, 반드시 죽여 버릴 거야. 그들에게서 아무런 대답이 없었고 목을 찌르던 쇠파이프에서 힘이 빠져 나갔다.

손바닥으로 미끌미끌한 얼굴을 닦았다. 욱신거리는 상처의 통증을 견뎌 내며 눈을 가늘게 떴다 소년들이 후지시마 주위를 둘러싸고 볼을 비틀며 웃었다. 잔물결처럼 천천히 웃음소리를 끌어 올렸다.

"왜 웃어?"

쇠파이프가 가늘게 떨리며 턱에 닿았다.

"납치해? 가나코를?"

"왜 웃어!"

"그야 웃기니까."

다시 쇠파이프가 목을 누른다.

"다시 한번 묻지. 너 누구야? 그 창녀는 어디 있어? 왜 나를 함정에 빠뜨렸어?"

숨이 막혀 의식이 흐릿해졌다. 시야에 하얀 안개가 낀다. 멀리서 사이렌 소리가 울렸다. 패트롤카와 구급차가 합창을 한다.

갑자기 목이 자유로워졌다. 쇠파이프가 아스팔트에 떨어졌다. 소년들은 뒤도 돌아보지 않고 내달렸다. 이윽고 육중한 오토바이와 자동차 배기음이 들렸다. 목을 잡은 채 바닥을 기는 후지시마를 무나가타가 내려다보았다.

"내 딸, 어디 있어? 어디 있냐고!"

"오호, 정말로 후지시마의 아버지야? 네가?"

잠꼬대처럼 흐릿한 발음이었다. 내 딸 어디 있어?

"씨팔년, 자기 아버지까지 써먹는다 이거지."

무나가타도 등을 돌리고 어둠 속으로 스며들었다. 후지시마는 얼굴을 아스팔트에 댔다. 강 건너편은 주거지다. 창마다 불이 켜지고 창문을 여는 소리가 들렸다. 멀어져 가는 배기음. 이윽고 사이렌이 그 자리를 대신했다.

3년 전 | 4

교문 앞에 멈춰 서서 새삼 내가 사는 세계를 둘러보았다.

3층 건물. 운동장 한 바퀴 200미터. 그늘진 뒤편 화단과 정원, 수영장과 체육관이 있다. 너무도 작은 세계다. 그 모래 상자 같은 장소에서 말도 안 되는 일에 머리를 싸매는 나는 과연 어떤 존재일까, 자조하지 않을 수 없다.

그렇지만 나는 필사적이다.

어느 날 옥상에서 그녀에게 구원받은 다음부터 생각했다. 어떻게 하면 그녀가 죽은 오가타에게 내민 그런 손길과 그런 미소를 나에게도 던져 줄까 하고. 집에 와서도 그다음 날도 그리고 쉬는 날에도.

오가타에게 있지만 나에게는 없는 것. 오가타에게 있고 내게도 있는 것. 아무런 해답도 얻지 못했지만 다시는 그녀에게 구원받아야 할 사태를 만들지 않으리라 마음 먹었다.

멋대로 상상하다가 마침내 한 가지 결론에 이르렀다.

오가타 이야기다. 죽기 한 달 전까지 그에 대한 폭력은 없었다고 한다. 경찰도 그리 허술하게 조사하지 않았을 테니까 사실일 것이다.

그는 싸웠다. 지금 나와 똑같은 마음으로. 그리고 어느 선까지는 잘되어 갔다. 그는 자유와 프라이드를 거의 되찾은 상태였다.

나는 부원들과의 맹세를 깨뜨렸다. 추억의 나날들에 고춧가루를 뿌렸다. 그러므로 존재하지 않는 인간으로 무시당하건 욕을 얻어먹건 저주의 말을 듣건 아무래도 좋다. 그렇지만 다시는 나의 자존심과 혼을 누구에게도 더럽히고 싶지 않다.

그날은 저주의 굴레가 벗겨지기라도 한 듯 조용했다. 등교를 하면 늘 칠판을 빼곡하게 장식했던 욕설이나 중상모략도 없고, 책상도 노트도 교과서도 깨끗하기만 했다.

수업이 진행되고 쉬는 시간이 찾아왔다. 평상시처럼 시비를 걸어왔어야 할 A와 B는 그 패거리와 모여 대화에 열중할 따름이었다. 안도의 한숨을 내쉬면서도 언제나 오나 벌벌 떨면서 기다렸다.

급식 시간도 조용했다. 로커에 넣어 둔 체육복도 무사했다. 아무도 내게 말을 걸어 오지 않아서 오히려 외로움을 느낄 정도였다.

방과 후가 되어 비로소 사태의 변화를 깨닫기 시작했다. 매일처럼 나를 괴롭히고 짓밟던 놈들이 눈길 한번 던지지 않는 것이었다.

아주 좋은 현상이잖아. 아무도 너를 모욕하려 하지 않았어. 슬

품에 빠뜨리지도 않았어. 이유 같은 게 어딨어. 그런 내면의 목소리를 한편으로 밀쳐 내면서 내가 그들을 갈구한다는 것을 알았다.

A가 정면 현관에서 신발을 갈아 신으려 하는 참이었다. 주변에 다른 친구의 모습은 없다. 어딘지 모르게 언짢은 표정으로 신발끈을 묶고 있었다. 그것이 나랑 무슨 관계가 있는 듯이 느껴졌다. 지금까지 매일처럼 나를 괴롭히면서 나락으로 밀어 넣으려 했으므로.

A가 내 시선을 느꼈는지 불현듯 얼굴을 들어 올렸다. 놈은 놀란 듯 눈을 활짝 열더니 뜨거운 물에 빠진 문어처럼 얼굴을 새빨갛게 물들였다. 내가 그를 쩨려보았다고 생각한 듯했다.

"이런 시발놈이."

A는 낮게 으르렁거렸다. 마치 낯선 사람을 위협하는 개처럼. 결코 참을 수 없는 굴욕을 당한 것처럼 놈은 눈을 질끈 감았다.

"왜 네놈한테……."

가볍게 한숨을 쉬면서 마치 여우에게라도 홀린 듯 현기증을 느꼈다. 물러나는 A의 등을 바라보면서 아무튼 아무 일 없어 다행이라고 스스로 위로했다. 만일 싸움이라도 벌어졌다면 어느 모로 보나 내가 이길 가능성은 티끌만큼도 없었기 때문이다.

조심해. 한편으로 스스로를 나무랐다. 마음 한구석에 은밀히 불씨를 남겨 두고 때를 기다리는 것이 놈들의 새로운 전략일지도 모른다고 스스로 경고했다. 우리 반 여자 남자 모두가 은밀한 약속을 나눴을지도 모른다. 내가 방심하게 내버려 두었다가 안도의 웃음을 보이는 순간 일거에 총공격을 감행할 작정일 것이다.

……냉정하게 생각해 보면 말도 안 되는 의구심일 뿐 그 아이들이 그 정도로 치밀하게 공격 방법을 짜낼 리는 없었다. 적어도 내가 아는 A는 결코 연기파가 아니다. 그렇지만 이 사태를 가볍게 넘기기에는 너무도 극적인 분위기의 반전이었다.

도대체 무슨 일이야. 나는 이유를 알고 싶어 복도를 달리듯 걸어갔다.

체육관은 이미 열기가 충만했다. 농구부, 배구부 애들 사이에서 공이 격렬하게 오간다. 운동화 바닥에서 쭉, 쭉 소리가 난다. 나는 한쪽 끝으로 가서 2층 발코니로 올라갔다. 거기에서 C가 소속된 탁구부가 연습하고 있을 것이다. 계단을 다 오르자 공이 오가는 경쾌한 소리가 들렸다. 나의 관찰 대상인 C가 바로 눈앞에서 라켓을 휘두른다.

C의 반응은 더 노골적이었다. 나를 보자마자 여자처럼 비명을 지르며 뒷걸음치다가 허리를 탁구대 모서리에 찧고는 바닥에 무릎을 꿇고 말았다. 심하다 싶을 만큼 흐트러진 모습이었다.

"도대체 뭐야?"

나는 놈에게 다가갔다. 한 걸음 다가설 때마다 C는 바닥을 기어 멀어지려 했다.

"그만둬…… 미안해."

"뭐가, 뭐가 미안하다는 거야?"

"제발 그만둬! 내가 너무 심하게 굴었어. 미안해. 오가타 일도 있고. 그래서 너무 심했다는 거 잘 알아. 그래서 난 말리려고 했어."

C는 과장되게 호의를 내세우려 했다. 그러면서 주위의 부원들 눈치를 살핀다. 그 아이들은 멍하니 우리의 대화를 지켜볼 뿐 아무도 끼어들려 하지 않았다.

C의 눈동자가 물기에 젖었다. 내가 아는 C는 약간 연극적인 성향이 있긴 하다. 갑자기 톤을 떨어뜨리며 놈이 말했다.

"안다고. 옛날에 나, 나도 당했어. 알아. 철사에 묶여 감금되기도 했어. 내 경우는 밤까지 그대로 내팽개쳐졌더랬어. 그것도 겨울에. 너 그거 믿을 수 있어? 그거 당하면 정말 괴로운데, 다무라는 도무지 모르는 것 같았어. 그런 장소에 갇힌다는 게 어떤 일이라는 걸. 세, 세오카, 네가 스스로 탈출한 걸 알고 얼마나 마음이 놓였는지 몰라. 다무라는 그냥 집으로 돌아가려 했단 말이야. 정말 믿기지 않아. 옥상 열쇠를 자기만 가지고 있으면서 말이야."

A의 이름이 다무라라는 사실을 마음 한구석에 떠올리며 끝도 없이 주절대는 생물체를 내려다보았다. 저 깊은 곳에서 솟구쳐 오르는 혐오감이 상대를 인간이 아닌 생물체로 보게 만들었다.

C의 주장은 말이 안 된다. 그날 놈들에게 포위당한 순간 맨 먼저 즐거운 표정으로 철사를 꺼낸 것이 바로 C였다.

"다무라, 열쇠 가지고 있어?"

옥상이라는 감옥에 가두자고 맨 먼저 주장한 인간도 바로 C였다. 그것만이 아니다. 죽어라, 학교에 오지 마라. 매일 칠판에 그런 말을 적어 넣고 즐거워한 인간도 C였다. 노트나 교과서의 낙서도. 발길질 같은 폭력보다 더 가슴을 아프게 했다.

"있잖아, 세오카, 너 시마즈나 야구부에 미움을 샀잖아? 그래서 그 애들을 응원해야겠다고 생각했던 거야. 그래서."

"입 닥치지 못해!"

나 자신도 놀랄 만큼 큰 소리였다. 오가던 탁구공이 모두 멈추었다.

"따라와!"

탁구대 아래로 숨어들려는 C의 팔을 낚아챘다.

밭에서 무를 뽑아내듯 세차게 팔을 끌어당겼다. C는 용서를 구하는 사람처럼 허리를 뒤로 뺀다.

"난 몰랐어. 네가 그놈들하고 사이가 좋은 줄은!"

"그놈들?"

"이런 말 하는 건 좀 뭣하지만, 빨리 말했더라면 좋았잖아. 그랬더라면 우리도 그렇게까지는 안 했을 거야. 그래서 내가."

"대체 무슨…… 말이야?"

"애들한테 정확히 전했어! 그러니까 오늘 아무 일 없었잖아? 위험한 짓 했다는 거 다들 잘 알아!"

"도대체 무슨 이야기를 하는 거야!"

C의 멱살을 잡고 흔들었다.

"그러니까 아포칼립스 말이야, 그렇잖아?"

솟구쳐 올랐던 분노가 커다란 의문 부호에 찌부러지려 했다. C의 얼굴을 가능한 한 험악한 표정으로 노려보며 생각했다. 아포칼립스, 묵시록이라는 뜻을 가진 말. 옛날 전쟁 영화의 원제였던 것 같다. 영화를 좋아하는 아버지와 같이 DVD로 본 기억이 난다. 하지만 그게 그것이 아니라 다시 말해서.

"아포칼립스라면 그 아포칼립스를 말하는 거야? 조직?"

C는 입술을 비틀었다. 웃는다기보다는 당혹스러워하는 것처럼 보였다. 주변으로 시선을 돌리자 구경하는 아이들이 눈길을 피해 다시 연습을 시작했다.

"이제 와서…… 무슨 말이야? 너……."

C는 어처구니없다는 목소리로 말했다.

"아포칼립스가 어쨌단 말이야? 도대체 그거랑 내가 무슨 관계가 있다고."

C는 몸을 움츠리더니 힐끗 주변을 둘러보았다. 나라고 좋아서 이런 말을 하는 건 아니다. 그 불량 서클의 무용담이라면 나처럼 지극히 평범한 소년도 지겹게 들었다.

"누구, 친척이나 그런 애가 있는 거 아냐, 그렇지?"

"내가 묻는 말에나 대답해!"

놈의 쇄골을 주먹으로 쳤다. 내가 폭력을 휘두르다니! 놈들하고는 다르다고 생각했다. 위에서 쓴물이 올라올 것만 같았다. 그러나 멈추지 않았다.

"알았어…… 알았다고. 잠깐, 아파…… 괴로워."

C의 얼굴이 적자색으로 변했다는 것을 깨닫고 서둘러 손을 놓았다. 놈은 바닥에 손을 짚었다. 그냥 크게 고함이라도 질러 버리고 싶었다.

"아포칼립스한테 당하기라도 했어?"

C의 얼굴에서 물방울 같은 것이 떨어졌다. 그 정체가 눈물이라는 것을 알고 내 마음은 더욱 침울해졌다.

"……나도 잘 몰라. 너를 옥상에 감금한 다음 날이었어. 오바하고 시마즈가 돌아가는 길에 잡혔다는 거야. 무나가타 일당한테."

B가 바로 오바다. 무나가타는 학교에 거의 모습을 나타내지 않는 유명한 불량배다. 소문으로는 중학생 신분으로 아포칼립스의 중심 멤버라고 하는데, 고등학생이나 그 이상의 연배조차 부하로 거느린다는 이야기가 돌았다. 그래서 A처럼 찌질하게 노는 아이들에게는 숭배의 대상이기도 했다.

C가 젖은 목소리로 말을 이었다.

"혀, 협박받았어. 한번만 더 너를 괴롭히면 펴, 평생 휠체어를 타게 만들어 버리겠다고 했어."

도무지 영문을 알 수 없었다.

"정말이야?"

"당연히 정말이지!"

크게 외치더니 이내 아부 섞인 웃음을 흘렸다.

"아, 아니, 그러니까, 이제 아무 짓도 안 하잖아? 다무라도 너한테 손을 대지 않았잖아?"

"왜?"

"엉?"

"왜 아포칼립스 같은 놈들이 나를 보호하느냐고!"

그냥 순수한 의문이었다. 그러나 C는 그렇게 받아들이지 않았다. 마치 괴물을 바라보는 듯한 눈길이었다.

"모, 몰라."

나는 천천히 숨을 내쉬었다. 의문이 완전히 밝혀진 것은 아니지만 그래도 A가 나를 보고 원통하다는 표정을 짓고, 반 아이들이 주뼛주뼛하며 바라보고, 지금 이 C처럼 노골적으로 기가 죽어 버린 이유를 알았다.

　놈들은 정말 나약한 존재였다. 나는 놈들이나 반 아이들이 정말 무섭고 거대한 존재라고 생각했다. A나 B라는 애들에게 저항해서 설령 어느 정도 성공을 거둔다 하더라도 놈들의 배후에는 숨어서 웃거나 보고도 못 본 척하는 아이들이 진을 치고 있다. 그것은 마치 강력한 짐승을 굴복시키는 것이나 다름없는 일이어서 나 혼자 힘으로는 도무지 불가능하다고 생각했다.

　그런데 지금은 어떤가. 허망한 기분으로 발코니 계단을 내려간다. 더는 들어 볼 것도 없다. 등 뒤에서 소리가 들렸다.

　"있지, 저, 나한테도 소개해 주지 않을래? 아포칼립스 멤버. 나, 그 사람한테 사과하고 싶어. 세오카, 그러니까 내 말은……."

　그 목소리를 떨쳐 내면서 체육관을 나섰다. 솟구치는 욕지기를 참으면서. 뭐, 세오카, 부탁한다고? 시발놈. 무슨 카드 서틴 게임도 아니고. 맨 꽁지 숫자에 지나지 않던 내가 갑자기 혁명이라도 일어난 듯 최고 자리에 오르다니. 놈이나 놈들이 약삭빠르게 변신하는 그 태도에 혐오감이 솟구쳤다.

　아포칼립스에 대해 생각해 보았다. 내가 그런 놈들을 생각하게 되리라고는 상상도 하지 못했다.

　그들과 관련된 소문은 조금이라도 불량한 축에 드는 놈이면 누구나 좋아할 개그 요소로 가득했다. 멤버의 누구누구가 가라테 유단자인데 가스카베의 폭주족과 붙어서 작살을 냈다는 둥, 랩 그룹

머시기가 옛날 멤버였는데 조직의 소굴에서 DJ를 보기도 했다는 둥, 또 다른 머시기가 지지부 고원의 고갯길에서 최고 스피드로 달렸다는 둥 그런 이야기였다.

같은 학교 학생이라도 무나가타에 대해 잘 모른다. 패싸움을 잘하는 그룹의 멤버라고는 하는데 키만 벌쭉하니 클 뿐 근육은 그리 대단하지 않았다. 머리카락을 옅은 갈색으로 물들이고 얼굴이 반듯하다는 정도가 특징이라면 특징이지만, 정말 평범해 보이는 소년이었다. 그들에게 협박을 당했다는 것이 얼마나 두려운 일인지에 대해서도 나는 잘 모른다.

문득 제정신을 차려 보니 교실이었다. 아무리 머리를 쥐어짠들 알 수 없다. 교실 입구에서 잠깐 긴장했다. 가방이나 교과서를 책상 위에 그대로 두고 나왔다. 공격을 가하기에 더없이 좋은 조건이었다. 나는 쓰게 웃었다. 과연 내 교과서나 노트에 낙서하는 애한테도 아포칼립스가 제재를 가해 줄까 하고 생각했다.

아무도 없는 교실에서 시마즈가 내 자리에 앉아 있었다. 나도 모르게 벽시계를 올려다보았다. 이미 야구부 연습이 시작된 시간이었다. 시마즈는 아직도 교복 차림이었다.

"이제야 돌아왔군."

놈만은 변하지 않은 듯이 보였다. 증오심으로 응어리진 눈. 내 모습을 보자마자 의자에서 뻣뻣하게 몸을 뒤로 젖혔다. 책상 위에 놓인 가방을 손가락으로 더듬으며.

나는 말없이 다가가 낚아채듯 가방을 집어 들었다.

"정말 기세가 좋네. 역시 빽이 있으면 강해지는 모양이지."

고개를 돌리면서 상대하려 하지 않았다.

"더러워, 네놈은 정말 더러워."

시마즈는 일어서면서 나이프를 들고 은색 칼날을 펼쳐 냈다. 나이프를 잡은 손이 떨리고 있었다.

"열불이 나네 정말. 갑자기 차 안으로 끌어들이더니 너를 건드리면 죽이겠다고 하대."

나는 오로지 저녁 햇살에 번득이는 칼날을 보면서 침묵했다. 아무리 나와 관계없는 일이라고 해 본들 믿어 줄 리 없다.

"해 보겠다는 거야?"

"물론. 죽여 버릴 거야! 아포칼립스 까짓게 뭐 어쩐다고!"

시마즈는 시뻘게진 얼굴로 으르렁댔다. 허리를 낮추고 나와 대치하며 나이프를 수평으로 유지했다. 놈이 진심이라는 것을 알면서도 나는 그냥 서 있었다.

"그만둬."

"까불지 마. 지금 뭐라고 지껄이는 거야? 명령할 처지가 결코 아닐 텐데?"

나는 고개를 저었다.

"이제 그만둬."

"시끄! 아포칼립스 같은 놈들이 뭔데."

"그런 말이 아니야."

시마즈는 가슴을 오르내리며 거칠게 숨을 몰아쉬었다. 당장이라도 나를 덮칠 듯한 기세였다.

"아포칼립스 같은 건 나랑 아무 상관도 없어."

"뭐라고?"

칼날이 아랫배까지 다가왔다.

"이러다가는 아무도 대회에 못 나가게 돼. 지금까지 노력한 게 모두 물거품이 되고 말아."

"시꺼!"

시마즈가 한층 큰 소리로 외쳤다.

"시꺼! 닥쳐!"

"모든 것을 무로 돌리는 짓은 하고 싶지도 보고 싶지도 않아."

"네놈이 뭘 안다고!"

시마즈는 왼손을 나의 턱밑으로 들이밀었다. 목이 잡혀 숨이 막혔다. 배에 차가운 칼날을 느꼈다. 시마즈의 눈이 붉게 물들고 눈물이 흘러내렸다.

"씨파……."

들고 있던 나이프가 축 아래로 떨어졌다. 시마즈는 원통하다는 듯 얼굴을 찌푸리며 나를 떠밀었다.

"씨파!"

허벅지를 책상에 부딪치면서 놈과 주전 자리를 놓고 다투던 날들을 떠올렸다. 작년 가을 신인전에서 시마즈는 라이트를 지켰다. 놀라우리만치 다리가 빨라서 센터와 라이트를 오갔다. 배팅에서 땅볼만 쳐도 시마즈는 절대로 아웃되지 않는다. 거의 내야안타가 되고 만다. 그렇게 출루한 그를 벤치에 앉은 우리는 마른침을 삼키며 지켜보았다. 도루는 놈의 대명사나 마찬가지였고 그것으로 상대를 흔들어 놓았다. 종횡무진으로 달리는 시마즈는 마치 사극의 밤도둑처럼 단 한 치의 빈틈도 없었고, 또 폼 났다.

시마즈는 장거리 달리기에도 능했다. 내가 막 야구부에 들어갔을 즈음, 체력도 없고 비쩍 말랐을 때의 이야기다. 운동장을 돌 때 헉헉거리며 뒤처지는 내 어깨를 툭 치면서 의기양양하게 추월하여 앞으로 나아갔다. 달리는 게 즐거워서 죽겠다는 표정을 보고 내심 울화가 치밀었지만 언제쯤이면 저놈처럼 달릴 수 있을까 하고 내심 부러워했다.

시마즈는 목소리도 컸다. 응원할 때도 연습할 때도. 늘 자신만만하게 "목소리 더 높여!"라고 외쳐서 지칠 대로 지친 우리를 넌더리 나게 했다. 그런데 신인전에서 도중에 출장한 나는 외야를 보다가 굴러오는 공을 놓치고 말았다. 그 자리에 구멍을 파서 그냥 숨어 버리고 싶을 만큼 말도 안 되는 실수였다. "괜찮아, 괜찮아." 진심이었는지는 모르겠지만 시마즈의 그 커다란 목소리가 나에게는 큰 구원이었다.

시마즈가 매달리는 듯한 눈길로 올려다보았다.

"너 왜 그만뒀어. 너라면 그놈 자리를 꿰찼을 텐데."

그놈이 누구를 가리키는 건지 알 수 있었다. 한 학년 아래 이와마일 것이다. 신장 180센티미터의 거한이다. 수비나 어깨가 특별히 좋은 것도 아니었지만 장타력 하나는 주장 이시바시에게 필적할 정도였다. 리틀 야구 출신으로 화려하게 풍악을 울리며 등장한 신인이다. 공격력 하나만으로 영입된 탓에 감독은 전략적으로 수비가 수월한 라이트에 배치했다.

언젠가 주전 자리를 빼앗길 날이 오지 않을까. 입에는 결코 담

지 않았지만 시마즈도 나도 내심 불안했다. 우리는 둘 다 자존심
이 강했던 것이다. 후배한테 주전 자리를 빼앗긴다. 어느 학교 어
느 운동부에서도 흔히 볼 수 있는 광경일 것이다. 하지만 그런 꼴
을 당할 정도라면 죽는 게 나았다. 그것이 시마즈와 나의 유일한
공통점이었다.

"너라면 버틸 수 있었어. 너라면 나도 참을 수 있었어."

시마즈는 바닥에 무릎을 꿇고 고개를 떨구었다.

벌써 5월이 끝나 간다. 마지막 대회가 코앞에 다가왔다. 누가 주
전이고 누가 후보가 될지 발표하기 전에 이미 피부로 느낄 수 있
는 시기이기도 하다.

"씨팔…… 네놈 혼자만……."

사춘기와 겹치는 3년을 나는 결국 뭔가를 이룩하려 하지 않고
중간에 물러나고 말았다. 그리고 시마즈는 아마도 성취감보다 패
배와 굴욕감에 괴로워하며 3년을 끝낼 것이다. 우리는 비슷한 인
종이었다. 그렇다고 해서 해 줄 말은 없었다.

흐느끼는 시마즈를 내버려 두고 교실을 나섰다. 가능한 한 잰
걸음으로.

천장을 올려다보며 흘러내리는 눈물을 억누르려 애썼다.

10

공원 수돗가에서 얼굴을 씻었다. 회전하는 빨간 램프. 소년들이

차례대로 들것에 실려 갔다. 경찰과 구경꾼들의 웅성거림이 한낮의 공원 같다. 위 속이 울렁거리고 목이 타는 듯 아프다.

"당신은 안 타도 돼?"

"아, 괜찮아."

후지시마는 젖은 손을 흔들어 오렌지색 제복 차림의 구급대원을 물리쳤다. 현장에서 감식반의 카메라 플래시가 번득였다. 제복 사복 할 것 없이 경찰이란 경찰은 모두 물에 젖은 그를 지켜보았다. 그의 바람은 이루어지지 않았다. 전부 아는 얼굴이었다.

"후지시마 씨, 범인 얼굴을 보았습니까?"

안경 낀 사내가 냉랭한 어투로 물었다. 얼굴은 알지만 이름은 잊어버렸다.

"몰라. 갑자기 스프레이를 뿌리는 통에 말이야. 저기 쓰러진 꼬마들한테 물어봐."

"바로 입을 열 만한 애가 없어서 말이죠."

안경은 넓은 어깨를 으쓱하더니 메모를 시작했다. 곁에는 예의 수사1과 사나이. 고압적인 태도를 감추려 하지 않았다.

"당신, 그놈들 아는 거 아니오?"

"알 리 없잖아."

"이런 시간에 뭘 하고 있었어요?"

"이 차림 보면 몰라? 조깅했지."

안경은 벨트 버클을 매만지며 튀어나온 배를 흔들었다.

"다리에 댄 차, 그거, 당신 거죠?"

"일과였어. 이 시간이면 여기까지 차를 타고 와서 공원을 한 바퀴 도는 거지."

"아하, 그러세요? 지금 경비 회사에 다닌다고요?"

후지시마는 고개를 끄덕였다.

안경이 웃었다.

"나도 달려야겠는걸."

"공원 주차장을 지나갈 시점에서 왜 통보하지 않았소? 이상하다는 것을 알았을 텐데. 차들이 저리도 화려하게 부서졌는데 말이오."

수사1과 사내가 혀를 찼다.

"놈들을 알죠?"

"무작정 뛰어든 것뿐이야."

형사 둘은 비꼼 섞인 웃음을 떠올렸다.

안경이 비아냥거렸다.

"나도 그렇게 생각하고 싶긴 해요. 그래서 당장 물러나고 싶고."

"형사를 몇 년이나 하신 분이 왜 그러세요? 우리가 알아들을 만한 이유를 대 보세요."

담배를 물고 불을 붙였다. 연기가 아픈 목 피부에 스며들었다.

"그럼 가르쳐 주지. 너 같은 놈들, 개똥이나 먹어라."

"저 자식들 가운데 부인과 관련된 놈이 있는 거 아니오?"

얼굴에서 피가 빠져나가는 소리가 들렸다. 그 순간 안경이 남자를 힐난하는 듯한 눈길로 바라보았다. 후지시마는 미소를 머금었다가 다짜고짜 남자에게 달려들었다. 주먹을 쥐고 한 걸음 나서는데 경찰 몇이 앞을 가로막았다. 왜건 안으로 끌려 들어갔다. 안에는 수사1과 인간들이 모여 있었다. 무릎을 웅크리고 질문에 대답했다. 다시 무나가타의 사진이 눈앞에 나타났다. 오로지 모르겠다고만 대답했다.

"당신, 이놈 뒤쫓아서 도대체 뭘 할 생각이오?"

"무슨 말인지 모르겠는데."

"시침 떼지 마세요. 회사까지 쉬잖아요. 옛날 직장에 무슨 원한이라도 있는 거요?"

그는 오로지 고개만 가로 저었다. 팔에는 찰과상이 있고 얼굴에는 최루 스프레이의 액체가 달라붙었다. 머리가 욱신거린다. 영원할 것처럼 이어지는 통증이다. 조사가 끝나자 안경이 패트롤카로 데려다주겠다고 했다. 후지시마는 땅바닥에 침을 뱉었다. 이미 시간은 새벽 2시가 지났다.

눅눅한 강변의 공기가 몸을 휘감았다. 이마에서 끈적끈적한 땀이 흘렀다. 온몸이 뜨거울 만큼 더웠다. 다리 위에 세워 둔 승용차까지 자연히 발걸음이 빨라졌다.

그들은 곧 후지시마와 무나가타를 연결하는 끈을 찾아낼 것이다. 남은 것은 하얀 분필 자국과 혈흔. 파란 비닐 시트. 유리 파편과 찌그러진 차 몇 대. 아니 모든 것을 알고 놀라나게 놔두는지도 모른다.

잠기지 않은 차 안에 사람이 있었다. 후지시마는 미간을 찌푸렸다. 아사이가 운전석에 앉아 있었다. 말없이 조수석에 올라타고 키를 그에게 건네주었다. 시동을 걸자마자 라디오가 켜지고 에어컨 공기가 세차게 흘러나온다. 컵홀더에 놓인 우롱차 캔을 뒤집어 손수건을 적시고 이마에 댔다.

"어디로 갈까요?"

노랗게 점멸하는 신호를 돌파하면서 아사이가 물었다.

"아파트. 아내가 사는 곳으로."

"병원은요?"

"아파트."

잠시 침묵이 흐른 뒤 아사이가 입을 열었다.

"부인이 저녁에 외출하는 걸 봤습니다. 커다란 여행가방을 들고."

후지시마는 담배에 불을 붙였다. 라이터를 든 손이 바르르 떨렸다.

"언제부터 잠복했어?"

"저녁에 아파트로 가 봤습니다. 그때부터."

"거짓말을 하려면 좀 제대로 해."

후지시마는 핸들을 잡은 아사이의 옆얼굴을 바라보았다.

"자네 혼자 온 건가?"

아사이는 고개를 저었다.

"젊은 애 하나. 절대 밝히지 말라는 지시가 있었습니다."

후지시마는 눈을 감았다.

"따님이 아포칼립스에 납치된 겁니까?"

"여행 중이라고 했잖아."

"몇 년 전부터 따님과 놈들이 관계를 가진 듯합니다."

"……."

"아포칼립스는 지금 내부 권력 투쟁으로 시끄럽습니다. 리더인 무나가타 야스히로. 지난번 사진으로 얼굴을 확인한 피어스에 스킨헤드 소년입니다. 그에 대해 대부분의 멤버가 반기를 들었다는 정보가 소년과에 흘러 들어왔습니다."

"내부 투쟁?"

숏구치는 흥미를 억누르며 물었다.

"조직원이나 마찬가지였던 무나가타가 이시마루 조직의 눈길에서 벗어났다는 이유 때문인 듯합니다."

"그래서 편의점 살인 사건과 관련이 있다는 건가?"

"그 사건의 피해자 고야마 준페이는 무나가타가 다니던 공고 선배였어요. 아포칼립스의 멤버였던 시절도 있었고요."

"조폭 범행인가, 그게?"

"아직 확실하지는 않아요."

앞 유리창에 가슴이 붉게 물든 고야마의 모습이 비쳤다. 피에 젖은 티셔츠.

"그래서 나더러 뭘 어떡하라는 거야?"

"……."

"딸은 여행 중이야. 공안 시절에 하던 짓거리가 내게 통하리라 생각하는 건 아니겠지?"

아사이의 표정에는 아무런 변화도 없었다.

"전 그냥."

"자네 목적이 뭐야? 나를 주범으로 만들어 낼 생각인가? 그런 살인 사건으로 실적을 올릴 수 있는 것도 아닐 테고."

"난 그냥 계장님이 수갑 차는 모습을 보고 싶지 않을 따름입니다."

아사이는 표정을 드러내지 않았다. 우수한 부하였다. 견실하고 사교적인 성격이라 젊은 형사들도 잘 따랐다. 도장에도 자주 나타나 유도 상대가 되어 주고, 서 대항 야구 대회에서는 기꺼이 선수로 뛰어 주었다. 형사과의 공기에도 잘 녹아들었다. 공안 출신이라는 낌새도 드러내지 않았다.

"나더러 어떡하라는 거야?"

"특별한 의미 같은 건 없습니다. 제 나름대로 생각하는 것뿐입니다. 따님은 무나가타 야스히로와 중학교 동창이에요. 계장님도 당연히 아실 테지만요."

그의 옆얼굴을 노려보았다. 아파트 현관에 도착했다. 뒤에서 따라온 하얀 승용차의 라이트가 비쳤다.

아사이가 차에서 내리며 말했다.

"뭐든 말씀해 주세요. 힘이 되어 드리겠습니다."

뒤에서 승용차가 다가오고 그는 조수석에 올라탔다. 배기음과 함께 그의 차 곁을 지나간다. 후지시마는 멀어지는 꼬리등을 노려보았다.

11

오늘 밤 두 번째 샤워를 했다. 옷을 하나씩 벗고 머리를 감을 때마다 공원에서 묻은 모래가 떨어져 내렸다. 뜨거운 물을 끼얹었을 때마다 기리코에게 맞은 볼이 욱신거리고, 무나가타 패거리에게 당한 턱의 상처가 아렸다. 잠시 그렇게 뜨거운 물을 맞았다. 그래도 떨림이 멈추지 않는다. 공포와 그것보다 더한 치욕이 가슴을 찢어 놓았다.

무나가타의 말을 되새겨 본다. 가나코의 행방을 되물었다. 아마 놈도 가나코를 찾아다니는 듯했다. 놈은 이시마루 조직에서 쫓겨났다. 아포칼립스 멤버들은 야쿠자의 주구가 되어 무나가타를 추격하고 있었을 것이다. 오늘 밤 무나가타는 반격에 성공했다. 내부 투쟁의 원인은 아마도 가나코와 관련되어 있을 것이다.

켈로이드로 뭉친 팔의 상처를 매만졌다. 무나가타의 엷은 표정이 시야에 떠올랐다. 이어서 마츠시다의 짜증내는 모습과 나가노의 겁먹은 눈동자. 신경과 의사가 이마에 주름을 잡고, 아사이가 입술을 비죽인다. 그들은 모두 가나코를 안다. 자신보다 더 잘 안다. 질투가 솟구치고 입에서 욕설이 튀어나온다. 누구보다 딸을 잘 알아야 한다. 이 세상에서 딸을 가장 잘 아는 사람은 자신이어야 한다.

거울에 비친 모습이 다 낡아 버린 옷 같다. 피부에는 주름이 가득하고 얼룩도 있다. 검도로 단련한 몸에 폭식과 폭음이 가져다준 기름기가 달라붙었다. 눈 아래 매직으로 칠한 듯한 시커먼 두덩이 떠올랐다. 이런 패배감은 경찰학교 때 유도 교관의 엎어치기에 나가떨어진 이후 처음이다. 목을 파고들던 쇠파이프의 감촉을 돌이켜 본다.

전화 녹음기를 보았다. 아무 녹음도 없는 것 같다. 냉장고를 뒤져서 차가운 와인을 꺼냈다. 알루미늄 포장을 뜯어 와인과 안정제를 들이켰다. 카우치에 기댔다. 온몸을 녹여 버릴 듯한 피로가 밀려왔다. 안구가 열을 띤 듯 아리다. 병나발을 불고 가나코의 사진을 바라보았다. 넌 누구냐? 도대체 무슨 짓을 한 거야? 빨리 설명해 봐.

왜 네가? 후지시마는 중얼거렸다. 차가운 바람이 얼굴에 닿았다. 와인과 안정제가 듣기 시작했는지 신경이 녹은 치즈처럼 풀어졌다. 사진이 손에서 떨어진다. 땅속에 묻히는 듯한 깊은 잠이 그를 휘감았다.

탁, 딱딱한 소리에 눈을 떴다.

그는 다시 눈을 감았다. 바닥없는 늪에 빠진 것처럼 의식이 잠겨 간다. 기분 좋은 벌레 울음 소리가 들린다. 서서히 변해 가는 계절을 의식한다. 차고 메마른 에어컨 바람에 몸이 떨린다. 관절이 차가워졌다. 에어컨 리모컨은 벽에 걸렸다. 일어나 에어컨 스위치를 조작하고 싶었다. 방은 새카맣다. 불을 다 켜 둔 채 잠들지 않았던가. 그는 멍하니 생각했다. 일어나려고 했다.

일어날 수가 없다. 어떤 힘이 손발을 세차게 묶어 버려서 꼼짝도 할 수가 없다.

쇠붙이 같은 것이 세차게 관자놀이를 짓눌렀다.

"뭐, 뭐야!"

그 감촉이 그를 각성시켰다. 잠과 술기운이 한꺼번에 날아가 버렸다. 있는 힘을 다해 눈알을 굴렸다. 어둠 속에서 강렬한 손전등 불빛이 망막을 찔렀다.

남자 셋이 후지시마를 내려다보고 있다. 나이 든 피부에서 풍기는 강렬한 냄새를 맡는다. 남자들의 얼굴 피부가 녹아내린 듯 보였다. 모두가 스타킹을 머리에 썼다는 것을 안다. 손에는 굵직한 손전등이 들렸다.

"너희들…… 뭐야?"

관자놀이에 닿은 것은 리볼버형 권총이었다. 사내들은 아무 대답도 하지 않았다. 무슨 나쁜 꿈이라도 꾸는 것인가. 아무런 현실감이 없다.

"이시마루 조직인가, 너희들?"

이런 시발놈들. 살의가 머릿속을 태우고 입 안에 침이 가득 고이게 했다. 동시에 참을 수 없는 요의가 치솟았다. 후지시마는 권총을 뚫어지게 바라보았다. 진짜일까. 몸통이나 총신에서 모델 건이라는 문자를 발견하려 애썼다. 안전장치를 푸는 소리에 퍼뜩 제정신을 차렸다.

"그만둬! 쏘지 마!"

"가만히 있어."

리볼버 사내가 말했다. 사내들이 처음 꺼낸 말이었다. 목소리가 높은 것으로 보아 서른 전후로 추정되었다. 남자가 든 권총에서 머리를 깨부수려는 야만적인 의지가 전해져 온다. 하얗고 강렬한 불빛이 후지시마에게 강요한다. 총구에서 벗어나려고 등과 허리가 무의식적으로 돌아간다.

후지시마는 짧게 신음했다. 몸을 돌려 도망쳐야 하는가. 해답 없는 물음에 고뇌한다.

갑자기 뭔가가 몸을 감쌌다. 타월 이불이었다. 가나코가 사용하던 타월 이불이라는 것을 알았다. 딸 냄새가 짙게 났다. 아무것도 보이지 않았다. 가나코에게 용서를 구했다. 생명의 위기에서 벗어나려는 본능이 목에서 비명으로 터져 나왔다.

"쏘지 마. 제발 쏘지 말아 줘. 쏘면 안 돼."

"어디 있어?"

리볼버가 물었다.

"누, 누구? 너희들, 대체 뭘?"

침묵이 내려왔다. 폭력의 예감이 엄습했다.

"알았어, 잠깐 기다려!"

"어디 있어?"

이 자식들이……. 그는 직감했다. 이놈들이 가나코에게 무슨 짓을 했음이 분명하다. 딸을. 절박한 의무감이 엄습했다.

'나를 구해 줘!'

가나코의 목소리가 들렸다. 목덜미가 뜨거워지고 두통이 일어났다. 그렇다고 해서 움직일 수는 없다. 입술이 뒤틀리고 온몸의 털구멍에서 식은땀이 솟구쳤다. 정신이 갈가리 찢겨 나가는 것 같았다.

"옷장 안에, 딸 가방 안에 있어."

타월 위로 아직도 관자놀이에 총이 달라붙었다. 가나코의 방으로 향하는 남자의 구둣발자국 소리가 들렸다. 이윽고 방 안을 뒤지는 소리.

눈앞에 불꽃이 튀었다. 딱딱한 뭔가가 후두부를 쳤고 그 충격으로 눈알이 튀어나올 것 같았다. 귀울림이 끝도 없이 들려온다. 총에 맞은 것으로 착각하고, 그런 심리적 충격 때문에 별 통증도 느끼지 못했다.

"씨파!"

마치 다른 사람 목소리처럼 소리가 났다. 그리고 손전등이 목을 쳤다. 후지시마는 카우치에서 떨어졌다. 격통이 허리 언저리를 치달린다. 바닥에 뒹굴던 비타민 병이 골반에 부딪쳤다.

"연극은 그만둬. 약에는 관심 없어."

"네놈들은 대체."

"사진하고 필름 어딨어?"

"사진?"

땀도 아닌 뭔가가 목덜미에서 등으로 흘러내렸다. 긴 시간 흘러내려 온몸의 털이 거꾸로 섰다.

"잠깐, 내 딸이 무슨 짓을 했다는 거야?"

"질문에만 대답해."

"왜 그 애의 행방을 묻지 않지? 네놈들이 알잖아. 가나코를 어떻게 했어?"

후지시마는 타월을 걷어 냈다. 권총이니 폭력이니 깡그리 잊어버렸다. 리볼버의 다리에 달라붙었다. 욕설과 함께 남자의 발이 배에 꽂혔다. 숨이 막히고 갈비뼈와 내장이 비명을 질렀다.

"어디 있어…… 가나코, 어디 있어?"

위산으로 타 들어가는 목을 쥐어짜며 외쳤다.

리볼버가 입을 열었다.

"딸이랑 같이 가고 싶어?"

세계가 붉게 뒤틀렸다.

"주, 죽여 버릴 거야!"

남자의 목으로 손을 뻗었다. 돌아 버릴 것 같았다. 그때 뭔가가 바람을 갈랐다. 머리 꼭대기에서 충격이 일었다.

총에 맞은 것은 아니었다. 시간이 흐른다. 손잡이가 머리를 쳤다는 것을 깨닫는다. 멍청한 놈이라고 놈들을 조롱한다. 언젠가는 반드시 죽여 줄게. 손을 뻗은 곳은 싸늘한 바닥이었다. 얼굴이 바닥을 치고 의식이 멀어져 갔다.

어둡다. 시야가 뒤틀렸다. 속이 메슥거리고 불쾌한 기분으로 눈을 떴다. 외치고 싶은 충동을 억누르고 귀를 기울였지만 아무 소리도 들리지 않았다.

볼이 바닥에 달라붙었다. 녹슨 금속 냄새가 나고 흘러내린 피가 접착제처럼 볼에 달라붙었다. 피부와 지방이 벗겨져 두개골이 드러난 징그러운 상처를 상상하고 긴장했다.

몸을 일으키기도 힘들었다. 배 근육이 찢어진 듯 아팠다. 겨우 바닥에 엉덩이를 대고 앉아 주변을 둘러보았다. 눈을 어렴풋이 뜨고 눈알을 굴린다.

놈들은 보이지 않았다. 사타구니에서 허벅지까지 오줌이 흥건하다. 기듯이 가나코의 방으로 간다. 깨진 창으로 날벌레가 날아들었다. 바닥에는 흙 묻은 발자국이 남았고 짓밟힌 사진 액자와 CD 케이스 조각이 흩어졌다. 이 세상의 종말 같은 광경에 아연해지고 말았다. 가나코…… 가나코.

이건 말이 안 돼. 그는 뭔가를 향해 중얼거렸다. 이제야 모든 것을 새로이 시작하려는데. 아버지답게 살아가리라 맹세했는데. 자기중심적인 연민에 지나지 않는다는 것은 잘 안다. 딸이 각성제를 남겨 두고 모습을 감추지 않았더라면 아마 얼굴도 마주하지 않고 평생을 지냈을지도 모른다. 다시 한번 딸을 만나고 싶었다. 아버지다운 모습을 보여 주고 싶었다.

연민은 금방 증오로 바뀌었다. 놈들은 딸의 행방을 안다. 놈들도 자신보다 더 딸을 잘 안다. 질투가 가슴을 찢어 놓는 것 같았다. 얼굴을 베개에 파묻고 포효했다. 죽여 버릴 거야!

머리 위로 소독액을 부은 다음 붕대를 감고 선반에 있던 진통제를 손바닥에 쏟아 후루룩 마셨다. 야구모자를 깊이 눌러 썼다. 부엌에서 칼을 꺼내 알루미늄 포일로 감쌌다. 놀랍게도 각성제가 든 손가방은 그대로 있었다. 그것을 들고 방을 나섰다. 여기 머물 수는 없어!

바깥은 세상이 끝난 듯 고요했다. 날카롭게 시선을 돌리며 주위를 살폈다. 언제든 집어 들 수 있게 식칼과 나이프를 내려놓았다. 손가방을 대시보드에 넣었다. 차를 달리면서 몇 번이나 백미러를 확인했다. 미행도 없고 사이렌 소리도 없다. 선글라스를 꺼내 부어오른 눈두덩을 감추었다. 안경테가 열을 받았는지 조금 비뚤어졌다. 국도 17호선과 16호선을 시속 120킬로미터로 달린다. 다량의 진통제가 효력을 발휘하는지 의식은 물처럼 맑게 흔들렸다.

한 손에 식칼 한 손에 나이프를 들었다. 후지시마가 사는 토로의 연립주택. 차에서 내려 방으로 향했다. 방이라 해야 쓰레기통이나 다름없다. 그러나 가나코의 방과 마찬가지로 마구 헝클어져 있었다. 1년 내내 깔아 둔 이불이 찢어진 채 솜이 튀어나왔다. 옷장 서랍은 전부 바깥으로 나왔고 텔레비전은 뒤집어졌다. 다다미는 흙발로 마구 짓밟혔다. 놈들이 뒤진 것이다.

그는 신발도 벗지 않고 올라가 옷들을 밟으며 살펴보았다. 옷장 안을 보았다. 종이 박스가 마구 찢어져 스티로폼 파편이 흩어져 있었다. 아랫단에 넣어 둔 잠방이가 비어져 나왔다. 옷장 안쪽에는 하얀 나무 칼집에 든 칼이 있다. 경찰관 시절 도박 시설을 급습했을 때 압수한 물건이다. 그것을 시트로 감싸서 겨드랑이에 차고 방을 나섰다. 그것을 조수석에 세워 두었다. 액셀러레이터를 밟았다.

이와츠키 인터체인지에서 도호쿠 간선을 타고 우츠노미야 방향으로 나아갔다. 5분도 되지 않아 하스다휴게소에 도착했다. 휑한 주차장에 차를 댔다. 대형 트럭들이 보인다. 집 없는 차량생활자. 카섹스의 광장이기도 하다.

시트로 감싼 일본도는 언제든 빼낼 수 있게 손잡이만 노출시켜 두었다. 나이프를 호주머니에 넣었다. 식칼은 운전석과 사이드 브레이크 사이에 꽂아 넣었다. 올 테면 와. 거기까지 준비를 마치자 비로소 생각할 여유가 생겼다. 놈들에 대해.

조폭. 권총이 진짠지 가짠지는 모른다. 얼굴도 모른다. 차림새는 평범했다. 그러나 풍겨나는 분위기만은 놈들과 흡사했다. 무엇보다 딸은 무나가타 일당과 연결되어 있다. 무나가타 일당은 이시마루 조직에 연결되었고. 각성제가 움직일 수 없는 증거가 되겠지만, 놈들은 거기에는 아무런 관심도 없었다.

갑자기 눈두덩이 뜨거워졌다. 방에서 각성제를 발견한 시점에 그렇게 되리란 것을 알았다. 마음은 절망으로 가득했다. 놈들의 말과 동작 하나하나를 되새겨 본다. 옷 그리고 구두 종류, 신장이나 몸집의 형태. 음색부터 휘두른 폭력 스타일까지. 뇌는 그 장면들을 극명하게 기억했다. 반드시 찾아내서 죽여 버릴 테야. 진지하게 맹세했다.

깊은 한숨을 내쉬며 등받이를 젖혔다. 진통제 몇 알을 생수와 함께 먹어서 두통을 지웠다. 몽롱한 의식 속에서 대시보드로 손을 뻗었다. 각성제 중독의 말로는 아주 잘 안다. 그러나 애가 탈 만큼 절실하게 필요했다.

갑자기 유리가 깨지고 차 안으로 손이 들어온다. 검은 총구에서 튀어 오른 강렬한 섬광이 망막을 태우고 몸에 몇 개의 구멍을 뚫어 놓는다. 두렵다. 여기가 안전하리란 보장도 없다. 이미 한 발자국도 움직일 수 없다. 끝도 없이 솟구치는 공포를 한방에 날려 버리고 싶었다.

눈을 감았다. 눈꺼풀 위로 온갖 영상이 떠오른다. 모든 영상에서 그는 쓰러지고 짓밟히고 머리가 깨진다. 기리코와의 섹스를 떠올리려 애썼지만 사타구니에 힘이 들어가지 않았다. 둘이서 각성제를 들이켜는 장면을 상상했다. 삶과 죽음이 격렬하게 부딪치는 가운데 겨우 잠으로 이어지는 어둠의 꼬리를 부여잡을 수 있었다.

학교에서 돌아오는 길에 마침내 그녀의 모습을 발견했다. 이미 해는 저물어 어두컴컴하다.

돌아오는 길이라고는 하지만 집하고는 완전히 반대 방향이었다. 작년 주소록을 꺼내 사는 곳을 알아내고 가까운 곳에서 기다린 것이다.

그녀는 가볍게 눈썹을 들어 올리며 엷은 미소를 떠올렸다. 볼이 약간 붉다. 오늘도 와인을 마셨을까.

두 시간 가까이 가드레일에 기대서서 그녀가 오기를 기다렸다. 마음의 준비는 이미 되어 있었다. 그래도 정작 눈앞에 나타나니 심장이 너무 빨리 뛰는 것이 아닌가.

"집, 이 부근이었어?"

"아니, 저 반대쪽이야."

"그래……."

모든 것을 꿰뚫어 본 듯한 눈길에 있는 대로 말할 수밖에 없었다.

"만나고 싶어서 왔어."

"그래, 솔직해서 좋네."

그녀는 내 곁을 지나면서 말했다.

"좀 걷자."

잠시 말없이 그녀 뒤를 따랐다. 그 앞에는 거대한 아파트 단지에 둘러싸인 작은 공원이 있었다. 서쪽으로 떨어지는 햇살이 아파트에 가로막혀 그곳만 어둠이 더 짙었다. 그녀는 낮은 철책을 뛰어넘어 서슴없이 그 어둠 속으로 들어갔다.

그리고 그네에 걸터앉아 지면을 차면서 흔들었다. 그 어린애 같은 행동에 깜짝 놀라며 스커트 안이 들여다보일 것 같아 나도 모르게 눈을 내리 떴다.

"그래서 무슨 이야기?"

"꼭 하고 싶은 말이 있어서. 여러 가지로."

"그러니까 뭔데?"

그녀는 무릎을 굽혔다 폈다 하면서 그네를 더 크게 흔들었다.

나는 숨을 크게 들이마셨다. 그녀 앞에서 말을 하려면 용기를 짜내지 않으면 안 된다.

"요즘 들어 내 주변에 아이들이 많이 모여들어. 시험 성적이 좋다면서 공부 좀 가르쳐 달라든지. 갑자기 무슨 영문인지 모르겠어. 여태 완전히 무시당하기만 하고 놀림감이 되기만 해서 아직 마음이 놓이지는 않지만."

그녀는 기분 좋게 그네를 타고 있었다. 부드러운 머리카락을 바람에 날리면서.

"듣고 있어. 계속해 봐."

"아까는 야구부 애들이 나를 보고 손도 흔들어 주고 그랬어. 이거 믿겨? 이제 나를 용서했는지 안 했는지는 모르겠지만."

"원래가 괜찮은 애들이었다는, 그런 말 하고 싶은 거지?"

"바로 그거야. 그래서 칠판의 낙서도 없어지고 옷이나 신발이 찢어지지도 않아. 물론 맞고 차이는 일도 없어졌고."

"그러니?"

더 말해 주고 싶었다. 저 A나 B가 아무 일도 없었다는 듯이 말을 걸어 오기도 한다고. 가미나가라는 여자애가 다른 여자애들을 통해 나를 좋아한다는 말을 전하기도 했다고.

하루하루가 마치 제트코스터를 탄 것 같고, 무슨 말도 안 되는 농담인 것 같기도 하고, 그러다 놈들이 기다렸다는 듯이 본색을 드러낼 것 같고, 내 가슴속에는 아직 짙은 어둠이 남았다는 것도.

"나 그날부터 마음을 정했어. 철사에 묶여 옥상에 감금당했을 때. 다시는 모욕을 당하건 무시당하건 상관하지 않을 거라고. 그렇지만 다시는 나를 모욕하지 못하게 만들겠다고."

"소문으로 들었어."

"엉?"

"나이프로 협박당했다면서?"

나는 살짝 고개를 저었다.

"그렇지만 결국 놈도 나를 찌르지 않았어. 그 애도 그리 나쁜 놈이 아니야."

나는 그넷줄을 잡았다. 힘이 줄어들면서 그네의 흔들림이 작아졌다. 그녀가 조용한 눈길로 나를 바라보았다.

"너지?"

"뭐가?"

"너밖에 없어. 아포칼립스 말이야."

저녁 어스름과 함께 침묵이 깔렸다. 그네에서 삐걱대는 새된 소리가 났다.

"맞아."

그녀는 간단하게 인정했다. 나는 놀라지도 않았다.

쓸쓸하기도 했다. 그녀가 그런 조직과 관련이 있다니. 우리하고는 다른 고고한 존재이기를 바랐다. 아무도 이를 수 없는 곳에 존재하기를 바랐다.

그리고 알고 싶었다. 아주 간절하게. 그대가 하루하루를 어떻게 지내는지. 어떤 사람과 만나는지. 그것만이 아니다. 무얼 즐겨 먹는지. 어떤 책을 즐겨 읽는지도. 나는 그녀에 대해 아무것도 모른다.

"무나가타한테 연락했더랬어."

"왜……."

"쓸데없는 짓이었어?"

"그렇지는 않아. 지금 내가 이렇게 편해진 것도 네 덕분이야. 그렇지만 모르겠어. 왜 그렇게 했는지. 난 네게 아무것도 해 준 게 없는데."

그녀는 그네에서 내려 스커트 자락을 쓸었다. 검지로 내 가슴을 가볍게 찔렀다.

"너 그날 옥상에서 말했잖아."

"엉?"

"나도 오가타처럼 될 수 없을까, 그런 말한 거 기억해?"

나는 몇 번 주저하다가 마음을 다잡고 고개를 끄덕였다.

생각만 해도 얼굴에서 불이 일어날 것 같다. 설마 그 말을 들었겠느냐고 생각했다. 와인을 마신 탓인지도 모른다. 긴장이 풀려 말이 그냥 흘러나온 것이다.

"그렇다면 알아 두는 게 좋겠어."

"도대체 뭘?"

"모르겠어?"

"오가타도 그 아포칼립스랑 관계가 있었다는 거야?"

그녀의 대답을 기다렸다. 그러나 입을 열지 않는다. 가볍게 눈을 감더니 다시 천천히 그네를 흔들기 시작했다. 그 표정이 매우 투명해서 아무것도 읽어 낼 수 없었다.

나는 알아차렸다. 오가타가 스스로 목을 매기에 이른 데는 그 아포칼립스가 원인이 되었을지도 모른다는 것을. 죽기 직전에 오가타는 학교에서 폭력을 당하지 않게 되었다. 지금의 나처럼. 반 아이들이 아포칼립스라는 말을 듣고 겁을 집어먹은 것이다.

나는 무서웠다. 나도 오가타와 같은 말로를 걷지 않을까 하고. 학교에서 아무도 건드리지 않는 존재가 된 그였지만, 한편으로는 그 불량 서클에게 처참한 꼴을 당했을지도 모른다. 그렇다면 왜 그녀는 그런 애들하고 손을 잡고 있을까.

"내일 오지 않을래?"

"엉?"

"파티가 있어."

그녀는 마치 가늠이라도 하듯 가만히 나를 바라보았다.

"왜 나를?"

"오면 알 거야. 그에 대해서도. 그들에 대해서도."

"난……."

말꼬리를 흐렸다. 내가 가장 알고 싶은 건 너야. 그런 엄청난 놈들을 움직일 수 있는 너는…….

"무서워?"

"너도 아포칼립스 멤버야?"

"글쎄, 그건 어떨까?"

눈치 채지 못하게 천천히 그녀에게 다가갔다. 그네가 흔들릴 때마다 달콤한 과일 향기가 났다.

"아무래도 좋아."

"뭐가?"

"아니, 아무것도 아냐."

아무렴 어때. 나는 속으로 다시 한번 중얼거렸다. 설령 그녀가 나를 함정에 빠뜨린다 해도. 무슨 일이 일어난들 상관없어. 내 몸에 박힌 무수한 가시를 그녀가 뽑아 주지 않았는가. 그것으로 충분하다.

나는 후지시마 가나코를 올려다보았다. 옅은 눈동자에 가로등 불빛이 깃들었다. 밝은 색 보석처럼 빛났다. 나는 그 눈동자를 언제까지나 바라보고 싶었다.

12

해가 떠오르자 차 안은 불 붙은 종이 상자가 되어 버렸다. 옅은 잠이었다. 고통과 망상 속을 헤매기만 하는. 눈을 뜨자마자 타월로 솟구치는 땀을 닦았다. 시트도 젖고 머리를 감은 붕대에도 열기가 가득했다. 시간은 이미 8시에 가까웠다. 차에서 내려 화장실로 향했다. 차를 주거지로 삼는 사람들이 화장실을 점령하고 있었다. 변기에는 날카로운 통증과 함께 보라색 혈뇨가 쏟아졌고 무릎이 떨려 그냥 주저앉고 싶었다. 스낵 코너에 가서 메밀국수를 주문했지만 국물을 마시는 게 고작이었다.

시동을 걸고 에어컨 바람을 잔뜩 틀었다. 땀이 식으면서 약물에 전 머리가 점점 맑아졌다. 뒷좌석에 놓아 둔 여행가방을 펼쳤다. 갈아입을 옷 사이에서 파일 하나를 꺼냈다.

파일에는 파이브마켓에서 일어난 사건을 다룬 신문이나 주간지의 기사가 들어 있었다. 그 사건에 대한 관심 때문에 모아 둔 것이다. 몇 번이나 들여다보았는지 모른다. 기사마다 사실과 억측이 마구 뒤섞여 있었다. 피해자 세 명 가운데 야스다 노부코는 사건현장과 가까운 조그만 술집의 마담이었다. 그녀에게 스토커나 다름없이 달라붙는 손님이 있었다는 소문을 기사로 다루기도 했다.

편의점 아르바이트 점원 가와모토 히로시는 후지시마가 들어갔을 때까지만 해도 숨이 붙어 있었다고 한다. 배에 칼을 맞아 내장이 다 흘러나왔는데도. 미용전문학교에 다니는 스물두 살 청년. 며칠 전 술에 취해 진열된 상품을 마구 헤집는 손님을 쫓아냈다. 그 취객은 보복을 가할 만한 성격도 아닌 데다 근처에서도 경박하게 알랑대기로 소문난 정원사였다. 사건하고는 관련이 없었다.

세 번째 피해자, 고야마 준페이. 기사에는 공고를 졸업하고 전문학교에 다니는 스물한 살 청년이라고만 적혔다. 그의 전문학교 강사나 친구들의 증언. 성적도 우수하며 카메라맨이 되겠다는 꿈을 가졌다고 한다. 그는 무나가타와 연결되어 있었다. 무나가타는 가나코와 연결되어 있다.

사건이 일어난 지 수십 분 후 현장에서 몇 킬로미터 떨어진 히가시오미야역 앞 상점가에서 중국계 남자들을 택시 운전기사가 목격했다.

또한 현장에서 가까운 국도 16호선을 폭주족으로 보이는 자들이 장대비 속에서도 최고의 스피드로 질주하는 폭음을 근처 주민들이 들었다고 한다.

페이지를 넘긴다. 모든 기사가 커다란 제목을 내걸었다. 감식반 이야기로는 용의자의 발자국을 채취하지 못했다고 한다. 지문도 체액도 없다. CCTV 영상도 남지 않았다.

기사는 자극적이었다. 냉혹하고 잔인한 살인 행위! 피 냄새 가득한 사건 현장! 감탄 부호들이 지면을 장식했다. 이마에 땀이 배고 심장 고동이 빨라진다. 벗겨진 두부 상처가 욱신거린다. 어젯밤 일을 떠올리며 위장을 쥐어짜는 듯한 통증을 느낀다.

아포칼립스와 연결된 이시마루 조직에 대해 생각해 보았다. 현에서 활동하는 복합 기업. 관동 지방을 중심으로 한 광역 조직폭력단 이나바회의 산하 조직이다. 이시마루 조직은 음식점과 매춘 관련 업체에 물수건을 공급하고, 화훼 운송업에 손을 대고, 도박 업체와 금융업에 발을 담그고, 하부 조직 회사를 만들어 도코로자와 처리장에서 나온 폐기물을 지지부 산악 지대에 있는 처리장까지 운반한다. 이나바회는 각성제를 금지하지만 산하 조직인 이시마루가 취급한다는 것은 공공연한 비밀이다. 그들이라면 그런 엄청난 살인 행위를 저지를 부하를 거느리고 보호한다고 해도 이상하지 않다. 그러나.

가슴 주머니에서 휴대전화의 진동이 전해져 왔다. 모르는 번호였다.

"예, 여보세요."

"……저, 마츠시다."

나오려는 한숨을 되삼켰다. 가나코가 전화를 걸어올 리 없다. 잘 아는 사실이다.

"이제야 친구 소개시켜 줄 생각이 난 거니?"

"아직 그렇게 결정한 건 아니거든요."

"어이."

"닥쳐요. 전화한 것만도 고맙게 생각하세요."

"그 애 지금 어디 있어?"

"못 가르쳐 줘요."

"어이, 잘 알잖아? 무슨 일이 벌어지는지."

부자연스러우리만치 긴 침묵이 흘렀다.

"……그 애한테는 경찰에 가라고 권했어요."

휴대전화를 잡은 손이 아팠다. 애써 냉정을 가장했다.

"그래서?"

"생각해 보겠다는 그런 말이죠."

피로와 허탈감이 마구 뒤섞인 목소리였다.

"그랬구나."

자기도 모르게 안도의 한숨을 내쉬었다. 그런 기색이 전해졌는지 수화기 저편에서 분노가 증폭되는 것을 알 수 있었다.

"그랬구나, 라뇨? 달리 할 말은 없어요? 안다고요. 무슨 엄청난 일이 벌어진다는 거. 아저씨나 내가 감히 손도 댈 수 없는 엄청난 일이라는 것도. 그래서 경찰에 가라고 권한 거란 말이에요. 난 아저씨하고 달라서 진심으로 그 애를 생각한다고요."

"다를 거 하나도 없어. 나나 너나."

"무슨 말을 하는 거죠?"

"어디 숨겼는지는 몰라. 어차피 친구 집 같은 델 테지. 혹시 네 방일지도 모르고. 그러나 진짜로 경찰에 데려가고 싶으면 그 애 의지는 따지지 말고 방 유리창이라도 깨부숴. 그러면 저절로 경찰이 오게 돼 있어."

아무런 반응이 없었다. 마츠시다는 말이 없다. 후지시마는 말을 이었다.

"그 애가 널 미워할까 봐 겁이 났을 테지. 어지간한 설득으로는 절대 네 말을 듣지 않으리라는 건 잘 알고 있을 거야."

전화는 아직 끊어지지 않았다.

"나나 너나 다를 거 하나도 없어. 그 애가 사라지면 곤란해."

반응이 없다.

"듣고 있어?"

"듣고 있어요. 속이 메슥거려 참기 힘들지만."

"유리창 깨부숴 볼 거야?"

"큰소리치지 마세요."

"그럼 어떡하려고?"

잠시 침묵이 흘렀다.

"10시 동쪽 출구 롯데리아."

"어이."

마츠시다는 그렇게만 말하고 전화를 끊었다.

간발의 틈도 주지 않고 다시 휴대전화가 울렸다. 번호를 보지도 않고 통화 버튼을 눌렀다. 누르고는 후회했다. 그 아이가 아니었다. 마츠시다도 가나코도.

"후지시마, 지금 어디야?"

경비 회사 소장이었다. 신청한 휴가일은 이미 지났다.

"죄송합니다. 하루만 더 쉴 수 없을까요?"

"말도 안 되는 소리. 당신 지금 우리가 어떤 상황인지 잘 알잖아?"

"죄송합니다."

"당신이 조사받는 동안 다른 사람이 쉬지도 못하고 겨우 근무표를 짜고 있어."

"오늘 하루만 부탁드리겠습니다. 피치 못할 사정이 있습니다."

"그건 누구든 마찬가지야. 젊은 애들이 얼마나 화를 내는지 몰라. 영업부 쪽에서도 불만이 터져 나오고 있어. 사건 때문에 우리 회사 신용이 흔들린다고 말이야."

마치 사건이 일어난 것도 후지시마 탓이라는 말투다. 머리 상처가 욱신거리고 너무 더워서 썩어 문드러질 것 같았다.

"죄송합니다."

"이런 말은 하고 싶지 않지만, 후지시마, 무슨 사연인지는 몰라도 채용해 준 회사에 감사해야 할 입장이 아닐까? 경찰 조사가 끝나자마자 분골쇄신 열심히 일하겠다고 회사에 머리를 조아려야 당연한 거 아닌가?"

"닥쳐!"

"엉?"

"입 닥치라고, 시발놈아."

"당신……."

기가 막혀 말도 꺼내지 못하는 소장의 목소리를 더는 듣고 싶지 않아 전화를 끊어 버렸다. 바로 휴대전화가 울렸다. 그는 휴대전화를 조수석으로 던져 버렸다.

이제 직장도 끝장이다. 다시 제복 차림으로 소장에게 머리를 조아리는 자신의 모습이 떠올랐다. 무슨 어색한 농담을 한 것 같은 생각이 들었다. 가나코를 찾는 것이 전부였다.

해가 떠오르자 주차장은 여름 방학을 맞은 가족들의 차량으로 넘쳐나기 시작했다. 어린 딸의 손을 잡은 아버지를 보았다. 온갖 감정이 솟구쳐 올랐다.

도호쿠 국도를 북으로 거슬러 올라갔다 구키 인터체인지에서 내려와 다시 오미야 방향으로 남하했다. 백미러로 몇 번이나 미행이 없는지 확인하면서. 역전 입체 주차장에 차를 세웠다. 셔터를 올리는 옷가게, 인도까지 상품을 진열하는 약국, 굉음을 울리는 게임센터. 움직이기 시작한 상점가를 빠져나와 마츠시다와 약속한 롯데리아로 들어갔다. 시곗바늘이 10시를 막 넘어섰다.

커피를 주문하고 2층으로 올라갔다. 마츠시다는 이미 구석 자리에 앉아 멍하니 테이블을 내려다보고 있었다. 그가 온 것을 보고는 멍하니 입을 열었다.

"그거 뭔데요?"

"뭐가?"

마츠시다의 시선이 그가 쓴 모자 쪽을 보고 있었다. 후지시마
는 자리에 앉았다.

"누구에게 당했어요?"

"별것도 아냐."

"딱히 아저씨가 걱정돼서 그러는 게 아니에요. 언젠가는 나도
같은 꼴을 당하지 않을까 싶어서 그래요."

"당할 짓이라도 했어?"

"제대로 대답해 주세요. 그 애를 만나고 싶다면 하나도 숨기지
말고 말해 줘야 해요."

두려움 없는 눈길로 후지시마를 똑바로 바라보며 말했다. 수첩
을 꺼내 사이에 끼워 둔 사진을 꺼냈다. 졸업 사진 속의 무나가타
였다.

"이놈 알아?"

마츠시다는 사진을 들어 힐끗 보고는 테이블에 내던졌다.

"몰라요. 누군데요?"

"숨기지 말기로 해. 서로."

마츠시다의 눈동자가 공포에 질려 흔들린 듯한 느낌이 들었다.

"이놈한테 당한 거예요?"

"말 돌리지 마. 알지?"

"모른다고 했잖아요. 아저씨는 말을 해야 할 의무가 있지만 나

한테는 없거든요."

후지시마는 커피 잔을 입에 댔다. 목젖까지 분노의 목소리가 터져 나오는 것을 억지로 눌렀다.

"나가노는 어디 있어?"

"말해 봐요. 이놈한테 당한 거예요?"

그는 크게 한숨을 내쉬었다.

"맞아. 그놈한테."

"왜요?"

"이놈은 가나코하고 중학교 동창이야. 지금은 아포칼립스라는 패거리의 리더지. 이놈이 딸에게 각성제를 공급했을 가능성이 높아. 그래서 이야기를 나누러 갔지."

"제정신이 아니네요, 찾아가다니."

"내부 투쟁이 한창인데 거기 휘말렸다가 당했어. 턱의 상처는 그것 때문이야."

"그 머리는요? 붕대죠, 그거?"

그는 모자를 벗었다. 땀이 흘러 붕대가 축축하게 젖었다.

"우리 집에서 당했어."

"아저씨 부인한테요?"

마츠시다는 참 웃긴다는 듯 입술을 끌어 올렸다가 갑자기 침울한 표정으로 바뀌었다.

"누구한테요?"

"몰라. 모두 복면을 해서 얼굴도 못 봤어. 그놈들이 들고 온 권총에 맞았어."

"권총? 진짜요?"

"아마도."

마츠시다는 고개를 저었다.

"어쩌다 그런 일이 벌어진 거죠?"

"몇 번이나 말했잖아. 그만큼 위험한 상황이라고."

"설마 거짓말은 아니죠?"

"마음대로 생각해. 숨기지 않기로 해서 있는 그대로 말했어."

"그렇지만 이건 정말."

마츠시다는 머리를 쓸어 올렸다. 손가락 사이로 검은 머리카락이 흔들렸다.

"넌 믿지 않을지도 모르겠지만 그 친구는 이렇게 되리란 걸 알고 있었어. 그러니까 그렇게나 겁을 먹은 거야."

마츠시다는 깊이 생각하는 듯 팔꿈치로 테이블을 짚었다. 이윽고 결단을 내렸는지 혼자서 고개를 끄덕이더니 토트백에서 열쇠를 꺼내 테이블에 내려놓았다.

"이건?"

"나가노한테 부탁받았어요."

후지시마는 열쇠를 들고 바라보았다. 오토바이 메이커의 로고가 새겨져 있었다.

"이걸 나한테?"

마츠시다는 가만히 고개만 끄덕였다.

"오토바이 열쇠잖아. 누구 거야?"

"몰라요. 건네주래요. 그 말뿐이에요."

"거짓말. 분명히 넌 따지고 물었을 테지."

그녀는 한대 맞기라도 한 듯 얼굴을 찌푸렸다. 두 사람 사이에 어떤 대화가 오갔는지는 모른다. 그러나 필사적으로 나가노의 어깨를 흔들며 묻는 마츠시다의 모습이 보였다.

"그 애 지금 어디 있어?"

마츠시다의 얼굴이 갑자기 피로에 전 사람처럼 창백하게 변했다.

"물어서 뭐 해요, 당연히 우리 집이죠. 어디 먼 곳에 있는 호텔도 생각했지만 오래 머물 돈도 없었고요. 그렇지만 처음에는 단순히 피해망상이 아닐까 생각하기도 했어요. 이제는 스피드를 안 한다 하더라도 옛날에 했으니까, 플래시백 같은 게 아주 심했으니까. 그런 증상이 다시 나타났나 싶었어요."

"언제부터 그 애가 뭔가를 두려워하기 시작했지?"

"……일주일 전부터인 것 같아요. 그 이후로 점심시간에도 학원 바깥으로 나가려 하지 않았고, 나더러 자꾸 집에 놀러 오라고 하는 거예요. 혼자서 집에 돌아가는 것도 무서웠던 모양이에요."

일주일 전 편의점을 가득 채웠던 피와 배설물과 음식 냄새가 떠올랐다.

수첩에서 신문 기사를 꺼냈다. 죽은 고야마가 웃고 있었다.

"이 애 알아?"

마츠시다는 무나가타 때와 달리 그 사진을 오래오래 응시했다.

"모르지만 본 듯한 느낌이 들어요."

후지시마가 하려는 말을 알아차리고 황망히 얼굴을 들어 올렸다.

"그거, 거짓말이죠? 말도 안 돼."

"아직은 몰라. 그러나 아까 그놈하고 연결되어 있어. 사건이 일어난 것도 꼭 일주일 전이야."

"그런 것하고는 관계 없어요, 절대로."

억양 없는 목소리에서 자신감이라고는 하나도 찾아볼 수 없었다. 이어서 한숨을 내쉬고 주저주저하며 휴대전화를 꺼내 들었다. 통화 버튼을 누르고 귀에 갖다 댔다. 마츠시다의 반응을 기다렸다. 합성음이 들렸다.

"이상해요. 전원이 꺼져 있어요."

"뭐 하는 거야?"

"정말이에요! 여태 이런 일은 한 번도 없었어요."

마츠시다는 다시 통화 버튼을 누르고 안절부절못하며 엄지 손톱을 깨물었다.

"잠깐 기다려 봐요."

마치 스스로에게 말하듯이 통화 버튼을 계속 눌러 댔다.

"마지막으로 연락한 게 언제야?"

"아침에 제대로 통화했어요. 그런데 왜 이러지?"

이번에는 집에 전화한 것 같다. 아무 소리도 들리지 않는데 오래오래 휴대전화를 귀에 대고 있었다. 이윽고 어쩔 줄 몰라 하는 눈길로 후지시마를 바라보았다. 입술이 비틀리며 얼굴에서 핏기가 사라져 버렸다.

"더 빨리 달릴 수 없어요?"

마츠시다가 조수석에 앉아서 재촉했다. 마츠시다의 집이 있는 가미오 방향으로 틀었다. 롯데리아에서 역으로 달려가는 아이를 불러 세워 차에 태웠다. 집은 가까운 역에서 버스로 10분 이상 걸리는 가미오시와의 경계선 부근이라고 했다.

길은 한산한 편이었다. 시가지에서 떨어진 아래쪽 코스로 뒷길을 따라 나아갔다. 거의 신호에 걸리지 않고 국도 16호선으로 나섰다.

"서두른다고 될 일이 아냐. 이렇게 달려 본들 아무런 소용이 없을지도 몰라."

빨간 신호에 걸려 급브레이크를 밟았다. 말과는 달리 운전이 거칠어졌다. 안전벨트를 한 몸이 앞으로 기울어진다. 마츠시다의 옆얼굴을 살펴보았다. 억지로 구토를 참는 것처럼 눈을 감고 주먹을 꼭 쥐었다.

"나가노가 그랬어요. 최근 들어 계속."

후지시마는 파란 신호와 동시에 액셀레이터를 밟고 80킬로미터 정도로 달렸다.

"자기가 위험에 빠졌을지도 모른다고요."

"망상이야."

"그럼 그 상처는 뭐예요? 권총에 당했다는 거 거짓말이에요?"

마츠시다는 계속 통화 버튼을 누르면서 연결되지 않는 전화에 매달렸다.

"그만하면 충분하잖아. 넌더리가 날 만큼 괴로워했잖아. 왜 가만 내버려 두지 않아?"

팝 뮤직을 내보내는 라디오를 껐다. 차선을 바꾸었다.

"모든 게 가나코 때문이에요. 사람을 끌어들여 놓고는 혼자서 도망쳐 버리고."

후지시마는 운전을 하면서 대시보드를 열어 그 안에 있던 가방을 마츠시다에게 집어던졌다. 마츠시다는 의아한 표정으로 바라보더니 천천히 지퍼를 열었다. 마른침 삼키는 소리가 들렸다.

"그 애가 무슨 짓을 하고 있었던 거야?"

그녀는 가방 안의 내용물을 응시했다. 혐오감을 느끼는 건지 매혹당한 건지 모를 표정이었다.

"가나코는 머리가 좋았어요. 얼굴도 몸도 모델 같았고. 그렇지만 그 마음은 도저히 이해할 수 없을 만큼 뒤틀려서……. 보통이라면 친구를 이런 세계에 끌어들이지 않을 테고 판매책으로 써먹지도 않을 거예요, 그렇잖아요?"

차선을 바꾸어 갑자기 끼어들자 뒤에서 빵빵거리며 항의한다.

"가나코는 그냥 웃을 뿐이었어요. 아무리 따지고 캐물어도. 나가노한테는 미안한 일이지만 경찰에 알릴 생각이었어요. 또 다른 아이들이 같은 위험에 빠졌다는 생각을 하니 견딜 수 없었거든요."

"그렇지만 자네는 그러지 못했어."

코를 훌쩍이는 소리가 들렸다.

"귀가 떨어져 나갈 만큼 추운 날이었어요. 학교에서 돌아가는 도중에 새카만 어둠이 내린 골목길에서 놈들의 차가 와서는 나를 끌어당겨……."

흘러나오던 말이 끊어졌다. 학원 복도에서 본 그녀의 몸짓. 병적인 망상이 뇌리를 가로질렀다. 가나코를 생각했다. 아무리 상상의 나래를 펴 보아도 현실감이 일어나지 않는다. 놈들이라면 필시 아포칼립스 멤버일 것이다. 약물로 많은 소녀들을 도탄에 빠뜨리고 턱짓 하나로 불량소녀들을 부렸다. 날을 세우는 인간에게는 가차 없이 공격을 가했다. 마치 폭군처럼. 도저히 상상할 수 없는 일이었다.

"가나코는 살아 있을 것 같아?"

마츠시다는 눈물 젖은 얼굴을 들어 이상하다는 듯이 그를 바라보았다. 대답이 없었다. 두 사람이 나아가는 북쪽 하늘은 시커먼 소나기구름에 덮여 있었다.

가미오시 교외, 녹음이 짙은 전원 지대를 지나자 갑자기 거대한 아파트 단지가 나타났다. 벽돌 장식을 한 갈색 아파트 몇 동이 눈앞에 보인다. 동과 동 사이에 조성한 공원을 빠져나갔다.

공원도 도로도 인적이 드물고 조용한 일상이 충만한 곳이었다. 부지 안에 있는 우체국으로 양산을 쓴 노부인이 땀을 닦으며 들어간다. 탱크톱 차림의 어린 소녀가 키에 어울리지 않게 큰 자전거를 타고 비틀거린다. 잔뜩 긴장한 두 사람하고는 다른 세계에 사는 듯했다. 마츠시다가 사는 동 가까이에 차를 세웠다. 그와 동시에 마츠시다는 차에서 내려 달려갔다. 후지시마도 그 뒤를 따랐다.

현관 앞에 선 차들을 피해 엘리베이터 대신 철 계단을 타고 올라갔다. 마치 뭔가에 씐 듯이 내달리는 그 아이를 따랐다. 땀이 줄줄 흘러내리고 4층에 이르렀을 때는 다리가 떨리면서 담배 연기에 찌든 폐가 비명을 질러 댔다.

7층에 도착하자 마츠시다는 열쇠를 찔러 넣고 문을 열어젖혔다. 하얀 콘크리트 복도를 달려 현관 앞에 이르렀다.

눈앞에 우뚝 멈춰 선 마츠시다의 등이 있었다. 검은 티셔츠가 흘러내린 땀으로 얼룩졌다.

"어이."

후지시마는 말을 하려다 입을 꾹 다물고 말았다. 포푸리 향기가 났다. 그 향기에 비릿한 공기가 뒤섞였다. 이제는 익숙해졌다. 마츠시다의 등 너머로 보이는 마룻바닥에 가늘고 긴 혈흔이 보였다. 숨도 못 쉬고 바라보았다.

몸을 떠는 마츠시다를 밀쳐 냈다. 이미 말라붙은 혈흔이었다. 거실로 이어지는 문도 열려 있었다. 옅은 물색 카펫 위에 다리와 몸을 꼰 채 쓰러진 사람이 보였다. 심장에 대못이 박히는 듯한 충격이 엄습했다. 작은 체구, 오렌지색 머리카락. 겁먹은 눈길로 천장을 바라보는 소녀. 나가노 도모코였다.

하얀 셔츠를 입은 소녀의 가슴에 검붉은 꽃이 피었다. 화들짝 열린 눈에서 볼에 걸쳐 눈물 자국이 남아 마치 지금도 우는 것 같았다. 구급차를. 목젖까지 솟구치는 목소리를 그냥 삼켰다. 생기 없이 파랗게 질린 얼굴. 이미 오래전에 숨이 끊어졌다. 이를 꽉 깨물고 있었다. 가느다란 어깨가 굽었다. 체념한 듯한 그 얼굴이 후지시마의 가슴을 아프게 후볐다.

방을 뒤진 흔적은 없었다. 테이블의 휴대전화. 손수건으로 덮어서 휴대전화를 집어 들었다. 버튼을 조작하면서 착신 이력과 리다

이얼 표시를 확인했다.

착신 이력에는 집으로 표시된 것이 몇 개, 마츠시다에게서 온 것이 몇 개 남아 있었다. 리다이얼 표시를 보았다. 전화번호만 표시되었다. 나가노는 오늘 오전 9시 30분에 전화를 걸었다. 모르는 번호다. 어딘지 떠오르지 않는다. 그렇지만 이건.

쿵, 바닥이 울렸다. 마츠시다가 실 끊어진 인형처럼 무릎을 꿇었다. 멍하니 입을 벌린 채 망연자실한 표정이었다.

"거짓말이야, 이런 건 말도 안 돼."

울적하고 공허한 목소리였다.

다시 한번 유해를 보았다. 손으로 입을 눌렀다. 어젯밤에는 자신이 이런 운명이 되었을지도 모른다. 유해는 후지시마의 모습으로 그리고 가나코의 모습으로 바뀌어 가며 그에게 미소를 지었다.

13

10년 만의 가미오경찰서였다. 벌써 주차장에는 언론사 차량이 몰려들었다. 경찰서에서 몇몇 아는 얼굴을 만났고 수치와 분노를 느꼈다. 수갑은 차지 않았지만 그들의 눈은 범죄자를 바라보는 눈길이나 다름없었다.

취조실. 말을 가려서 최소한의 정보만 주었다. 행방을 감춘 딸을 찾아 탐문하는 과정에서 이런 사태에 직면하고 말았다고.

"다시 한번 처음으로 돌아가지요. 사라진 딸을 찾으러 다닌다는 거죠, 맞죠?"

"그런 셈이지."

"성과는 있었어요?"

후지시마는 고개를 저었다.

"소리 내 말해 주세요. 기록해야 하니까."

"없었어."

"행방을 아는 사람은 있어요?"

"없어."

"왜 지금까지 알리지 않았어요? 혹시 뭐 곤란한 일이라도 있는 겁니까?"

"시간 낭비라고 생각했으니까."

"경찰 그만둔 뒤로 당신은 이혼을 당하고 친권도 빼앗겼어요. 아주 비참한 상황이었잖아요."

"그런 셈이지."

"지금 직장, 재미있어요?"

후지시마는 고개를 저었다.

"소리 내 말하라고 하지 않았습니까? 자꾸 지적하게 하지 마세요."

"재미없어."

"스트레스가 장난이 아니겠네요, 그렇죠?"

"......"

"당신, 딸을 어디에 감추어 둔 거 아닙니까? 아니면 죽여 버렸다든지."

후지시마는 미소를 떠올렸다. 놈들의 도발에 넘어갈 수 없다. 시야가 붉게 흔들리고 관자놀이가 심하게 뛰는 것을 느꼈다.

취조를 받는 동안 경찰서 별실에 들어간 마츠시다를 떠올려 보았다. 그 아이는 모든 사실을 밝힐 것이다. 약물에 전 가나코에 대해. 그리고 놈들에 대해. 마츠시다 자신이 당한 폭력에 대해서도. 가나코의 어둠이 드러나고 만다는 생각을 하니 견딜 수가 없었다. 아버지로서 혼자 힘으로 모든 것을 감추어 버리고 싶었다.

죽은 나가노에 대해 생각해 보았다. 유해 주변의 거실, 욕실 그리고 포스터와 옷에 파묻힌 마츠시다의 방. 뒤진 흔적은 없었다. 창을 깬 흔적도 없었다. 현관문을 딴 흔적도 없었다. 유일한 동거인인 마츠시다의 어머니는 아침부터 일을 나가고 없었다. 취조받는 과정에서 그 아이가 살해된 시각은 오전 10시 전후로 추정된다는 것을 알았다. 마츠시다와 롯데리아에서 만난 시간이다.

현관 복도에는 혈흔이 있었다. 방에 틀어박혀 있던 나가노가 찾아온 사람에게 문을 열어 주었다. 그토록 겁을 먹은 아이가 목소리를 듣고 문을 열어야 했던 상대는 과연 누구였을까. 그 아이는 무슨 생각을 했을까. 아마도 들어서자마자 가슴에 칼을 맞았을 것이다. 팔이나 손에 저항한 상처도 없었다. 그대로 거실까지 걸어갔다가 죽음에 이르렀을 것이다. 초인종이 울린다. 신중한 발걸음으로 현관으로 다가간다. 렌즈로 상대를 확인한다. 체인을 벗기고 자물쇠 고리를 푼다. 문을 열자 바깥 열기와 함께 가나코가 미소 지으며 들어온다…….

후지시마는 흐트러진 감정을 억지로 추슬렀다. 현실이 현실을

벗어나 깊은 어둠 속으로 말려드는 아슬아슬한 감각에 사로잡힌
다. 용서해 줘. 이제 더는.

"……그래서 피해자를 만난 건?"

"이틀 전에 한 번."

"피해자가 당신 딸의 행방을 알고 있던가요?"

"전혀."

"전혀라고 했죠?"

"아무 말도 해 주지 않았으니까."

"왜 다시 만나려고 했지요?"

"뭔가를 아는 것 같아서."

"화를 낸 건 아니고요? 두 아이는 알면서 입을 다물었으니까요.
마츠시다 메구미는 당신 볼을 쳤다고 했어요. 더는 참을 수 없어
서 그런 것 아닙니까?"

"무슨 뜻이야?"

"당신에게도 충분한 동기가 있다는 겁니다."

"지랄을 해라."

"형사 시절의 평판이라면 우리도 잘 알아요. 원한다면 당시 시
말서를 가져올까요? 솔직히 말해 우리도 잘됐다고 생각했어요.
불륜 상대를 반쯤 죽여 놓은 탓에 우리도 골치 아픈 존재를 처리
할 수 있는 구실이 생겼으니까 말입니다. 당신, 지금도 형사를 천
직이라고 생각하는 것 같은데……."

후지시마는 놈들의 말을 가로막았다. 잡음을 떨쳐 내고 생각해
보았다. 경찰은 가나코를 실종된 중요 참고인으로서 찾고 있을 것

이다. 이미 딸의 어두운 부분을 파악했다고 해도 이상하지 않다.

어디까지나 딸은 나에게 속한다. 창 너머 저녁 어스름을 바라보며 이런 놈들에게 절대로 건네주지 않으리라 다짐했다.

영원할 것만 같던 취조가 끝난 것은 새벽 2시가 넘어서였다. 마츠시다가 알리바이를 증명해 주었을지도 모른다.

현관이나 주차장에는 사람 그림자도 없었다. 자신도 모르게 현관 홀을 돌아보았다. 같이 연행된 마츠시다의 모습은 보이지 않았다. 벌써 집으로 돌려보냈을 것이다. 내일이면 기리코의 친정에 형사나 기자들이 찾아갈 것이다. 기리코는 정직하게 대답할까. 각성제, 아포칼립스, 살해된 나가노. 추악하게 변해 버린 딸의 실상을 접하고 과연 견뎌 낼 수 있을까.

주차장을 가로지르는데 짧은 클랙슨 소리가 들렸다. 실버 스카이라인. 아사이의 웃음 띤 얼굴이 보였다.

"바래다 드릴게요."

후지시마는 귀찮다는 표정으로 그를 바라보다가 조수석에 올라탔다. 등받이를 뉘었다. 오랜 시간 취조를 받느라 몸이 굳어 버렸다.

"아주 심하게 당하신 것 같은데요."

아사이는 기분 나쁠 만큼 밝은 목소리로 말했다.

차가 굵직한 배기음을 내뿜으며 발진했다. 행선지는 나가노가 살해당한 현장이다. 후지시마의 카로라는 거기에 멈춰 선 채였다. 스카이라인은 경찰서를 나서서 밤의 국도를 달렸다. 후지시마는 기묘한 기시감 같은 것을 느꼈다. 어젯밤처럼 폭력의 통증을 참으며 아사이에게 도움을 받고 있다. 라이트가 날벌레 떼를 가로지른다.

"대시보드 열어 보세요."

생뚱맞은 목소리였다. 대시보드를 열었다. 칼 몇 자루와 검은 손가방이 있었다. 서둘러 지퍼를 열었다. 주사기, 파이프, 각성제가 든 봉지. 손을 댄 흔적은 없었다.

"관할서 동료한테 부탁했습니다. 그러지 않았더라면 긴급 체포였습니다."

소름이 돋았다. 차가운 에어컨 바람 탓이 아니다.

그때 현관을 열어 둔 채 마츠시다는 숨을 헐떡였다. 이웃에 사는 주부가 얼굴을 내밀고 절규했다. 엉거주춤하는 사이에 아파트에는 패트롤카 몇 대와 경찰관들이 몰려들었다. 차에 실어 둔 각성제나 나이프, 일본도를 숨길 여유조차 없었다. 감식반원이 구석구석 카로라를 뒤졌다. 살아도 산 것 같은 기분이 아니었다.

"나더러 뭘 하란 말인가?"

아사이는 말없이 핸들을 잡고 있었다.

"이번 건에 경찰이 관련되었을 테지."

아사이는 여전히 말이 없었다.

나가노의 휴대전화. 그 리다이얼에 표시된 번호를 떠올렸다.

오미야경찰서 대표 번호. 충분히 추리해 볼 수 있었다. 나가노가 살해된 현장을 보고 확신을 가졌다. 그 아이는 마츠시다의 설득으로 경찰에 연락했을 것이다. 자신이 관련된 일을 전부 고백할 생각으로. 그런 아이가 함부로 현관문을 열었을 리 없다. 렌즈를 통해 경찰수첩을 보고 문을 열지 않았을까. 수십 센티미터나 되는 칼을 품은 누군가를. 거기 나타난 인간은 결코 가나코가 아니다.

"말해 봐. 그 살인도 그렇지?"

경찰관 몇이 살인 사건에 관련되었다. 머릿속으로 범행 장면을 떠올려 보았지만 제대로 되지 않았다.

"언제부터 내사를 하고 있었지?"

내장이 튀어나온 점원의 모습이 보였다.

"전 원래 그대롭니다. 관할서의 강력계 형사에 지나지 않습니다."

"말도 안 되는 소리."

목이 그어진 고야마의 모습과 혀를 늘어뜨리고 눈알이 튀어나온 채 쓰러진 여자가 보였다.

"말해."

"극비로 몇 명을 조사하는 중입니다."

"누구야?"

"그건 말할 수 없어요."

"내가 뭘 해 주길 바라는 거지?"

대형 트럭이 급하게 추월했다. 말꼬리가 그 굉음에 묻혀 지워진다.

"계장님이 빨리 따님을 찾기만 바랄 뿐입니다."

"헛소리는 그만 해. 너희들 어디까지 파악한 거야?"

"따님 소재는 지금도 불명입니다. 정말 머리를 잘 굴리는 것 같아요. 지금도 어딘가 도망치는 중일 테지만 거의 흔적도 남기지 않고 있어요. 하지만 그것도 시간 문제입니다. 그놈들도 따님을 추격할 테니까요."

"그놈들?"

뇌리를 가로지르는 사내들의 모습. 권총을 들고 스타킹을 뒤집어쓴 채 가나코의 방을 침범한 놈들.

"사진이겠지."

"그게 뭔데요?"

이윽고 자신도 모르게 소리도 아닌 신음을 뱉어 냈다.

"시발, 고작 그것 때문에 그렇게나 많은 사람을 죽였단 말이지."

분노인지 공포인지 모를 암담한 감정과 함께 현기증이 일어나고 눈에는 눈물이 고였다.

"내 딸한테 손가락 하나라도 대 봐, 모조리 죽여 버릴 거야."

가나코 때문에 고뇌의 바닥으로 떨어져 내린 사람이 과연 얼마나 될까.

그래도 딸을 지켜 주고 싶었다. 사방이 짙은 어둠에 덮일수록, 그 비명이 처절하면 처절할수록 더욱더. 살아 숨 쉬는 딸 앞에서 무릎을 꿇어 사죄하고 싶었다. 이해해 주고 싶었다. 그리고 비명을 지르는 자들을 대신하여 때려 주고 싶었다.

"이거."

아사이가 뒷좌석에 있던 클리어 케이스를 건네주었다. 이번 사건에서 죽은 사람들의 신분을 조회한 것이다. 차 안의 불을 켜고 고야마 준페이의 항목을 살펴보았다. 공고를 다니면서 2년 전까지 아포칼립스 멤버로 활동했고, 그러는 동안 몽태치기로 두 번 체포되었다. 공고 다닐 때는 사진부에서 활동했다.

파일을 읽으면서 단순한 추론을 세워 보았다. 그는 뭔가를 찍었다. 그것을 현상했다. 엄청난 화력을 간직한 폭탄을. 놈들이 그 냄새를 맡았다. 그는 살해당하기 전에 그 사진을 가나코에게 맡겼다. 아니 원래 가나코의 지시를 받고 찍었을지도 모른다.

가미오의 아파트 단지. 마츠시다의 집 부근에는 파란 비닐 시트가 덮여 있었다. 후지시마의 승용차는 문도 잠기지 않고 창도 내려진 채 방치되어 있었다. 경찰들의 음험한 장난질이다.

"시파."

시트가 밤이슬에 젖었다. 손가방을 다시 대시보드에 넣었다. 코인 로커에 넣어 두어야 했다. 불법 소지로 체포되어 버리면 모든 게 끝장이다. 그러나 어떻게든 가까이 두고 싶었다. 저주받을 물건이지만 딸과 그를 연결시켜 주는 몇 안 되는 끈임은 분명했다.

"이것도 가져가셔야지요."

아사이가 스카이라인의 트렁크를 열었다. 일본도가 있었다. 하얀 나무 칼집에 든 일본도를 건네받았다. 카로라의 문을 열고 조수석에 세워 두었다.

"무슨 말이라도 해 봐."

"난 아무것도 보지 못했습니다."

후지시마는 스카이라인이 멀어져 가는 것을 확인하고 마츠시다의 아파트를 향해 엘리베이터로 7층까지 올라갔다.

통로에 출입 금지를 표시하는 노란 테이프가 둘러쳐져 있었다. 손수건을 손에 감고 테이프를 넘었다. 문 손잡이를 잡았다. 잠겨 있었다. 이 살인이 현실에서 일어난 일이라는 것을 확인해 두고 싶었다. 아파트를 뒤로하고 승용차에 올라탔다. 눅눅한 시트에 몸을 기대자마자 온몸에서 힘이 빠져나갔다. 딸의 실종을 안 뒤로 제대로 자 본 적이 없었다.

구키 인터체인지에서 도호쿠 국도를 탔다. 다시 하스다휴게소로. 화려하게 페인트 칠을 한 대형 트럭에 둘러싸여 일본도를 끌어안고 눈을 감았다.

3년 전 | 6

"다녀올게."

나는 현관문을 잡으려 했다.

"잘 다녀와."

아들이 밤중에 외출한다는데 어머니의 목소리는 끝도 없이 밝고 명랑하다.

그 목소리를 듣고 비로소 오래오래 나의 고독을 걱정했다는 것을 알 수 있었다. 그 마음을 더 빨리 알아차리지 못했다는 것이 부끄러웠고, 지금의 진실을 있는 그대로 알리지 못하는 것을 마음 깊이 사죄했다.

어머니에게는 친구와 불꽃놀이를 한다고 했다. 6월 초라는 시기에 걸맞지 않은 걸 알면서도 달리 외출할 이유를 댈 만한 것이 없었다. 불량 패거리의 모임에 간다고 할 수야 없지 않은가.

머칠이나 연이어 비가 내린 탓인지 조금 서늘하다. 몇 번이나 물웅덩이에 빠지면서 주택가를 벗어나 큰길로 나섰다. 편도 2차선의 빛줄기를 따라 100미터 정도 걸어가니 편의점 간판이 보였다. 가나코와 약속한 장소다.

어제 그녀가 말했다.

"저녁 8시에 거기 있으면 데리러 올 거야."

"넌?"

불안한 기색을 감추지 못하고 물었다.

"걱정돼?"

"솔직히 말해서 불안하긴 해."

"아마 우리도 만날 거야."

그녀는 미소 지으며 말했다. 그래서 더는 묻지 않았다.

편의점 입구에는 자전거 몇 대가 보이고 커다란 스포츠백을 멘 고등학생들이 프라이드 치킨이니 핫도그 같은 걸 먹고 있었다.

운동부 시절을 떠올리면서 트럭도 수용할 만큼 드넓은 주차장을 살펴보았다. 승용차 몇 대가 보였다.

그 가운데 눈에 띄는 흰색 왜건이 있었다. 차에 대해 잘 모르는 나도 그 커다란 차는 안다. 미국산 쉐보레 아스트로.

검은 필름으로 가려 놓아서 창이 시커멓다. 시동을 걸어 두었는지 검은 창으로 파란 불빛만 엿보이고, 멀리서도 가슴에 진동이 느껴지는 음악이 울려 나왔다. 나도 모르게 한걸음 물러난다. 육중한 몸집에 음침하고 시끄럽다. 일부러 흉흉함을 과시하는 그 기세에 압도당하고 말았다.

"세오카."

검은 창이 내려가고 그 안에서 목소리가 들렸다. 갑작스럽게 들리는 내 이름에 놀라 몸을 움찔 떨었다. 그 안에서 소녀가 손짓을 한다. 후지시마가 아니었다. 갈색으로 물들인 짧은 머리에 기다란 속눈썹을 달았다. 화장 때문인지 눈 주위가 어둡다. 조금 도톰한 입술을 뾰로통하니 내밀면서 나를 위아래로 훑어보았다.

"뭐 해, 이리로 오지 않고."

나는 그 소녀를 안다. 기억해 내는 데 약간의 시간이 필요했지만 같은 학교의 엔도 나미였다. 거의 학교에 나오지 않는데 그 애가 나를 안다는 사실에 깜짝 놀랐다.

"어라, 네가 세오카야?"

운전석 창으로 짧은 금발 남자가 얼굴을 내밀었다. 입을 옆으로 한껏 찢어 웃었다. 앞니 하나가 금색으로 빛난다.

나는 차문을 옆으로 밀었다. 과연 이걸 타야 할지 말아야 할지 몇 천 번이나 스스로에게 물으면서.

"어떡할 거야? 탈 거야 말 거야?"

짜증스럽다는 듯이 엔도가 물었다. 짧은 교복 스커트 아래로 보란 듯이 하얀 다리를 드러내 놓고 무릎을 달달 떠는 것이 닦달하는 것 같았다.

"환영해. 다들 기다리고 있어."

금발이 또 하나 있다. 이쪽은 테크노 뮤직에 맞춰 몸을 흔들며 빙긋빙긋 웃는다. 너무 화려하면서 거침없이 밝아서 오히려 음침한 느낌이 들 정도였다.

두려움과 망설임을 마음 한구석으로 몰아붙인 뒤 차 안으로 발을 들이밀었다. 후지시마를 믿고.

"아마 잊지 못할 밤이 될 거야. 응, 반드시."

긴장한 가운데 푹신한 털 시트에 몸을 기대자 금발이 뒤를 돌아 나를 쳐다보며 유쾌하게 웃고는 기어를 넣었다. 엔도는 여전히 서늘한 눈길로 나를 바라보았다.

대형 스피커에서 울리는 굉음이 가슴을 흔들어 놓는다. 방향제와 엔도의 향수 냄새가 짙게 풍겨 난다. 파랗게 빛나는 차내등과 여기저기 장식된 촌스런 열대 꽃. 애써 불안한 마음을 다스리고 차의 흔들림에 몸을 맡겼다.

어디를 어떻게 나아갔는지 알 수 없었다.

볼륨 높은 음악이 울리는 가운데 금발 남자가 뒤를 돌아보며 말을 걸었다.

"학교생활 재밌어?"

"어느 고등학교 갈 생각이야?"

"내가 너만 할 때는 말이야."

"차 좋아해?"

"그 만화 재미있지?"

말을 걸 때마다 귀를 기울이지 않을 수 없어 창밖 풍경을 몇 번이나 놓치고 말았다. 감각적으로 북쪽 방향이란 것 정도가 고작이었다.

어디로 가는지 물어보았다.

"지옥 1번지."

금발이 대답하더니 재미있다는 듯 웃었다. 나는 속으로 집에서 걱정할 부모님에게 사죄했다. 분위기로 봐서는 꽤 늦은 시간이 되어야 집에 돌아갈 수 있을 것 같았다.

한 시간은 달렸을까, 차는 가로등이 듬성듬성 선 좁은 길을 달리고 있었다. 주위에는 바닥없는 늪인 듯 시커멓기만 한 밭이 넓게 펼쳐지다가 이윽고 그것도 끊어지더니 나무가 무성한 언덕배기로 올라섰다. U자형 커브가 계속 나타난다.

"도대체 여기는?"

금발 남자가 핸들을 돌리며 굽어든다. 나는 차창에 달라붙어 황망히 바깥을 살폈다.

커다란 간판이 보였다. 빨간 글씨로 '滿(만)', 파란 글씨로 '空(공)'이라 적혀 있었다. 나는 깜짝 놀라며 가슴이 두근거렸다. 어디서나 흔히 볼 수 있는 러브호텔이 분명했다.

그것을 증명이라도 하듯 산울타리로 둘러친 진입로 끝에 그럴듯한 하얀 3층 건물이 보였다. 지붕은 동화 속 건물처럼 도토리 모양이고 벽돌 기둥 몇 개가 서 있었다.

뭔가가 이상했다. 짙은 숲 그림자를 배경으로 불빛 하나 밝히지 않은 호텔이었다. 산울타리는 제멋대로 자랐다. 때로 마구 자란 가지가 아스트로의 옆구리를 긁기도 했다.

호텔에 이르는 진입로에는 병이니 종잇조각 같은 것이 마구 흩어졌고 아스팔트는 여기저기 틈이 벌어졌다. 호텔 건물도 많이 퇴색한 데다 유리도 없이 뻥 뚫린 창이 많았다.

호텔은 오래전에 문을 닫아서 이미 폐허나 다름없었다. 가슴을

224

쓸어내린다. 그러면서 또 다른 종류의 긴장감에 사로잡힌다. 설마 이런 곳에서?

아스트로의 라이트가 진입을 가로막는 쇠사슬을 비췄다. 금발 남자가 짧게 클랙슨을 울렸다. 소프트 모자로 얼굴을 반 이상 가린 소년이 산울타리의 어둠에서 나타나 익숙한 손길로 사슬을 풀고 금발 남자에게 손을 흔들었다.

차는 천천히 호텔 부지 안으로 들어갔다.

이윽고 산울타리가 사라지고 호텔 전모가 드러났다. 건물 아래쪽은 주차장인데 나름대로 차려입은 소년 소녀들이 보였다. 차 몇 대와 오토바이들이 아무렇게나 섰는데 조명이라고는 거기서 비쳐 나는 헤드라이트 불빛뿐이었다.

"자, 도착했어."

아스트로는 사람들을 가르며 앞으로 나아가 엔진을 걸어 둔 채 멈춰 섰다. 금발 남자가 먼저 내렸다. 엔도도 문을 미끄러뜨리고 뒤를 따랐다. 나는 심호흡을 하며 바닥에 내려섰다. 마치 야생동물이 우글대는 아프리카 땅에 내려선 기분이었다.

그 순간 새로운 굉음이 주위를 감쌌다. 여기저기 세워 둔 차가 제각기 다른 음악을 흘려보낸다. 힙합에 맞춰 흑인이 라이밍을 하는가 하면 잡음과도 같이 격한 음색을 뿜어내는 기타가 하드록의 리프를 새겨 간다. 거기에 테크노나 드럼 베이스의 기계적인 리듬이 더해 지면을 규칙적으로 흔들어 댔다.

스무 명 정도나 될까. 헐렁한 티셔츠에 헐렁한 힙합 청바지. 화려한 스카이점프슈트를 입은 사람이 있는가 하면 셔츠 앞섶을 열어쭙히고 정장을 걸친 야쿠자 같은 차림도 있었다. 헤어스타일도 갈색, 장발, 스킨헤드, 드레드헤어 등 다양했다.

여자애는 태반이 교복 차림 그대로였다. 여고생이나 여중생이라는 것을 강조하려는 듯이 보였다. 그들은 그룹으로 나뉘어 이야기를 나누기도 하고 리듬에 맞춰 몸을 흔들어 대기도 했다.

담뱃불이 어둠 속을 떠도는 가운데 다들 술병을 들고 있었다. 상반신을 벗어던진 소년들은 콘크리트 바닥에서 스케이트보드를 탔다.

나는 반사적으로 그녀의 모습을 찾으려고 자세히 둘러보았다. 늘씬한 몸매에 긴 머리가 아름다운 후지시마 가나코의 모습을.

눈부신 라이트 빛에 얼굴 윤곽이 지워지기도 하고 어둠 속이기도 했지만 그녀를 찾는 일은 오랜 시간이 걸리지 않았다. 그녀와 비슷한 모습은 어디에도 없었다. 차 안을 들여다보고 주차장 구석의 어둠을 살펴보아도.

얼어붙는 듯한 긴장이 심장을 조였다. 이 자리에 내가 아는 얼굴은 하나도 없다. 벌거벗고 거리를 걸어가는 기분이었다.

강렬한 손길이 어깨를 쳤다. 뒤를 돌아보니 아까 호텔 입구에서 쇠사슬을 풀어 준 소프트 모자 소년이 뭔가에 취했는지 확 풀어진 표정으로 나에게 웃어 보였다.

"어이, 아주 어리네."

소년은 고등학생 정도로 보였다. 어떻게 대답해야 할지 몰라 우물쭈물하는데 소년이 말을 이었다.

"무나가타랑 온 거야?"

나는 후지시마에게 초대받았어. 목젖까지 그 말이 올라왔지만 그냥 입을 다물어 버렸다.

"그럼 해야지."

소년은 혼자서 말하고 대답하며 웃더니 한 손을 들어 보였다. 나는 고개를 저었다. 아마도 싸움 같은 걸 말하는 모양이었다.

"그럼 오토바이? 아니면 이거?"

소년은 검지를 갈고리처럼 구부렸다. 나는 다시 고개를 저었다. 오토바이를 타는 것도 아니고 도둑질을 하는 것도 아니다.

"나는."

"알아 알아. 사실은 그거지? 잘 알지 물론."

소년이 눈을 화들짝 열고 달려들었다. 두 팔을 내 어깨에 올리고 외쳤다. 마치 침팬지 같은 그 행동에 나는 당황하고 말았다.

"힘내. 안다니까. 난."

운전하던 금발 남자가 내 팔을 끌어당겼다. 들고 있던 맥주병을 내 손에 쥐어 주었다.

"자, 마셔. 애석하게도 1969년 이후로 여기에는 와인을 놔두지 않아."

"엉?"

"이글스 말이야. 호텔 캘리포니아. 그런 오래된 록 음악, 알 리 없겠지만."

금발은 빨리 맥주를 마시라고 손바닥을 들어 올리며 재촉한다. 나는 술에 익숙하지 않은 터라 자극적인 쓴맛과 알코올 기운에 눈을 희번덕거리며 마셨다. 폐허인데도 맥주는 놀랄 만큼 차가웠다.

"그냥 빨리 취해 버려. 이런 데까지 와서 제정신으로 있으면 어떡하겠어."

금발 남자가 친밀한 손짓으로 어깨를 끌어안고 잡다하게 흘러나오는 음악에 맞춰 나를 좌우로 흔들었다.

남자의 말대로 다시 맥주 한모금을 머금었다. 불안과 두려움이 얼마만큼 가시자 그녀를 웃음으로 맞이하기 위해서는 술기운이 약간 필요하다고 생각했다. 작은 난로에 불을 지핀 듯 위장 안쪽이 따스해지기 시작했다. 굉음처럼 고막을 울리던 여러 가지 음악이 가닥가닥 풀어지며 뇌 속에서 하나의 흐릿한 흐름으로 바뀌어 갔다.

"좋아? 확 풀어 버리는 거야. 머리를 확 돌아 버리게 튜닝해 버려."

금발 남자가 귓가에 대고 외쳤다. 몸을 어색하게 위아래로 흔들어 보았다. 기분이 훨훨 날아오르는 듯 아주 상쾌했다.

어느새 주변의 소년 소녀들이 나를 바라보고 있었다. 하나같이 기분 좋은 웃음을 머금고서. 도무지 무서운 소문의 주인공으로는 보이지 않았다. 그들의 태도가 진짜인지 거짓인지는 모르겠지만 내 마음을 조금 녹여 주었다.

퇴폐라는 말이 머리를 가로질렀다. 한밤중에 이런 곳에다 발을 들이밀어서 술을 마시고 엉성한 폼으로 춤을 춘다. 부모님이 본다면 뭐라고 할까. 하지만 그들이 모이는 이유를 조금이나마 이해할 것 같은 기분이 들었다.

어둠 속에서 새파란 플래시가 번쩍했다. 강렬한 빛에 눈이 어두워졌다. 폴로셔츠 차림에 안경을 낀 장발 소년이 커다란 카메라를 들고 빙긋빙긋 웃고 있었다.

고등학생 나이로 보였다. 모두 노골적으로 불량한 분위기를 풍기는 데 반해 장소를 잘못 찾은 오타쿠처럼 보였다.

내가 낯설어하는 것도 상관하지 않고 렌즈를 들여다보며 열심히 셔터를 눌렀다.

"뭘⋯⋯."

"기, 기념 사진이야."

당혹스러워하는 나를 향해 그는 무작정 플래시를 터뜨렸다.

"고마워."

소년은 웃어 보이려 했을까, 입 끝을 비틀더니 어둠 속에 묻혀 버렸다.

"세오카, 이쪽으로."

엔도가 주차장 구석에서 퉁명스럽게 불렀다. 짜증스럽다는 듯 턱으로 지시를 내린다. 적의조차 느껴지는 엔도의 태도가 풀어져 가던 내 마음을 다시 조였다.

스쿠터가 바로 옆을 지나갔다. 목에 걸린 카메라를 보고 아까 그 소년임을 알았다. 스쿠터는 호텔 출구로 달려가 버렸다. 카메라와 함께 내 혼까지 가져가 버리는 것 같아 왠지 기분이 울적해졌다.

사람들 사이를 빠져나가 지하로 이어지는 안쪽으로 들어갔다. 사람이 조금 줄어들자 그만큼 밤의 냉기도 짙어진 느낌이 들었다. 음악 소리도 입구보다 낮아졌다. 갈색 머리 남자가 내게 등을 돌리고 섰다. 하얀 셔츠에 교복 바지. 형형색색의 소년 소녀들 사이에서 이질적으로 보였다. 그가 무나가타라는 걸 알 수 있었다.

그는 두 손으로 뭔가를 끌어안고 벽 쪽을 향해 섰다. 벽에 걸린 나무 표적에 굵은 못 몇 개가 꽂혀 있었다. 가까이 다가가 그가 든 것이 대형 석궁이라는 것을 확인하는 순간 가슴이 철렁했다. 슛! 현이 풀어지는 소리와 함께 날아간 화살이 과녁을 벗어나 콘크리트 벽에서 튀어 올랐다.

그 주변에는 테이블과 의자가 몇 개 있고 술병이나 담배를 든 패거리들이 앉거나 기댄 채 화살의 꼬리를 멍한 눈길로 바라보았다.

"잘 왔어. 기다렸어."

무나가타가 화살 몇 개를 쏘고 입을 열었다.

"여기 마음에 들어?"

그는 책상 위에 놓인 뭔가를 향해 손을 뻗었다. 그 뭔가를 입에 머금고 라이터 불을 댔다. 입에 문 것이 철제 파이프라는 것을 알 수 있었다. 파이프 끝에서 연기가 피어오르고 그는 아주 자연스럽게 연기를 빨아들였다. 실내가 풀 태우는 냄새로 가득 찼다.

"샐비어 잎. 별것도 아냐. 몸이 흔들거리거나 눈이 따끔따끔할 뿐이야. 해 봐. 야구부였다니까 담배 정도는 피워 봤을 테지?"

무나가타는 파이프를 물고 다시 라이터 불을 댔다. 가득 담긴 샐비어 잎이 타오르고 그는 연기를 한 번 빨아들였다 내뿜으며 나에게 건네주었다. 그것을 받아 들고 빨아들였다.

매콤한 연기가 목을 자극하는 바람에 기침이 나왔다. 그와 패거리들 사이에서 웃음소리가 터졌다.

"좋지, 여기?"

"후지시마는 여기 없어?"

"후지시마? 여기 후지시마라는 애 있었어?"

무나가타가 주변을 휙 둘러보고는 어깨를 으쓱했다.

"농담이야. 뭘 그리 무서워하고 그래. 곧 올 거야."

"정말?"

"그 애한테 꽤 빠진 모양이네."

"......"

"아주 감격적이네 이거."

엔도가 의자에 기댄 채 과장된 몸짓으로 웃더니 나를 노려보았다.

"빨리 포기하고 돌아가. 제 주제도 모르는 놈. 거기까지 가면 아주 볼만하겠어."

놀라울 만큼 뜨거운 감정이 솟구쳐 올랐다. 엔도를 바라보았다. 노려보았다고 하는 편이 옳을지도 모른다.

"오호."

무나가타가 슬쩍 눈을 떴다.

"나는......"

"괜찮아. 충고한다고 간단히 꼬리 내릴 정도였다면 애당초 여기 오지도 않았을 거야, 그렇지?"

엔도가 들고 있던 맥주병을 내게 던졌다. 병이 내 발 아래서 깨지며 갈색 파편이 콘크리트 바닥에 흩어졌다.

"기분 나빠, 너. 학교에서 두들겨 맞기만 하던 벌레 같은 놈 주제에 어딜 함부로 째려보고 그래."

"입 좀 닥쳐."

무나가타가 나무라는 듯한 눈길로 엔도를 바라보았다. 웅성거림이 멈추고 늘어졌던 공기가 팽팽하게 긴장하는 것 같았다. 엔도는 기죽은 표정으로 입술을 바르르 떨며 고개를 떨구었다. 머리에 찬물을 끼얹은 기분이었다.

그는 나에게 웃어 보였다.

"나 그런 거 정말 좋아해. 뒤를 밀어 주고 싶은 심정이야. 그 애에 대해 알고 싶어서 왔지? 오늘은."

"후지시마는 역시 여기 멤버야?"

"멤버? 멤버 말이지. 그런 식으로 하나하나 사람을 묶어 놓는 거별로 기분 좋은 일 아니거든."

무나가타는 쓴웃음을 지워 버리고 싶은지 연기를 코로 뿜어냈다.

"그러나 후지시마라면 확실히 말해 줄 수 있어. 그 애 자신이어떻게 생각하는지는 모르겠지만 말이야. 우리의 아주 멋진 멤버지."

나는 적지 않은 충격을 받았다. 그녀를 멤버라고 부르다니, 지금까지 상상도 못 한 일이었다. 그녀는 늘 혼자였다. 많은 사람들에게 둘러싸여 있는 모습은 여태 단 한 번도 보지 못했고 상상도할 수 없었다.

"하지만 그 애랑 했다는 이야기는 들어 보지 못했어. 누구 그 녀석이랑 한 놈 있어?"

그가 주변을 둘러보며 묻자 여기저기서 천박한 웃음소리가 터저 나왔다.

　기도하는 심정으로 주변을 둘러보았다. 대놓고 말하는 놈이나 고개를 끄덕이는 놈은 없었지만 개중에는 그럴듯한 표정을 짓는 경우도 있어 내 마음을 갈가리 찢어 놓았다.

　"봐."

　무나가타가 어깨를 으쓱했다. 어딘지 모르게 그녀가 자주 보이는 몸짓하고 닮은 것 같았다.

　"그렇지만 그 애를 쫓아다니는 짓은 그만두는 게 좋아."

　"왜?"

　"그건 말이야……."

　무나가타는 허공을 노려보았다.

　"왜?"

　"위협하려는 말은 아니고 말이야."

　무나가타는 팔짱을 끼고 물었다.

　"너 아포칼립스에 대해 뭘 알아?"

　"나는……."

　"그냥 들어. 폭력? 누가 누구를 처리했다든지, 엉망으로 만들었다든지, 협박을 했다든지, 싸워서 이겼다든지 따위 소문이지?"

　"그렇긴 해."

　"그거 아주 건강하지 않아? 소문 그대로라면 우리는 사소하지만 영웅이기도 하고 괴물이기도 해."

　주변에 있던 패거리들이 기성을 지르고 휘파람을 불었다.

　장발 남자가 끼어들었다.

"괴물이란 말이지. 좋네, 그거. 괴물이라 불리면 아주 좋겠어."

드레드헤어도 한마디 거들었다.

"프로레슬러 같잖아. 스스로 살아 있는 전설이라고 부르던 놈이 있었잖아. 미국 프로레슬러인데, 몰라?"

오케스트라를 앞에 둔 지휘자처럼 무나가타는 주위를 휙 둘러보면서 설명했다.

"사실은 그 반대야. 우리는 뭔가가 부족한 존재들이야. 그것도 아주 많이. 이 세상에서 살아가기 위해 필요한 것을 어딘가에 내팽개치고 온 놈들뿐이지. 아포칼립스란 건 이런 거야. 멍청하고 약한 놈들끼리 모여 서로 상처를 핥아 주는 데 지나지 않아. 잘 보면 알 수 있잖아?"

그 물음 앞에서 나는 애매모호한 표정을 지을 수밖에 없었다.

"이거 정말 힘들지 않아, 무나가타?"

"너무 심해, 그거."

비꼼 섞인 대사와 손가락질. 한편으로는 자못 유쾌한 농담이라도 들었다는 듯한 웃음소리.

"잘 알지. 우리는 약하니까."

"대우 좀 받고 싶어. 노인처럼 말이야."

무나가타가 손뼉을 쳤다.

"그래서 후지시마 가나코 이야긴데, 사실 우리도 그 애를 잘 몰라."

내 입에서 생각지도 못한 큰 소리가 터져 나왔다.

"나를 어떤 식으로 생각해도 좋아. 그냥 더 많이 알고 싶어. 더 알고 싶다고. 그게 왜 안 된다는 거야?"

"안 된다고 한 적은 없는데."

"가르쳐 줘. 왜 그 애가 너희하고 같이 있는 건지. 그 애는 여기서 도대체 뭘 하려는 거야?"

주위에서 조소가 쏟아졌다. 뜨거운 열정이네, 힘내, 기분 나빠 따위의 목소리들.

"그 애가 우리랑 같이 있다는 게 그렇게나 이상해?"

"그건……."

무나가타는 거드름을 피우며 말하지도 않았고 따지고 드는 태도조차 보이지 않았다. 냉정하게 내뱉은 한마디 한마디가 어딘지 모르게 철학적으로 들리기조차 했지만, 나는 왠지 협박을 당하는 기분에 휩싸였다.

"그 애를 알고 싶다면 그 착각부터 바로잡아. 그 애가 쓰레기통 속의 고고한 학처럼 보일 테지? 아주 그럴듯한 사연을 감추고 있는 것 같아 보이지?"

나는 천천히 고개를 끄덕였다.

"좋은 놈이야, 넌. 솔직한 데다 담력도 대단해."

"……."

"애석하게도 아무런 이유도 사연도 없어. 그것이 대답이야. 후지시마는 우리랑 하나도 다를 게 없어. 그 애 역시 뭔가가 부족한 거야. 그래서 여기 모여 우리랑 손을 잡는 거지."

주차장을 가득 메운 열기가 산의 냉기조차도 쫓아내 버릴 것 같았다. 나는 더는 참지 못하고 손에 든 맥주병을 나발 불었다.

"납득이 안 간다는 표정이네."

"그래서 나더러 그만두라는 말이야?"

"아니, 가까이 다가가고 싶으면 좋을 대로 다가가면 돼. 이건 조언도 아니고 협박도 아냐. 그냥 잠꼬대 같은 거야. 하지만 가나코는 아주 커. 우리보다 더. 뚫린 구멍이 너무 깊고 커서 주위 사람을 모두 휘감아 버리지. 내 말 뜻 알아?"

나는 강하게 고개를 저었다. 도무지 모를 말이었다. 도대체 의미를 알 수 없는 무나가타의 말에 짜증이 나려고 했다.

"역시 모르겠어. 못 알아듣겠어."

"알게 될 거야. 오늘 밤 바로."

무나가타가 떼를 쓰는 아이를 달래는 아버지처럼 대답했다.

"가나코는 언제 와?"

"금방 올 거야. 못 기다리겠어?"

맥주병 몇 개를 끌어안고 예의 금발 남자가 나타났다. 비틀걸음으로 다가와서는 맥주병을 흔들기도 하고 하나씩 나눠 주기도 했다. 나에게도 금이빨을 드러내 보이며 아직 다 마시지도 않았는데 새 병을 건네주었다.

무나가타가 병을 들고 권했다.

"마셔. 그 애는 마시는 놈을 좋아해. 기억나는 거 있지?"

나는 그들을 둘러보면서 단숨에 나발을 불었다.

결국 왜 내가 이런 장소에 있는지, 왜 그녀가 나를 불렀는지, 의문만 물거품처럼 부풀어 오를 뿐이었다. 입을 다시고 다시 한모금. 그 심정을 말로 전해 봤자 제대로 된 답이 돌아올 것 같지 않았다.

술기운 탓인지 뒷목을 납으로 누르는 듯한 압박감과 후끈한 열기가 느껴졌다. 차가운 맥주보다 그냥 냉수를 들이켜서 술기운을 물리치고 싶었다. 적어도 그녀가 나타나기 전까지는 제정신을 유지해야 한다고 생각했다.

그때까지 입을 다물고 있던 엔도가 카드를 꺼내 마치 빗자루로 쓸듯이 테이블을 치웠다. 정체 모를 하얀 분말을 카드로 긁어모은다. 어딘지 모르게 절박한 표정을 지으며 짧게 자른 스트로를 코에 갖다 댔다.

눈을 위로 치켜뜨며 나를 째려본다. 술기운 탓인지 부끄러워서인지 얼굴을 붉게 물들인 채. 봐서는 안 될 걸 보아 버린 기분이었다.

무나가타가 말했다.

"약은 처음 보지?"

"엉? 아……."

"그렇게 놀라지 마. 뭣하면 너도 한번 해 봐."

"난……."

엔도가 스트로 끝을 분말 더미 끝에 대더니 소리 내어 빨아들였다. 몇 번 기침을 할 때마다 하얀 가루가 연기처럼 가늘게 흩어졌다.

"시발."

엔도는 카드로 가루를 긁어모아서 다시 코로 빨아들였다. 너무도 사악하고 천박하게 보였다.

엔도가 빨갛게 젖은 눈으로 나를 올려다보았다. 또 무슨 욕이라도 퍼부을 듯이 보였지만 그냥 입술을 떨기만 할 뿐 아무 말도 하지 않았다. 코 주변에 묻은 가루를 손가락에 몇 번 묻히더니 주변 시선은 아랑곳하지 않고 그 손가락으로 잇몸을 문질렀다.

무나가타가 그녀의 어깨에 손을 올렸다.

"이 애가 싫어?"

"아니……."

"다시 한번 말하겠는데 너도 하고 싶으면 해. 그러면 가나코한 테 다가갈 수 있을 테니까."

무나가타는 호주머니에서 조그만 비닐봉지를 꺼냈다. 방금 엔도가 빨아들인 약물인 듯한 투명한 알약이 들어 있었다.

"가나코도 죽어라 이걸 했어. 암페타민 화합물. 일명 스피드라는 놈이야."

무나가타가 그 작은 봉지를 던지자 발 아래 떨어졌다. 나는 주저하다가 주워 들었다. 배설물을 집어 든 기분이었다.

"후지시마가 이걸?"

"말했잖아? 그 애는 누구보다 약하다고. 부족한 것을 메우기 위해서 열심히 했다고."

"괜찮아. 이런 거 하려고 온 건 아니니까."

무나가타가 맥주병을 들며 손뼉을 쳤다.

"그럴 줄 알았어."

"나를 여기서 쫓아낼 거야?"

하나같이 무나가타의 눈치를 살피는 것 같아 보였다. 다시 말해 그가 보스이고 손가락 하나만 까딱해도 나 따위는 가볍게 처리될 수 있음을 늦게나마 깨달았다. 머리가 빙글빙글 도는 가운데서도.

"아냐. 충분히 알았을 거야. 우리는 너를 환영해. 대접해 주고 싶어. 후지시마한테 부탁도 받았고 말이야."

"후지시마가?"

"넌 아주 소중한 손님이야. 너를 맞이하려고 이런저런 준비도 했지. 이 스피드도 그래. 억지로 하라는 말은 안 해. 단지 술 마시고 취하는 거나 스피드 가루를 들이켜는 거나 별다를 게 없다는 것만 알아 둬."

"그렇지만 난 못 하겠어."

"안다니까 그러네. 그러니까 다른 약을 마련했지. 마음에 들면 좋겠는데."

"다른 약?"

"아마 마음에 들걸, 반드시!"

엔도가 갑자기 외쳤다. 아까와는 완전히 달라진 표정으로 빙긋빙긋 웃으면서. 주변 아이들이 승리의 함성을 지르듯이 외쳤다.

"이예에!"

"좋았어!"

어깨까지 머리카락을 기른 남자와 드레드헤어가 의자에서 일어섰다. 그리고 주차장에 대 놓은 승용차로 달려갔다.

승용차 문을 열자 누군가 짧게 비명을 질렀고, 이윽고 어린애가 흐느끼는 듯한 소리가 들렸다. 장발과 드레드헤어가 소리의 주인공을 끌어냈다. 두 사람은 아무 말 없이 차 안에서 나오려 하지 않는 누군가를 주먹으로 치고 발로 짓밟고 해서 억지로 끌어냈다.

누구지? 끌려 나온 소년은 얼굴이 무참하게 부어오르고 눈 주위가 시커멓게 변했다. 피를 흘렸는지 이마에는 용암 같은 딱지가 달라붙었다. 입술은 내출혈을 일으켜 풍선처럼 부풀어 올랐다.

이윽고 그 아이가 시마즈라는 것을 알고 나는 멍하니 멈춰 서고 말았다.

"이건."

시마즈는 두 남자에게 멱살을 잡힌 채 얼굴을 마구 구기면서 엉거주춤 섰다. 침과 눈물이 범벅된 얼굴로. 제대로 말도 못 했다.

"도대체 무슨……."

무나가타가 미소 지었다. 요염할 정도로 아름다운 미소였다.

"마음에 들었어?"

"저 애한테 무슨 짓을 한 거야!"

무나가타는 책상 위의 석궁을 집어 들고 내게 내밀었다. 두 사람이 시마즈를 콘크리트 바닥에 내동댕이쳤다. 놈은 몸을 떨면서 살려 달라는 듯 애절한 눈길로 나를 바라보았다.

엔도가 일어서서 책상 위의 화살을 들고 다가온다. 뻣뻣하게 굳어 버린 나에게 키스라도 하려는 듯이 얼굴을 들이대더니 석궁에 화살을 장전하게 했다.

"사람 되게 귀찮게 하네."

무나가타가 말했다.

"걱정할 것 없어. 팔을 못 쓰게 해 두었으니까."

"그런……."

나는 맥없이 축 늘어진 시마즈의 오른팔을 보았다. 뼈가 부러졌는지도 모른다. 팔꿈치 관절이 이상하리만치 부어오르고 붉게 물들었다.

"이 자식이 너를 아주 지독하게 괴롭혔지. 이야기는 들었어. 집요하게 너를 따라다니며 괴롭혔다고 말이야. 신발을 찢어 놓기도 하고 옥상에 감금하기도 하고."

나는 시마즈의 오른팔을 보았다. 설령 뼈가 부러지지 않았다 하더라도 도저히 야구를 할 상태가 아니었다. 하물며 대회는 물 건너간 일이었다.

속이 쓰리고 아팠다. 마치 내가 그 처참한 폭력의 소용돌이 속에 휘말려 들기라도 한 것처럼. 우리는 목이 쉬어 터질 때까지, 땀이 소금으로 변할 때까지, 어깨나 허리가 아파서 일어서기도 힘들 때까지 함께 운동장에서 굴렀다. 누구에게도 지고 싶지 않다는 오로지 한마음으로 고뇌하고 초조해하면서 엄청난 시간을 들여 신체를 갈고닦았다. 그 모든 것이 물거품이 되고 말았다. 놈의 절망이 나에게 흘러들어 숨이 막혔다.

"음침한 새끼. 우리도 정말 쓰레기지만 이 자식도 시체만큼 썩었어. 분노에 그냥 몸을 맡겨 봐. 이런 놈은 사라지는 게 좋아. 없어져도 아무 상관 없어."

"시마즈……."

어둠에 감싸인 장소였지만 시마즈의 눈이 공포와 충격에 젖어 있다는 것을 알았다. 거북처럼 목을 움츠리고 광기와 공포에 휩싸여 턱을 달달 떨었다.

놈들 가운데 하나가 축구공이라도 차는 기세로 발을 치켜들었다가 시늉만 하고는 웃었다. 지금의 시마즈에게는 충분히 효과가 있는 동작이었다. 놈은 짧게 비명을 지르며 바닥을 기어 도망치려했다. 팔을 자유롭게 움직이지 못하는 탓인지 균형을 잃고 콘크리트 바닥에 어깨를 찧고 말았다.

"아아, 아아."

시마즈는 서글픈 비명을 지르며 굴렀다. 웃음소리가 터져 나왔다.

나도 모르게 눈길을 돌렸다. 나와 모든 것을 걸고 경쟁했던 사내라고 생각하기 싫었다. 신랄하면서 뱀처럼 집요하고 고집스러웠다. 내가 아는 시마즈는 최악으로 터프한 인간이 아닌가.

"최고의 약이야, 이게. 마음대로 쏘면 돼."

"이건 정말……."

그의 말투는 매우 상냥하고 달콤했다. 나는 무나가타를 쳐다보았다. 티끌 하나 없어 보이는 웃음. 내 얼굴에서 표정이 사라지는 것을 느꼈다.

엔도가 징그럽게 웃어 댄다.

"아, 부러워! 최고로 하이 상태가 될 수 있을 거야. 틀림없어."

"어떤 약도 이것하고는 비교가 안 돼. 너를 위해서 조제된 너만의 약이지."

나는 고개를 저었다. 취기가 올랐는지 머릿속에 솜을 쑤셔 넣은 것처럼 의식이 흐릿해졌다.

"안 돼, 이런 건 안 돼."

"넌 마음 가는 대로 할 수 있어. 우리한테는 힘이 있어. 이런 놈 한 마리 사라진들 아무렇지도 않을 만큼. 쏘고 싶은 곳을 쏴. 큰 위력이 있는 것도 아냐. 머리에 쏜다 한들 겨우 뼈를 꿰뚫을 정도밖에 안 돼. 물론 화살은 뇌 속에 박히겠지만 애석하게도 놈는 통각이란 놈이 없어. 조금은 재미있는 구경거리가 되겠지. 어느 원시 부족의 액세서리처럼 화살이 박힌 채 장식될 거야. 그거 보고 싶지 않아?"

"난 못 해."

"아니 넌 해. 하고 싶어 미칠 지경일 거야."

"나는."

"누구도 겁낼 필요 없어. 오로지 너만 정당해. 이런 개좆같은 놈이 너한테 무슨 짓을 하려 했는지 기억을 떠올려 봐."

나는 놈을 내려다보았다. 완전히 겁을 집어먹고 아이들이 소리를 지를 때마다, 발을 구를 때마다, 병이 깨질 때마다 머리를 감쌌다.

누군가가 불꽃을 터뜨렸는지 눈부신 초록색과 붉은색 빛이 주차장을 요사하게 물들였다.

"살려 줘, 제발 살려 줘, 세오카……."

"나이프로 협박한 주제에 살려 달라고? 그렇게 굴욕을 줘 놓고 봐 달라고? 조심해. 다음에 만날 때는 뒤에서 널 찌를 거야."

나는 석궁을 집어 들었다. 무나가타는 내 마음 깊은 곳에 잠든 어둠을 대변했다. 시마즈와 지낸 날들이 하나하나 떠오르고, 그때마다 칙칙한 감정이 모든 것을 지배하기 시작했다. 한솥밥을 먹은 사람끼리 나눈 우정 같은 것이 아니라 경쟁의 끝에서 느낀 증오와 굴욕과 질투 같은 진흙탕 감정일 뿐이었다.

"어이, 이 자식이 아직 더러워 보여?"

무나가타가 시마즈에게 물었다. 놈은 모르겠다는 표정을 지었다. 곁에 있던 장발 남자가 험악한 기운을 흩뿌리며 배를 걷어찼다.

"어서 말을 해, 시발놈아."

시마즈는 몸을 둥그렇게 만 채 바닥에 토했다.

"어이, 이 자식이 아직 더러워? 대답해."

"이제, 이제 나는…… 제발 부탁이야. 병원에 데려다…… 제발 부탁합니다."

일당은 아주 재미있는 농담을 들었다는 듯 배를 움켜잡고 웃었다.

"난 네가 싫었어."

화살 끝을 시마즈에게 돌렸다. 놈이 비명을 지르고 얼굴을 감싼다. 석궁을 겨냥하는 나에게서 눈길을 돌리려고 한다. 방아쇠에 손가락을 걸면서 말했다.

"쳐다보는 것도 싫었어. 징그럽고 죽여 버리고 싶고 그랬어. 넌 쓰레기야. 늘 나를 감시하고 나쁜 소문을 뿌리고 다녔지. 정의의 가면을 쓰고 말이야."

"세오카……"

"나는 한계에 달했어. 그 옥상에서 죽을 생각까지 했더랬어. 넌 나를 죽이려고 했어. 정말 믿을 수가 없어."

"맞아, 화살을 박아 넣어!"

지금까지 줄곧 조용한 어투로 말하던 무나가타가 갑자기 열을 올리며 외쳤다.

"나를 쏘지 마."

배를 찼던 장발 남자가 뒤에서 놈의 목덜미를 잡고 끌었다.

"눈알! 눈알!"

"한방에 죽이면 안 돼."

여기저기서 목소리가 터져 나왔다. 모두가 우리 주변으로 모여들어 사태를 지켜보고 있었다. 흥분한 듯 매혹당한 듯 하나같이 목소리를 높여 가며 절규했다.

무나가타가 큰 소리로 명령했다.

"쏴! 우리 명령을 거부한 그 새끼를 죽여 버려. 혼돈의 일원이 되는 거야!"

"그만둬. 쏘지 마. 싫어!"

시마즈 곁으로 몇몇이 다가가더니 놈의 팔다리를 잡았다. 놈은 마치 십자가에 매달린 죄인 같기도 하고 좀비에게 습격당한 희생자 같기도 했다.

차에서 귀청을 울리는 음악이 울려 퍼졌다. 심장의 고동 같은 낮은 힙합 리듬. 마치 주문을 외는 듯한 흑인 라이밍. 술에 절어 멍한 머리에 그 리듬이 음침한 호소력으로 다가왔다.

"해! 후지시마도 그걸 원해."

무나가타의 목소리와 주변에서 솟구치는 노호나 절규에 둘러싸였다. 나에게서 사고력을 빼앗아 가려 한다. 그녀가 그것을 바란다.

나는 몸을 돌렸다. 석궁을 시마즈에게서 무나가타한테 틀었다. 부풀어 올랐던 열기가 순간 얼어붙었다. 모두 어이가 없다는 표정을 지었다.

"꼼짝 마!"

오로지 무나가타만 냉랭한 눈길로 석궁을 응시했다. 자신이 표적이 되었는데도.

"무슨 짓이야, 시발놈아!"

"머리가 돌아 버린 거 아냐!"

이윽고 얼어붙은 공기가 녹아내리더니 불타는 노기가 나를 향했다. 석궁을 든 두 손이 떨렸다.

무나가타의 손이 호주머니 쪽으로 미끄러졌다. 나는 석궁을 다시 조준했다.

"부탁이야. 움직이지 말아 줘."

그가 꺼낸 것은 담뱃갑이었다. 담배를 빼물고 불을 붙인다. 주변에서 찰칵, 하는 소리가 들렸다. 누군가 나이프의 칼날을 펼친 것이다.

나는 그냥 평범한 중학생에 지나지 않았다. 적어도 이런 피 냄새 나는 장소와는 인연이 없었다. 그런데…… 다리에서 힘이 빠지고 콘크리트 바닥이 녹아내리는 것 같다. 솟구치는 후회가 가슴을 갈가리 찢어 놓았다.

무나가타가 연기를 뿜어내며 머리를 긁었다.

"애석하네."

"우리를 풀어 줘!"

"넌 말이야, 조금만 있었으면 충족되었을 텐데. 부족한 부분을 멋지게 메울 수 있었을 텐데 말이야."

갑자기 의식이 아득해질 것만 같은 잠이 엄습했다. 이런 말도 안 되는 상황에서. 내 몸의 상태를 의심하면서 머리를 흔들어 억지로 의식을 붙들었다.

"이놈은 어떡해?"

장발 남자가 시마즈 목에 나이프를 댔다.

"그만둬!"

무나가타가 명령했다.

"글쎄."

"그만둬! 쏠 거야!"

무나가타는 일그러진 달처럼 입을 비틀며 웃었다. 너무도 음침해서 가슴이 불에 댄 듯 아팠다.

"좋아, 쏴. 네가 그렇게 나오는 건 정말 애석하지만 즐겁기도 해. 사람 지겹게 하지 마."

그가 시마즈의 팔다리를 잡은 아이들에게 물러나라고 했다.

"거기서 비켜 서."

장발 남자가 떨어지면서 으르렁댔다.

"실컷 까불어 봐. 너 죽었어, 이제."

명확하게 들은 말은 그것뿐이다. 다른 놈들도 뭔가 한마디씩 내뱉었다. 알아들을 수 없었다. 저주나 협박이었을 것이다. 발 아래 시마즈가 매달리는 듯한 눈으로 나를 올려다보았다. 어처구니없을 만큼 자기중심적인 놈이라는 생각이 들었다. 너무 무서워서 아

까부터 입도 제대로 다물지 못하고 울어 버리고 싶은 건 나도 마
찬가지였다.

"걸을 수 있어?"

"아아, 아아."

시마즈는 부서져 버린 태엽 인형처럼 몇 번 고개를 끄덕였다.
방아쇠에 손가락을 걸면서 다른 손으로 놈의 어깨를 잡았다.

날카로운 눈길들이 나를 노려본다. 숱한 증오심과 살의가 아플
만큼 생생하게 전해져 와 나의 작고 보잘것없는 이성을 날려 버
리려 한다.

나는 그녀에게 물었다. 도대체 왜 나를 이런 장소로 이끌고 왔
느냐고. 정말로 시마즈를 쏘게 하려고? 아니면 내가 나를 벗어던
지게 하고 싶어서?

그녀의 기대를 충족시키지는 못했다. 그녀는 실망할까. 이놈들
과 마찬가지로 적의를 뿜어낼까.

'그렇지만 내가 틀렸다고는 생각하지 않아.'

마음속으로 그녀에게 중얼거리며 천천히 일어서는 시마즈를
부축하고 석궁으로 위협했다.

"쏠 거야!"

뛰어 도망치려 하면서 생각했다. 여기가 어딘지도 모르면서 도
망칠 수는 없다. 절망적인 기분을 억지로 숨겼다.

달려 나가는 순간 시야가 빙글 돌았다. 뇌를 뒤흔드는 충격과
통증이 턱과 무릎을 치달렸다. 어느새 내 몸은 바닥을 기고 있었
다. 누군가에게 맞은 게 아니다.

스스로 바닥에 얼굴을 찧었다는 것을 아는 순간 경악하고 말았다. 손가락 끝이 떨렸다. 주변에서 비명 같은 소리가 솟구쳤다. 넘어지는 기세에 석궁에서 화살이 날아갔다. 납처럼 무거워지는 눈꺼풀을 억지로 걷어 올리고 화살이 사라진 석궁을 망연히 바라보았다.

"세오카!"

시마즈가 머리 위에서 외쳤다. 나는 일어서려고 바닥을 짚었다가 다시 쓰러지고 말았다. 다리가 마비된 듯 도무지 힘이 들어가지 않았다. 주차장 쪽에서 폭소가 터져 나왔다. 몸은 마치 혼이 빠져나간 인형 같았다. 도대체 어떻게 된 거야. 놀라는 감정조차 지워져 버렸다. 더는 아무 생각도 할 수 없었다.

"빨리, 뭘 하는 거야!"

시마즈가 내 팔을 몇 번이나 잡아끌었다. 말도 안 되게 강한 힘이 나를 질질 끌어갔다. 이윽고 몇 개의 발이 다가오고, 비명을 지르며 도망치는 시마즈의 모습이 시야 끝에 비쳤다. 나는 오로지 차가운 콘크리트 감촉만 느낄 수 있었다.

올려다보니 무나가타가 바로 곁에 서서 예의 음침한 미소를 머금었다. 그리고 금발 남자에게 물었다.

"어느 정도?"

"적당히 넣었지, 흥분제와 수면제 같은 거. 맛이 변하니까 들키지 않을까 싶어 얼마나 걱정했다고."

무나가타가 나를 내려다보고 말했다.

"어때, 좀 즐거웠어?"

"······나, 죽는 거야?"

"어떨 거 같아?"

"후지시마······."

어느새 그녀가 와 있었다.

갈색 재킷에 검은 바지 차림으로 곁에 쭈그리고 앉았다. 이런 절망적인 상황에서도 잘 어울린다고, 어둠과 싸우면서도 나는 그 모습에 매혹되고 말았다. 그녀의 어른스런 분위기에 아주 잘 어울린다고 생각했다.

이미 목소리를 내는 것조차 힘들었다. 나는 그녀에게 손을 뻗었다. 내가 한 일이 잘못된 것인가. 도대체 왜 나를.

그녀의 얼굴은 한없이 투명해서 아무것도 읽어 낼 수 없었다. 입도 다문 채였다.

"나는······."

지금 보는 것이 환영이 아닐까. 제발 그러기를 바랐다. 정말로 그녀라면 나를 아마도······. 호박색 광채. 하지만 그녀의 보석 같은 눈동자는 환영치고는 너무 아름다웠다.

울려 퍼지는 음악 속에서 휴대전화 착신음이 들렸다. 무나가타가 머리 위에서 말한다. 그사이 나는 가만히 그녀를 바라보았다. 무슨 일이 벌어져도 좋아. 그렇지만 뭔가를.

"아아, 알았어."

휴대전화를 접는 소리와 무나가타의 목소리.

"후지시마, 너의 승리야. 조는 이 자식이 마음에 든 모양이야. 난 그놈 취향을 잘 모르겠지만."

"그러니?"

기다리고 기다리던 그녀의 목소리가 들려왔다. 부탁이야, 제발 나에게······.

"그렇지 않을까 생각했지."

"형안이라고나 할까, 이런 걸. 너한테는 도저히 못 당하겠어."

무슨 말을 하는 거야. 나는 그녀에게서 눈길을 떼지 않았다. 제발 나를 좀.

뇌 속에 콜타르를 부어 넣은 듯한 감각. 마지막까지 그녀에게서 표정을 찾아낼 수 없었다.

14

놈들의 그림자에 겁먹고 가나코의 미소에 감격하며 훔치듯 잠을 잤다. 어느새 해가 떠올랐는지 작렬하는 차 안에서 눈을 떴다. 머리에 감은 붕대는 땀에 젖어 묵직하다. 시동을 걸고 에어컨으로 차 안의 열기를 식힌다. 지독한 숙취와 함께 잠에서 깬 듯이 속은 울렁거리고 머리는 아프다.

뜨거운 프라이팬 같은 아스팔트를 가로질러 북적대는 화장실에서 몇 번을 토했다. 장이 수축을 거듭하고 물 같은 변을 배설했다. 가벼운 탈수 증상을 느끼고 생수를 세 병이나 마셨다. 차 안에서 셔츠를 갈아입고 전기 면도기로 수염을 깎았다. 겨우 노숙자 꼴을 벗어던졌다. 그래도 볼이 붓고 안색은 거무스름했다.

욕지기를 느끼면서 차 안에 몸을 뉘었다. 태양이 높이 오르는 모습을 가만히 지켜보았다. 라디오가 11시를 알렸다. 얼굴과 머리에 불쾌한 열기가 가득하고 목 아래로 으스스한 오한이 일어났다.

가나코가 재촉했다. 대시보드를 열고 손가방 지퍼를 열었다. 조수석에 모두 쏟아 부었다. 가나코가 미소 지으며 봉지를 내밀었다. 나이프의 칼날로 봉지를 조심스럽게 열었다. 투명한 결정체를 파이프 안에 넣었다.

중독자의 말로를 너무도 잘 안다. 몸으로 대가를 치르는 자. 재산과 가정을 잃은 인간. 후지시마 자신이 이미 약물의 포로라 할 수 있었다. 아마도 거기에 빠져들 것이다. 그러나 지금은 그게 아니다.

아래쪽부터 라이터로 데우면서 입에 물고 빨아들였다. 쓰고 시큼한 연기가 폐를 가득 채우는데 에어컨 공기가 한층 더 차갑게 다가왔다. 금단의 열매에 손을 댄 것 같은 죄책감이 스멀스멀 기어올랐다. 바로 효과가 나타나지는 않는다. 위장이 쥐어짜듯 아프고 몸이 나른하다.

폐를 한 바퀴 돈 연기가 입에서 가느다랗게 흘러나왔다. 가나코는 미소를 지으며 그를 놓아주려 하지 않는다. 빨리 나를. 두 개째 봉지를 열어 라이터로 태운다. 변화가 일어나기를 기다린다.

세 번째 봉지를 증발시킬 즈음 늪에 빠진 듯 늘어졌던 사지가 서서히 치고 올라왔다. 머리가 맑아진다. 이 모든 것이 착각에 지나지 않을 것이다. 몇 시간 후에는 더욱더 깊은 늪이 그를 기다릴 것이다. 그러나.

마음이 수런거리고 도무지 안정되지 않는 가운데 기력이 충만

해졌다. 지금까지의 피로나 고통이 거짓말처럼 사라졌다. 땀에 젖은 시트에서 몸을 일으켰다. 마치 묘지에서 살아 돌아온 기분이었다. 딸이 가져다준 선물에 감사하지 않을 수 없었다. 주차장을 나선다. 태양과 아스팔트의 열기. 피부를 태우는 그 열기가 기분 나쁘지만은 않다.

고함이라도 지르며 치달리고 싶은 충동에 휩싸인 채 화장실로 향한다. 얼굴을 씻었다. 반드시 가나코를 만날 거야. 근거 없는 자신감이 샘처럼 솟구쳐 올라 거울에 비친 자신을 향해 미소 지어 보였다.

이와츠키 인터체인지에서 내려와 조서에 적힌 고야마 준페이의 주소지로 향했다. 앞을 지나가는 자동차의 꼬리를 몇 번이나 박을 뻔했다. 주소는 사건이 일어난 편의점 바로 앞이었다. 빨간 신호를 만나자 짜증이 마구 일어났다. 편의점 앞을 지나갔다. 아직도 부지 전체가 파란 비닐 시트로 덮여 있었다. 사건이 일어난 지 일주일도 넘게 지났다. 그러나 아득한 시간이 흐른 듯한 공허함이 떠돌았다.

자신이 벌써 차를 세웠다는 것을 깨달았다. 눈앞에는 비교적 큰 목조 주택이 우뚝 섰다. 담 안에서 손질이 잘된 나무들이 보인다. 손가락으로 벨을 눌렀다. 기둥에는 문패도 없다. 현관에 '상중'이라 적힌 종이가 붙었다. 벨에 반응이 없었다. 강렬한 초조와 짜증이 일어난다. 두 대를 댈 수 있는 주차장에 차가 없다.

아사이가 손으로 적은 듯한 전화번호가 보였다. 오랜만에 휴대전화 전원을 켜고 통화 버튼을 눌렀다. 고야마의 집에서 전화벨 울리는 소리가 난다. 수화기를 드는 기색이 없다. 잘 정돈된 화분들. 푸른 열매를 단 감나무가 있었다. 마당 안에는 향 내음이 떠돌았다. 장례식에서 사용한 듯한 국화꽃잎. 조문객들이 남겼을 무수한 발자국. 두툼한 커튼으로 가린 창을 밀어 보았다가 잠긴 것을 알고는 낙담한다.

현관에는 산악자전거. 그리고 몇 개월 치 먼지를 덮어쓴 시커먼 스쿠터가 서 있었다. 저 스쿠터. 후지시마는 잠시 바라보다가 바지 주머니를 뒤졌다. 나가노에게 건네받은 열쇠. 슬쩍 구멍에 꽂아 넣는다. 안쪽까지 매끄럽게 들어간다. 열쇠를 돌리자 핸들 록이 풀어지고 엔진이 움직이는 소리가 났다. 소리만 날 뿐 시동은 걸리지 않는다.

열쇠를 빼고 이것이 무엇을 의미하는지 생각했다. 시트 아랫부분의 구멍에 열쇠를 꽂고 헬멧 수납 공간을 열었다. 둥그런 공간 안에는 헬멧이 아니라 A4 사이즈 봉투가 들어 있었다.

꽤 두툼하다. 내용물을 확인하지 않고 거머쥔다. 정원을 가로질러 아코디언식 철책을 당기고 차 쪽으로 달렸다. 입 밖으로 아드레날린이 튀어나올 것 같은 엑스터시를 맛보았다.

시속을 50에서 60킬로미터로 올리고 브레이크를 힘껏 밟아 멈춰 선다. 타이어에서 찢어지는 소리가 나고 열어 둔 창으로 고무 타는 냄새가 스며들었다. 내가 지금 뭘 하는 거야. 천천히 국도 16호선을 타고 나아가니 육교 꼭대기에서 지평선까지 끝도 없이 이어지는 자동차 행렬이 보였다. 창을 닫은 다음 큰 소리로 비명을 질렀다. 빨리! 빨리! 몇 번이나 뒤를 돌아보며 놈들의 존재가 없는지 확인했다. 바로 뒤에 커다란 배기음과 함께 공회전을 거듭하는 시마가 섰다. 감정을 건드리고 신경을 갉아먹는 위압적인 소리였다.

운전석 문을 열고 일본도를 칼집에서 빼내 시마의 앞 유리창에 갖다 댔다. 타고 있던 중년 남녀가 기겁을 하고는 몇 번이나 머리를 조아렸다. 그 차는 얌전하게 차량 거리를 두고 달리다가 다음 교차로에서 도망치듯 오른쪽으로 꺾어 들어가 버렸다. 자신의 행위가 아무런 의미가 없다는 것을 안다. 수치와 자책이 밀려오기는 했지만, '멍청한 놈들, 죽어 버려.' 하고 속으로 외치는데 몹시 기분이 좋아졌다.

시내로 들어가 오미야역 옥상 주차장에 차를 댔다.

푸른 하늘을 바라보면서 조수석에 놓아 둔 봉투를 집어 들었다. 내용물은 미끌미끌한 인화지 다발이었다. 모두 A4 사이즈로 확대된 것이었다. 좁아터진 실내 공간을 찍은 컬러 사진이다. 천장에 카메라를 설치해서인지 모두 내려다보는 시점으로 찍은 것이었다. 초점이 흔들리지는 않았지만 그림자가 짙어서 겨우 사람 얼굴을 구별할 정도였다.

더블베드에 뚱뚱한 남자의 등과 엉덩이가 보였다. 그 아래 여자로 보이는 하얀 다리가 있었다. 여자의 목덜미를 혀로 더듬는 남자의 뒤통수가 보였다. 여자는 울적한 눈길로 엉뚱한 곳을 바라본다. 갈색 머리카락과 까무잡잡한 피부, 푸른 마스카라. 짙은 화장이 나이를 가늠할 수 없게 한다. 그래도 스무 살은 되지 않았을 것 같다.

사진을 넘겼다. 방구석 쪽에서 찍은 것으로 선정적인 장면들이었다. 침대에는 잘 다듬은 머리카락을 어깨까지 늘어뜨린 소녀가 있었다. 무스로 머리카락을 세운 젊은 남자가 핑크색 기구를 음부에 삽입하려 한다. 세 장째도 같은 각도에서 찍은 것이었다. 자신도 모르게 손으로 입을 가렸다. 머리가 하얗게 세고 등뼈가 불거진 전라의 노인이 바닥에 무릎을 꿇고 허리께에 닿을까 말까 한 소녀의 사타구니에 얼굴을 묻었다.

사진을 하나하나 넘겼다. 모두 남녀의 정사 장면을 찍은 것이었다. 남자는 대체로 나이가 있었다. 그들이 안은 상대는 딸이나 손녀 뻘 되는 소녀들이었다. 어리다고 해야 할까. 일곱 장까지 손으로 입을 가리며 보았다. 기름기가 잔뜩 밴 몸으로 가느다란 소년을 뒤에서 끌어안은 모습도 보였다. 다음 사진에서는 살 오른 남자가 자신의 음경을 잡은 채 웃고 있었다.

그리고 그 아이를 발견했다. 오렌지색 머리의 나가노가 땡땡하게 살찐 중년 남자와 얽혔다. 남자의 가슴팍에 짓눌려 찌부러진 나가노의 자그만 가슴, 정강이 사이로 엿보이는 매끈한 허벅지. 거기에 욕망을 일으키는 자신에게 혐오감을 느꼈다. 나가노를 올라탄 남자의 얼굴을 보았다. 조명이 어두운 데다 입자가 거칠어 얼굴을 확인할 수 없었다. 뚫어질 듯 바라보았다. 사진에 나타난 남자 몇은 안면이 있었다. 씨파. 정체까지는 기억나지 않는다. 소년소녀가 두 손을 뒤로 묶인 채 침대에 꼬꾸라져 있다. 어린애 같은 소녀가 울먹이는 표정으로 음부를 드러낸다. 욕지기가 올라왔지만 사타구니 사이가 딱딱하게 솟구쳤다. 혈관 속을 흐르는 각성제 탓으로 돌리고 싶었다.

모두 다 살펴본 다음 눈을 감았다. 사진의 풍경, 그 방을 돌이켜 생각해 본다. 크림색 벽지, 침대와 나이트 테이블 그리고 간편한 응접 세트. 전형적인 비즈니스 호텔이나 시티 호텔처럼 보였다. 어딘지는 모른다. 사진을 다시 봉투에 집어넣고 생수를 머리에 끼얹었다.

역 옥상에서 역 구내매점까지 몇 번이나 뒤를 돌아보며 걸었다. 미행하는 자는 없었다. 사람들 틈에 섞여 들어 뭐라고 혼자 중얼거리는 자신을 느꼈다. 그런 그를 두렵게 엿보는 차가운 시선들이 느껴졌다. 걷는 것이 너무 느린 것 같아 역구내에 이를 즈음에는 뛰다시피 했다. 목이 까칠까칠 메말랐지만 맥주를 마시고 싶지는 않았다. 생수를 한 아름 사들고 휴대전화를 만졌다. 착신 이력이 20건. 전화를 걸었다.

"아사이입니다."

"어디 있어?"

"지금은."

"지난번 패밀리 레스토랑에서 30분 후."

"잠깐만요."

전화를 끊었다. 피가 끓어오르는 소리가 들렸다. 오전의 고통은 거짓말처럼 사라지고 기분이 상쾌했다. 두려움도 울적함도 없었

다. 오미야역 서쪽 출구로 나섰다. 마츠시다와 나가노를 만난 것
도 이 부근이다. 등을 돌리고 걸어가는 나가노의 팔을 잡았다. 겁
먹은 눈으로 뒤를 돌아보았다.

"뭐, 뭐예요?"

빨간 머리 여자가 변태라도 본 듯한 표정으로 외쳤다. 나가노와
닮은 것 같기도 했다. 얼토당토않게 제멋대로 낙담하다가 갑자기
솟구치는 분노에 외쳤다.

"씨파!"

잡은 팔을 거칠게 놓아 버렸다. 승용차를 타고 오나리초 패밀리
레스토랑으로 향했다. 아사이에게 전화한 지도 벌써 35분이나 지
났다. 운전하면서 휴대전화를 만졌다.

"레스토랑에서 나와 앞에 서 있어. 태울 테니까."

전화를 끊고 조수석으로 집어던졌다. 휴대전화가 진동하기 시
작했지만 받지 않았다. 아사이를 레스토랑 앞에서 태웠다.

라디오 음량을 줄였다. 둘 다 입을 다문 채였다. 미야하라역 입
구를 지나 편도 3차선 신오미야 우회로를 탔다. 입체교차로에서
우회전하여 식료품 도매 시장과 청과물 시장이 있는 유통 단지로
들어갔다. 백미러로 몇 번 살펴보고 미행이 없는지 확인했다. 사
람이 오가지 않는 수산물 도매 시장 가까운 곳에 차를 댔다. 창을
조금 열었다. 비릿한 냄새와 함께 바다 내음이 흘러들었다. 후지
시마는 좌석 사이에 끼워 놓은 시트나이프를 빼냈다. 그걸 전 부
하의 목에 들이댔다.

"이거 무슨 짓입니까?"

"봐, 누구야?"

비닐봉지를 열고 사진을 꺼내서 아사이에게 건네주었다. 나가노 위에 올라탄 안경 낀 남자를 가리켰다. 아사이는 인화지로 눈길을 돌렸다. 표정의 변화는 없었지만 볼이 빨갛게 물드는 것을 알 수 있었다. 입가에 손바닥을 대면서 가만히 직시했다.

"이건."

"누구야? 본 적 있는 얼굴인데."

아사이는 생각에 몰두하는 듯 몇 번이나 고개를 끄덕였다.

"어이."

"노다입니다. 아마도."

"노다?"

"노다 카즈마사하고 많이 닮았습니다."

사진을 낚아채어 다시 한번 보았다. 두꺼워 보이는 피부와 굵은 팔이 자그만 나가노의 몸을 덮었다. 성행위에 열중하는 남자의 얼굴과 거리에 넘쳐나는 광고 포스터의 얼굴을 비교해 보았다. 노다는 우라와 지역의 시의원이다. 후지시마는 그 정도의 지식밖에 없었다.

"이 자식이 놈들에게 시킨 거야?"

"모릅니다. 노다는 원래 민사 전문 변호사로 좌익계 정당의 비례대표 의원입니다. 현 경찰하고 선이 닿았을 것 같지는 않아요."

"그럼 어느 자식이 놈들을 부렸다는 거야?"

"사진이 더 있습니까?"

봉투를 던졌다. 아사이는 흥분한 표정으로 받아 들고 내용물을 꺼냈다. 두툼한 인화지 뭉치를 무릎에 올려놓았다. 아사이는 말없이 이마의 땀을 닦으면서 한 장 한 장 살펴보았다. 이윽고 허공을 노려보면서 그 한 장을 후지시마에게 건네주었다. 어린 소녀의 사타구니를 애무하는 등골이 드러난 노인. 숱이 적은 하얀 머리카락 사이로 드러난 두피가 추악한 장면을 더욱 추악하게 만들어 놓는다. 얼굴은 반밖에 보이지 않았다.

"누구야?"

"가키자키입니다. 가키자키 다케노리. 시 상공회의소 부회장입니다. 요노의 공업 회사 사장이고요."

사진으로 눈길을 옮겼다. 얼굴을 찌푸리지 않을 수 없다. 보는 사람을 불쾌하게 만드는 악취미적인 예술품처럼.

"틀림없지?"

"확신은 못 하지만요."

아사이는 다른 한 장을 또 내밀었다. 세일러복을 입은 중년 남자였다. 그 모습이 너무 우스꽝스러웠지만 웃을 수 없었다. 숱이 많이 빠진 뒤통수와 옆얼굴이 보인다.

"모르겠어요?"

후지시마는 고개를 저었다.

"가스카베경찰서 미우라 경부입니다. 경무 쪽의."

"가스카베경찰서, 미우라……."

머리가 뜨겁다. 몸에는 힘이 넘쳐나지만 아직도 탈수 증상은 계속된다. 열기를 띤 뇌가 환각을 일으킨다. 사타구니를 벌린 가나코를 남자 몇이 애무하고 살갗을 혀로 핥고 성기를 입에 들이댄다.

도저히 용납할 수 없는 영상에 욕지기가 올라왔다.

"왜?"

컵홀더에 놓인 생수병을 들고 마신다. 천박하게 딸꾹질을 한다.

"무슨 이유로. 그냥 딸의 행방을 찾고 있을 뿐이야. 이런 변태 자식들의 비밀을 폭로하기 위해서가 아니야."

"어지간한 마당발이 아니고서는 이 정도 인물들을 이렇게 하나로 엮을 수 없지요."

"이시마루 조직인가?"

"놈들의 손에 놀아나는 경찰이 있다 한들 사실 조금도 이상하지 않아요."

긴 한숨을 몰아쉬었다. 손바닥으로 얼굴의 기름을 닦았다. 사이드 윈도 곁에 선 가나코에게 말했다. 넌 멍청이야.

누가 운영하는지는 모른다. 이시마루 조직일지도 모른다. 다른 누군가일지도 모른다. 그놈이 아포칼립스나 가나코 같은 아이들을 움직이고 소년 소녀를 끌어들여 각성제 맛을 들였다. 놈들의 작전은 잘 맞아떨어졌을 것이다. 노다나 가키자키 같은 놈들조차 끌어들일 정도였으니까.

그러나 후지시마는 믿기지 않았다. 그 리스크를 생각하지 않을 수 없다. 거리의 안마시술소를 경영하는 것하고는 차원이 다르다. 무허가 음성 매춘 행위하고도 다르다. 지금의 시대가 허용하지 않는 몇 안 되는 금기 아닌가. 경영에 관여한 것이 밝혀지면 중형을 면하기 어렵다. 고객 쪽도 마찬가지다. 감옥에 들어가지는 않더라도 사회적으로 완전히 매장당하고 만다.

아니, 황홀경에 빠진 그 얼굴들을 떠올리며 생각을 바꾸었다. 그러므로 놈들은 감히 그곳으로 뛰어든 것이라고. 배덕이라는 이름의 큰 강이 흐르기에 그 피안에 펼쳐질 낙원은 더욱더 아름답고 달콤하리라 생각하는 것이다. 그러므로 놈들은 필사적이다. 사람 목숨 몇을 빼앗더라도 그 존재의 비밀을 지킬 수만 있다면. 얼룩을 감추기 위해 양동이에 든 물감을 뒤집어쓰는 것이나 다름없는 어리석은 행위라고 할지라도.

너는 멍청이야. 다시 한번 중얼거렸다. 사진으로 알 수 있는 사실들을 다시 정리했다. 이마에 손을 짚고 추리해 본다.

애당초 왜 이런 사진이 존재하게 되었을까. 혹시 기념 촬영일까. 나중에 그 여운을 즐기기 위해서. 그럴 리는 없다. 하지만 그것이야말로 운영하는 쪽의 목적일 터다. 놈들을 협박해서 마음대로 조종하려면 그것보다 좋은 건 없다.

촬영 역은 살해당한 고야마가 아니었을까. 그에게는 거기에 합당한 경력이 있다. 가나코가 이것을 훔쳤다. 또는 고야마에게 훔치라고 했다. 그것으로 뭘 할 생각이었느냐고, 곁에 선 딸에게 물었다. 시치미를 떼면 된다고 생각했을까. 아니나 다를까 놈들을 기만할 수는 없었다. 더는 도망치지 못하고 편의점에 진열된 빵과 우유와 함께 피를 흩뿌려야 했다.

딸은 모습을 감추었다. 혹시…… 생각해 보지 않을 수 없었다. 편의점 때하고는 달리 은밀히 납치되어 어느 산중에 묻혀 버린 것인지도 모른다. 놈들의 숙청 작업은 집요하다. 물감을 푼 물이 뿌려진 채다. 정상을 벗어나도 한참이나 벗어났다. 나가노도 그런

기도에 가담했을까. 아니다. 두려움에 벌벌 떠는 나가노의 모습을 떠올렸다. 아무것도 모른 채 일방적으로 비밀을 강요당했을 뿐일 것 같은 느낌이 들었다.

"이걸 어떡할 생각입니까? 이대로 가다가는 계장님 몸이."

"알아."

"그럼."

"너희한테는 안 줘."

"이걸 노리는 건 우리가 마크하는 놈들만이 아닙니다. 이시마루 조직이나 그들에게 복종하는 꼬맹이들도 노리고 있어요."

"닥쳐."

"나한테 넘기세요. 이걸 회수하면 경찰의 피해를 최소한으로 줄일 수 있습니다. 바꾸어 말하면 이것 때문에 현경 자체가 붕괴할 수도 있습니다."

아사이의 눈에서 여태껏 보지 못한 강렬한 빛이 뿜어져 나왔다.

"너희 체면 따위, 나하고는 아무 상관 없어."

"계장님."

"너희한테는 주지 않아. 이건 나의 무기야."

"따님 목숨은 어떻게 하고요."

"닥쳐, 말하지 마."

"놈들은 따님의 행방을 추적하고 있습니다. 분명 입을 막으려고 할 겁니다."

"살아 있는지 어떤지도 모르잖아."

"그 사진이 생존했다는 증거입니다, 안 그런가요?"

아사이는 협상을 제안하고 있었다. 후지시마가 거부하면 바로 체포할 수도 있다. 그는 뒤를 돌아보고 잠복한 형사가 있는지 확인했다. 아무도 보이지 않았다. 현경은 사건의 해결 따위는 이미 생각지도 않을 것이 분명하다. 조직의 보신에만 온 힘을 기울일 것이다. 현역 경찰관과 거물들의 매춘 행위. 거기에 각성제와 살인이 얽혔다. 적어도 10년은 화제가 되고도 남는다. 그 사태를 피하기 위해 무슨 짓이든 서슴지 않을 것이다. 일단 가나코의 신변을 확보하느라 눈에 불을 켤 것이다.

딸은 용서해 줄까. 핏발을 세우고 찾으러 다닌 아버지에게 고맙다고 말할까. 기리코와 관계를 회복할 수 있을까. 아버지라는 존재에 경의를 표해 줄까.

곁에 선 가나코는 속내를 다 안다는 듯 조소를 금치 못한다. 얼굴에 타는 듯한 열기를 느꼈다.

"어쨌든 너희한테 줄 생각은 없어. 이건 내 소유야. 나와 관련된 건 모두 내 거야. 너희한테는 절대로 건네주지 않아."

아사이가 차가운 눈길로 바라본다. 오른손이 정장 안주머니로 다가간다.

"꼼짝하지 마!"

오른손에 나이프를 든 채 사이드 브레이크를 올라타고 그걸 아사이의 명치에 갖다 댔다. 아사이는 저항하려 하지 않았다. 그의 목젖이 위아래로 까딱 움직였을 뿐이다. 에어컨의 차가운 공기가 등허리에 닿자 흐르는 땀이 식었다. 왼손으로 아사이의 정장을 뒤진다. 왼쪽 옆구리에서 권총집과 권총이 보였다. 그립을 잡고 권총을 빼냈다.

일본 경찰의 공식 무기가 아니었다. 리볼버도 아니다. 이상하리만치 무겁다. 그립에는 손때가 묻었고 가는 상처도 났다. 슬라이드 측면에 콜트라고 새겨져 있었다. 적어도 경찰이 소지하는 권총은 아니다. 후지시마는 웃으며 말을 뱉었다.

"연극이 능숙해졌어, 아사이. 애당초 내가 처리하기를 바란 거지?"

둔탁하고 흉흉한 빛. 권총과 나이프를 겨냥하면서 천천히 사이드 브레이크를 건너 운전석으로 돌아왔다.

전장으로 향하는 기분이었다. 무장을 하나하나 갖춰 나간다. 뒷좌석의 일본도 말고도 몇 종류의 나이프를 여기저기 감추어 두었다. 전의를 불태울 향정신성 물질까지 갖추었다. 아마도 자신은 누군가를 죽일 것이다. 후지시마는 위험하고 아슬아슬한 예감에 사로잡혔다. 모든 사실을 알았을 때, 방아쇠를 당기지 않을 자신이 없었다. 약실에 총알을 장전하지 않았다. 안전장치를 풀고 슬라이드를 당겼다.

"놈들이 누구야?"

"아직 말할 수 없어요."

약간 떨었지만 역시 아사이는 완고했다.

"내려!"

강철과 기름 냄새가 코를 찔렀다. 총의 무게에 팔이 피로를 느낀다.

"우리 지시에 따라 주세요. 그러지 않으면 따님의 목숨이!"

"네놈들한테 넘겨줄 것 같아!"

시야가 뒤틀리면서 강렬한 분노가 치솟았다. 그의 어깨를 밀쳐 차 바깥으로 쫓아냈다. 섭씨 40도의 열기가 차 안으로 밀려들었다. 문을 열어 둔 채 브레이크를 풀고 액셀러레이터를 밟았다. 먼지가 풀풀 날았다. 기침이 쏟아졌다.

국도 17호선을 타고 북쪽으로 나아가 가미오시 중심부에서 왼쪽으로 꺾었다. 안절부절못하고 다리를 달달 떨면서 흘러나오는 라디오 음악에 괜히 역정을 낸다. 제한 속도를 지키느라 신경이 아프게 쓸리는 것 같다. 아라가와 강변에 자리한 혼다공항의 드넓은 부지가 보인다. 멀리 청록색 밭이 펼쳐진다. 매우 목가적인 풍경이다.

조수석에 던져 둔 권총을 집어 들었다. 글립에서 탄창을 꺼냈다. 황금색 총알이 빼곡 박혔다.

언덕 위 신사로 이어지는 계단을 올랐다. 사람 그림자는 없고 매미 우는 소리만 시끄럽다. 돌계단에서 옆으로 들어가 풀숲을 헤치고 몸을 숨겼다. 머리 위로 공항에서 이륙한 세스나기가 날아간다. 매미 소리와 프로펠러의 굉음이 온몸을 휘감는다.

소리가 잠겨들기 전에 총구를 하늘로 향하고 방아쇠를 당겼다. 폭발적인 소리에 현기증이 일어나고 권총을 든 손에 심한 반동이 느껴진다. 황금색 약관이 포물선을 그리며 튀어나와 나뭇잎 사이로 떨어진다. 화약 냄새와 뿌연 연기. 후지시마는 무엇에 홀린 듯이 다시 한번 방아쇠를 당겼다.

의식이 떠올랐다가 사라진다. 아무 생각도 할 수 없다.

아무것도 느낄 수 없다.

문어처럼 흐물흐물해져 버린 손발과 끝도 없이 뒤틀리는 시야. 심한 욕지기와 늪으로 잠겨드는 듯한 졸음. 연체동물로 변신한 팔 다리를 누군가 들어 올린다.

분노도 슬픔도 없다. 아무 느낌이 없다. 마음까지 마취약에 절 어 버린 것 같다.

세차게 자동차 문이 닫혔다. 화약이 터지는 듯한 소리가 귀를 울렸다. 늪에서 솟아오르자마자 참을 수 없는 불쾌감이 덮쳤다. 더는 참지 못하고 맥주가 뒤섞인 위액을 토해 냈다. 누군가 타월 로 거칠게 입 주변을 닦아 주었다. 심한 냄새.

어떻게든 도망쳐야 해. 알면서도 의지는 실행으로 옮겨지지 않는다.

어둠 속으로. 거기에서 그녀가 나를 맞이하며 이번에야말로 내 미는 손을 잡아 주었다. 그녀의 다른 한 손에는 석궁이 들려 있다. 화살 끝이 내 가슴을 겨냥한다.

"쒀."

나는 저항하려 하지만 손가락이 어떤 힘에 이끌려 방아쇠를 당 기고 만다. 잔상을 남기며 날아간 화살이 무슨 영문인지 내 가슴 으로 스며들었다.

아프지 않다. 그렇지만 몹시 슬프다.

의식이 떠올랐다. 위액이 입 안 가득 고여 닫힌 입술 사이로 새 나왔다. 입에 댄 비닐봉지에서 자작자작 소리가 난다.

사고는 슬로모션으로 움직였다. 새삼 생각해 본다. 나는 어디로 가는 걸까. 쥐도 새도 모르는 사이에 살해당하는 건 아닐까.

"제발 나를 구해 줘."

무작정 읽어 내려가는 대사처럼 읊조린다. 금발 남자가 떠들 어 댄다.

"스페셜 칵테일이지. 아무튼 걸리는 대로 넣었어. 진정제에다 흥분제 스피드 볼. 끝도 없이 진흙탕을 기어가는 기분을 맛보게 될 거야, 좋지? 자신이 엿처럼 녹아내리는 듯한 감각 말이야."

나는 꿈을 꾸는 걸까, 아니면 이것이 현실일까. 아직 차 안에 있 는 걸까. 얼마나 달렸을까.

이윽고 차가 어딘가에 멈춰 서고 문 열리는 소리가 들렸다. 차 가운 공기가 흘러 들어오는 것을 피부로 느낀다. 제발 이것이 꿈 이기를. 내가 왜 이런 꼴을.

누군가 볼을 몇 번 쳤다.

"자, 가야지."

금발 남자가 상냥하게 말했다.

당장 그녀를 만나게 해 줘. 그녀는 반드시.

누군가가 양 어깨에 팔을 감싸고 나를 들어 올렸다. 음식물 냄 새와 배기가스 냄새, 길거리에서 풍겨나는 냄새를 맡는다.

깡깡. 철 계단 밟는 소리라는 것을 알았다. 허공을 날아가는 듯 한 감각에 휩싸인다. 그리고 점점 강해지는 바람을 느낀다. 여기서 도망쳐야 해. 그런데 팔 하나도 움직일 수 없다.

철문이 열리는 무거운 소리가 났다. 바람이 멈추고 길거리 느낌이 사라진다. 조용해졌다. 구둣발이 카펫을 밟는 소리로 바뀐다. 어딘가 방으로 들어간다. 에어컨이 낮게 울리는 소리. 곰팡내 나는 방이었다. 벽에 머리를 박고 신음했다.

몸이 허공으로 붕 떠올랐다가 놀랄 틈도 없이 바닥에 떨어졌다. 그런데 바닥이 아니라 아주 푹신하고 부드럽다. 침대다.

갑자기 누가 볼을 친다. 몇 번이나. 입 안으로 타월 같은 것을 마구 쑤셔 넣는다. 그것이 목까지 이르자 숨이 막혀 기침을 쏟는다.

두 팔을 뒤로 돌려 뭔가로 묶는다. 벨트가 달가락 달가락 소리를 낸다. 바지의 후크가 열리고 지퍼가 내려가고 다리가 바깥 공기에 닿았다. 동시에 팬티가 내려갔다. 엉덩이가 그대로 드러나고 사타구니가 시트에 닿았다.

"마음껏 귀염받도록 해. 좋잖아, 잊지 못할 밤이 될 거야."

금발 남자의 목소리라는 것을 알 수 있었다.

인기척이 사라진다. 두 팔이 뒤로 묶인 탓에 어깨가 아팠다. 정적이 감도는 방 안에서 깨었는지 잠들었는지조차 애매한 상황에 놓인 채 멍하니 있었다.

몸 위를 기어가는 뭔가를 느꼈다. 강렬한 입 냄새가 났다. 엉덩이나 사타구니 부근을 뭔가가 오간다. 내 몸은 뻣뻣하게 굳었다.

타월을 뱉으려고 목소리를 올리면서 혀로 타월을 밀어내려 했다. 손목에 감긴 끈을 풀려고 했다. 타월이 입을 가득 메웠다. 손목에는 딱딱한 플라스틱 같은 것이 감겼다. 파멸의 구덩이에 빠지는 것 같아 경악하면서 끝 모를 공포에 휩싸였다.

시야에 남자가 들어오고 나는 비명을 질렀다. 타월 때문에 웅웅거리는 소리밖에 나지 않는다. 어두컴컴한 조명이 남자의 얼굴 윤곽을 감추어 버린다. 두툼해 보이는 얼굴 윤곽과 올백 머리만 뿌옇게 보였다. 깊게 팬 주름으로 보아 노인에 가까운 나이라는 것을 알 수 있었다.

무거운 눈꺼풀을 억지로 끌어 올려 가능한 한 크게 떴다. 손바닥에 손톱을 박아 넣어 졸음을 물리치려 했다. 남자는 벌거숭이였다. 배에는 기름기가 잔뜩 끼었고 가슴과 배꼽 언저리에 짙은 털이 빼곡하다. 그 아래 징그러울 만큼 크게 발기한 물건을 보고 내 마음은 갈가리 찢겨서 흩어질 것만 같았다. 아니 벌써 산산이 부서졌다. 차라리 이 세상에서 벗어나는 편이 더 행복할 거라고 생각했다. 나도 모르게 목이 찢어질 정도로 비명을 질렀다.

싫어! 싫어! 손목을 묶은 플라스틱을 끊어 보려고 힘을 주었다. 플라스틱이 살을 파고들어 손목이 얼얼하다. 피가 나오는지 손바닥이 끈적끈적하게 미끄러진다. 어깨와 팔꿈치 관절이 아프다. 이건 악몽이다. 나는 놈들이 은밀히 먹인 약물 때문에 악마의 꿈을 꾸는 거야.

그렇지? 누가 그렇다고 대답 좀 해 줘. 부탁이야, 후지시마…….

남자의 그림자가 나를 덮는다. 남자가 내 등에 올라탄다. 땀이 흐르는 남자의 살이 내 몸에 착 달라붙는다. 그 압도적인 힘에 찌부러질 것 같았다. 거친 숨소리와 향수 그리고 남자의 몸 냄새. 그만두지 못해! 시야 끝에 남자의 혀 같은 것이 보인다. 온몸의 털이란 털은 모두 곤두선다. 볼 언저리를 혀로 핥는 바람에 끈적끈적한 침이 입술로 흘러내린다.

갑자기 남자가 내 목에 손을 댄다. 커다란 손으로 내 목을 조른다. 뇌가 폭발할 것처럼 혼란스럽다. 맥없이 늘어진 다리를 천천히 들어 올리고 몸을 뒤틀며 도망치려 한다. 어깨 근육이 뒤틀려서 아프다. 경동맥을 흐르는 피의 흐름이 멈추고 뇌가 마비되어 간다. 죽음이라는 문자가 크게 뇌리를 스치는 순간 남자가 목에서 손을 뗀다. 나는 콧물과 침을 흘리며 운다. 남자는 관찰이라도 하듯 나를 살펴보고 소리 내어 웃는다. 남자가 내 물건을 잡는다. 몸을 뒤틀어 도망치려고 한다. 절망이라는 이름의 암흑이 내게 다가온다.

나의 그곳을 문지른다. 아무리 몸을 좌우로 뒤틀어도 그 손은 집요하게 따라온다. 모든 말을 사용하여 남자에게 용서해 달라고 빈다. 그러나 말이 되지 않는다. 처량한 신음 소리만 날 따름이다. 그곳이 졸아들 대로 졸아들었다. 남자는 끝도 없이 그곳을 문지르며 가지고 논다. 미지근하고 미끈미끈한 뭔가가 그것을 감싸기도 한다. 나는 눈을 꼭 감고 무슨 일이 벌어지는지 생각해 보려 한다. 그때가 되어서야 차라리 잠들었으면 얼마나 행복할까 생각한다. 그러나 버스는 이미 지나갔다. 사라진 졸음은 다시 찾아오려 하지 않았다.

항문에 손가락 같은 것을 넣는다. 너무도 징그럽고 두려워 그냥 돌아 버릴 것 같았다. 그렇지만 여전히 깨어 있다는 것을 알고 아연해지고 만다. 엉덩이에 뭔가를 바른다. 미끌미끌한 감촉. 이윽고 그것이 무엇을 의미하는지 알고…… 아니 알고 싶지 않아! 어딘가 먼 세계에서만 일어나는 일이라고 생각했다. 어딘가 먼 나라에서 전쟁이 일어나 폭격을 만난 듯한 감각. 거짓말이라고 해 줘! 후지시마의 얼굴이 떠오른다. 구해 달라고는 하지 않을게. 제발 나를 죽여 줘. 이 세상을 끝내 줘!

뒤통수를 잡더니 얼굴을 침대에 짓누른다. 항문이 찢어지는 듯한 격통이 치달린다. 너무 아파서 비명조차 지를 수 없다. 철봉 같은 것이 뻑뻑하게 밀고 들어오는 감각에 현기증이 일어나고 내장을 파내는 것 같은 통증을 느낀다. 침대가 끽끽거리며 울고 남자의 숨결이 목덜미에 떨어져 내린다. 더는 아무 생각도 할 수 없다. 치욕이니 공포니 따위를 느낄 여유조차 주지 않는 압도적인 고통이었다. 남자가 등 위에서 몸을 앞뒤로 열심히 움직인다. 그때마다 몸이 침대에 파묻히기도 하고 찌부러지기도 했다. 남자의 뜨뜻미지근한 살덩어리와 떨어지는 땀방울이 공포를 한층 더 징그럽게 쳐올렸다. 하반신의 근육이 풀어지고 방귀 소리 같은 것이 난다. 남자의 운동이 더욱 거칠어진다. 하복부나 다리가 고통과 함께 전기에 감전된 듯 찌릿찌릿하다. 하얀 빛이 켜졌다 꺼졌다를 반복한다.

"거기서부터."

남자가 격하게 숨을 몰아쉬다가 흥분한 어투로 말한다. 새로운 인간의 기운을 피부로 느낀다. 바닥을 딛는 구둣발 소리. 모터 같은 것이 회전하는 소리. 하얀 섬광이 눈앞에서 작렬한다. 강렬한 플래시. 빛이 감긴 눈을 파고든다.

"거기."

다시 플래시가 터지고 강렬한 빛이 눈꺼풀 너머에서 눈동자를 태우려 한다.

"더."

나는 파괴되고 싶지 않아. 내 혼을 더럽히고 싶지 않아. 목에 다시 손이 감긴다. 남자가 신음을 뱉어 내면서 힘을 넣자 기도가 일그러진다. 카메라 셔터를 누르는 듯한 소리. 청백색 빛이 터질 때마다 의식이 흔들린다.

항문 저 안쪽의 내장에 뜨거운 뭔가가 스며든다. 그 안에서 뭔가가 터진다. 그리고 몇 번째 강렬한 빛이 드러난 순간, 오한과 같이 솟구쳐 오르는 암흑에 내 존재는 완전히 묻혀 버렸다.

15

저녁 시간. 바늘이 6시 반을 가리킨다.

소나기구름이 하늘을 덮어 시가지를 암흑으로 닫아 버렸다. 차를 흔드는 음향과 함께 굵은 빗방울이 승용차 지붕을 두드린다. 창 너머로 아무것도 보이지 않는다. 여기저기 가로등 불빛과 네온사인이 켜진다. 하얀 섬광, 곧 이어서 종이를 찢는 듯한 천둥소리가 터진다.

눈을 감고 조금이라도 쉬어 보려 했다. 마음을 가라앉히려 했다. 그러나 번갯불이 마음에 걸리고 떨어지는 빗소리가 신경을 긁었다. 멀리서 들리는 역 안내 방송을 멍하니 따라 해 본다. 신도시 역에서 가까운 빌딩. 2층 불이 꺼지고 한참이나 지났다. 등으로 흐르는 땀을 타월로 닦았다.

7시가 지났다. 빌딩에서 몇 개의 우산이 펼쳐지는 것이 보였다. 여자들이 우산 속에 몸을 감추고 잰걸음으로 역을 향해 걸어갔다. 다시 빌딩 2층에 있는 츠지무라신경과클리닉의 창을 올려다본다. 승용차에서 내려서자마자 어깨와 머리가 젖었다.

조용히 빌딩 계단을 올라가서 진료 시간이 끝난 츠지무라신경과클리닉 앞에 섰다. 유리문 건너편에 파란색 커튼이 보인다. 금속 손잡이를 잡았다. 잠기지 않았다. 조용히 문을 열어 커튼을 걷고 들어갔다.

어두컴컴한 대기실을 가로질렀다. 블라인드 틈으로 어렴풋이 파란 빛이 새 나온다. 커튼 건너편에 인기척은 없다. 불빛이 새 나오는 진료실로 스며들었다. 사람이 있었다. 주저하지 않고 뿌연 유리문을 세차게 열었다. 검은 가죽 의자에 앉은 폴로셔츠 차림의 츠지무라가 놀란 눈을 화들짝 뜨고 몸을 뒤로 젖혔다. 만년필이 떨어졌다.

"무……."

츠지무라는 말을 하려다 말고 입을 쩍 벌린 채 아래로 처진 안경테를 잡았다.

"조심성이 없군. 사람 마음을 다루는 사람치고는."

감정 없는 목소리로 중얼거렸다고 생각했다. 그러나 조롱기 섞인 울림을 감출 수가 없었다. 파랗게 질린 츠지무라의 얼굴이 벌겋게 물들었다. 본래의 불손한 태도를 되찾으려 애쓰는 것 같았다.

"도대체 무슨 생각으로 이러는 거야, 당신?"

"나를 기억하시는가, 선생?"

후지시마는 모자를 벗었다.

츠지무라는 붕대 감은 머리가 불길한 괴물이라도 되는 양 눈을 치켜뜨고 바라보았다.

"가짜 형사로군. 나한테 무슨 용건이야?"

"딸을 아직도 찾지 못했소."

"내가 말했잖아. 당신한테는 아무것도 가르쳐 줄 수 없다고."

"경찰이 여기 왔을 텐데."

츠지무라는 테이블의 수화기를 집어 들었다.

"아, 왔지. 이제 만족했어?"

"그런데 뭐라고 대답했지?"

자신도 모르는 사이에 입술이 풀어졌다. 갑자기 무엇에도 비유하기 힘든 낯선 감정이 일어나 하얀 이를 드러내고 말았다.

"뭐라고 대답했지?"

츠지무라의 얼굴이 굳었다.

"술…… 아니 무슨 약물 같은 걸 했어?"

그의 왼손이 전화기 버튼을 눌렀다. 테이블에 놓인 명함을 보면서.

"경찰을 부르겠어. 당신은 자신이 어떤 상태에 있는지 모르는 모양이군."

"좋으실 대로."

후지시마는 조용히 웃었다.

츠지무라는 그를 표정 없이 지켜보다가 몸을 슬쩍 뒤로 뺐다. 수화기 코드가 팽팽하게 늘어났다.

"아, 경찰서입니까? 여기는."

후지시마가 들으라는 듯 기세 좋게 외쳤다.

"당신, 기마 자세를 좋아하지?"

츠지무라는 미간을 찌푸리더니 정체 모를 뭔가를 가늠이라도 하듯이 눈을 가늘게 떴다. 순간 말을 더듬는다.

"아, 아아, 여보세요, 나는."

"까무잡잡한 피부를 좋아하나? 좀 멍한 애를 좋아하는가?"

츠지무라는 얼이 빠진 사람처럼 입을 벌리고 시체같이 눈동자를 활짝 열었다. 들고 있던 수화기가 얼굴에서 멀어졌다. 후지시마가 봉투에 손을 넣어 사진을 꺼냈다.

바닥에서 천장을 올려다보는 앵글이었다. 남자가 침대에 누워 그 위에 걸터앉은 까무잡잡한 소녀의 가슴을 잡고 있었다. 목덜미와 살짝 엿보이는 옆얼굴, 굵은 안경테만 보였다. 그의 반응을 살펴보고 후지시마는 확신했다.

"여보세요, 여보세요."

수화기에서 여성 안내원의 목소리가 반복된다. 츠지무라가 사진을 응시하고 있었다. 후지시마는 손바닥을 아래로 향해 전화를 끊으라고 지시했다.

츠지무라는 가볍게 어깨를 으쓱하더니 수화기를 내려놓았다.

"이 사진 속 인물이 나라고 말하고 싶은 건가?"

"내 딸 가나코에게 이끌려 간 거야?"

"몰라. 도무지 무슨 말을 하는지."

"딸하고 했어?"

"뭘?"

"어땠어, 좋았어?"

숨을 제대로 쉴 수 없었다. 낯선 느낌이 없어지고 관자놀이에 통증이 이는 듯한 분노가 솟구쳤다.

"당신이 지금 무슨 말을 하는지 알고나 있어?"

"딸도 위에 올려서 했어?"

츠지무라는 대답하지 않고 고개만 저어 댔다.

"우리 애, 몸이 꽤 괜찮지?"

웃으면서 한 걸음 다가선다.

"가까이 오지 마."

허리춤에 꽂아 둔 콜트를 빼냈다. 방아쇠에 손가락을 넣고 겨누었다. 추지무라의 얼굴이 파랗게 질린다. 뻣뻣하게 굳은 채 뒷걸음치다가 벽에 부딪치고 멈춰 선다. 아직 이 정도로는 안 된다. 만족할 수 없다.

"그, 그거 진짜야?"

그렇게 묻는 그의 머리카락을 잡아챈다.

"이거 놔!"

밑으로 확 끌어당기자 츠지무라가 바닥에 쓰러진다. 변태 자식. 머리카락 사이로 손가락을 집어넣고 꽉 쥔다.

총구를 입 안으로 쑤셔 넣는다. 굵은 총신이 이에 부딪친다. 딱딱한 금속음과 함께 총신이 입 안으로 쑥 들어간다. 앞니가 잇몸에서 떨어져 나온다. 그 감촉이 또렷하게 손가락으로 전해져 온다. 츠지무라는 눈을 꼭 감는다. 눈초리에서 눈물이 줄줄 흘러내린다.

"대답해!"

츠지무라는 총신을 문 채 몇 번이나 고개를 끄덕였다. 그렇지, 그렇지. 총신을 빼낸다. 입 안에 고인 피가 흘러내리고 신경이 아직 끊어지지 않은 이가 덜렁거렸다. 짐승처럼 으르렁거리는 소리가 진료실을 울렸다. 후지시마는 권총을 허공에 흔들어 달라붙은 피와 침을 떨쳐 냈다.

"가나코에게 유혹당한 거지, 그렇지?"

츠지무라는 통증 때문에 제정신이 아니었다.

"그렇지? 대답해."

이윽고 츠지무라는 손으로 입을 가린 채 자포자기한 표정으로 고개를 끄덕였다.

"이거 너 맞지?"

사진을 흔들어 보였다. 츠지무라는 고개를 위아래로 끄덕였다. 눈물과 땀으로 안경이 뿌옇게 흐려졌다.

"언제부터?"

"벌써 몇 년 됐어. 자세한 건 기억 못 해!"

"딸이 너를 유혹한 거야?"

"원래는 이런 데하고는 인연이 없는 자제심이 강한 아이였어. 총명하고 정신적으로도 강인했지."

"그런데?"

"어느 날 자신이 벌이는 사업에 대해 말했어."

"사업?"

"그 애는 클럽이라고 했어. 스폰서가 있고, 엄선된 여자를 멤버에게 소개한다고 고백하더군. 뚜쟁이가 될 생각이냐고 물었지. 웃으면서 그런 셈이라고 했어."

"넌 그 말을 믿었어?"

그가 시커먼 머리를 좌우로 흔들었다.

"당연히 소녀에게 있을 법한 거짓말 버릇이라고 생각했어."

"그렇다면 왜?"

사진을 흔들었다. 그는 굴욕감에 얼굴을 찌푸렸다.

"그 후 이벤트 홀에서 의사협회의 모임이 있었어. 난 그 친목 모임에서 한 사람을 소개받았지. 도무지 의사로 보이지 않는 건장한 노인이었어. 의아해하는 나에게 그놈이 당신 딸 이름을 대더군. 그 애의 말을 뒷받침해 주는 것이었어."

"누구야?"

"조의철이라는 실업가였어."

"실업가?"

"파, 파칭코하고 호텔 그리고 레스토랑 몇 개를 경영한다고 했어. 만난 건 그 한 번뿐이지만 마음에 걸려서 조사를 해 봤지. 오미야와 가스카베에 파칭코 가게를 가지고 있었어. 사이쿄선 연변에 호텔도 있고."

"조사를 했다고? 탐정사무실에?"

후지시마는 조롱하듯이 웃었다.

"다시 말해 넌 관심을 가졌다는 말이지? 대답해! 딸의 말을 믿었다는 거잖아, 그렇지?"

"그래, 그랬어! 만일 거짓말이라면 곧바로 포기할 생각이었어. 그런데……."

츠지무라는 시선을 돌리고 고개를 숙였다. 후지시마는 생각을 정리했다. 가나코는 처음부터 알아차렸던 것이다. 츠지무라가 자신을 진단하면서 성적인 눈길로 바라본다는 것을. 그랬기에 고백하고 권유한 것이다. 츠지무라는 달달 떨면서 말을 이었다.

"오미야 센터 호텔. 놈이 오느냐. 찾아갔더니 방으로 안내해 주더군. 허름한 호텔이지만 여자애들은 하나같이 어리고 예뻤어. 당신 딸이 나를 안내해 줬지. 그 애가 여자애들을 관리하는 거야."

"가나코랑 했어, 안 했어?"

"그만둬! 절대로 안 했어. 그 애한테는 손가락 하나 대지 않았어."

"대답해. 도대체 그 애는 뭐야? 왜 그런 짓을 해야만 하지? 진짜 목적이 뭐야?"

"나, 난 몰라."

총의 슬라이드를 당겼다. 일부러 큰 소리가 나게.

"그만둬! 제발! 부탁이야. 쏘지 마, 쏘지 말아 줘! 나한테도 가족이 있어. 제발 부탁이야!"

피에 젖은 총구를 츠지무라의 오른쪽 눈에 갖다 댔다. 방아쇠에 건 손가락에 힘을 주었다. 분노의 정체가 질투라는 것을 깨달았다. 가나코에 대해 아버지인 자신보다 더 많이 안다는 생각을 하니 견딜 수 없었다.

"정말로 몰라. 그 애한테 나는 그냥 돈줄에 지나지 않아."

숨이 막혔다. 방아쇠에 건 손가락 관절이 하얗게 변해 간다.

"말할게, 말할게. 제발 총을 내려 줘. 부탁이야!"

팔이 뻣뻣하게 굳어 콜트를 내리는 데 꽤 많은 힘이 들었다. 츠지무라는 기도하듯 뭐라고 혼잣말을 중얼거렸다. 암모니아 냄새를 맡고 그의 사타구니가 젖었다는 것을 알았다.

"부탁이야. 약속해 줘, 나를 죽이지 않겠다고 약속해 줘. 중학생 딸하고 초등학교 다니는 아들이 있어."

"아는 대로 다 불어."

"다, 당신은 화낼 거야, 분명히."

"웃기는 소리 하지 마."

츠지무라는 입술을 달달 떨면서 주저주저하다가 입을 열었다.

"그 애는 강해. 그러나 강박적인 신경증에 시달릴 때가 있었어."

"뭐라고?"

"콤플렉스 같은 거야. 특정한 인간에게 겁을 먹고 적개심을 갖는 거지. 그 애는 특정 나이층에 대해 그런 경향이 있었어. 자기보다 나이 많은 사람, 다시 말해 어머니나 아버지나 선생 그리고 나에 대해서도 이유 없이 격한 증오심을 품고 말아. 진료받을 때조차도 아주 감정적으로 나올 때가 있었어. 갑자기 자제심을 잃고 욕을 해대거나 때로는 눈물을 보이기도 했어."

"도대체 무슨 말이야, 그건?"

"확실히 말로 표현한 건 없어. 이건 어디까지나 나의 분석에 지나지 않아. 그 애도 현실인지 꿈인지 구별이 안 간다고 했어."

"그건 또 무슨 말이야?"

"당신은 술에 취해서 딸을 폭행했어. 그 애가 중학교 2학년 때. 그것이 깊은 트라우마가 되어 그 애를."

반사적으로 발이 움직였다. 발끝이 츠지무라의 배에 꽂혔다.

"뭐라고!"

뒤통수에 총구를 들이댔다. 내출혈이 일어날 만큼 세차게. 츠지무라의 이마가 카펫에 처박혔다.

"쏘지 마, 쏘지 말아 줘!"

"뭐라고 했어!"

"지금 한 말 잊어 줘! 아무 일도 없었어!"

"내가…… 가나코를 뭐 어쨌다고?"

머리를 둔기로 세차게 얻어맞은 기분이었다. 그를 통째로 빨아들일 듯한 암흑이 눈앞에 펼쳐졌다. 발 아래도 보이지 않을 만큼 현기증이 일어났다.

"내가 그 애한테 무슨 짓을 했단 말이야!"

서서히 거대한 분노의 파도가 일어났다. 결코 웃어넘길 수 없는 악질적인 농담을 들은 것 같았다.

"말해. 내가 뭘 했다고? 말하지 못해!"

"제발 그만둬. 난 아무 말도 하지 않았어. 당신은 아무 짓도 하지 않았어!"

"말하지 않으면 쏴 죽여 버릴 거야, 죽여 버리겠어!"

츠지무라가 비명을 지르면서 뒤통수를 누르는 총구를 쳐 버렸다. 배 째라는 식으로 눈을 치켜들고 외쳤다.

"4년 전 여름이야. 막 여름으로 접어들 시기에 잠든 그 애한테 당신이 손을 댔어."

"4년 전 여름."

그즈음의 기억을 더듬어 보았다. 오미야경찰서 형사과 근무. 계장으로 승진했고 몇 가지 사건을 맡고 있었다. 집에는 일주일에 한두 번 얼굴을 내미는 정도였다. 새로운 사건이 일어날 때마다 열흘 정도 경찰서에서 잤다. 집에 오면 기리코가 지겹다는 표정을 지었다. 늘 정신을 잃을 정도로 마시고 들어갔다. 집에서 보낸 시간에 대한 기억은 늘 희미하다. 그러나 집에 돌아가면 기리코가 없는 날이 많았다는 것은 기억한다. 그때마다 불같이 화를 내며 술을 마셔 댔다. 뭔가를 부쳤다. 방에는 가나코 혼자만 있었다.

"나는 그 애 말이 사실이라 생각했어. 당신 딸은 그것을 극복하는 길을 찾고 있었어. 그런 행동을 통해 길을 찾아냈을 거야. 어린 소녀를 남자한테 안기게 해서 아버지 같은 인간을 지배하려 했던 것 같아. 그렇게 해서 증오나 공포를 중화시키고 자신을 지키려 했던 거야."

"난…… 그딴 짓 안 했어."

어딘지 모르게 애원하는 목소리로 변했다.

"네놈이 하는 말은 모두 거짓이야."

"진위는 나도 몰라, 모른다고!"

알고 싶지 않았다. 하지만 가나코의 고백이 진심에서 나온 것이라면 무엇이 그 애를 거기까지 내몰았을까. 갈팡질팡하던 가나코의 모든 행동을 이제야 이해할 수 있었다.

가나코는 많은 소녀를 유혹했다. 약을 수단으로. 야수 같은 소년들을 거느리고 협박했다. 조의철이라는 사내하고는 어디서 만나 알게 되었을까. 욕망을 있는 그대로 드러내는 인간들을 관리하고 그들을 조소함으로써 증오나 공포에서 벗어나려 했을까. 그러나 결국은 벗어나지 못했다.

"왜, 왜 가나코는 나를 죽이지 않았어?"

의문만 남았다. 흘러내리는 눈물을 소매로 닦았다. 딸을 미치게 만든 것이 자신이라면 그 아이는 결코 용서하지 않았을 것이다.

"내가 어떻게 알아, 어떻게 아느냐고?"

"왜 나한테 보복하지 않았지? 너한테 물었잖아! 가나코가 뭐라고 대답했어?"

어떤 형태로든 가나코가 자기를 돌아봐 주기를 바랐다.

"내가 어떻게 알아?"

"복수할 가치도 없다는 거야?"

바닥없는 고독을 느꼈다. 콜트를 츠지무라의 미간에 갖다 댔다.

"모두 말했어. 쏘, 쏘지 않는다고 약속했잖아."

눈앞의 사내를 지워 버리고 싶었다. 입을 봉해 버리고 싶었다. 자신에게 관련된 불편한 진실을 하나도 남김없이 씻어 버리고 싶었다.

가나코를 위해서라면 뭐든 해 주고 싶었다. 속죄를 해도 좋았다. 눈앞에 살해된 세 남녀가 떠올랐다. 눈물을 흘리며 숨을 거둔 나가노의 얼굴이 보였다.

무릎을 꿇는 츠지무라의 볼을 손잡이로 쳐 버렸다. 잇몸에 매달렸던 앞니가 탄피처럼 날아갔다. 츠지무라는 실 끊어진 인형처럼 힘없이 무너져 내렸다. 빗소리만 들려왔다. 꼼짝도 하지 않는 뒤통수에 총구를 댔다. 절대로 벗어날 수 없는 거리와 표적. 총구가 떨려 표적에서 자꾸 벗어났다.

후지시마는 방을 뛰쳐나갔다. 아무도 없는 대기실을 스쳤다. 빌딩 계단을 뛰어 내려갔다. 세찬 소낙비. 온몸을 흠뻑 적시고 싶었다. 소나기 속을 달려서 승용차 안으로 뛰어들었다. 주위를 확인하지도 않고 액셀러레이터를 밟았다. 욕설과 항의의 뜻을 담은 긴 클랙슨 소리. 아리나 옆을 지나 인적 드문 고층 빌딩 사이로 들어갔다. 차를 세우고 두 손으로 얼굴을 가린 채 울었다.

16

휴대전화가 울렸다. 번호도 보지 않고 통화 버튼을 눌렀다.

"……누구야?"

"나야."

"가나코는, 우리 딸은 아직 안 왔어?"

"아직."

"연락은?"

"……아직."

"단서는?"

"……사람 놀리는 게 아니면 그런 질문은 하지 마. 나한테는 아

갈증 285

무엇도 없어. 알잖아."

"몰라."

"우리 집에도 형사가 찾아왔어. 당신과 가나코에 대해 꼬치꼬
치 캐묻더군. 방을 좀 보여 달라고 하면서. 결국 아버지가 쫓아내
긴 했어. 도저히 보여 줄 수 없잖아. 어느 것 하나 성한 게 없어."

"미안해."

"그것뿐이야?"

"또 뭘?"

"그 방, 흙발하고 피가 묻어 있던데."

"……."

"무슨 일이 있었던 거야?"

"아무것도 아냐. 자네가 나가 버리는 바람에 열 받아서 그랬어."

"왜 제대로 말을 안 해?"

"무슨 말이야?"

"가나코의 친구, 살해당했다는 말 들었어. 그걸 발견한 것도 당
신이라고."

"그래서 뭐 어쩌라고?"

"도대체 지금 무슨 일이 벌어지고 있는 거야?"

"탐정놀이는 이제 끝났어."

"……왜?"

"넌더리가 나. 요 열흘 동안 시체를 몇이나 본 줄 알아. 더는 말
도 안 되는 의심 받기 싫어."

"그럼 우리 딸은 어떻게 돼? 우리 딸은 누가 찾아 주는 거야?"

"실종 신고는 했잖아. 경찰에 맡기는 수밖에 없지 않겠어?"

"경찰은 아무 소용 없다고 말한 사람이 누군데. 이제 와서 무슨 말을 하는 거야."

"난 무능해. 인정하지. 있는 힘을 다해 찾았지만 그럴듯한 단서 하나 찾아내지 못했어."

"거짓말."

"왜 거짓말이라고 하는 거지?"

"나한테…… 나한테까지 그런 짓을 해 놓고 왜?"

"마음대로 생각해."

"당신을 믿은 내가 바보지. 뻔히 알고 있었으면서도……."

전화가 끊어지자마자 차가운 적막감이 온몸을 휘감았다. 이것으로 모든 것이 끝났다고.

그와 동시에 가슴이 수런거리기 시작했다. 굉음 같은 귀울림. 가슴이 파열될 것처럼 아팠다. 기리코는 알고 있었을까. 후지시마는 바로 휴대전화를 집어 들었다. 버튼을 누르려다가 손길을 멈춘다.

그녀가 지금 말한 것이 아닐까? 나한테까지 그런 짓을 해 놓고. 나한테까지…….

설마, 그럴 리 없어. 끝도 없이 몸이 떨렸다. 뭔가 심각한 착각이기를 바랐다. 넘쳐나던 힘이 한꺼번에 빠져나갔다. 참을 수 없는 치욕에 그냥 찌부러져 버릴 것 같았다. 나는 그냥……. 어렴풋한 기억을 더듬는다. 평범한 가족으로 돌아가고 싶었다. 서로를 의식하고 존중하고 이끌렸을 그때처럼. 그리고 아이의 탄생을 진심으로 기뻐하고 서로를 감싸 주던 그 시절로. 눈앞에 펼쳐진 현실은 후지시마가 마음속으로 그린 세계와 너무도 달랐다.

"거짓말이라고 해 줘!"

비명을 지르며 액셀러레이터를 밟았다. 미쳐 버릴 것 같았다.

3년 전 | 8

척추에 꼬챙이를 꽂아 넣는 듯한 통증.

눈꺼풀을 들어 올릴 수 없다. 마치 육지로 던져진 물고기처럼 숨이 가쁘다. 내장이 기묘하게 움직인다. 위액이 식도를 거침없이 타고 올라와 입 밖으로 터져 나간다.

초록빛 풍경과 싱그러운 풀 냄새. 손에는 잡초가 가득하다. 바깥이다. 태양이 눈부시게 빛난다. 내가 아침이슬과 진흙으로 범벅이 되었다는 것을 알지만 지금은 그게 문제가 아니다. 뭔가가 위장을 쥐어짜는 것 같다. 위액을 몇 번이나 토했는지 모른다. 볼에 빈 깡통이 닿았다. 얼굴은 눈물과 토사물로 범벅이 됐다.

아랫도리 쪽으로 천천히 손을 뻗어 보았다. 엉덩이는 용암 덩어리를 쑤셔 넣은 것처럼 뜨겁다. 벌거벗지는 않았다. 청바지는 아직도 다리에 달라붙어 있다. 무슨 착각이기를 바랐다. 기도하는 심정이었다. 청바지에 달라붙은 똥이 나를 현실로 되돌려 놓았다.

눈물이 솟구쳤다. 하지만 그 모든 것을 기억하기 전에 또다시 내장이 뒤집히는 듯한 욕지기가 올라왔다. 제발 아무도 나를 보지 않기를. 풀숲에 얼굴을 묻고 기었다. 통증은 가시지 않고 다리에 힘도 들어가지 않고 똥구덩이에 빠지기라도 한 듯 심한 악취가 났다.

입술 끝에서 흘러내리는 침을 소매로 닦고 주위를 둘러본다. 바로 곁에 물웅덩이처럼 천천히 흐르는 개울이 있었다. 통증이 잠시 물러가자 얼굴부터 몸 구석구석이 모기에 물린 듯 간지럽지 않은 곳이 없었다. 온몸에 옴이라도 옮은 것처럼 세차게 피부를 긁어 댔다.

어디서 많이 본 풍경이었다. 오미야 제2공원 가까운 곳이었다. 가까이 미끄럼틀 달린 수영장이 보였다. 주위는 온통 밭이고 멀리 신도시의 빌딩들이 보였다. 이른 아침이라 그런지 풀밭은 온통 이슬이었다. 한숨을 내쉬었다. 집까지 걸어가지 못할 것도 없지만 한 시간은 걸릴 것이다. 집. 설령 도착했다고 하자. 도대체 무슨 말을 해야 할까. 생각만 해도 정신이 아득해져 그냥 물에 머리를 박고 죽어 버리고 싶었다.

흩어졌던 기억이 하나의 선을 이루며 정리되어 갔다. 이제야 자신의 몸에 무슨 일이 일어났는지 알 수 있었다. 나는……. 일어나려고 한쪽 발에 힘을 주었다. 열기를 띤 엉덩이의 격통에 비명을 지르고 그냥 바닥에 굴렀다. 놈들의 어둠 속에 말려들었다는 것을 깨달았다. 나는 짐승의 이빨 앞에 유린당한 것이다. 생각하고 싶지 않았다. 기억하고 싶지 않았다. 남자의 뚱뚱한 몸이 춤을 추었다. 그곳이 잘려 나간 듯이 아프다. 남자의 향수와 입 냄새가 얼굴을 더듬는다.

"왜……."

마치 남의 것인 듯한 쉬어 터진 목소리가 흘러나왔다. 그리고 눈앞에서 환상 속의 그녀가 감정 없는 눈동자로 나를 바라보고 있었다. 왜 나를 구해 주지 않았어?

"믿었는데."

다시 눈물이 솟구쳤다. 기도하며 냇물 속으로 몸을 던져 넣었다. 더러워진 몸을 다 씻어 내고 싶었다. 미지근한 갈색 물이 나를 감싼다. 미소 짓는 그녀의 모습을 상상 속에서 찾아보려 했다. 난 너를 믿었어. 아무리 힘든 상황이라도 괜찮아. 그렇지만 나는.

미끌미끌한 바닥을 밟다가 미끄러졌다. 물보라가 얼굴을 씻어 냈다. 하반신의 통증을 지우기 위해 손톱으로 얼굴을 할퀴고 머리카락이 빠져라 잡아당겨서 새로운 고통을 만들어 보았다.

"제발 부탁이야."

모든 것을 덮어 버리고 싶었다. 기억은 자꾸 떠오른다. 다시 한번 시간을 되돌려 그 장소에서 나에게 말을 걸어 줘. 웃어 줘. 지난번처럼 구해 줘. 아무 일도 없었다고 말해 줘. 이건 심각한 착각이라 정리해 버리고 싶었다.

어젯밤 무나가타의 말을 떠올렸다.

"우리는 뭔가가 부족한 사람들이야."

비틀거리며 강에서 올라왔다. 젖은 청바지가 허벅지에 달라붙긴 했지만 불쾌한 똥 냄새는 없어졌다. 집으로 가는 긴 여정에 오르려 했다. 치달리며 짐승처럼 울부짖으려 했지만 그게 무리라는 것을 깨달았다. 통증이 허락하지 않았다. 한쪽 발을 질질 끌듯 하며 걸어가기 시작했다.

"하지만 가나코는 아주 커. 우리보다 더. 뚫린 구멍이 너무 깊고 커서 주위 사람을 모두 휘감아 버리지. 내 말 뜻 알아?"

떠오르는 말 하나하나가 날카로운 바늘이 되어 나를 찌른다. 그럴 때마다 무릎을 꿇으며 끝도 없이 솟구쳐 오르는 고통을 참고 걸어야 했다.

아침에 들어서는 나를 어머니 아버지는 말 그대로 튀어 오르며 맞이해 주었다. 화를 낼 겨를도 없이 그 처참한 모습에 할 말을 잃은 듯했다. 나는 물에 흠뻑 젖었고 흙투성이에다 악취를 풍겼다. 늘 상냥하고 필요 이상의 간섭을 자제하는 두 사람도 이때만큼은 집요했다. 묻고 또 물었다. 옷을 벗기고 몸을 검사하려 했다.

"만지지 마!"

옷에 손을 대려는 아버지의 손을 뿌리쳤다. 감정이 마비되어 버린 것 같았다. 한대 맞은 사람처럼 멍하니 선 아버지를 앞에 두고 오로지 분노와 공포만이 솟구쳐 오를 따름이었다.

옷을 입은 채 샤워했다.

"오지 마, 가까이 오지 마."

부모님을 위협하면서 애원했다. 아무리 오래도록 샤워를 해도 몸의 떨림이 멈추지 않았다. 하나 또 하나 셔츠와 청바지를 벗고 벌거숭이가 되는 순간 욕실 문을 활짝 열며 그 뚱뚱한 남자가 뛰어드는 환상에 사로잡혀 비명을 질렀다. 놀라서 다가오려 하는 두 사람에게 세면기니 비누 따위를 집어던져서 쫓아냈다. 구급상자를 욕실로 가져가 거즈로 엉덩이를 닦았다. 아무리 닦아도 피와 묽은 똥이 묻어났다. 연고를 발랐다. 미끌미끌한 감촉이 그날 밤을 떠올리게 하여 욕실 타일에 다시 위액을 쏟아냈다.

방으로 돌아와 문을 잠그고 창도 잠그고 커튼이 열리지 않게 안전핀으로 고정했다. 침대로 들어가 머리끝까지 이불을 뒤집어썼다. 세차게 문을 두드린다. 나는 반사적으로 가까이 있던 카세트를 집어던졌다. 콘센트에 꽂힌 채 날아가다가 그냥 바닥에 부딪쳐 엄청난 소리와 함께 산산이 부서졌다. 문 건너편에 선 두 사람을 그 자리에 잡아 두기에 충분한 위력을 발휘했다. 바닥에 어지럽게 흩어진 플라스틱 조각과 부품을 바라보며 내가 미쳐 버렸다는 것을 깨달았다. 바닥과 계단을 통해 아래층에서 어머니가 우는 소리가 들렸다. 죄송해요, 나를 용서해 주세요.

시트까지 튀어 오른 플라스틱 파편이 피부를 찔렀다. 괜찮다. 지금 나한테 아프지 않는 곳이 어디 있다고.

아버지는 출근조차 하지 않는 것 같았다. 어머니도 마찬가지였다. 그렇지만 집 안은 죽은 듯이 조용했다. 아무 소리도 들리지 않았다. 흐느끼는 내 울음 소리 말고는. 이윽고 뇌 속에서 아드레날린이 거짓말처럼 지워져 버리고 매트리스 위로 몸이 녹아 버릴 듯한 피로가 덮쳤다. 그대로 잠에 휩쓸려 갔다.

옅은 잠이었다. 방의 잔해가 눈에 박혀 떨어질 줄 몰랐다. 게다가 그녀는 여태껏 보여 준 적이 없는 차가운 미소를 띠고 있었다. 마치 비루한 생명체를 내려다보는 듯한 눈길이었다.

시트 안에는 그 남자가 있었다. 털북숭이 팔과 다리가 문어처럼 흐느적거리며 나를 휘감으려 한다. 입고 있던 티셔츠를 걷어 올리고 젖꼭지에 키스하려 했다. 튀어나온 뱃살 한가운데에는 짐짓 과시라도 하려는 듯 검붉은 물건이 우뚝 섰다.

구원을 갈구하며 눈길을 돌리니 어느새 부모님이 서 있었다. 둘 다 얌전한 표정으로 그 처참한 광경을 지켜보고 있었다. 대화는 테이프를 천천히 돌리는 것처럼 중얼중얼 발음이 불분명했다.

"이놈은 이제 망쳤어."

"애석하지만 어쩔 수 없어."

"이제 써먹을 데도 없어."

"살아 본들 창피하기만 해."

비명을 질렀다. 그 모든 것이 음침한 꿈에 지나지 않았지만 놀라우리만치 생생했다.

주위를 둘러보니 아침이 밤으로 바뀌었을 뿐 방은 그대로였다. 카세트는 부서진 채 바닥에 구르고 있었다. 욱신거리는 통증에 얼굴을 찌푸렸다. 이번에는 현실이었다. 파편에 찔린 팔에서 피가 흘러 시트를 엷게 적셨다.

그리고 엉덩이의 미지근한 감촉. 손을 넣어 보니 역시 액체로 변한 똥이 손에 묻어 심한 악취를 풍겼다. 참을 수 없어 침대에서 벗어나 걸었다. 옆구리 근육이 아파 마음대로 움직이기도 힘들었다. 문에 기대서면서 망설였다. 꿈의 파편 때문에 문을 함부로 열기도 겁났다. 건너편에 그 남자와 나를 지워 버리려는 어머니 아버지가 기다리고 있을 것 같은 느낌이 들었다.

몇 번이나 심호흡을 하고 문을 열었다. 문 앞에 저녁상이 놓여 있었다. 내가 좋아하는 구운 돼지고기와 새우튀김이 보였다. 밥에는 아직 온기가 남았다. 참기 힘들 만큼 슬펐다. 손가락에 묻은 똥 냄새가 음식 냄새와 뒤섞여 식욕도 일어나지 않았다. 아래층은 죽은 듯이 조용했다. 문득 그녀가 떠오르고 내장이 쥐어짜듯이 아팠다. 부품과 파편이 흩어진 바닥에 손을 댄다. 숨쉬기가 힘들다. 그녀의 모습이 뇌리에 떠올랐다가 나를 절망의 바닥으로 몰아넣었다.

그녀는 처음부터.

그럴 리 없다. 나에게 던진 그 미소가 위선일 리 없다. 배 저 안쪽에서 비명이 솟구쳐 올랐다. 믿을 수 없었다. 부탁이야, 거짓말이었다고 해 줘. 이번에도 날 구해 줄 생각이었다고 말해 줘. 그렇다고 해서 그녀가. 생각하기도 싫다. 처음부터 나를 함정에 빠뜨리려고. 내가 어떻게 그런 생각을. 바닥을 마구 기며 돌았다. 이 고통에서 벗어나고 싶었다. 누가 나를 끝장내 줘!

"그만둬!"

같은 반의 A와 B 그리고 시마즈의 폭력에 고통받던 나에게 그녀는 타월을 건네주었다. 눈부신 장면이 아닌가. 기적처럼 믿기 힘든 그 장면은 아직도 나의 뇌리에 강하게 달라붙었다. 아직도 그 부드러운 타월의 감촉과 그녀의 향기를 되살려 낼 수 있다.

"그만둬!"

두 번째 그녀의 등장은 손이 뒤로 묶인 채 바지까지 빼앗기고 옥상에 감금되었을 때였다. 이제는 안다. 그녀는 생명의 은인이다. 그녀가 그 문을 열고 나타나지 않았다면 난 무슨 짓을 했을지 모른다.

푸른 하늘 아래 와인 병을 끌어안고 나타난 그녀는 매우 상큼했다. 내 바지를 가져다주었을 때부터 생각했다. 그녀는 이 세상에 파견된 천사가 아닐까 하고.

"제발 부탁이야……."

노크 소리가 난다. 건너편에서 울음 섞인 목소리로 하소연을 한다. 아냐, 엄마, 당신이 아냐. 이윽고 포기한 듯 노크 소리도 사라졌다. 영원이나 다름없이 긴긴 밤을 잠들지 못하고 지냈다. 다른 집에서 들려오는 텔레비전 소리나 어린아이가 즐겁게 떠드는 소리를 들으면서. 그것이 귀가 아플 만큼 정적으로 바뀌고, 그르렁대는 차의 배기음을 듣는 순간 놈들의 존재가 다시 떠올라 몸을 부르르 떨었다. 밤이 깊어지자 정체 모를 불길한 새 울음 소리와 멀리 개 짖는 소리가 들리고, 신문배달부의 스쿠터 소리가 날카롭게 고막을 후벼 댔다. 방광이 아플 만큼 마려운 오줌을 참다못해 창 너머로 오줌을 쌌다. 양철 지붕에 떨어지지 않게 외벽을 겨냥해서. 오줌 색깔은 어둠 때문에 확인할 수 없었지만 누는 내내 그곳이 아파 견디기 힘들었다.

방을 벗어날 수 없었다. 밤중에도 새벽이 가까워져서도. 가끔 아버지나 어머니가 문을 두드리고 뭐라 말을 걸었다.

나는 대답하지 않았다. 대답할 수 없었다. 그들이 가짜가 아니라는 증거가 없다. 그녀라면 그런 일도 가볍게 해낼 수 있을 것 같은 느낌이 들었다. 진짜는 어딘가로 사라지고 놈들이 부모 껍질을 쓰고 목소리를 조작한다. 머리 한구석에 아주 조금 남은 이성이 그런 생각을 일소하려 하지만 마음에 달라붙은 그 무엇인가가 나를 그런 쪽으로 몰아갔다.

"후지시마……."

아무리 기다리고 또 기다려도 그녀는 내 앞에 나타나지 않았다. 말도 걸어 주지 않았다. 지겹게 길고 긴 밤이 지나고 평상시와 다를 게 없다는 것을 강조하려는 듯 해가 뜨고 작은 새들이 재잘거리기 시작해도.

"후지시마……."

그래도 도저히 믿을 수 없었다. 지금까지 그녀가 보여 준 모든 것이 나를 함정에 빠뜨리기 위한 작업이었다는 것을, 도저히.

오랜만에 등을 침대에서 뗐다. 여전히 다리에 힘이 들어가지 않고 엉덩이 중심이 욱신욱신 불에 덴 듯 아팠다. 그렇지만 아침 햇살을 받아 밝아진 방이 작은 용기를 주었다.

문을 열었다. 문 앞에는 아직도 어제 저녁밥이 랩에 감싸인 채 놓여 있었다. 아래층에서 두 사람의 기척이 났다. 나처럼 한숨도 못 잤을지 모른다. 당장이라도 뛰어 내려가 울면서 두 사람 품에 안기고 싶었다. 모든 것을 고백하고 위로의 말을 듣고 싶었다. 모욕당한 아들을 위해 눈물을 흘려 주기를 바랐다.

들어 봐, 나는.

목젖까지 올라온 소리를 억지로 누르고 방으로 돌아왔다. 아직 끝나지 않았다. 그녀를 아직은 버릴 수 없다. 그녀를 만나기 전까지는 그 모든 것을 받아들일 수 없다.

옷을 다 벗었다. 물티슈로 엉덩이를 닦는다. 땀과 눈물에 젖은 티셔츠를 버리고 검은 셔츠를 걸쳤다. 깨끗한 청바지를 입었다.

거울에 비친 나를 보자 기가 찼다. 내가 좋아하는 차림새다. 아직도 그녀에게 잘 보이고 싶은 기분이 강하게 남았다는 것을 깨달았다. 그리고 책상 서랍에서 커트나이프를 집어 들었다. 이딴 걸로 그놈들에게서 나를 지킬 수 있다고 생각하지는 않지만 거머쥐지 않을 수 없었다.

불현듯 무나가타의 목소리가 들렸다.

우리한테 써먹으려고? 아닐 테지, 너는. 깔딱깔딱 소리를 내며 칼날이 튀어나온다. 은색 칼날에서 그녀의 모습을 본 듯한 느낌이 들었다. 심장 고동이 갑자기 빨라졌다. 이런 것을 사용할 리 없었다. 그렇지만. 커트나이프를 주머니 속에 찔러 넣었다.

창을 열어젖히고 조용히 지붕 위로 발을 내려놓는다. 살살 가능한 한 소리가 나지 않게 조심해서 발걸음을 옮겼다. 하반신의 통증을 참으며 지붕에서 담으로 옮겨 간다. 거기서 도로 쪽으로 내려선 다음 허리를 숙이고 몸을 감추었다. 아버지와 어머니에게 들켜서는 안 된다. 아직까지는. 마음속으로 두 사람에게 깊이 사죄했다. 그리고 다리를 끌듯 하며 길을 달리기 시작했다.

17

밤 9시가 지났다. 분노와 비탄 속을 헤엄치듯 하며 오미야역 앞으로 돌아갔다. 기리코의 말은 잘못 들은 것으로 치부하기로 했다.

옛 나카야마 간선도로에서 골목길로 들어섰다. 오미야 센터 호텔. 빌딩과 빌딩 사이에 낀 작은 비즈니스 호텔이다. 가나코 같은 딸하고는 절대로 인연이 없을 장소처럼 보였다. 여기가 암흑의 무대라니 도저히 상상할 수 없었다.

50미터 정도 나아가서 차를 세웠다. 걸어서 호텔 앞을 지나가 보았다. 호텔 로비를 살펴보았다. 로비에는 낡은 응접 세트가 놓여 있을 뿐 사람 그림자는 안 보이고 프런트에 호텔맨 하나가 한가로이 서 있을 따름이었다.

승용차에서 두 시간 정도를 죽였다. 호텔 창으로 오렌지색 불빛이 비쳐 나고 그럴 때마다 남자에게 안긴 여자애의 모습이 슬쩍 비쳤다. 호텔 안으로 들어가는 사람을 볼 때마다 변태 자식, 변태 자식 하고 중얼거렸다. 손으로 권총을 만지작거리며.

조의철로 보이는 남자는 찾을 수 없었다. 권총을 휘두르며 프런트를 뚫고 들어가 모든 방을 뒤집어 버리고 싶었다. 놈을 잡으면 가나코와의 거리도 많이 가까워질 것이다.

다섯 시간이 지날 때까지 그 호텔 주인은 결국 모습을 드러내지 않았다. 놈은 어떤 과정을 거쳐 가나코를 알았을까. 어느 정도나 깊은 관계를 맺었을까. 망상 같은 추리를 하는 동안 묵직한 두통이 그를 괴롭혔다. 놈은 딸의 고용주였다. 사업상 파트너이기도 하다. 그리고 애인일지도 모른다. 클럽이란 이름의 조직은 놈에게 과연 어떤 비중을 가진 사업체였을까 생각해 보았다. 단순한 도락에 지나지 않았는지, 여러 사업 가운데서도 가장 중심이었는지.

사진 속 남자들을 하나하나 떠올려 보았다. 변호사 출신의 시의원, 상공회의소 임원과 경찰관. 아직 알려지지 않은 부자나 거물이 있을지도 모른다. 조의철은 놈들과 연줄을 만들어 얼마나 많은 이익을 얻었을까. 단순히 향응 수단으로 이용되었을 뿐일까, 아니면 협박 수단으로 사용되었을까…….

아무럼 어때. 어느 쪽으로 생각하든 조의철에 대한 증오심만 부풀어 오를 따름이다. 놈만 아니었으면 가나코도 절대 위험에 빠지지 않았을 것이다. 시체의 산이 쌓이지도 않았을 것이다.

그리고 가나코를 생각했다. 아버지 후지시마에게 복수를 하려 했을 것이다. 편의점 살인 사건. 그는 매일처럼 경비원으로 그 주변을 순찰했다. 그의 담당 구역이었다. 그 살인광을 교묘하게 부추겨 비바람이 몰아치던 그날 밤 후지시마와 맞닥뜨리게 획책하지 않았을까. 후지시마는 자조한다. 망상에서 벗어나지 못한다. 아무리 그 애가 천재라 해도 그런 예술의 경지에 이르지는 못했을 것이다.

그러나 그랬으면 했다. 설령 어떤 저주의 표정이라 해도 그 딸이 자신을 돌아봐 주기를 바랐다.

잠복은 심야까지 이어졌다. 차 몇 십 대와 오토바이 라이트가 지나갔다. 때로 승용차가 흔들릴 만큼 세차게 핸들에다 머리를 박기도 했다. 두 여자의 목소리도 들리지 않고 모습도 보이지 않는 상태로 시간이 흘렀다. 새벽녘, 까마귀가 울 즈음에 키를 돌렸다. 그는 그 거대한 저주의 제단에서 벗어났다.

현도 2호선을 따라 잠시 달리다가 불현듯 깨달았다. 한 대를 사이에 두고 하얀 엘그란드가 따라붙었다는 것을 알았다. 높은 위치에 달린 라이트가 백미러에 비쳐 시야를 하얗게 물들였다. 이와츠키 인터체인지에서 도호쿠 방향으로 들어서서도 그 강렬한 불빛은 집요하게 따라붙었다.

핸들을 잡은 손에 땀이 배어나기 시작했다. 심야 방송에서 격렬한 하드밥 재즈가 흘러나와 현실감을 빼앗아 갔다. 액셀러레이터를 밟고 속도를 100에서 140킬로미터로 올렸다. 카로라 엔진으로는 있는 힘을 다한 셈이다. 기묘한 엔진음이 일어나면서 차체가 가늘게 떨린다. 엘그란드와의 거리를 늘어뜨리고 이제는 주거지가 되다시피 한 하스다휴게소로 들어갔다. 주위를 감싸는 어둠이 엷어지고 동쪽 하늘이 어렴풋이 밝아 오기 시작한다.

가까운 주차 공간에 차를 대고 엔진을 걸어 둔 채 내렸다. 허리를 굽혀 몸을 숨긴다. 긴장감이 높아진다. 이윽고 속도를 떨어뜨린 엘그란드가 조용히 들어온다. 라이트를 끈 채.

등허리에 전율이 치달렸다. 아직 얼굴을 보지 못한 조의철과 스타킹으로 얼굴을 가린 남자들이 시야에서 춤을 춘다. 죽여 버릴 거야. 허리춤에 꽂아 둔 콜트를 잡는다. 놈들의 차가 가까운 주차 공간에 멈춰 섰다.

낮게 몸을 수그리고 차들의 그림자 속에 숨어들었다. 가로등 불빛이 닿지 않는 위치다. 엘그란드가 엔진을 껐다. 그러곤 꼼짝도 하지 않는다.

차들 사이로 스며들면서 잰걸음으로 다가갔다. 엘그란드 창은 시커먼 필름으로 가려져 안을 볼 수 없었다. 뭔가를 향해 기도했다. 그리고 놈들을 향해 달렸다. 차 슬라이드 도어에 손을 대고 열어젖혔다. 권총을 들이댔다.

"움직이지 마."

7인승 공간에는 보라색 연기와 향수 냄새가 가득했다. 세 남자의 눈길이 한꺼번에 후지시마에게 쏠리고 얼어붙은 듯 꼼짝도 하지 않았다. 총구를 하나하나에게 차례대로 겨누었다.

"움직이면 쏠 거야."

운전석에는 화려한 알로하 셔츠 차림에 얼굴이 거무스름한 남자가 앉았다. 조수석에서는 빨간 바지를 입은 빡빡머리가 휴대전화를 귀에 댄 채 얼어붙었다. 뒷좌석은 짙은 청색 재킷에 빨간 셔츠를 입은, 불그스레한 얼굴의 뚱뚱한 사내다. 롤렉스 금장 시계에 번득이는 장식품을 많이 매달고 다니는 인간이다. 한눈에 봐도 그쪽 계통의 차림새다. 총구에도 겁먹지 않고 두툼한 눈꺼풀 아래 날카로운 눈길로 후지시마를 노려본다.

뚱보에게 말했다.

"네놈들이로군."

"이 새끼!"

조수석의 빡빡머리가 휴대전화를 흔들며 외쳤다. 반사적으로 총구를 겨누었다. 심장이 세차게 뛰기 시작했다. 빡빡머리는 겁 없는 눈길로 후지시마를 노려보았다. 안전장치를 풀었다. 손가락이 떨렸다.

"개새끼."

"그만둬!"

뚱보가 빡빡머리에게 호통쳤다.

"네놈들이 했는가? 네놈들이 죽였어?"

후지시마가 뚱보를 겨누었다. 남자의 눈길이 천천히 후지시마 쪽으로 옮겨 갔다. 약물이라도 한 듯 움직임이 느렸다.

"당신도 조심해야지. 여기가 어떤 곳인지 생각 좀 해 봐."

"닥쳐."

얼굴에 달라붙는 새벽 공기와 땀을 닦아 낸다. 소주를 끌어안 은 트럭 운전사나 커플 등이 힐끗힐끗 이쪽으로 시선을 던진다.

"너희 이시마루 애들이냐?"

남자는 아주 지겹다는 듯 살이 오른 목을 돌렸다. 우두둑, 메마른 소리가 났다.

"타. 오래전부터 당신을 만나고 싶었으니까."

"네놈들은 뭘 알고 있어? 무슨 짓을 한 거야?"

"당신, 딸 행방을 쫓고 있지?"

후지시마는 남자의 멱살을 잡고 총구를 배에 쑤셔 넣었다.

"어디야? 말해."

"이 새끼가!"

머리에 딱딱한 금속 같은 것이 달라붙었다. 조수석의 빡빡머리 가 권총을 갖다 댄 것이다. 총구 끝이 관자놀이에 닿았다. 그러나 신경도 안 썼다. 빨간 셔츠를 거머쥔 채 뚱보를 흔들어 댄다.

"말해. 내 딸 어딨어?"

"총을 집어넣어."

남자가 앞에 앉은 두 사람에게 명령했다. 후지시마 따위 안중에도 없다는 태도였다. 볼 근육이 실룩거린다. 권총이 머리를 세차게 누른다.

"물건 집어넣어, 개새끼."

뚱보는 후지시마의 권총을 떨쳐 내고 몸을 앞으로 기울였다. 빡빡머리와 거무스름한 부하를 오른쪽 주먹으로 쳤다. 살을 때리는 소리가 둔탁하게 울렸다. 빡빡머리가 휙 돌아가고 다른 부하는 핸들에 옆구리를 부딪치고는 짧게 신음했다. 남자의 움직임은 그리 빠르지도 않았다. 그러나 후지시마는 그냥 지켜볼 수밖에 없었다.

남자는 다시금 지겹다는 몸짓으로 시트에 기댔다.

"당신도 성질 건드리지 마. 이 자식들도 협박인지 진심인지 알 정도는 돼. 벌집이 되고 싶어, 경찰 아저씨?"

후지시마는 남자를 노려보았다. 꼼짝도 못 한 자신이 창피하면서도 한편으로는 마음이 놓였다. 빡빡머리가 야단맞은 어린애 같은 표정으로 무기를 갈무리했다. 총으로 남자들을 겨냥하면서 후지시마는 주저주저 시트에 등을 기댔다.

"어이."

남자가 운전석의 부하에게 지시했다. 차가 조용히 움직였다.

"드라이브나 하자고. 이렇게 소동을 벌이다가는 어디서 어떤 놈이 신고할지 모르니까."

차는 휴게소를 나서서 다시금 북쪽으로 달리기 시작했다. 3차선 가운데 왼쪽 차선으로 들어가 80킬로미터 속도로 천천히 달린다. 남자는 사키야마라고 자신을 소개했다. 나이는 30대 후반 정도로 보였다. 빡빡머리와 거무스름한 얼굴이 남자를 대장이라 불렀다. 다시 말해 이시마루 조직의 2인자였다.

사키야마는 울적한 눈길로 허공을 바라보며 말했다.

"난 당신 딸의 행방 같은 건 몰라. 그 파칭코 사장한테 잡혔든지 어느 곳에 숨어들었든지 했겠지."

후지시마는 사키야마의 얼굴을 엿보면서 숨을 뱉어 냈다. 권총으로 아무리 위협한들 대답이 바뀌지는 않으리라 생각했다.

"당신 딸 말이야, 정말 대단해."

"……."

"그러나 구제할 길 없는 멍청이기도 해. 그 파칭코 사장은 야쿠자가 아냐. 그러나 썩어날 만큼 돈이 많아. 다시 말해 야쿠자보다 더 질이 나쁘다는 거지. 그런 놈을 배신하다니, 그건 멍청이나 하는 짓이야. 당신 딸이 무슨 짓을 했는지 알기나 해?"

"가나코는 놈들의 사진을 확보했어."

"그런 다음?"

"그런 다음이라니?"

사키야마의 눈동자가 천천히 후지시마 쪽으로 향했다.

"노다 알아? 시의원."

"알지."

"오토는? 시청 토목부장인데."

"몰라."

"가키자키라는 할아범은? 상공회의소 임원인데."

"다들 그 클럽의 고객일 테지."

"클럽?"

"조의철과 가나코가 운영하는 매춘 조직."

사키야마는 코웃음을 치면서 고개를 끄덕였다.

"2주일 전이야. 그놈들 사무실과 집에 여자와 관계하는 장면을 찍은 사진이 배달됐어. 그곳을 드나들던 고객 거의 전원을 찍은."

후지시마는 자기도 모르게 눈을 감고 말았다.

"왜?"

"모르지. 사진을 내밀고 조의철을 협박했다면 말이 돼. 하지만 그냥 보냈을 뿐이야. 애초부터 놈들에게 타격을 주는 게 목적인 것처럼."

"왜, 왜 그런 짓을?"

"우리 구역에서 일어나는 일이야. 대충 정보는 파악하고 있었지. 당신 딸이 어리고 엄청 예쁜 애들을 스카우트해 와. 아직 생리도 하지 않는 어린아이까지. 우리도 온갖 종류의 여자를 다뤄. 검은 년 하얀 년, 주부나 모델 출신도 있어. 눈 질끈 감고 학생을 써먹을 때도 있었지. 그러나 그 애는 정말로 시대의 수요를 잘 알고 대처하는 것 같아. 세상에는 어린아이 좋아하는 변태가 넘쳐나지. 속이 메슥거릴 정도로 말이야. 리스크를 끌어안아도 좋을 만큼 돈이 들어와. 거기에다 고객의 변태 행위를 사진에 담았어. 이건 계약 위반이지만, 그런 사진을 들이대면 고객이야 똥구멍이라도 빨라면 빨면서까지 제발 살려 달라고 빌겠지. 거래 도구로 더 없이 좋은 거야."

후지시마는 반사적으로 권총을 겨누었다. 사키야마는 곁에 둔 손가방을 집더니 천천히 담배를 꺼냈다. 빡빡머리가 뒤를 돌아보며 라이터를 들이댔다.

"앞쪽 보고 있어."

사키야마가 시트를 걷어차고 제 손으로 불을 붙였다.

"그 파칭코 자식이 무슨 목적으로 그런 장사에 손을 댔는지 알아, 경찰 아저씨?"

"돈하고 취미 말고 다른 뭐가 있어?"

"그야 그렇지만."

사키야마는 쓴웃음을 흘리고 말을 이었다.

"원래는 투자 문제였지. 신도시와 국도 17호선을 잇는 구역에 쇼핑몰을 유치하기 위한 거야. 가키자키는 원래 신도시 부근의 지주이기도 해. 지금도 그 부근은 거의 다 그 노인 소유야. 시의원 노다는 유치 추진의 선봉이고. 출점 예정인 쇼핑몰 고문에 올라 있어."

"그것을 가나코가 깨부쉈다는 건가?"

"조의철은 궁지에 몰려서 미친 듯이 날뛰는 거야. 그러지 않고서는 그런 살인 행위가 불가능하지. 무슨 일이 있어도 당신 딸하고 협력한 놈들을 모두 보내 버리고야 말겠다는 거지. 화가 엄청난 셈이야. 덕분에 당신 딸 말고는 모두 자빠졌어."

죽은 나가노의 눈동자에서 눈물이 흘러내렸다.

"너희들 알아도 너무 많이 알아. 그래서 고객들은 너희한테 울며 매달렸겠지, 그렇지?"

사키야마가 담배를 물며 손뼉을 쳤다. 정답이라고 칭찬하려는 것 같았다. 그러곤 천연덕스런 표정으로 말했다.

"조의철을 납치하고 사진을 회수할 생각이야."

"아포칼립스의 무나가타를 뒤쫓은 것도 그 때문인가?"

"그놈한테는 낙담하고 말았어. 각성제를 조금 다루게 했지. 태반은 당신 딸이나 조의철에게 흘러 들어갔어. 거기에다 정보도. 덕분에 놈의 신병을 확보하기도 전에 놓치고 말았지. 박살을 내고 손가락 하나 정도 자를까 묻어 버릴까 망설이는 중이야."

후지시마는 얕은 숨을 바쁘게 몰아쉬었다.

"또 있어. 너희는 가나코를 납치할 생각이지?"

"조의철도 우리에게 매달리는 놈들도 당신 딸을 가장 두려워해. 언론이나 경찰에 달려가 버리면 골치 아픈 일이 벌어질 테니까."

차 안의 긴장감이 높아졌다. 무릎 사이에 권총을 찔러 넣고 천천히 방아쇠에 손가락을 걸었다. 그들의 머리통을 날려 버리는 이미지를 떠올려 본다.

깊은 한숨을 내쉬었다.

"사진이라면 건네줄 수 있어. 그러니까."

"복사물을 가지고 있을지도 몰라. 아니 당신 딸이라면 분명 그랬을 테지."

빡빡머리의 목 근육이 뻣뻣해진다. 시커먼 부하가 냉방이 잘된 차 안인데도 땀을 닦는다. 생각과는 정반대로 권총을 잡은 손이 튀어나올 것만 같았다. 피 냄새를 맡은 듯한 느낌이 들었다.

"그렇게 하면 돼. 그렇게만 하면 그 애를 구할 수 있어."

윙커가 깜빡거렸다. 노란 불이 점멸하고 남자들의 옆얼굴이 비쳤다. 차는 구키 인터체인지를 내려섰다. 운전석 창이 열리자 미지근한 바람이 밀려들었다.

"조의철이 있는 곳은 알아. 멀리 도망치는 것보다는 도심지에 숨는 게 안전하다고 생각했을 거야."

"그래서 나더러 뭘 어떻게 하라는 거야?"

"놈들의 개를 때려잡는 거지."

"개?"

"개 말이야. 조금 맛이 가긴 했지만. 편의점에서 세 명을 죽였어. 그것 말고도 어린애 하나를 죽였고. 둘 다 당신이 목격한 인간이야."

"누구야?"

"당신의 옛날 동료. 현역 비리 형사가 섞여 있어. 조의철을 확보하는 데 놈들이 방해돼. 무슨 짓을 저지를지 모르는 데다 내사과 요원들이 달라붙어 있어."

"둘이라면?"

"사진에서 보았을 테지."

"가스카베경찰서의 미우라?"

사키야마는 고개를 끄덕였다.

"조는 미우라에게 경찰 정보를 흘려보냈어. 그것만이 아니야. 자신의 개가 되어 움직이는 남자를 소개해 주었지. 그것이 입회 조건이었으니까."

"……."

"그래서 현역 짭새 하나가 개가 된 거지. 아는 건 그것뿐이야. 나머지는 당신 같은 가짜 형사 아니면 비리 형사겠지."

"누구야, 그놈이?"

"당신도 알 거야. 오미야경찰서 오사나이. 미우라의 동기생."

"오사나이……."

후지시마는 형사 시절의 기억을 되살려 보았다. 너무 의외라는 생각을 하며 사키야마의 얼굴에서 그 말의 진위를 가늠해 보려 했다. 생활안전과 청소년계 오사나이 순사부장. 형사보다도 교사에 어울린다는 평판이었다. 육체파들이 우글대는 형사과에서 홀로 갈대처럼 큰 키에 비쩍 마른 사내였다. 구시대적으로 보이는 검고 굵은 테 안경에 학자 같은 외모. 진지하면서 남 일에 간섭하기 좋아하는 성격인 듯 잡혀 온 소년 소녀들의 미래를 걱정하면서 그냥 넘어가도 좋을 신세타령까지 귀를 기울이는 사람이었다.

오사나이에 관한 기억을 되살려 보았다. 2년여 전에 연속 총기 살인 사건이 있었다. 경찰서 형사 태반이 출동했다. 그러면 다들 경찰서의 도장에 머물면서 수사에 임한다. 그러나 오사나이는 아무리 수사 회의가 늦어지고 밤이 깊어도 반드시 집으로 돌아갔다. 술자리도 잘 어울리지 않았다. 그래서 다른 형사들의 야유나 반감을 한꺼번에 산 사람이다. 후지시마하고는 대조적인 성격이었다.

여자 목을 끈으로 졸라 죽이는 오사나이의 모습을 떠올려 보았다. 칼로 점원의 배를 가르고 고야마의 목을 긋고 나가노의 가슴에 칼을 박아 넣는다. 도무지 그림이 그려지지 않았다.

"그거 정말이야?"

엘그란드는 요금소를 지나자마자 반대로 돌아 다시 고속도로를 탔다. 도호쿠로를 따라 남하한다.

"3년 전까지 놈은 사채업자의 고객이었어."

후지시마는 사키야마를 바라보며 다시 한 가지 기억을 되살려 냈다.

오사나이의 아이다. 내장 질환이었을까, 백혈병일지도 모르고 소아암일지도 모른다. 거액의 치료비와 입원비 때문에 살림살이가 늘 궁핍하다는 소문이 당시에도 떠돌았다. 공제조합에서 한도까지 돈을 빌렸다. 그런 상태에서 사채에도 손을 댔다니. 경찰관이 사채업자에게 손을 내민다. 발각되면 그것만으로도 사직 이유가 되는 아주 위험한 행위였다.

"그런데 요 3년 금융업자한테 드나든 흔적이 없어. 공제조합의 빚도 조금씩 갚아 나갔고. 아이는 수술을 받느라 입퇴원을 거듭했는데도."

"말해 봐…… 정말로 놈이 했어?"

"뭘?"

"그 두 놈이 그렇게 많은 사람을 죽였느냐고?"

매달리는 어투였다. 후지시마는 아직 받아들일 수 없었다. 경찰이라는 이름의 직장에서 쫓겨나 그곳에 대해 증오와도 같은 감정을 품고 있었다. 그렇지만 그곳은 인생을 건 전장이기도 했다. 자부심을 가지고 있었다.

오직과 폭행, 섹스 스캔들은 일상사였지만 살인 행위까지 서슴지 않는 자가 있을 거라고는 상상도 하지 않았다.

그렇다면 당신은? 차창에 비치는 가나코가 어이없다는 표정으로 묻는다. 나를 범했잖아. 살인자하고 뭐가 달라?

"의외로 견실하네, 경찰 아저씨는. 똥구멍에서 혼이 빠져나갈 만큼 도박에 절어 버린 경험도 없을 테지. 여기저기서 돈을 빌리다가 부모 형제와 인연을 끊어야 하는 지경에 처하지도 않았을 테고. 빚 때문에 목을 매고 싶어진 적도."

후지시마는 입을 꾹 다문 채 그의 말에 귀를 기울였다.

"놈들에게 빌붙어 사는 놈들은 정도야 다를 테지만 인생의 아수라 지옥을 겪어 봤어. 오사나이도 그래. 그런 놈들한테는 이유고 뭐고 없어. 약에 절어 제정신이 아냐. 그래서 인간이기를 포기하고 욕망이 일어나는 대로 그냥 해치우는 거지."

"……."

"납득할 수 없다는 표정이군."

"나는…… 난 도저히 이해할 수 없어."

"아냐, 이해할 수 있을 거야. 누구든 사람을 죽여서라도 지키고 싶은 게 있지. 숨기고 싶은 것이 있고. 가족이나 자기 자신. 자존심과 어둠에 감싸인 비밀. 당신도 그렇잖아?"

심장이 크게 뛰기 시작했다. 사키야마의 멍한 눈길이 자신의 혼저 깊은 곳까지 꿰뚫어 보는 것 같았다.

"있지, 당신한테도?"

"닥쳐."

쉬어 터진 목소리. 제대로 말도 나오지 않았다. 사키야마의 얼굴에 웃음이 퍼져 나가는 것을 보고 시야가 빨갛게 물들어 버릴 것 같은 분노와 구멍이라도 파서 숨어 버리고 싶은 수치심이 솟구쳐 올랐다.

차는 다시 측면 도로로 들어가 이와츠키 인터체인지를 내려가기 시작했다. 러브 호텔의 화려한 불빛이 사내들의 얼굴을 비쳤다. 다시금 요금소에서 돌아 상행 고속도로로 들어간다.

"사진은 너희한테 주지. 그 대신 딸한테는 손가락 하나 대지 마."

"좋지. 당신, 딸을 찾아서 설득해 봐. 사진은 복사물을 포함해서 모두 지워 버릴 거야. 그것이 조건이야. 그런 다음 유학이라도 보내도록 해."

"조를 납치할 거라고 했지?"

"당신이 개의 활동을 멈추느냐 여부에 달렸어. 오사나이를 잡아. 놈은 휴가를 받고 행방을 감췄어. 당신 딸을 잡으려고."

"또 한 가지, 납치할 때 나도 꼭 넣어 줘. 조에게 할 말이 있어. 부탁이야."

"당신이 지워 버리려고?"

후지시마는 대답하지 않았다. 놈들을 이해할 수 없다고 생각했다. 그러나 상대가 조라면, 별다른 망설임 없이 방아쇠를 당길 수 있을 것 같았다. 가나코와 손을 잡았다가 배신당하고는 뒤를 노린 사내. 딸에 대해 자기보다 더 잘 아는 사내. 딸의 맛까지 알지도 모르는 사내. 놈은 이미 딸의 목숨을 빼앗아 버렸는지도 모른다. 줄이 닿는 경찰들을 시켜 죄도 없는 사람을 죽이고 소녀에게 죽음의 눈물을 흘리게 한 인간. 개새끼. 이 손으로 보내 버리겠다는 의지가 후지시마의 내면에서 강렬하게 솟구쳐 올랐다.

차가 휴게소로 들어섰다. 후지시마의 카로라 곁에 댔다. 슬라이드 도어가 열리고 내려섰다. 동쪽 하늘은 이미 아침 햇살로 반짝인다. 봉투에 든 사진 다발을 사키야마에게 건네주었다. 그는 휘파람을 불더니 만족스럽게 고개를 끄덕였다.

"행운을 빌어."

눈앞에서 사라지는 엘그란드의 뒷모습을 후지시마는 가만히 노려보았다. 마치 악몽을 꾼 것 같았다. 가나코를 추적했다. 그 앞에서 거대한 의지와 힘이 조류처럼 출렁대고, 거기에 따라 딸의 모습도 잠겼다 떠올랐다를 거듭했다. 거리는 확실히 좁혀 들었다. 그러나 이윽고 딸 앞에 이르렀을 때 과연 생명이 붙어 있을 것인가, 아니면 이미 썩기 시작했는가.

종말의 예감을 피부로 느끼며 차문을 열었다.

3년 전 | 9

10분 걷는 것도 내게는 중노동이었다.

이른 아침 오나리초 4가로 향했다. 영화관도 있고 대형 쇼핑센터도 있는 주택지다. 학원 아침 수업이 있는지 졸린 눈으로 고등학생이 곁을 지나간다. 뉴셔틀역으로 바쁘게 걸어가는 회사원들. 쇼핑센터 앞 도로에는 국도로 나서려는 차들이 길게 줄을 섰다.

늘 그렇고 그런 아침의 일과가 시작되려는 참이다. 내가 그렇게 충격적인 밤을 보냈는데도 일상은 아무 일 없다는 듯이 시작된다고 생각하니 화가 치밀기도 했다.

그녀도 평상시와 똑같은 아침을 맞이할까. 갈색 고층 아파트를 올려다보며 생각했다. 천사가 사는 집. 그곳에 초대받는 날을 얼마나 꿈꾸었던가.

무슨 농담이라는 생각밖에 안 들지만 그녀의 아버지는 경찰관이고 게다가 형사라는 소문을 들었다. 바위처럼 완고한 그 아버지가 집으로 쳐들어 온 나에게 험악한 시선을 던지고는 꼬치꼬치 심문하듯 캐물을 것이다. 하지만 그것도 사랑의 시련에 지나지 않는다고 내 멋대로 규정하고 혼자 기세를 올렸다.

아파트 입구는 자동문이라 카드 없이는 안으로 들어갈 수 없다. 그럴듯한 장소도 없어 길가의 차 뒤에 숨었다. 시간은 7시 30분. 그녀는 아침 샤워를 마치고 이미 식사도 했을 것이다. 그 길고 윤기 나는 머리카락을 빗을 때가 아닐까. 수많은 창을 올려다보며 홀로 상상에 잠겼다. 엘리베이터에서 사람이 내려올 때마다 그녀가 아니라는 것을 확인하고 오히려 안도하며 가슴을 쓸어내리고 또 낙담한다.

심장이 더는 견뎌 낼 수 없을 만큼 격하게 고동친다. 과연 그녀는 어떤 얼굴로 나올까. 조금 긴장한 표정일까, 미안한 마음에 몸을 움츠릴까, 아니면 평상시 그대로일까.

그렇다면 나는 무엇을 해야 할까. 아직 무엇 하나 정해지지 않았다. 다만 그녀를 본 순간 자제심을 발휘할 수 있을지 자신이 없었다. 울어 버릴지도 모른다. 화를 낼지도 모른다. 그리고 주머니 속의 커트나이프를 강렬하게 의식했다.

칙칙한 하늘은 지금이라도 눈물을 쏟아 낼 것 같다. 가슴을 두근거리며 올려다보았다.

검은색 왜건이 빠른 속력으로 다가와 내가 숨은 차 앞에 다급하게 멈춰 섰다. 눈앞에 철판의 벽이 우뚝 섰다. 나는 숨을 딱 멈추었다. 위험을 느끼고 주머니에 손을 넣으려 했다. 그러기도 전에 문이 열리고 몇 개의 팔이 튀어 나왔다. 압도적인 힘이 팔과 멱살과 머리카락을 거머쥐는 바람에 숨이 턱 막혔다. 시야가 갑자기 바뀌면서 땅바닥이 얼굴로 다가왔다. 몸이 앞으로 기울어졌다.

쾅, 강한 충격과 함께 눈앞에서 불꽃이 번쩍했다. 차 발판에 입을 박아 버린 것이다. 이가 몽땅 빠진 것 같은 통증이 솟구치면서 눈물이 핑 돌았다. 입 안 가득 철분 냄새가 퍼져 나갔다. 통증을 실감할 여유도 없이 차 안으로 끌려 들어갔다.

슬라이드 도어가 찰카닥 닫히면서 아직 안으로 다 들어가지 못한 발목이 끼어 뼈가 흔들렸다. 비명을 지를 여유조차 없었다.

드센 엔진음과 타이어 소리. 몸이 기울어지면서 발이 뒤틀렸다. 몇 개의 팔이 나를 끌어당기고 남자의 것으로 보이는 주먹이 나를 기다리고 있었다. 볼에 주먹이 꽂히고 뒤통수까지 둔탁한 통증이 꿰뚫는다. 단 한 방에 의식이 아득해졌다. 뇌가 흔들리고 불쾌한 감각이 뿌옇게 떠올랐다. 아픔을 느끼기 전에 다시 얼굴에 주먹이 꽂혔다.

장발 남자가 입술을 끌어 올리며 웃었다. 주먹을 쥐었다 폈다 하면서. 드레드헤어가 곤충을 관찰하는 듯이 차가운 눈길로 나를 내려다보았다.

나는 눈 깜짝할 사이에 묵사발이 되고 말았다. 내장이 마구 흔들려 숨도 제대로 쉬지 못하고 폐가 공기를 갈구하며 헐떡거렸다. 얼굴 전체가 마비되면서 부풀어 오른다는 것을 느꼈다. 뜨거운 바람이 얼굴을 강타하는 것 같았다.

머리카락을 잡은 손이 풀어지자 나는 무너지면서 바닥에 머리를 찧었다. 도망쳐야 해. 심한 불쾌감과 어지럼증이 긴박하게 경고 신호를 보낸다. 그러나 몸은 생각대로 움직여 주지 않았다.

차가 어딘가에 멈춰 서는 걸 느꼈다. 코에서 피가 뿜어져 나와 숨쉬기가 힘들었다. 검은 셔츠와 청바지에 핏방울이 떨어졌다.

"안녕. 네가 얼마나 멍청인지 좀 깨달았어?"

여자 목소리에 몸이 뻣뻣하게 굳어 버렸다. 엔도가 조수석에서 담배 연기를 푹푹 뿜어냈다.

"축하해. 너 마음에 들었어. 조금 느꼈어? 조금 환성도 지르고 그랬니? 그 아찌 물건, 대단했지. 너 같은 꼬마랑 할 때는 일부러 약 먹고 그거 세우는 거야."

엔도가 턱으로 신호를 보냈다. 장발 남자가 마치 육식동물 같은 얼굴로 내 청바지 후크를 열었다. 커다란 뱀 같은 팔에 휘감긴 채 청바지가 벗겨져 나갔다. 그날 밤이 떠올라 미쳐 버릴 것 같았다.

"너희는……."

차 안에서 웃음이 터져 나왔다.

"식욕 돋우는 그런 소리 내는 거 아냐."

"더러운 놈."

"냄새 나."

엉덩이 살을 집더니 활짝 벌린다.

"봐, 똥구멍이 너덜너덜해."

장발 남자가 자신의 항공바지를 벗었다. 검은 팬티도 벗어던지고 하반신을 드러냈다. 거무스름한 다리와 혈관이 돋은 물건이 눈에 들어왔다. 혼이 나락으로 미끄러진다. 엔도와 드레드헤어가 박수를 쳤다. 휘파람을 분다.

"물어. 벌써 그 영감 거 물었잖아? 익숙해진 거 아냐?"

물건 끝 부분이 미끌미끌 번득인다. 눈앞으로 다가온 징그러운 남자의 물건. 피에 젖은 코가 그 소름 끼치는 남자 냄새를 맡는다.

"너희가 왜……."

"빨아, 아이."

나는 눈을 감고 거대한 착각이기를 기도했다. 다시 눈을 떴을 때는 전혀 다른 풍경이 나타나기를 기원했다.

"어이, 겁을 먹어야지. 오줌이라도 좀 지려야 재미가 있지. 네 친구, 뭐라고 했지? 그놈처럼 귀엽게 비명 좀 질러 봐."

"시마즈를 어떻게 한 거야?"

"어떻게 했을 것 같아?"

엔도는 얼굴색 하나 바꾸지 않고 남자의 물건을 바라보았다.

"그 애를 어떻게 했어?"

엔도가 팔을 뻗어 나의 멱살을 잡고 끌어당겼다. 강렬한 남자 냄새가 화장수를 뿌린 여자 냄새로 바뀌었다.

"네 탓이잖아."

엔도는 잇몸을 드러내면서 노골적으로 분노를 나타냈다.

"너 같은 놈이 강간이라도 안 당하면 어떻게 우리 파티에 참석할 수 있겠어? 말해 봐. 우리한테 왜 활을 겨누었어? 우리를 뭘로 보고 그래? 멍청한 새끼. 벌레 같은 놈이 영웅 흉내를 내면 그런 꼴이 돼. 구역질이 나올라카네, 멍청이."

"그 애한테 무슨 짓을 한 거야?"

목소리가 처량하리만치 떨려 나왔다. 분노 때문인지 슬픔 때문인지 알 수 없었다.

"너를 대신했을 뿐이야."

드레드헤어가 대답했다. 술인지 약물인지에 취해 초점이 없는 괴이쩍은 눈매였다.

"뭐……."

드레드헤어는 방아쇠 당기는 시늉을 했다. 나는 말을 잃고 엔도와 장발 남자를 바라보았다. 드레드헤어가 담담하게 말했다.

"뉴스도 보지 않았어? 뇌좌상 중태라고. 요컨대 뇌가 엉망으로 가 버린 거지. 그대로 죽어 버리면 누가 했는지 어떻게 알겠어. 아무한테도 안 들키고 납치해서 아무도 모르게 버렸으니까. 설마 우리를 고자질할 대단한 놈이 있을 것 같지도 않은데."

장발 남자가 물건을 흔들면서 말했다.

"누가 찔러도 상관없어. 꼬맹이 하나 경찰에 내밀면 그것으로 끝."

엔도가 경고했다.

"쓸데없는 생각은 안 하는 게 좋을 거야. 미리 말해 둘게. 경찰에 알리기만 해 봐. 누군가가 반드시 네놈을 죽여 버릴 테니까, 알았어!"

"그런 짓을 하고도 괜찮을 줄 알아?"

"오호, 그러니? 그럼 네가 하든가."

엔도가 카메라를 든 시늉을 하며 셔터를 누른다. 그것만으로도 마음이 갈가리 찢겨 나가는 것 같았다.

그날 밤 항문에 쇠몽둥이를 찔러 넣는 것 같은 통증. 등 뒤에서 요동치던 남자의 무게. 땀 냄새, 향수 냄새. 그리고 무슨 모터 같은 것이 돌아가는 소리와 함께 하얀 섬광이 눈을 태웠다.

입을 쩍 벌리는 나를, 엔도는 자못 만족스럽다는 표정으로 내려다보았다.

"충분히 나눠 줄게. 학교고 네 집이고. 빌딩 위에서 뿌려도 되고, 인터넷에 변태들의 먹이로 뿌려 줄 수도 있어."

눈물이 콧날을 타고 방울방울 떨어졌다. 사정없는 공격에 내 마음은 속절없이 흔들린다. 사진을 손에 든 반 아이들과 부모님의 표정이 뇌리에 떠올랐다. 더러운 오물을 보는 듯한 눈길, 음침한 환희에 떠는 입술도 떠오른다. 아버지의 얼굴이 돌처럼 굳어 버리고 어머니는 그 자리에서 무너진다.

"기쁜 표정 좀 지어 봐. 앞으로는 우리가 너를 불러 줄 테니까. 부르면 개처럼 뛰어오는 거야. 그 할배탕구, 네가 마음에 든다네."

장발 남자가 머리카락을 잡은 채 내 얼굴을 좌우로 쳤다.

"그놈이 지겨워하면 우리가 상대해 주지. 네놈 이빨을 전부 뽑아 버리고 내 물건을 빨게 해 줄 테니까."

드레드헤어가 울적한 눈길로 방아쇠 당기는 시늉을 했다.

"너, 이미 끝났어."

나는 겨우 팔꿈치를 움직여 얼굴에 달라붙은 이런저런 액체를 전부 훑어 냈다. 팔에 피와 눈물이 달라붙었다.

엔도가 혀로 입술을 적시면서 말했다.

"어이, 우리가 미워?"

"……."

"죽이고 싶을 만큼 밉지? 어이."

엔도의 손이 집요하게 내 볼을 쳤다. 신음과 울음이 끝도 없이 솟구쳐 오른다. 어떤 말도 할 수 없었다.

"하지만 그것이 잘못된 생각이라는 거, 이제 깨달았을 테지? 이거 처음부터 끝까지 기획한 게 가나코니까."

"거짓말."

"넌 정말 낭만적인 꿈을 꾸는구나."

"멍청한 자식."

"가슴이 아파 봐 줄 수가 없네."

엔도가 담배 연기를 내 얼굴에 뿜었다.

"그럼 가르쳐 줄게. 어떻게 우리가 여기에 있고 이렇게 너를 엉망진창으로 만들 수 있었을 것 같아? 가나코가 우리더러 보초를 서라고 지시했다는 생각 안 들어? 그 애는 다 읽고 있었던 거야. 네가 이렇게 찾아오리란 걸. 지금쯤 어디 몸을 숨기고 있을 거야. 그 애와 그 집 모두 엉망이라 며칠이고 외박해도 되거든."

"왜 나는……."

장발 남자의 팔이 뻗어 나와 내 청바지 주머니를 뒤졌다. 거기서 커트나이프를 찾아내고는 만족스럽다는 듯 눈을 가늘게 떴다. 칼날을 끄집어 내 자신의 시커먼 음모를 잘랐다.

"이걸로 뭘 할 생각이었어, 엉?"

엔도가 볼을 실룩거리며 코웃음을 쳤다.

"입으로는 어쩌고저쩌고 주절대더니만. 역시 난 이미 눈치 챘지. 너, 그 칼 가지고 뭘 할 생각이었어? 가나코의 옷이라도 벗겨서 한번 할 생각이었어?"

"아냐!"

비명 같은 소리가 터져 나왔다. 아니다. 나는 그냥 그녀를 만나고 싶었다. 내가 어떤 존재인가를 묻고 싶었다. 모든 것은 착각이었다는 말을 그녀 입으로 듣고 싶었다. 내 영혼을 구원해 주기를 바랐다.

장발 남자가 커트나이프를 내 볼에 갖다 대자 드레드헤어가 말렸다.

"얼굴이 더 상하면 곤란해. 조가 화를 낼지도 몰라."

엔도가 담배꽁초를 집어던졌다.

"너 같은 놈의 그런 사고나 행동이 정말 꼴 보기 싫어. 쓰레기같이 폼이란 폼은 다 잡고 말이야. 솔직하게 말하면 돼. 억지로라도 그 애랑 씹하고 싶었다고."

"아냐……."

"그럼 이렇게 말하면 어때? 가나코는 처음부터 나를 함정에 빠뜨릴 생각이었다고."

"그만둬!"

"한방에 뻑이 갔잖아. 두들겨 맞는 놈한테 접근해서 구제해 주었더니 마치 개처럼 꼬리를 흔들었다고, 가나코가 그러더라."

그녀가 커다란 타월을 나한테 내민다. 부드러운 천이 나를 감싸고 달콤하고 아스라한 그녀의 향기가 코를 간지럽힌다. 그 모습이 아주 눈부시고 강렬해서……

"딱히 골치 아프게 생각할 것도 아니잖아. 다들 그런다는 거 알아 둬. 그딴 건 억지로라도 덮쳐 버리면 그만이니까. 하지만 가나코는 네가 그러는 게 더 흥분된다고 하더라. 왜 그런지 알아?"

옥상에서 바지를 찾아 준 그녀는 나한테 와인을 권했다. 달콤했다. 그 무엇보다 금기를 깨뜨리는 은밀한 맛답게 입 안 가득 만족감을 가져다주었다.

"괜히 어려운 말을 하고 그래, 가나코는. 조의 사디즘 취향을 만족시켜 주기 위해서라고. 요컨대 너를 올가미에 거는 게 목적이었던 거야. 가나코가 정말 머리도 좋고 예쁘다는 건 인정해. 그런 애가 왜 너 같은 놈한테 손을 내밀었다고 생각해? 그런 목적이 아니라면 접근할 이유도 없잖아."

바닥을 기어 앞으로 나아간다. 엔도가 앉은 조수석 쪽으로. 손가락 하나 움직이지 못하던 몸이 열기를 띠면서 용틀임하기 시작했다. 이 여자의 입을 막아야 해. 팔을 놈의 턱으로 뻗었다. 내장을 에는 듯한 강력한 한방을 먹었다. 마치 배에 납 덩어리를 밀어 넣는 것 같은. 반짝 솟구치던 열기도 꺼져 버리고 나는 바닥에 널브러졌다.

"시발 자식, 그래도 까불고 있어."

"그냥 묻어 버릴까 보다."

엔도는 웃으면서 여유롭게 두 개비째 담배를 빼냈다.

"안됐네."

차문이 열렸다. 내리는 비에 아스팔트가 검게 젖어 있었다. 목덜미를 잡더니 바깥으로 밀어 버린다. 발판에 등을 부딪치면서 굴러 떨어졌다. 도로에 고인 물이 몸에 스며든다. 주르륵주르륵 얼굴 위로 비가 내린다.

"몸이나 깨끗이 씻어. 언제든 할 수 있게."

타이어가 미끄러지고 놈들의 왜건이 치달렸다. 물보라를 일으키며.

나는 아스팔트에 두 팔을 벌리고 드러누웠다. 누가 보든 아무 상관 없었다. 배에서 통증이 일어나고 온몸에서 힘이 빠져나갔다.

오로지 그녀를 생각하며 무겁고 흐린 하늘을 노려보았다.

그녀는 밑바닥에서 기던 나를 끌어올려 주었다. 그렇게나 괴롭히던 A나 B가 그리고 시마즈가 벌벌 떨면서 내게 손을 내밀었다. 책상과 칠판과 교과서를 가득 채우던 욕지거리가 거짓말처럼 사라져 버렸다. 중상모략도 없어지고 폭력도 사라진 상태에서 하루하루를 보낸다는 것이 얼마나 상쾌한 일인지를 그녀는 내게 가르쳐 주었다. 살아가도 좋다는 무조건적인 신의 허락과도 같았다. 마음이 따스하게 풀어졌다. 아무 걱정 없이 순수하게 웃을 수 있는 날이 반드시 오리라고, 어렴풋한 희망마저 가질 수 있었다. 그녀만 나에게 더 가까이 다가와 준다면.

악몽을 꾸며 마음이 비명을 질렀다. 그날 밤, 약물 따위가 섞인 술을 마시고 의식을 잃어버리기 직전에 그녀를 보았다. 그 표정에서는 어떤 감정도 읽어 낼 수 없었다. 처음부터 너를 옭아맬 작정이었어. 그런 애가 왜 너 같은 놈한테 손을 내밀었다고 생각해? 엔도의 목소리가 되살아나 끝도 없이 머릿속에서 메아리쳤다.

나는 웃었다.

"거짓말이야!"

목소리는 공허한 울림으로 퍼져 나갔다. 놈들의 말에서 모든 것이 분명하게 드러났다. 그러나 그대로 인정해 버리면 내가 그냥 이대로 무너져 흔적도 없이 사라져 버릴 것 같은 느낌이 들었다. 정말로 나를 함정에 빠뜨리려고……. 나는 눈을 감고서 흔들리는 시야를 닫아 버리고 일어섰다.

확인해야 한다. 그녀의 목소리에 귀를 기울여야 한다. 항문이 타는 듯이 아파서 어기적거리며 걷지 않을 수 없었다. 놈들은 나를 묵사발로 만들어 버렸다. 그러나 이번에야말로 그녀는 나에게 미소를 보내 줄 것이다. 내가 남자에게 당하는 장면을 사진에 남겨 두었다고 한다. 앞으로도 그렇게 당하지 않으면 안 된다고 했다. 전부 거짓말이다. 그럴 리가 없다. 그렇지, 후지시마?

놈들의 말이 맞는다면……. 처음 느껴 보는 감정이 소용돌이쳤다. 가슴이 터질 것 같았다. 내가 다 닳아 버린 것 같고 바싹 말라붙어 버린 느낌이 들었다. 이윽고 그것은 음침한 한마디로 집약되어 갔다.

그때는 죽여 버릴 거야.

18

지금껏 느껴 보지 못한 피로가 밀물처럼 밀려와 고개를 떨구었다. 눈꺼풀이 너무 무겁다. 짧은 순간 의식이 하얗게 변해 버렸다. 다시 눈을 떴을 때는 대형 트럭의 거대한 쇳덩어리가 눈앞에 나타났다. 황망히 브레이크를 밟는다. 타이어가 아스팔트를 쓰는 소리를 내고 차는 덤프트럭의 꼬리에 거의 다 닿아서야 멈춰 섰다.

가스카베시 유리노키로. 양쪽에 자동차 대리점과 파칭코, 사채업자의 무인 점포가 늘어섰다. 자신이 지금 어디 있는가를 떠올려 본다.

피 속을 돌던 각성제 기운이 다 떨어졌다는 것을 깨닫는다. 여름의 아침 햇살을 받으면서 세상이 얇은 비단 천으로 감싸인 듯한 느낌에 사로잡힌다. 의식이 늪의 바닥으로 가라앉는 것 같다.

담배가 너무 맛이 없어 창밖으로 집어던진다. 도파민이니 아드레날린이니 하는 것들이 다 사라져 버리고 다시 깊은 졸음이 밀려온다.

지방청사를 거쳐 세무서를 지난다. 한계를 느끼고 눈에 띄는 24시간 영업 패밀리 레스토랑 주차장으로 차를 밀어 넣었다. 동시에 번개같이 대시보드를 열었다.

손가방의 주인을 과연 누구라고 해야 하나 생각하면서 각성제 봉지를 집어 들었다. 손톱으로 비닐을 뜯었다. 알약이 튀어 날아갔다. 자신도 모르게 짧은 비명을 지르고 알약을 찾아 이리저리 눈알을 굴렸다.

불현듯 자신의 비참한 모습을 깨닫고 몸이 떨릴 만큼 치욕을 느꼈다. 조심스럽게 비닐을 뜯으면서 지금 가스카베경찰서 가까운 곳에 있음을 알고 당황했다.

나흘 치 잠이 한꺼번에 밀려왔다. 커피나 가벼운 운동 정도로는 도저히 어찌해 볼 수 없는 늪과 같은 수마가 의식을 흐릿하게 했다. 그러나 여기서 멈출 수는 없다.

알루미늄 파이프에 결정체를 넣은 다음 가방 안에서 주사기와 증류수 병을 찾아낸다. 1초라도 빨리 의식을 찾아야 할 필요가 있다. 주사를 선택했다. 조금이라도 빨리 가나코를 찾아서 모든 것을 멈추고 싶었다.

아니 그런 변명 따위 자기 기만을 위한 연극에 지나지 않는다. 조수석에서 가나코가 주사기를 얌전하게 건네주었다.

이유 따위 없다. 오로지 이 약이 가져다주는 마력에 빠져들고 싶었다. 힘이 솟구치고 피로를 모르고 흔들림 없는 자신감에 가득 찬 모습을 되찾고 싶었다. 언제 가나코를 만나도 좋을 만큼.

손수건으로 팔뚝을 묶고 팔꿈치 안쪽을 두드려 혈관이 떠오르게 했다. 세세한 방법 따위 알 리 없다. 생활안전과 시절에 불법 약물로 맛이 가 버린 찌질한 깡패나 외국인을 검거했다. 그들이 진술한 다양한 투여 방법을 되새기고 있었다.

증류수를 주사기에 넣는다. 결정을 넣은 파이프 속에 그것을 붓는다. 파이프 속에서 얼음 덩어리처럼 결정체가 오르내린다. 아래쪽에서 라이터로 데운다.

찍, 찍, 알루미늄이 오그라들고 증류수가 끓어올라 결정을 녹인다. 다 녹으면 물을 주사기로 빨아들인다. 주사기를 잡은 손으로 온기가 전해져 온다.

얼굴을 들어 보니 등교하는 초등학생들이 보였다. 횡단보도에는 보호자나 교사로 보이는 어른이 있다. 앞 유리창에 주사기를 든 모습이 어렴풋이 비친다. 너무도 추악한 모습이다. 금기를 깨뜨리는 자 특유의 죄의식이 그를 덮쳤다.

파랗게 떠오른 정맥에 바늘을 찔러 넣는다. 피부가 따끔하다. 피스톤을 누른다. 뜨거운 액체가 팔 속으로 빨려 들어가는 것을 느낀다. 뜨겁고 또 차갑다.

온몸이 차가워지면서 졸음이 단박에 사라졌다. 눈앞에서 빛이 반짝거리고 혼탁하던 머리가 끝도 없이 맑아졌다. 깃털처럼 몸이 가볍다. 움직이지 않으면 안 된다는 의무감 같은 것이 머릿속에서 수런대며 일어선다. 자신감이 솟구치고 무작정 행복했다. 팔에서 주사기를 뽑았다.

"기다려, 가나코!"

차 안에서 외쳤다. 너무 큰 소리를 지르는 바람에 바깥까지 들렸는지 등교하는 아이들이 놀란 눈으로 후지시마를 바라본다. 후지시마는 다정하게 손을 흔들어 주었다.

가스카베 시내의 주택지로 들어섰다. 드넓은 공원과 작은 공원이 점재하는 주택지. 흰색을 기조로 한 모델하우스 같은 주택들이 늘어섰다. 담이나 정원에는 허브식물과 꽃이 심어져 있었다. 몇 미터 앞 초등학교에서 어린아이들의 함성이 들려왔다. 오사나이의 집은 경찰관사가 아니라 주택지에 있었다.

주변 집들에 비해 지붕의 빨간 칠이 벗겨지기도 해서 몇 십 년 전에 지은 것처럼 보였다. 정원도 거의 없고 벽도 오랜 세월을 견디느라 많이 부식된 상태였다. 현관 앞에 놓인 우편함에 가족 이름이 적혀 있었다. 오사나이, 아내, 아이 그리고 어머니인 듯한 이름이 있었다. 벽에는 담쟁이 넝쿨이 자랐고 현관 앞에는 화분 몇 개가 놓였다.

거기서 50미터 정도 떨어진 길에 서 있는 하얀 블루버드. 어디를 보나 일반 자동차를 가장한 패트롤카 같은 차였다. 차 안에는 남자 둘이 있었다. 그들을 한쪽 눈으로 살펴보면서 벨을 누르지 않고 그냥 현관문을 밀었다. 내사과 경관들은 차에서 나오려 하지도 않았다. 문은 잠기지 않았다. 조용히 현관 안으로 들어갔다.

이상하리만치 긴장되지 않는다. 설마 오사나이가 집에 있을 리는 없으리라. 다만 흥분되고 절박한 느낌이 일었다. 햇살에 색이 많이 바랜 복도, 세월이 느껴지는 기둥이 눈에 들어왔다. 거실의 텔레비전에서 NHK 아침 드라마의 주제곡이 흘러나왔다. 신발을 신은 채 들어갔다. 부엌에서 사람 기척이 나고 발자국 소리도 들린다. 거실을 엿본다.

유치원 제복을 입은 남자애가 멍하니 텔레비전을 보고 있었다. 누렇게 뜬 얼굴에 부자연스럽게 몸이 퉁퉁해 보였다. 거실에 선 후지시마의 모습을 보고 놀란 듯 입을 벌렸다. 콜트를 들고 소리가 들려오는 부엌으로 조용히 다가갔다. 엉겁결에 오사나이의 아내로 보이는 여자와 시선이 마주쳤다. 식탁에는 도시락을 넣었음직한 가방이 놓였고, 그녀의 손에는 도시락 반찬이 들려 있었다. 그녀는 반사적으로 뒷걸음치다가 허리를 개수대에 부딪쳤다. 도마와 그 위에 놓인 접시와 식칼이 흔들리며 소리를 낸다.

"누, 누구?"

아직 30대로 보이는 오사나이의 아내는 몸집이 작고 귀여운 얼굴이었다. 남편의 이변을 아는지 모르는지 앞치마를 두른 몸이 육감적이었다. 이제 아들을 유치원에 데려다 줄 생각이었을까, 엷게 화장을 했다. 갑작스런 침입자에 놀라 눈을 화들짝 떴다. 말없이 부엌으로 들어갔다. 권총을 숨기면서. 그녀는 두려움에 휩싸인 채 손을 뒤로 돌려 식칼을 잡으려고 했다.

"그만둬."

바로 권총을 들이댔다. 상황을 이해하지 못했는지 그녀는 식칼을 잡았다. 후지시마에게서 더 멀어지려고 뒷걸음친다.

"그거 버리고 이리 와."

그녀는 테이블 건너편까지 도망쳤다. 식칼을 앞으로 내민 채 도발적인 눈길로. 테이블 위의 무선 전화기로 다가간다. 후지시마는 웃음을 떠올렸다. 콜트의 굉음이 부엌 공기를 뒤흔들었다. 팔에 강렬한 반동이 전해진다. 개수대 아래 문이 부서지고 베니어판이 흩어졌다. 오사나이의 아내는 경련을 일으키며 멍한 눈길로 흩어진 파편을 바라보았다. 후지시마는 열린 창으로 바깥을 보았다. 블루버드에서 누가 내리는 낌새는 없었다.

"이리 와."

"왜…… 당신, 도대체."

"그거 버려."

"당신, 당신은…….'

얼이 빠진 여자를 향해 보란 듯 권총을 흔들었다. 그녀의 손에서 식칼이 떨어진다.

"넌 알 테지. 절대로 모른다는 말은 하지 마."

"남편 말인가요? 남편이 당신을⋯⋯."

"이리 오란 말이야!"

그녀는 힘없이 고개를 저었다. 무릎이 떨리고 있었다. 가학적인 환희가 들끓었다. 몸이 뭔가에 점령당한 듯 강박관념이 솟구쳤다. 등 뒤에서 누군가가 다가오는 소리가 났다. 뒤를 돌아보았다. 오사나이의 아내가 절망적인 비명을 질렀다.

"오면 안 돼!"

백도 같은 볼을 한 아이였다. 다만 아직 한참 덜 익은 색깔이었다. 어머니를 닮은 커다란 눈이 어쩐지 누렇게 변색된 것처럼 보였다. 흰색 반팔 유치원복과 모자를 헐렁하게 걸쳤다.

옷 사이로 보이는 피부는 염증 때문인지 빨갛게 달아올랐다. 예의로라도 귀엽다는 말은 할 수 없는 얼굴이었다. 그러나 자신도 모르게 가슴이 미어질 듯 아파 왔다. 울분과 분노가 그 아픔을 지워 버렸다. 가나코가 속삭인다. 죽이라고. 살아 있을 이유 같은 건 하나도 없다고.

"부탁이야, 그 애는!"

후지시마는 총구를 아이의 머리로 옮겼다. 스스로도 이상하리만치 자연스런 움직임이었다.

"그만둬!"

그녀가 절규했다.

주저 없이 방아쇠를 당겼다.

총성이 울리지 않고 슬라이드가 도중에 멈추면서 약실이 그냥 드러났다. 총알이 한 발뿐이었던 것이다. 아이는 멍하니 총구를 바라보았다. 오사나이의 아내는 손바닥으로 입을 막으며 바닥에 주저앉고 말았다.

"왜, 당신이 왜?"

호주머니에서 총알을 꺼내 탄창에 하나씩 끼워 넣었다. 장착을 하고 슬라이드를 당겼다. 다시 아이의 머리에 갖다 댔다.

"이번에는 틀림없이 날려 버릴 테니까."

처참한 비명이 메아리쳤다. 총을 겨눈 채 호주머니에서 휴대전화를 꺼냈다. 그녀에게 던졌다.

"오사나이에게 전화해. 이상한 흉내 내지 마. 아들 머리를 날려 버리고 싶지 않으면."

그녀는 수도 없이 고개를 끄덕이면서 떨리는 손가락으로 버튼을 누르고 휴대전화를 귀에 댔다. 아이의 검은 눈동자가 의문 부호를 달고 허공을 떠돌았다.

후지시마가 중얼거렸다.

"아무것도 모른 채 이대로 그냥 죽는 편이 나은 것 같은데 말이야."

그녀는 눈물 젖은 얼굴을 들어 올렸다.

"연결이 안 돼요."

"될 때까지 걸어."

"제발…… 부탁이에요."

그녀는 기도하는 듯한 손길로 다시 버튼을 누르고 귀에 댔다.

이윽고 억양 없는 기계음 같은 어투로 말했다.

"전원이 꺼졌어요."

"평상시에도 그래?"

"아녜요…… 그렇지는."

"이상하지 않아?"

"남편은 형삽니다. 그래서…… 아이 문제도 있고요. 언제든 연결되게 해 둬요. 무슨 일이라도 있나요, 그 사람한테?"

걷어 올라간 앞치마 아래로 하얀 허벅지가 드러났다.

"너희는 이미 끝났어."

갑자기 아이가 어머니한테 달려갔다. 총구가 그 뒤를 따른다. 거리상 결코 비껴갈 수 없다. 여자가 아이를 끌어안는다. 아이가 고통스러워하리만치 세차게.

"이 애한테는 제발."

마츠시다가 나가노를 끌어안으며 후지시마를 노려보았다.

"너희가 죽였어."

"죽이다니……."

마치 외국어를 들은 것 같은 반응이었다. 노슬립 원피스. 그 사이로 하얀 브래지어가 보인다.

"소녀를 죽였어. 아무도 너희를 구원해 주지 않아. 너희는 많은 사람을 죽였어. 그리고 이번에는 나의."

가나코가 고통으로 얼굴을 일그러뜨린다. 놈들에게 당하는 모습이 보였다. 입술이 움직였다. 내가 당한 것만큼 복수해 줘. 격한 두통이 일어나 그 자리에 쭈그리고 앉는다.

"난 아무 짓도 안 했어……. 널 사랑했어. 난 너를……."

"빨리!"

환영이 깨지고 현실로 돌아왔다. 그녀는 아이의 손을 끌며 뒷문으로 도망치려 했다. 후지시마는 팔을 한껏 뻗었다. 어깨까지 내려온 머리카락을 잡고 끌어당겼다. 샴푸 냄새가 났다. 테이블 모서리에 여자의 등을 사정없이 박았다. 테이블 위의 도시락통과 반찬이 떨어지면서 세찬 소리를 낸다. 울부짖는 아이의 볼을 친다.

"그만둬."

"날 뭘로 보고."

"제발."

바닥에 떨어진 도시락 반찬을 짓밟는다.

"옷 벗어."

그녀가 절망에 물든 눈동자로 그를 올려다보았다.

"빨리! 아이를 죽이고 싶어?"

총구를 아이의 관자놀이에 갖다 댄다. 불에 덴 듯한 울음소리가 났다. 노호와 비명이 뒤섞이며 집 안을 가득 채웠다. 당연히 잠복하는 형사들의 귀에도 닿았을 것이다. 하지만 그들은 간섭하지 않았다. 그녀는 납인형처럼 창백해진 채 뻣뻣하게 굳어 버렸다. 권총을 배와 바지 사이에 넣었다. 아릴 만큼 딱딱하게 솟구쳐 오른 사타구니에 총구를 댔다.

호주머니에서 폴딩나이프를 꺼냈다. 한 손으로 칼날을 꺼내 아이의 볼에 들이댔다. 너무 힘을 주는 바람에 칼끝이 파묻혀 지익 피부를 가르자 피가 하얀 볼을 타고 흘렀다. 울음소리라고도 할 수 없는 짐승의 포효 같은 비명이 터져 나왔다. 상처 입은 자식을 눈 앞에 두고 그녀는 입술을 달달 떨면서 앞치마를 벗어던지고 원피스를 벗어던졌다. 하얀 속옷이 드러났다. 팔과 얼굴만 살짝 햇빛에 그을렸다. 가슴과 다리는 혈관이 비쳐 보일 만큼 하얗다. 그 대비가 욕망을 부추겼다. 아이를 거칠게 바닥에 밀쳐 버린다.

"울음 그쳐. 안 그러면 엄마를 죽여 버릴 거야, 알았어? 너만이 아냐. 엄마도 아빠도 다 죽여 버릴 거야."

아이는 야무지게 입술을 깨물더니 울먹이면서 손바닥으로 입을 가렸다.

"……제발. 아이만은 놓아주세요. 부탁이에요."

타오르는 눈길로 오사나이 아내의 몸을 훑어보았다. 불쑥 나이프를 들이댔다. 칼날은 피부에 닿기 직전에 멈추었다. 짧은 비명이 터져 나왔다. 가슴에서 아랫배 쪽으로 천천히 칼날을 움직였다.

"이렇게 죽였어, 이렇게."

몇 번이나 칼로 찌르는 시늉을 했다. 그때마다 그녀의 몸은 까딱까딱 위로 튀어 올랐다.

"네 남편이란 인간은 살인자야. 내 딸도 죽었을지 몰라. 너희는 죽은 사람들의 고통을 알아야 해."

"거짓말…… 말도 안 돼."

"네 남편은 휴가를 핑계로 몸을 숨겼어. 알고 있었어? 저기 선차를 봐. 이 집을 감시하는 거야."

"그 사람이 왜 그런 짓을……."

후지시마는 아이를 내려다보았다. 그것만으로 그녀는 모든 것을 이해한 것 같았다. 얼이 빠진 표정으로 중얼거렸다.

"그거, 거짓말이죠?"

"남편이 어딨는지 말해."

"……몰라요."

"놈들이 있는 곳을 대!"

가슴을 가린 브래지어 어깨끈을 잘랐다. 브래지어가 바닥에 떨어지고 작은 가슴이 드러났다. 그녀는 가릴 생각도 하지 않고 외쳐 댔다.

"몰라, 정말로 몰라."

반라의 여자 위에 올라탔다. 함께 바닥에 드러누워 허리에 팔을 두르고 얼굴을 목덜미에 갖다 댔다. 턱에 손바닥이 닿더니 본능적으로 몸을 지키려는 강렬한 힘이 전해져 왔다. 공포에 질린 비명이 고막을 울린다.

"닥쳐."

공간을 태워 버릴 것 같은 열기가 머리 꼭대기로 치솟았다. 여자의 팔을 누른 다음 나이프를 흔들어 보였다.

"한번만 더 움직이면 죽여 버릴 거야. 꼬마도 같이. 너희는 대가를 치러야 해."

그 말에 동의하는 몇 사람의 목소리가 들린 것 같았다. 스스로 한 말에 흥분하면서 도취의 소용돌이에 말려들 정도로 그 목소리는 그에게 힘이 되어 주었다. 그녀의 팔을 누르면서 팬티를 끌어내렸다. 검은 음모가 엿보였다. 이성의 둑이 무너져 내리는 것을 자각하며 그녀의 살갗을 빨았다.

몇 번이나 사정했다. 쾌락을 넘어 이미 통증에 가까운 감각뿐이었다. 그래도 음경은 강도를 유지했다. 멈출 수가 없었다. 여자의 음부에 피멍이 맺히기 시작했다. 그러는 동안 여자의 흐느낌이 그의 신경을 거슬렸다. 기리코에게 한 것처럼 각성제를 사용할까 생각했다. 실행은 하지 않았다. 연민이나 자비 때문이 아니라 양이 줄어드는 것이 두려워서였다. 그 대신 선반에 있던 위스키를 머금고 입으로 옮겨 마시게 했다.

아이는 한참이나 바닥에 엎드린 채 울다가 조용해졌다. 울다지쳐 부어오른 눈꺼풀로 그냥 잠들어 버렸다. 몇 번 전화벨이 울렸다. 그때마다 행위를 중단하고 전화를 받게 했다. 등에 나이프를 대고서. 허튼 소리를 하면 찔러 버리겠다고 협박했다. 오사나이가 아니라는 것이 확인되면 수화기를 집어던지고 다시 행위에 들어갔다.

혼이 빠져나가는 것 같은 아슬아슬한 감각이 몸을 감쌌다. 조금도 피로하지 않았다. 태양이 높이 솟아올라 실내 온도를 무섭게 올려놓았다. 각성제가 피 속을 치달리며 피부 바깥으로 끝도 없이 땀을 빼냈다. 몇 번째 전화벨이 울렸다. 바닥에 엎드린 오사나이의 아내는 술냄새를 풀풀 풍기며 팔다리를 한껏 뻗은 채 꼼짝도 하지 않았다. 통화 버튼을 누르고 수화기를 억지로 귀에 대 주었다.

"어이, 말을 해야지."

"……여보세요."

얼이 빠진 그녀의 눈동자에 빛이 되살아났다. 남자의 낮은 음색이 흘러나왔다. 오사나이. 수화기를 빼앗아 들었다.

"오사나이."

"넌?"

오사나이는 잠시 말을 멈추더니 꽉 조인 음성으로 말했다.

"아내한테 무슨 짓을 했어?"

"마누라만이 아니지. 아이도 잊지 마. 네 마누라, 꽤 맛이 괜찮은데 그래. 아이도 조금만 늦었으면 머리통을 날려 버리려고 했어. 모든 게 네놈 탓이야."

"네놈이……."

성대가 찌부러지는 듯한 낮은 목소리였다. 광기를 띤 혐오스런 신음이었다.

"딸은 어딨어?"

"딸?"

"다시 묻지 않겠어. 빨리 대답해."

거친 숨소리가 사라지고 정적이 깔렸다.

"아직 죽이지는 않았어."

땀에 젖은 바닥에 무릎을 꿇었다. 살아 있다는 안도감보다는 가나코가 사로잡혔다는 사실이 무겁게 가슴을 짓눌렀다. 눈에서 증오의 불꽃이 일었다.

"목소리를 들려 줘 봐."

"무리야. 동료가 다른 장소에 가둬 두었어."

여자의 앞 머리카락을 끌어당겼다. 맥 빠진 비명이 흘러나왔다.

"딸은 분명히 살아 있는 거지, 정말이지? 만일 거짓이면 바로 이 자리에서 네 마누라고 아이고 한꺼번에 저세상으로 보내 버릴 테니까."

"사진은 네놈이 가지고 있을 테지?"

후지시마는 긍정도 부정도 하지 않고 입을 다물었다. 오사나이가 말했다.

"교환하자. 네 딸하고. 동료를 설득해서 바깥으로 데리고 나가지."

"네놈 아내와 아이를 데리고 갈 거야. 수상한 짓만 해 봐. 바로 죽여 버릴 테니까. 두 시간 뒤, 중앙청과시장 주차장."

"어이."

반론이 나오기 전에 오사나이의 아내에게 수화기를 들이밀었다.

"제발 시키는 대로 해. 그리고 말해 줘. 당신이…… 정말로 사람을 죽였어?"

수화기를 빼앗았다.

"불만 있어?"

코를 훌쩍이는 소리가 났다. 오사나이가 우는 것 같았다.

"네놈을 죽여 버릴 거야."

"그건 내가 할 소리. 상처 하나 입히지 말고 데리고 나와. 안 그러면 죽여 버릴 테니까."

말을 끝내기도 전에 전화가 끊어졌다. 그녀의 팔을 잡았다. 실 끊어진 인형 같았다.

"일어서. 빨리 옷 갈아입고 와."

부엌에서 눈물에 젖은 채 잠든 아이를 흔들어 깨웠다.

"그 애는 건드리지 마."

어머니의 절규를 등 뒤로 들으며 후지시마는 아이에게 말했다.

"아빠 만나러 가야지."

불안했다. 가나코는 무사할까. 과연 딸은 놈들에게 잡혔을까. 오사나이는 딸을 데리고 나올까. 모든 것이 끝났을 때, 가나코는 자신에게 무슨 말을 할까. 답이 있을 리 없었다. 각성제가 가져다 준 자신감이 한순간에 그런 불안을 지워 버렸다. 후지시마는 권총을 꽉 거머쥐며 기원했다.

3년 전 | 10

한적한 주택가. 표시가 될 만한 건물이나 풍경을 찾으며 헤맨다. 이윽고 큰 강 같은 신오미야 우회로로 나선다. 거기서 비로소 자신이 선 장소를 확인한 뒤 바로 가까운 곳에 경찰서와 교통기동대가 있다는 것을 알고 숨을 딱 멈추었다. 마치 자신이 어떤 경계선을 넘어서 범죄자가 되어 버린 기분이었다.

육교를 건너 잰걸음으로 우회로 반대편으로 갔다. 퉁퉁 부어오른 얼굴에 생쥐처럼 젖은 소년을 순찰 중인 경찰이 보고 그냥 지나칠 리 없다.

나무가 울창한 종합공원으로 들어섰다. 광장에도 산책로에도 사람 그림자는 없었다. 공중 화장실을 발견하고 안으로 들어가 문을 잠갔다. 지린내가 진동하고 화장지가 바닥에 마구 흩어져 있었다. 청결하지는 않았지만 비를 피하는 것만으로도 충분했다. 양변기라는 것이 고마웠다.

몸에 달라붙은 셔츠를 벗었다. 물을 짜내고 문에 걸었다. 그게 고작이었다. 변기에 앉아 뒤에 뺀은 파이프에 몸을 기댔다. 흥분한 탓인지 맞아서인지 반라가 되었는데도 몸은 이상하리만치 뜨거웠다.

코피는 벌써 멈추었고 입술 위에 피딱지가 달라붙었다. 복근은 손가락으로 만지기만 해도 욱신거리며 아팠다. 놈들이 힘 조절을 해서 이 정도라는 것을 안다. 나를 조에게 바치려면 심하게 상처를 입히지 말아야 하기 때문일 것이다.

자 보려고 했다. 그런데 흥분이 좀처럼 가라앉지 않았다. 침대에 눕고 싶었다. 그렇지만 이젠 집으로 돌아갈 수도 없다. 어머니 아버지를 만나면 결의가 쪼그라들고 말 것이다. 두 사람은 나를 절대로 내버려 두지 않을 것이다.

빗소리와 정적. 격한 피로에 휩싸여 꾸벅꾸벅 졸기 시작했다. 그렇지만 누군가가 화장실 안으로 들어올 때마다 깜짝 놀라며 깬다. 놈들이라면 그리고 그녀라면 내가 어디에 몸을 숨기건 금방 알아낼 것만 같았다. 숨을 멈추고 떨리는 무릎을 누른 채 시간을 죽였다. 누군가 문을 부수고 들어오는 환영에 그만 고함을 지를 뻔하기도 했다. 예민하게 튀어 오르는 신경을 잠재우기 위해 몸을 웅크리고 눈을 감았다.

그러나 눈꺼풀 안쪽에는 늘 그녀의 모습이 떠오른다. 쨍하니 맑은 하늘 아래서 와인 병을 끌어안았다.

그거면 됐잖아. 그 찬란하고 행복한 기억만 있다면. 진실이야 어떻든 그때 내가 구원받은 것만은 사실이 아닌가.

아니, 아직이다. 아직 끝내서는 안 된다. 그녀에게 따졌다. 너무도 더럽고 야비하다고. 나는 그 악마에게 모든 걸 빼앗겼다고.

두 마음이 몇 만 번을 충돌하며 사투를 벌였다. 이윽고 싸우다 지쳐서 다시 졸기 시작했다. 그런 과정을 반복하면서 시간이 흐르기를 기다렸다.

창으로 비쳐 드는 햇살이 청색에서 감색으로 바뀌었다. 어둠이 주변을 감싸기 시작한다. 화장실 입구에서 수명이 간당간당하는 형광등이 하얗게 깜빡인다. 셔츠를 입었다. 아직도 축축하지만 그건 아무래도 좋았다.

환영을 떨쳐 내면서 문을 열었다. 화장실을 나서기 전에 거울을 보았다. 어두워 잘 보이지 않는다. 얼굴 윤곽에는 그리 큰 변화가 없다는 것을 안다. 이 정도면 됐어. 적어도 밤에는 사람 눈에 띄지 않을 것이다.

축축하게 젖은 나무들이 공기를 빨아들이고 있다. 비는 이미 그쳤지만 공원 가로등이나 형광등에 무수한 날벌레가 모여든다. 종합공원을 나서서 우리 집이 있는 방향으로 발걸음을 옮겼다. 길을 가는 도중에 몇 번이나 소음기를 벗겨 낸 오토바이나 엄청 높은 볼륨으로 음악을 틀고 달려가는 승용차와 스쳤다. 그것만으로도 내장이 타는 듯한 분노가 치솟았다.

편의점에 들러 테이프를 샀다. 빛과 음악이 가득한 장소. 안도의 한숨을 내쉬면서도 점원이나 손님의 시선이 내 얼굴에 머무는 것 같아 마음이 다급해졌다. 시간 감각이 마비되었다. 얼마나 밤거리를 걸었는지 모른다. 이윽고 학교 시계탑에서 울려 나오는 소리에 밤 10시라는 것을 알았다. 교문을 넘으면서 학교의 모든 창을 재빨리 살폈다. 1층 교직원실에도 체육관에도 불빛은 없었다. 비상 통로를 가리키는 초록색 등만이 음침하게 빛난다. 무인의 공간에 모든 어둠을 끌어 모은 듯한 밤이 펼쳐져 있었다. 건물이 의지를 가진 생물체처럼 가만히 나를 내려다보고 있었다.

여름 방학 때 친구하고 여기서 담력 시합을 한 적이 있었다. 정면 현관과 교직원실을 모두 잠가 놓았지만 모든 창문을 일일이 살펴서 어떻게든 건물 안으로 들어가는 것이다.

복도 창문 하나가 소리도 없이 열려 나를 흥분시켰다. 그 기쁨을 꾹 누르면서 한층 스릴을 즐기기 위해 제안했다. 과학실에 있는 해골 표본을 보러 가자고. 음악실 피아노가 제멋대로 소리를 낸대. 바흐와 베토벤 초상화 눈에서 빛이 난다고 하더라.

그러면서도 우리는 창을 넘자마자 서로에게 미뤘다. 네가 가봐. 아냐, 네가 먼저 가야 해. 그러다 둘 중 하나가 비명을 지르는 바람에 그냥 창을 넘어 도망쳐야 했다. 그때는 어둠과 정적이 무서웠다.

창문에 테이프를 붙였다. 대각선으로 엇갈리게 붙인다. 텔레비전이나 영화에서 본 도둑은 이런 식으로 테이프를 붙였다.

돌 하나를 집어 들고 테이프 위를 탁탁 쳤다. 유리에 금이 갔다.

테이프를 조용히 벗겨 냈다. 파편이 떨어져 나간 자리에 구멍이 뻥 뚫렸다. 팔을 뻗어 잠금 장치를 풀었다.

복도 앞이 새카맣다. 귀가 아플 만큼 조용했다. 그렇지만 그 시절의 공포나 스릴은 없었다. 내가 다른 생물체로 변해 버린 느낌이었다. 어둠이 짙어질수록 환영도 사라져 마음이 편했다. 눈이 어둠에 익기를 기다렸다. 희미하게 시야가 열린 것을 확인하고 발걸음을 옮겼다. 체육관 쪽 야구부실까지.

문에는 자물쇠가 걸려 있었다. 열쇠 더미를 꺼냈다. 자전거 열쇠 따위와 같이 붙어 있었다. 미련이 남아 버리지 않은 보람이 있었다.

문을 열었다. 오랜만에 맡아 보는 먼지 냄새, 파스 냄새. 낡은 볼이 산처럼 쌓였고 플라스틱 박스에는 배트 몇 개가 꽂혔다. 누군가가 벗어던진 스파이크도 보였다. 낡을 대로 낡은 글러브가 선반에 박혀 있다. 중앙에는 바퀴 달린 피칭머신이 떡하니 자리 잡았다. 어지러운 방. 내 모든 것이 있었던 방.

오로지 순수하게 부원들과 떠들었다. 이 냄새 나는 방에서 빵이니 크로켓 따위를 먹었다. 담배를 피웠다. 모든 것이 아주 먼 옛날 일처럼 느껴졌다. 그 옛날 그 자리에 있던 사람이 내가 아닌 다른 사람인 것 같았다.

여기에 버려진 내 바지를 그녀가 찾아 주었다. 그때 그녀는 무슨 생각을 했을까.

알루미늄 배트를 집어 들었다. 누군가의 배트일 것이다. 바닥에 구르는 소프트 케이스에 배트를 넣었다. 선반에는 주장 이시바시의 스포츠백이 놓여 있었다. 안에는 강렬한 땀 냄새를 풍기는 연습복과 담배 케이스와 라이터가 있었다.

어둠 속에서 보라색 불빛이 일었다. 엷은 보라색 연기가 피어오른다. 폐 저 안쪽까지 연기를 빨아들인다. 오랜만의 담배였지만 스릴도 없고 탈선의 맛도 없었다.

의자에 앉아 부원이 외치는 소리나 웃음에 귀를 기울였다. 여기서 주고받은 무수한 이야기를 떠올리며 더는 참지 못하고 울음을 터뜨렸다.

19

침착해야 해. 수런대며 안절부절못하는 자신을 억눌렀다.

오사나이의 아내에게 청바지와 긴팔 셔츠를 입게 했다. 아이도 똑같이 입혔다. 둘 다 피로에 절어 발걸음이 무겁다. 부엌문을 통해 바깥으로 나왔다. 경찰의 방해를 받고 싶지 않았다. 이웃집으로 이어지는 벽을 넘었다. 아이는 후지시마가 끌어안았다. 인기척 없는 이웃집 정원을 가로질러 후지시마의 차 쪽으로 데려갔다. 여자에게 운전을 시켰다. 뒷자리에 총을 들고 앉았다. 아이는 10분도 되지 않아 멀미를 하며 비닐봉지에 토했다. 시큼한 토사물 냄새가 차 안을 가득 채웠다.

휴대전화가 울렸다. 아사이의 번호가 떠올랐다.

"뭔데?"

"어디로 갑니까?"

아사이의 어투가 절박하다. 후지시마는 입을 다물었다.

"오사나이의 가족을 데리고 어디로 가는 겁니까?"

후지시마는 여전히 말이 없었다.

"그하고 연락을 했군요."

"그렇지."

"어디서 만나기로 했습니까?"

"너희들 시나리오에 맞추고 싶지 않아. 지금부터는 가르쳐 주지 않을 테니까."

"계장님……."

"난 네가 기르는 개가 아냐."

"따님 목숨은 어떻게 합니까?"

"마음에도 없는 말은 하지도 마. 넌 나를 이용했어. 이제 곧 놈이 딸을 데리고 와. 내 딸을 구할 수 있는 사람은 나뿐이야."

"그도…… 무장했을 겁니다. 그리고 혼자만은 아닐 겁니다."

"그래서 어떡하라고. 죽여 버릴 거야. 반드시. 죽여 버리겠어."

"계장님, 냉정하게 생각해 보세요."

후지시마는 파랗게 질려 벌벌 떠는 아이를 바라보았다.

"너희하고 아무 관계도 없어."

휴대전화 전원을 끄고 호주머니에 넣었다.

핸들을 잡은 여자의 손이 떨렸다. 너무 느려서 뒤차들이 줄줄이 추월해 간다. 후지시마가 시트를 발로 걷어찼다.

"운전 제대로 해. 아이의 목숨이 걸렸다는 것도 몰라."

"이제 남편하고 만나는 거네요."

후지시마는 권총을 만지작거렸다. 탄창을 빼내 총알이 제대로 들었는지 확인한다.

"만나면 죽일 거야."

보닛이 트럭 꽁무니에 닿을 지경에 이르렀다.

"어이!"

시트를 찼다. 급브레이크. 앞으로 꼬꾸라지려는 아이의 몸을 잡았다.

"말하지 마. 이런 데서 멈추면 어떡하겠다는 거야."

"한 가지만 말해 주세요. 남편이 당신 딸을 유괴한 건가요?"

"죽였을지도 몰라. 내가 너한테 한 짓을 했을지도 모르고."

"남편은."

"남편은 절대로 그런 짓 안 한다는 거지?"

후지시마의 볼이 떨렸다. 분노와 웃음이 동시에 솟구쳤다.

"놈은 돈 많은 변태를 위해 일해 주는 거야. 그놈의 개가 되어 몇이나 죽였어. 배를 가르고 심장을 찌르고. 실제로 손을 쓴 게 놈이 아니라 하더라도 현장에 있었던 건 분명해. 미친 거야, 그놈은."

그녀는 얼굴을 핸들에 박은 채 꼼짝도 하지 않았다. 신호가 초록색으로 바뀌었다. 클랙슨 소리에 이윽고 움직이기 시작했다.

"믿을 수 없어. 아무리 생각해도 믿기지 않아."

국도 17호선과 합류하는 지점에 이르자 차량이 밀리기 시작했다.

길 위에 멈춰 선 수백 대의 차량이 내뿜는 에너지가 하늘을 뒤틀어 놓았다.

그녀가 말했다.

"그 애는 수술을 한 지금도 일주일에 몇 번이나 투석을 받아요. 입원도 해야 하고요. 오늘처럼 바깥으로 나오는 날은 아주 드물죠."

"그래서?"

"수술비 그리고 치료비. 지금까지도 많이 무리했어요. 앞으로 얼마나 더 들지 도무지 가늠이 안 돼요. 아무튼 거금이 든다는 것 밖에는."

"형사 월급으로는 어림도 없지. 그러나 놈은 그 돈을 어떻게든 마련했어."

"당신 말을 믿는 건 아니에요. 지금까지 공제조합에서 빌렸다고 했어요, 그 사람은."

"놈은 3년 전부터 어디서도 돈을 빌리지 않았어. 사채업자한테서도 조합에서도."

"……"

후지시마는 곁에서 잠든 아이를 내려다보았다. 대견하게도 하얀 종이 같은 안색으로 불평 한마디 없이 버티고 있었다.

"그건…… 그렇지만 융자를 받았다고 했는데."

후지시마는 혀를 차면서 뒷문을 열고 내렸다. 타오르는 아스팔트와 피어오르는 열기. 운전석 문을 열고 그녀에게 조수석으로 옮겨 타라고 손짓했다. 핸들을 한손에 잡고 왼손에 잡은 권총으로 그녀를 겨냥했다. 쓸데없는 짓을 하면 쏘아 버리겠다고 총구를 옆구리에 들이댔다.

그녀는 조수석에서 무릎에 얼굴을 박고 흐느껴 울었다. 남의 눈길도 의식하지 않고 큰 소리로 울었다. 아이도 흐느끼기 시작했다. 지금까지 참았던 것을 쏟아내는 것 같았다. 후지시마는 다른 생각에 빠져들었다. 놈이 살인을 거듭한 것은 어린아이를 위해서가 아니라 살인의 쾌락을 탐닉하지 않았을까 하고. 공포의 금기를 깨뜨리고 넘어선 사내. 그 순간 그 내면에 어떤 풍경이 펼쳐졌는지 알고 싶었다.

심장이 아프다. 앞일을 상상했다. 설령 살아남는다 해도 편히 잠들 날은 영원히 찾아오지 않을 것이다.

오후의 청과물 시장은 한산했다. 국도 17호선 고가도로 가까운 곳이다. 주차장에 차가 듬성한 가운데 고가도로의 그늘에 감싸여 있었다. 권총을 겨눈 채 오사나이의 모습을 찾았다. 가나코의 모습을 찾았다. 약속한 시간까지는 아직도 한 시간이 남았다. 어디에도 안 보인다. 때로 냉동트럭이나 밴이 먼지를 날리며 주차장 곁을 스쳐 지나간다. 그때마다 몸이 긴장하고 살의를 불태운다. 숨이 차오르고 땀이 솟구친다. 아지랑이처럼 흔들리는 가나코의 모습이 환영으로 일어난다.

차 안에 있는 오사나이의 가족에게도 눈길을 던진다. 여자는 축 늘어진 아이를 무릎에 앉히고 이마에 맺힌 땀을 손수건으로 닦고 있었다.

3시 20분. 약속 시간까지 앞으로 10분. 놈, 아니 놈들은 안 보인다. 몇 놈이건 쓰러뜨릴 자신이 있었다. 온몸을 치달리는 차갑고도 뜨거운 피가 단 한 점의 의구심조차 비집고 들어올 틈을 주지 않았다. 오로지 초조감만 증폭되어 갔다. 페트병 물을 몇 번 들이켜 입 안을 헹궜다.

시장 방향이었다. 독특한 모터 소리와 함께 지게차가 다가왔다. 목제 팔레트가 실려 있어 운전석이 보이지 않았다. 엔진 소리는 아주 컸지만 기어 오듯이 느렸다.

옆구리에 꽂은 권총을 빼냈다. 안전 레버를 내리면서 지게차가 더 가까이 오기를 기다렸다. 주차장에서 길 위로 나갔다. 강렬한 햇살이 머리 위에 쏟아져 내린다. 몇 번을 돌아보며 차 안을 견제하기 위해 총구를 겨누기도 했다. 오사나이의 아내는 아들을 끌어 안은 채 숨을 죽이고 있었다.

권총을 겨누면서 응시했다. 사정거리까지 충분이 다가오게 했다. 도로를 가로지르며 달려 지게차의 정면에서 옆으로 이동했다. 표적을 노리면서. 겹쳐 쌓은 팔레트 뒤를 엿보았다. 운전석에는 아무도 없었다. 멍한 의식으로 운전사도 없이 달리는 지게차로 달려갔다. 이윽고 운전석이 모두 드러났다. 액셀러레이터 페달에 테이프가 붙어 있었다. 핸들은 비닐 끈으로 고정되었고. 마치 보이지 않는 망령이 조종하는 것 같았다.

그 순간, 등 뒤에서 타이어가 바닥을 긁는 소리가 들렸다. 하얀 승용차가 평지에서 갑자기 나타났다. 좌우로 차체를 흔들어 대며 맹렬하게 달려왔다. 돌아보는 후지시마의 시야에 음울한 얼굴의 오사나이가 나타났다.

몸을 돌려 다가오는 쇳덩어리를 피하려 했다. 엄청난 힘이 허리 언저리를 박았다. 하늘과 땅이 거꾸로 돌았다. 몸이 빙글 돌았다. 상황을 이해한 그 순간 바닥에 어깨가 부딪쳤다. 너무 아파서 숨이 막혔다. 유리 파편이 흩어진다. 도어 미러가 길바닥에 미끄러진다.

셔츠 어깨가 찢어졌다. 그 상처에서 흙먼지가 뒤섞인 피가 흘렀다. 온몸이 마비된 듯이 움직일 수 없었다. 허리에서 뜨거운 통증이 일어났다. 어깨뼈가 깨지고 찌부러진 것 같았다. 바닥을 굴렀다.

몇 미터 앞에서 승용차가 멈추었다. 운전석 문이 열리고 오사나이의 발이 보였다. 낡은 파란색 스니커즈. 아파트에 침입한 리볼버 사내가 신은 그 신발이다.

오른쪽 어깨에서 아래쪽 감각이 이상했다. 손에 있어야 할 권총이 거울 파편과 함께 나뒹굴고 있었다. 시발. 신음하며 기어서 손을 뻗었다. 자신이 생각해도 어이가 없을 만치 느린 동작이었다. 오사나이가 천천히 다가와 권총을 집어 들었다.

권총을 든 오사나이를 올려다보았다. 후지시마가 알던 때보다 볼살이 쏙 빠지고 눈 주위도 푹 파였다. 학자의 지성이 느껴지던 그 눈동자는 이미 총기를 잃은 채 메마른 어둠만 깊이 펼쳐져 있었다. 정신이 아득해지는 통증을 견디며 말했다.

"너, 혼자야, 혼자냐고?"

오사나이는 말이 없었다. 총 슬라이드를 당겨 총알이 장전되었는지 확인했다. 후지시마는 윗몸을 일으키고 문이 열린 승용차를 보았다. 다른 사람이 탄 기색은 없었다. 여름의 세계가 검게 뒤틀렸다.

"가나코는 어딨어!"

놈은 후지시마를 보지도 않고 주차장 쪽으로 달려갔다. 까불지 마, 자식아. 왼손으로 호주머니를 뒤져 폴딩나이프 손잡이를 잡았다. 팔 하나로는 칼날을 끄집어 낼 수 없었다. 아스팔트 바닥에 머리를 찧은 탓인지 일어서려 해도 다리에 힘이 들어가지 않았다.

오사나이의 등을 눈으로 쫓았다. 놈은 후지시마의 카로라 앞에서 땅바닥에 무릎을 꿇었다. 뒷좌석에 있는 아내와 아들의 손을 잡고 용서를 구하려는 듯 머리를 숙이고 있었다. 등이 떨렸다. 아내와 아들은 남편의 등을 끌어안고 절규했다.

음침한 광기와 증오가 내장을 마구 긁어 댔다. 자랑하는 거야! 그 인간들이 부럽고 미웠다.

나이프의 칼날이 잘 나오지 않는다. 비틀거리며 바닥을 기어서 놈이 탔던 승용차로 다가갔다. 트렁크 안에 딸이 있는 건 아닐까. 가나코의 모습을 찾아보았다. 등 뒤에서 발자국 소리가 들렸다.

옆구리에 구둣발이 꽂혔다. 폐 안의 공기가 쥐어짠 수건의 물처럼 빠져나왔다. 갈비뼈가 뒤틀렸다. 뜨거운 아스팔트에 턱을 찧는다. 제 살이 타는 냄새가 났다. 벌러덩 드러누워 오사나이를 올려다보았다. 놈의 눈이 빨갛게 젖어 있었다. 얼굴을 뒤틀더니 몇 번 후지시마의 발을 밟았다.

"네놈은 미쳤어."

"내 딸 어딨어? 대답해. 왜 안 데리고 왔어!"

오사나이는 숨을 가쁘게 몰아쉬면서 말을 하지 않았다. 후지시마를 가만히 내려다본다. 오사나이가 총구를 겨누었다. 죽음이 뿜어내는 암흑. 그러나 두렵지 않았다.

"가나코는 어떻게 했어? 찔렀어? 쐈어? 목을 졸랐어?"

한 마디를 할 때마다 그렇게 죽은 딸의 모습이 뇌리를 스쳤다. 의식을 갉아 내는 듯한 아픔을 느꼈다.

오사나이가 입을 열었다.

"아직이야."

"뭐라고?"

"아직 네놈 딸을 찾지 못했어. 넌 여기서 죽어. 여기서 거짓말을 해서 뭐 하겠어."

오사나이는 권총을 흔들더니 소매로 눈물을 닦으며 말했다.

후지시마는 깊은 한숨을 내쉬었다. 혼이 빠져나갈 정도로. 안도감보다도 깊은 피로감이 몸을 휘감았다. 오사나이가 총구를 더 가까이 들이댔다. 후지시마의 이마와는 10센티미터도 떨어지지 않았다.

"사진은 어디 있어?"

후지시마는 웃어 보려고 했다.

"아직도 그런 말을 해야겠어?"

"……"

"넌 이미 끝장이야. 목이 달아나는 일만 남았어."

"사진은 어딨어!"

"좀 더 솔직해져 봐. 넌 지금 그딴 걸 찾는 게 아니잖아. 아이의 치료비를 마련하려는 것도 아니고 말이야. 그냥 살인이 좋아서 죽겠지? 단지 그것뿐이지?"

오사나이가 어깨를 내질렀다. 뼈가 부러졌는지 화약이 터지는 것 같은 통증이 치달렸다. 비명과 함께 후지시마가 외쳤다.

"네놈이 미친 거야! 네놈이야말로 미친놈이야!"

"네놈하고 네놈 딸하고 죽이면 그걸로 끝낼 거야."

"네놈 자식도 죽이는 게 어때? 죽이고 싶어 미치겠지?"

오사나이의 얼굴이 고문을 당한 사람처럼 일그러졌다.

"닥쳐!"

떨리는 총구를 응시한 채 후지시마가 말했다.

"대시보드."

"뭐?"

"사진, 대시보드에 들었어."

오사나이의 시선이 주차장의 카로라로 향했다. 후지시마는 손목을 휘둘러 들고 있던 나이프의 칼날을 펼쳤다. 놈의 손을 향해 뻗었다. 딱딱한 감촉. 오사나이의 입에서 배 밑바닥으로부터 짜내는 듯한 신음이 터져 나왔다.

총구에서 하얀 연기가 피어오른다. 뜨거운 숨결이 얼굴에 닿고 강철 같은 열선이 천둥을 울리며 볼을 스쳤다. 총알은 아스팔트에 부딪쳐 자갈을 튕겨 올렸다. 핑음. 그다음에는 아무 소리도 들리지 않았다.

권총을 잡은 놈의 손에 매달렸다. 권총을 빼앗으려고 체중을 실었다. 총구가 눈앞을 그리고 심장을 겨누었다. 전율하면서 힘을 주어 나이프를 박아 넣었다. 가느다란 폭포수처럼 핏줄기가 아스팔트 위로 뿌려졌다.

상대가 떨쳐 내는 힘에 밀리면서 머리에 강한 충격을 느꼈다. 허리 뼈까지 뒤흔드는 통증이 일었다. 후지시마는 이마를 감쌌다. 권총 손잡이에 맞았다는 것을 깨달았다. 다시 충격. 광대뼈를 맞고 목이 돌아간다. 의식이 흔들린다. 놈의 몸에 기대면서 무너져 내렸다.

얼굴과 셔츠에 놈의 피가 쏟아져 내린다. 입 안에서 깨진 이가 굴러다닌다. 기관지에 피가 스며들어 기침을 한다. 나이프가 바닥에 떨어진다. 피가 달라붙은 칼끝은 뼈에 부딪쳐 찌그러졌다.

오사나이의 목에서 피가 방울방울 떨어진다. 콜트를 왼손에 바꾸어 들었다.

"죽여 주지."

총성으로 지워졌던 소리가 되살아났다. 오사나이의 신음이 들렸다. 후지시마는 부러진 이를 뱉어 내고 미소 지었다.

"네가 죽어. 네가 죽는 거야."

두렵지 않다. 격정이 다가오는 죽음의 공포마저 짓눌러 버렸다.

그와 동시에 몇 대의 자동차 엔진 소리가 들렸다. 승용차와 왜건이 맹렬하게 달려왔다. 급하게 브레이크를 밟는 소리, 타이어가 아스팔트를 쓰는 소리와 함께 문이 열리고 사내 몇이 길 위로 흩어졌다. 차의 그늘과 문에 몸을 숨긴다. 오사나이는 무덤덤한 표정으로 그들의 움직임을 지켜본다.

"오사나이, 총을 버려!"

총구는 아직도 후지시마의 머리를 노린다. 총신이 두개골을 스쳤다. 열기를 띤 총신이 후지시마의 머리 가죽을 태운다. 눈을 치켜뜨고 놈을 엿본다. 지금까지의 격정이 모두 사라지고 멍한 눈길로 사내들을 둘러본다.

"오사나이!"

다른 남자가 외쳤다. 오사나이는 남자들을 보고 카로라에 탄 가족을 바라본다. 아내는 아이를 끌어안은 채 뭐라고 외친다. 그는 아내와 아이를 향해 미소 지어 보였다. 끝도 없는 고통이 짙게 배어 든 피로에 전 미소였다.

후지시마의 머리에서 총의 굴레가 벗겨져 나갔다.

"총을 버려!"

"오사나이!"

"안 돼, 멈춰!"

사내들의 고함 소리가 터져 나온다. 오사나이는 권총을 자기 머리에 갖다 댔다. 아내가 목이 찢어져라 비명을 질렀다. 그리고 모든 소리를 지우는 총성.

빨간 피보라가 후지시마의 얼굴을 덮었다. 회색 뇌 파편, 머리카락과 살이 떨어진다. 그 곁에 무릎을 꿇고 오사나이가 실 끊어진 인형처럼 쓰러진다. 뻥 뚫린 관자놀이에서 분수처럼 피가 뿜어져 나온다. 살짝 열린 눈이 유리알 같다. 붉은 뱀이 아스팔트를 기어가더니 눈 깜짝할 사이에 피 웅덩이를 만든다.

차 뒤에 숨었던 사내들이 달려온다. 모두 권총을 들고 방탄조끼를 입었다.

"바보 같은 자식."

후지시마는 달라붙은 피와 뇌 파편을 걷어 내고 중얼거린다. 남
자들이 천천히 다가왔다.

"확보!"

아사이가 후지시마의 몸을 만지며 외친다. 오사나이의 유해를
몇 사람이 둘러싼다. 이윽고 아무것도 보이지 않았다.

통증이 온몸을 꿰뚫는다. 머리를 휘감는 거대한 열기를 더는
견딜 수 없었다. 의식이 튀어 오른다. 다시 의식이 희미해져 간다.
남자들이 웅성거린다. 그런 가운데 오사나이의 아내가 내지르는
비명이 고막을 울렸다.

20

문득문득 의식이 되살아났다.

흔들리는 구급차의 진동과 함께. 차가 흔들릴 때마다 참을 수
없는 통증에 의식이 마비된다. 코르셋의 압박에 숨이 막힌다. 그
러나 금방 어둠의 심연에 잠겨 의식을 잃었다. 어둠 속에서 가나
코가 벌거벗은 채 그를 맞이했다. 몸에 달라붙어 떨어지려 하지 않
았다. 부드러운 가슴의 감촉을 느낀다. 피부는 땀에 젖었다. 후지
시마는 얼굴을 가리고 운다.

의식이 되살아나고 소독약 냄새가 코를 찔렀다. 하얀 시트, 하
얀 이불 그리고 하얀 벽이 그를 둘러쌌다. 방에는 후지시마 혼자
였다. 몸이 움직이지 않았다. 코르셋이 목을 감았다. 아마도 쇄골

이 부러진 모양이다. 어깨가 깁스로 고정되었다. 허리에도 코르셋을 감았다.

머리가 터질 것같이 답답하다. 왼손으로 더듬어 보니 여기저기 붕대투성이다. 오른팔에는 주사가 꽂혔고, 매달린 점적 봉지가 흔들렸다. 통증은 많이 줄어들었다. 진통제를 맞아서일까, 의식이 뿌옇다. 그리 나쁜 기분은 아니다. 시야에 그들의 내장과 눈알이, 찢어진 상처와 피보라가 보이지만 않는다면.

아무것도 생각할 수 없었다. 커튼 틈새에서 비쳐 드는 저녁 햇살이 따갑다. 간호사가 몇 번 들어왔다 나갔다. 어느 병원이고 자신이 얼마나 크게 다쳤는지 물어보려 했다. 입이 너무 무거워 묻는 것도 귀찮다는 생각이 들었다.

아무런 전조도 없이 슬라이드 도어가 열렸다. 두 남자가 병실로 들어섰다. 복도에도 몇 사람의 기척이 느껴졌다. 파란 제복의 경관이 입구에 선 것이 보였다. 비좁은 1인실에 남자들의 열기와 냄새가 가득했다. 진통제의 달콤한 여운이 후지시마의 얼굴을 웃게 했다.

한 사람은 모자를 쓰고 장갑 낀 손에 경찰봉을 들었다. 다른 거구의 남자가 노기에 가득 찬 표정으로 후지시마를 내려다보았다.

둘 다 가학적인 표정이었지만 눈물을 흘리고 있었다. 거구가 창가의 화병을 끌어당겨 거꾸로 흔들었다. 바닥에 하얀 부용화 꽃잎이 떨어졌다.

"시발……."

모자가 경찰봉으로 시트를 찔렀다. 꼼짝도 못 하는 후지시마에게 두 사람이 침을 뱉었다.

"네놈을 절대로 용서 못 해."

"미친 새끼."

"아는 강력계를 시켜서 죽여 버릴 거야."

"등뼈가 부러질 때까지 집어던져 버리지 뭐."

"개 같은 놈."

"옛날부터 좆 같았어, 이 자식은."

"미친개 후지시마, 소문 그대로군."

"똥개 같은 자식. 걸리는 대로 으르렁대고 이빨을 드러내?"

두 사람은 다시 후지시마의 얼굴에 침을 뱉고 병실을 나가 버렸다. 볼과 코에 달라붙은 침을 손으로 닦아 내는 데도 많은 힘이 들었다.

세 번째 남자가 방으로 들어왔다. 주름 하나 없는 짙은 감색 정장. 회색 머리카락을 7 대 3으로 나누고 은테 안경을 썼다. 민간 기업의 중역으로 보이는 외모. 후지시마가 모르는 얼굴이다.

말이 제대로 나오지 않는다.

"나는."

"그들은 오사나이 순사부장하고 동기야."

"나는…… 당신들이 바라는 대로 움직여 주었어, 그렇지?"

"알고 있어, 안다니까."

은테 안경은 상냥한 어투로 말했다.

"놈은 죽어 마땅해. 내 탓이 아냐."

"알고 있어."

"놈은 스스로 방아쇠를 당겼어."

"맞는 말이야."

"당신들은 놈이 죽기를 바랐어."

은테 안경은 고개를 끄덕였다.

"나를 여기서 나가게 해 줘."

"그건 안 돼."

"왜?"

"자네는 좀 심했어. 불법으로 권총을 소지했어. 오사나이 순사부장의 아내를 폭행했고. 게다가 다량의 각성제를 소지했어. 피에서 암페타민이 검출되었지. 또 있어."

"나를."

은테 안경이 어깨에 손을 올렸다.

"그는 자살했어. 그 이상 아무것도 없어, 알겠지?"

"나를."

"알고 있지? 대답하게."

"말 그대로야."

"뭐가?"

"놈은 스스로 머리를 쐈어. 자살했지."

"누가 말이야."

"오사나이 순사부장."

"좋았어."

은테 안경이 머리맡의 콜 버튼을 눌렀다. 이윽고 문이 열리고 청부살인업자처럼 냉혹해 보이는 간호사가 나타났다. 그녀는 주삿바늘이 안 꽂힌 팔을 잡고 주사를 놓았다.

"난…… 딸을 찾아야 해."

"당분간은 무리야. 모든 게 정리될 때까지 조용히 쉬게. 바깥에
는 자네를 죽이고 싶어 하는 인간이 우글대고 있어."

"딸을……."

은테 안경이 방을 나갔다. 잠깐 기다려. 팔에 주삿바늘을 느끼
자마자 의식이 흔들렸다. 입이 움직이지 않고 시야가 풍차처럼
돌았다. 그러나 어둠에 매몰되지는 않는다. 분노와 공포가 그것
을 거부했다.

이제 아프지 않다. 두개골이 뜨겁고 피부가 땅기는 듯한 감각.
오사나이에게 맞은 얼굴이 부어 빨간 수박처럼 부풀어 올랐다. 젤
리 같은 뇌, 뇌수와 머리카락이 달린 두개골 파편이 방 안을 날아
다닌다. 환각이라는 것을 잘 알면서도 마른침을 삼키며 응시했다.
사진 속의 소녀들이 후지시마의 몸을 핥아 댔다. 성기를 입에 머
금고는 얼굴을 위아래로 흔들어 댄다. 혀가 배꼽과 옆구리를 더듬
는 바람에 참을 수 없어 웃었다. 간지러워. 여자들의 머리카락 냄
새와 침 냄새를 분명히 맡았다. 기리코나 가나코의 모습을 갈구했
다. 두 사람은 끝내 나타나지 않았다.

3년 전 | 11

연립주택의 방에서는 빛줄기 하나 새 나오지 않았다.

상점가나 회사 기숙사가 모여 있는 지역이다. 주차장의 차 그늘에 몸을 숨기면서 그곳을 지켜보았다. 두 개의 창은 모두 불이 꺼진 채 주인의 부재를 알렸다. 혹시 벌써 잠들어 버렸을지도 모른다. 시간은 이미 새벽 2시가 넘었다. 엔도는 어머니와 둘이 살고, 그 어머니는 새벽 시간까지 술장사를 한다고 했다.

기다리는 건 이제 어렵지 않다. 주차장의 어둠이 너무 짙어서 오히려 환상에서 도망칠 수 있어 좋았다. 정적이 나의 존재를 묽게 희석해 주는 것 같았다.

모기에 물려 부어오른 피부를 긁었다. 그것조차 귀찮지 않았다. 덕분에 다른 통증을 잊을 수 있었다. 어디선가 흘러나오는 심야 라디오 시보가 새벽 3시를 알렸다. 그것을 기다리기라도 했다는 듯 아파트 앞에 차 한 대가 다가왔다.

기다렸던 사람이 온다. 나를 악몽으로 이끈 저 하얀 쉐보레 아스트로였다. 속까지 뒤흔들어 놓을 만큼 세차게 울려 나오는 음악이 심야의 정적을 깨뜨렸다. 문을 미끄러뜨리고 내려선 사람은 교복 차림의 엔도였다. 뭔가에 취했는지 길에 내려서자마자 흐느적거렸다.

운전자는 예의 그 금발 금니 사내였다. 차 안에 몇 사람이 타고 있는 듯 큰 소리가 마구 뒤섞였다. 등을 돌리고 엔도가 겔겔 웃었다. 나는 숨을 죽이고 때를 기다렸다. 쉐보레 아스트로가 짧은 클랙슨을 울리며 사라졌다. 빨간 브레이크 램프가 멀어져 갔다. 엔도는 몸을 비틀거리며 뭔가 아쉬운지 잠시 멀어지는 차를 바라보았다.

차 그늘에서 그늘로 옮겨 갔다. 배트를 넣은 소프트 케이스의 지퍼를 내리고 어둠에 잠겼다. 엔도는 불만 가득한 몸짓과 나른한 동작으로 연립주택 입구를 향해 다가간다. 가방 안을 더듬는다. 열쇠 더미가 부딪치며 차르차르 소리를 낸다.

문에 열쇠를 꽂아 넣는 순간 뛰쳐나갔다. 내가 칠 차례. 타석에 들어섰다. 오른쪽 타석에 서서 방망이를 꼭 잡는다. 금속 배트가 등의 살을 내려친다. 손에 묵직한 반응이 전해져 오고 둔탁한 소리가 났다. 엔도의 몸이 앞으로 날아가 문에 부딪쳤다.

고개를 돌리면서 놈은 믿을 수 없다는 표정을 지었다. 나는 혐오감을 드러내며 그 얼굴을 노려보았다. 그런 얼굴은 지겹게 봐 왔다. 너 같은 놈 따위, 아무것도 못 하는 인간. 집에서 기르는 강아지 정도로 여겼을 것이다.

놈이 숨을 들이쉬었다. 그걸 누가 허락이나 한대. 고함을 지르기 전에 배에 방망이를 박아 넣었다. 낡은 타이어를 치는 것보다 너무 부드러웠지만 불쾌한 느낌이 팔에 전해져 왔다.

놈은 눈알이 튀어 나올 만큼 눈을 부릅떴다. 허리를 구부리고 앞으로 푹 꼬꾸라졌다. 내 무릎에 기대듯이. 놈은 처음으로 기침을 하더니 기역 자로 꺾여 옆으로 굴렀다. 비명을 지르지 못하게 다시 한 방. 허리 언저리를 내려쳤다. 육지에 올라온 물고기처럼 놈은 콘크리트 바닥에서 튀어 올랐다.

방망이 손잡이에서 손이 잘 떨어지지 않는다. 꽂힌 열쇠를 돌려 문을 열었다. 음식물 쓰레기와 싸구려 방향제 냄새가 났다. 멱살을 잡고 방으로 끌어당겼다. 엔도는 저항하려 하지도 않는다. 너무 아파서 그럴 여유도 없다.

놈을 질질 끌면서 좁은 부엌을 가로질렀다. 배트를 입에 물었다. 미닫이를 밀었다. 파스텔 컬러로 통일된 방이다. 여기가 놈의 방일 것이다. 침대와 낮은 테이블. 바닥에는 잡지와 벗어던진 옷들이 마구 흩어져 있었다.

엔도를 벽에 기대 앉혔다. 놈은 낮은 소리를 내며 몸을 뒤틀었다. 땀이 줄줄 흘러내렸다. 나는 커튼을 걷고 바깥을 엿보았다. 놈들이 돌아올 것 같지도 않고 이웃의 누군가가 이곳을 엿보는 것 같지도 않았다.

엔도가 부엌에 던져 둔 백으로 손을 뻗으려 했다. 나는 부엌으로 내달렸다. 구원의 손길을 갈구하는 망자와도 같은 놈을 뛰어넘어 먼저 가방끈을 낚아챘다. 놈의 손가락이 동시에 끈을 잡고 서로 다툰다. 상대의 힘은 생각보다 강해 내가 가방을 끌어안았는데도 손을 놓으려 하지 않았다.

끈이 끊어지고 가방의 내용물이 바닥에 쏟아졌다. 손수건과 콘돔 같은 것이 보였다. 심장이 마구 뛴다. 다이어트 알약. 그런 약으로 보이는 하얀 분말과 나에게서 빼앗은 커트나이프. 거기에 온갖 장식물을 매단 휴대전화. 놈은 몸을 내던지듯 하며 오로지 그것만이 구원이라 생각하는지 손을 뻗었다.

방망이를 휘둘렀다. 정확히 방망이는 놈보다 빨리 휴대전화를 쳤다. 플라스틱 파편이 흩어지고 코드와 칩이 드러났다.

엔도는 부서진 휴대전화를 바라보며 입술을 바르르 떨었다.

"뭐야…… 미쳤어…… 넌 끝났어. 이런 짓을 하고도 무사히 넘어갈 줄 알아?"

나는 커트나이프를 집어 들었다.

"이미 옛날에 끝났지."

"절대로 용서하지 않을 거야. 너 같은 놈이 어떻게 나를."

"난 유령이거든. 살았는지 죽었는지 나도 잘 모르겠거든. 그렇지만 산 놈한테 달라붙을 수도 있고 죽일 수도 있어."

커트나이프의 칼날을 드러냈다. 다른 한 손으로 방망이를 잡았다.

"그 애 어딨어?"

엔도는 지겹다는 듯이 경멸스런 웃음을 흘렸다.

"몰라."

"거짓말하지 마."

"모른다고 하잖아. 장난쳐. 처음부터 이러지 그랬어. 씨파, 얌전한 척 폼만 재고 말이야. 죽이고 싶으면 죽여. 하고 싶으면 해."

"닥쳐."

나는 방망이를 휘둘렀다. 놈의 어깨를 치려 했지만 방어에 막혀 팔을 치고 말았다. 뼈에 닿았는지 깡, 마른 소리가 났다.

엔도가 신음하면서 몸을 말았다.

"씨파, 씨파, 아프단 말이야."

나는 창가를 장식한 사진으로 눈길을 던졌다. 멀리서 보아도 놈들과 같이 찍은 것임을 알 수 있었다. 무나가타와 나를 어둠으로 안내한 금발 남자, 나에게 끝도 없이 폭력을 가한 금발이 지겹다는 표정으로 렌즈를 바라보는 사진이었다. 엔도만이 즐거운 표정으로 중지를 들어 올리며 웃고 있었다. 후지시마는 그 사진에 없었다.

배트를 벽에 세웠다. 빼앗기지 않도록 놈의 손이 닿지 않을 먼 곳에.

"그 애가 새로운 세계를 보여 주었어."

"씨파…… 개 같은 자식."

"정말 예뻤어. 따스하고 풍성했어. 낙원 같았어."

"무슨…… 말이야, 그거?"

"그렇지만 그게 무너지려고 해. 애당초 그런 건 없었을지도 모르고. 죽는 것보다 괴로워. 네놈들 때문이야."

개수대 손잡이에 걸린 수건을 집어 들었다. 고통 때문에 꼼짝도 못 하는 놈에게 다가갔다. 팔을 등 뒤로 돌려 타월로 묶었다. 엔도의 피부는 부드럽고 체온도 높았다. 술 냄새와 달콤한 여자의 향기가 뒤섞여 내 가슴이 높이 뛰어오르기 시작했다.

"지옥을 본 적 있어?"

"시끄러. 하고 싶으면 빨리 해 버려."

나는 개수대 위의 행주를 집어 들었다. 축축한 데다 뭘 닦았는지 갈색으로 물들었다. 뒤로 묶인 채 놈은 몸을 구부리며 눈동자를 바쁘게 굴렸다.

욕이라도 하려는지 입을 벌리는 순간 사정없이 행주를 밀어 넣었다. 볼에 커트나이프를 들이대면서. 놈의 눈에 눈물이 고이는 것이 보였다. 나는 새삼 엔도의 얼굴을 뜯어보았다. 더러운 행주를 문 입 가장자리에서 침이 흘러내렸다. 짧은 갈색 머리는 물이라도 뒤집어쓴 것처럼 땀에 흠뻑 젖었다.

징그럽게 꼴사납고 싸구려 같다. 그녀하고 비교해 보지는 않았지만 엔도도 나름 예쁜 얼굴임이 분명하다.

"그 얼굴, 망가지면 어떻게 될까? 넌 이 세계에 더는 머물 수 없을 거야."

엔도의 눈에서 불꽃이 일었다. 분노와 공포와 증오가 마구 뒤섞인 어두운 눈이었다.

"죽이지는 않아. 내가 당한 걸 그대로 돌려주지도 않겠어. 그렇지만 봐야 할 거야. 내가 보았던 그 지옥을."

내가 손을 뻗으려 하자 엔도는 필사적으로 고개를 돌리며 도망치려 했다. 브리지를 한 얇은 머리카락을 잡고 이쪽으로 얼굴을 돌렸다. 죽여 버릴 거야. 살의를 띤 날카로운 눈길이 나를 향해 외치고 있었다. 증오와 살의에 타오르는 눈. 그렇지만 내 마음은 회선이 끊어져 버린 전자회로처럼 놀라우리만치 무덤덤했다.

나는 피어스가 잔뜩 매달린 귀를 잡아당겼다. 그 뿌리께에 커트나이프 칼날을 댄다. 놈은 믿을 수 없다는 표정이었다. 나는 거침없이 당겼다. 칼날이 뿌리께 살을 파고들다가 살의 저항을 만나 좌우로 흔들리기도 했다. 솟구친 피가 칼날을 적시고 귓구멍으로 들어가고 목덜미와 턱을 타고 흘렀다.

놈이 얼굴을 돌리려 한다. 그때마다 귀를 잡아당기자 안에서 터져 나오는 신음이 행주 너머로 새 나온다.

숨이 막힌다. 팔에 힘을 넣는다. 더 세차게. 나의 슬픔과 증오를 나눠 주고 싶다.

하얀 교복이 빨간 피로 물들어 간다. 피는 머리카락 앞에서 방울져 바닥으로 떨어지고 내 손가락도 적셨다. 녹 냄새와 비린내가 코를 찌른다. 놈의 비명이 인간의 목소리에서 짐승의 울부짖음으로 바뀌었다.

"그 애 어딨어?"

엔도의 배가 크게 오르내린다. 번득이던 눈빛을 누그러뜨리더니 하얀 얼굴을 위아래로 까딱거렸다.

"고함치면 죽일 거야."

엔도는 지친 듯 맥없이 고개를 까딱거렸다. 고통 때문인지 출혈 때문인지 몇 번이나 흰자위를 드러냈다. 귀에서 커트나이프를 떼고 귀를 잡은 손을 놓았다. 수술을 끝낸 의사처럼 또는 엽기적인 살인자처럼 두 손을 붉게 물들인 채 조용히 놈을 바라본다. 사람이란 혈액이 가득한 봉지 같은 것임을 깨달았다.

입 안에 틀어넣은 행주를 빼냈다. 붉은 입술이 뒤집어지면서 작은 폭포처럼 침이 쏟아져 내렸다. 나도 모르게 얼굴을 숙여 버렸다. 행주에서 침이 실처럼 늘어지며 떨어져 내렸다. 아주 에로틱해 보였다.

엔도는 모든 속박에서 풀려났다는 듯이 몸을 구부렸다. 어깨를 바쁘게 들썩거리며 숨을 몰아쉬었다. 바닥에 다른 뭔가가 떨어졌다. 턱을 타고 흘러내린 눈물이라는 것을 알고 나는 충격을 받고 말았다. 이런 놈도 눈물을 흘리는가.

"내 귀, 자른 거야?"

떨리는 턱 때문에 발음이 제대로 되지 않았다. 나는 고개를 끄덕이고 또 고개를 저었다.

"아직."

"너 이상해."

"너희가 한 짓에 비하면 아직 별것도 아니야."

"웃기지 마, 시발놈아."

나는 귀의 상처 쪽으로 손을 뻗었다.

"싫어!"

비명이 방 안에 울려 퍼졌다. 붉게 젖은 칼날을 눈앞에 들이대고, 그것이 얼마나 무모한 행위인가를 가르쳐 주었다. 젖은 눈동자에서 증오가 공포로 뒤바뀌는 것을 확인했다.

"그 애 어딨어?"

놈의 입술이 바르르 떨린다. 이가 부딪치며 달그락달그락 소리를 낸다. 내 존재를 지워 버리고 싶은 듯 눈을 감는다. 나는 빨갛게 물든 귀를 잡아당긴다. 깊은 어둠이 엿보이는 상처 자리가 더 넓어지고, 통증이 나에게로 옮겨 오지나 않을까 싶을 만큼 징그러워 보였다.

"이걸 잘라 버리면 날 멈출 수 없을 것 같아. 그렇지만 잘라서 너한테 보여 주고도 싶어. 지옥이 어떤 것인가를. 코를 자르고 입술을 발라내고. 그런 너를 놈들은 어떤 눈으로 맞이해 줄까."

놈은 사람 귀에는 도저히 닿을 것 같지 않을 만큼 높은 옥타브로 개처럼 울부짖었다. 다시 상처에 커트나이프를 갖다 대자 놈은 그제야 말을 했다.

"알았어, 알았으니까 귀를 자르지 말아 줘!"

"그 애는."

"호텔이야. 맞아, 호텔에 있어!"

"그 폐허의 호텔을 두고 하는 말이야?"

"아냐, 그쪽이 아니라, 그러니까……."

엔도의 시선이 내 얼굴에서 벗어나고 작은 목젖이 위아래로 움직였다. 그것으로 나는 알았다.

"제발 귀를 자르지 말아 줘."

"그곳에 그 애가."

기억이 끈적한 진흙처럼 몸을 타고 기어오른다.

철 계단을 밟았고 철문이 무거운 소리와 함께 열렸다. 낮게 울리는 에어컨 소리와 곰팡내. 상처 난 손목에서 통증이 일었다. 푹신한 침대. 거기서 나는 그 저주의 시간을 보냈다. 불에 댄 듯한 통증이 뇌를 관통하고, 내 영혼은 영원히 씻을 수 없는 오물을 뒤집어썼다.

물속에 빠진 것처럼 숨이 막힌다. 몇 개의 칼날이 긋는 듯이 심장이 아리다. 피부에 손톱을 박아 넣어 아파하는 마음을 밀쳐 내려 했다. 커트나이프를 든 오른손이 떨리고 문득 정신을 차려 보니 놈의 귀를 더 깊이 긋고 있었다. 칼날이 황금색 피어스에 닿아 딱딱한 감촉이 손바닥으로 전해졌다.

엔도의 눈물 젖은 비명을 듣고 제정신을 차렸다.

"어느 호텔?"

"오, 오미야 센터 호텔. 우회로 가까이 있는 거."

나는 눈을 감았다. 뇌 속에서 지도를 만들어 그곳 풍경을 그려

보았다. 너저분한 상점 거리다. 끝도 없이 이어지는 자동차와 녹슨 자전거가 가득한 장소. 어떻게든 그날 밤에 본 풍경과 연결시켜 보려 했지만 제대로 되지 않았다.

"어떻게 내가 그런 데서. 그 애는……."

"자세한 것은 나도 잘 몰라. 다만 조라는 아저씨가 그곳을 즐겨 사용한다는 것밖에……."

"조."

소리 내어 불러 보았다. 아무런 감정도 일어나지 않았다.

"그놈이 나를."

그날 어두침침한 조명 탓에 남자의 얼굴을 확인하지 못했다. 다만 어렴풋이나마 단단해 보이는 턱의 형태와 기름을 바른 듯 완전히 뒤로 넘긴 올백 머리를 보았을 뿐이다. 깊은 주름과 살집, 냄새로 미루어 초로의 나이라고 짐작했다.

벌거벗은 남자가 파고 들어온다. 배에는 퉁퉁하니 살이 붙었다. 가슴에서 배꼽까지 짙은 털이 뒤덮었다. 그 아래 괴물처럼 발기한 물건이 보였다.

"내가 아는 건 그 자식이 기분 나쁠 정도로 변태라는 것 정도야. 그리고 돈이 많다는 것."

"너희들 오가타를 나처럼 그 남자에게 바쳤지, 그렇지?"

수돗가에서 오가타는 빨갛게 충혈된 눈으로 수도꼭지를 내리치고 있었다. 시파, 시파를 몇 번이나 외치며 빨간 입술을 바르르 떨었다. 그 아이는 나의 존재를 느끼고 미소 지으며 울었다.

"난 잊었어. 헤아릴 수 없을 만큼 그 아저씨랑 했으니까."

다른 세상을 무대로 한 만화나 소설이 뇌리에 떠올랐다. 괴물을 숭배하는 사교 집단. 희생양을 바치고 쾌락에 탐닉하고 아무렇지도 않게 금기를 깨뜨린다.

"속이고 협박하고. 그건 모두 가나코가 한 거야. 언젠가는, 언젠가는 이런 꼴을 당하지 않을까 생각했어. 설마 그 상대가 너일 줄은 꿈에도 생각하지 못했지만."

나는 세워 둔 배트를 집어 들었다.

엔도가 울적한 눈길로 바라보았다.

"나를 죽일 거야?"

나는 바닥에 흩어진 가방의 내용물을 바라보았다. 화장품이나 액세서리를 헤치고 하얀 가루약을 집어 들었다. 약을 감싼 비닐에 검은 문자가 적혀 있었다. 감마 하이드록시 부틸레이트(GHB).

"이건?"

엔도가 의구심 섞인 눈길로 나를 바라보았다.

"물뽕이란 거야. 스피드가 아냐."

나는 비닐봉지를 뜯어 내용물에 코를 댔다. 달콤한 레몬에이드 같은 냄새가 살짝 났다. 개수대의 수도꼭지를 틀었다. 컵에 물을 받았다. 약과 컵을 그녀에게 내밀었다.

"마셔. 죽고 싶지 않으면."

"엉?"

"죽이고 싶어. 머리를 박살내고 싶고, 내가 당한 것처럼 그대로 해 주고 싶어. 마음 바뀌기 전에 빨리."

엔도는 나를 보고 나서 약을 보고는 피에 젖은 두 손을 천천히 뻗어 받아 들었다. 어쩔 줄 모르겠다는 표정으로. 그러곤 잠시 컵의 물을 내려다보다가 마음을 정한 듯 봉지의 약을 한꺼번에 털어 넣었다. 미간을 찌푸리며 컵의 물을 마셨다.

목젖이 움직이는 것을 확인하고 다시 한 봉지를 들이밀었다.

"하나로 충분해."

나는 고개를 저었다. 죽이고 싶다. 그렇지만.

"물 줘. 너무 시큼해."

컵을 받아 들어 물을 따랐다.

그녀가 두 봉지째 약을 입에 넣었다. 다 마신 것을 확인하고 다시 한 봉지를 내밀었다.

"제정신이야?"

엔도는 이마의 땀과 피를 손목으로 닦아 냈다. 나는 고개를 끄덕였다.

"더 먹으면······."

"먹어. 수면제잖아. 잠들지 않으면 너를 죽여야 해."

엔도는 체념한 듯 고개를 천천히 끄덕였다. 화난 사람처럼 봉지를 낚아채더니 약간은 연극적인 몸짓으로 약을 털어 넣었다. 물을 마신 다음 솟구치는 딸꾹질을 억지로 참는다.

"이제 만족해?"

"응."

"너무 양이 많아, 시파."

나는 배트를 거머쥔 채 그때가 오기를 가만히 기다렸다. 엔도는 귀의 상처 쪽으로 주저주저 손을 뻗었다가 통증이 일자 얼굴을 찌푸렸다.

"가나코를 죽여 줄 거야?"

엔도는 약을 다 먹고 한참 뒤에 물었다. 약기운을 머금은 눈을 끔벅거리면서. 몸이 흔들거렸다. 나는 이렇게 빨리 효과가 나타나는 건가 하고 의구심 섞인 눈길로 살펴보았다.

"그럴 생각이야."

축 늘어진 웃음이 떠오른다.

"그래, 그 애가 온 다음부터 우리도 너무 많이 변해 버렸어. 뭔가 음침해. 모두가 그 애한테만 눈길을 주고 그 애 이야기만 해. 그 애의 방식이 대단하다고 생각하는 거야. 무나가타조차 그래. 다들 그 애한테 홀린 것 같아."

"……."

"왜 그렇게 가나코를 추적하는 거야? 죽는 게 두렵지 않아?"

"몰라."

"꼭…… 죽여 줘."

엔도는 벽에 등을 비비다가 옆으로 드러누웠다. 연기라고 보기에는 심하다 싶을 만큼 머리가 세차게 바닥에 떨어졌다. 다리를 쩍 벌리고 몸을 뒤튼 채 그대로 시체처럼 널브러졌다.

정적이 찾아오고 곧 코 고는 소리가 들렸다. 나는 엔도에 대한 인상을 조금 바꾸었다. 피로에 전 잠든 얼굴은 피와 침으로 더럽게 얼룩졌지만 두꺼운 화장이 지워지자 아주 어려 보였다. 어머니가 돌아오기를 기다리다 지쳐 그냥 잠들어 버린 어린아이나 악몽에 시달리는 고뇌에 찬 여자애로 보였다.

나는 커트나이프를 볼에 댔다. 칼끝이 피부의 저항을 뚫고 깊이 잠겼다. 엔도는 작게 신음하고 미간에 주름을 잡을 뿐 깨어나지 않았다. 상처에서 다시 피가 흘러내려 새로운 문양을 그렸다.

그 칼날을 아래로 더 그어 내리는 데는 꽤 힘이 필요했다. 손목에 부하가 걸려 손가락 끝이 떨렸다. 피부 아래 근육과 거미줄처럼 퍼진 혈관의 존재를 절실하게 느꼈다.

입술 옆까지 와서 칼날을 빼냈다. 작은 피 웅덩이를 몇 번이나 수건으로 빨아들였다. 입술에서 볼까지 그어진 상처를 보았다. 그 어린 얼굴과는 어울리지 않게 흉흉했지만 바라보지 않을 수 없었다.

이런 짓거리는 아무런 의미도 없다. 잠든 엔도를 내버려 두고 말없이 사라지면 그만이다. 하지만 그렇게 할 수 없었다. 죽이지는 않는다. 그렇지만 내 속에 새겨진 암흑을 나누어 주지 않을 수 없었다.

혹시 이 정도로는 엔도의 세계를 무너뜨릴 수 없을지도 모른다. 놈들의 결속력은 내가 생각하는 것 이상으로 강해서 그 사이에 흐르는 우정의 분량이 조금도 줄어들지 않을지 모른다. 상처도 수술로 간단히 치료할 수 있다. 그렇지만 나는 시험해 보고 싶었다. 그 유혹에서 벗어날 수 없었다.

앞으로 펼쳐질 엔도의 미래를 생각해 보지 않을 수 없었다. 잠에서 깨어나면 다 잘려 나간 귀와 볼의 상처를 보고 무슨 생각을 할까. 나와 마찬가지로 슬픔과 증오에 휩싸이며 괴로워할까. 놈들은 그 아이를 보고 당혹스러워할까. 조금. 아니면 아주 노골적으로. 어느 쪽이 든 상관없다. 우정이니 사랑이니 그런 게 식고 그 아이가 고독해지기를 바랐다. 개수대에서 손을 씻으며 흉포한 감정에 휩싸였다.

엔도만이 아니다. 이 세상 모든 인간은 상처 입어야 하고, 살과 마음도 빼앗긴 채 모든 세계에서 추방당해야 한다.

엔도를 내려다보았다. 피가 말라붙은 잠든 얼굴이 마치 시체 같아 보였다. 그 아이가 먼저 눈을 뜰까, 어머니가 먼저 딸을 발견할까. 어느 쪽이든 크게 놀랄 것이다. 충격으로 기절해 버릴지도 모른다. 부모의 얼굴이 떠올라 조금 마음이 아팠다.

그 후로도 몇 번이나 수건으로 볼을 닦았다. 이윽고 혈액의 점도가 강해져 수건이 볼에 달라붙을 즈음에 현관문을 열고 나갔다. 멀리 트럭의 배기음을 들으면서 낮게 가라앉은 밤공기를 마셨다.

21

잠을 잤는지 환각 속에서 헤맸는지 모를 시간이 흘렀다. 붉게 물든 저녁노을도 사라지고 짙은 어둠이 방을 감쌌다. 의식은 녹아내린 치즈처럼 흐느적거린다. 증오도 초조도 없는 달콤한 감각이 일어났다. 진통제가 더 많았으면 좋을 텐데 하고 생각했다.

가나코도 기리코도 환영으로 충분하다고 생각했다. 머리가 터져 버린 오사나이와 그 아내와 아들, 살해당한 세 사람과 나가노의 망령에서 벗어날 수 있을 텐데.

베개에 입을 대고 외쳤다. 얼굴에 피가 몰렸다. 목이 찢어져라 외쳤다. 놈들에게서 도망칠 수 없었다. 그들로부터 도망친다는 것은 불가능하다.

요도에 꽂힌 관을 뽑아냈다. 점적바늘도 뺐다. 어둠에 익은 눈으로 벽걸이 시계를 보았다. 밤 12시 30분. 후지시마는 침대에서 일어나 바닥에 내려섰다. 무릎에 힘이 들어가지 않아 몇 번이나 바닥에 손을 짚었다. 반쯤 벌어진 입에서 침이 흘러내렸다. 자신이 입었던 옷이 구석 바구니에 흙과 피가 묻은 채 방치되어 있었다. 팔을 껴 입자 아직 마르지 않은 땀이 피부에 달라붙었다. 먼지와 피 냄새가 났다. 호주머니에는 아무것도 없었다.

비틀거리며 문으로 향했다. 어두컴컴한 복도에서 비상구를 가리키는 초록색 불빛이 보였다. 귀를 기울여 본다. 바닥에 엎드려 문틈으로 복도의 기척을 살핀다. 사람은 없는 것 같다. 문을 밀었다. 문 앞에는 파이프 의자 두 개가 놓여 있었다. 멀리 떨어진 너스스테이션에서 목소리가 들렸다. 때로 웃음도 섞였다.

"제대로 감시해야지, 멍청이들."

문을 닫고 방 안으로 돌아왔다. 창을 열고 아래쪽을 엿보았다. 바닥에서 그리 높지 않았다. 후지시마의 입원실은 3층, 바로 아래는 벽돌로 둘러친 화단이다.

침대에서 이불을 끌어내 창으로 집어던졌다. 이불은 출렁거리며 화단 위에 내려앉았다. 베개도 던졌다. 깔개도 들고 와서 던졌다. 들어 올릴 때마다 부러진 쇄골이 아프고 코르셋을 두른 옆구리에서 땀이 배어났다. 쿠션을 바닥에 급조했다. 몇 번이나 뒤를 돌아보았다. 인기척은 없었다.

아래를 내려다보았다. 갈색 화단 위에 하얀 이불이 겹쳐졌다. 진통제 탓인지 머리가 마비되어 있었다. 후지시마는 뛰어내렸다. 다리부터 낙하하여 쿠션 위에 떨어졌다. 생각만큼 충격이 크지 않았지만 엉덩이가 벽돌 모서리에 부딪쳐 목젖까지 비명이 솟구쳐 오르는 걸 겨우 억눌렀다. 이불을 부여잡고 통증을 참아 냈다.

습기를 머금은 밤공기에 감싸인다. 힘겹게 고개를 들어 위를 올려다보니 옥상에 병원 이름이 적힌 간판이 매달려 있다. 그것으로 지금의 위치를 파악했다. 히가시오미야였다. 바로 곁에는 제2산업도로의 고가다리가 있다.

JR역을 향해 걷기 시작했다. 사람 그림자도 없고 가로등도 없는 선로 곁의 길을 따라 달렸다. 발을 내디딜 때마다 상처 자리와 뼈가 삐걱대는 소리가 났다.

마지막 전차마저 떠나 버린 히가시오미야역 앞에는 택시 몇 대가 멈춰 서 있었다. 다 떨어진 더러운 차림새에 붕대를 칭칭 동여맨 그를 향해 운전기사는 의구심 섞인 눈길을 던졌다. 무시하고 올라탔다.

목적지는 오미야역 동쪽 출구 긴자로에 있는 빌딩. 운전기사의 얼굴이 긴장으로 뻣뻣해졌다. 행선지는 이시마루 조직의 본부 사무실이다. 가는 길에 순찰차 몇 대와 스쳤다. 자신을 수색하기 위해 출동한 차량인지는 몰랐다.

오미야역 남동쪽 네온사인이 눈부신 환락가 긴자로마저 조용했다. 까마귀가 길에 쌓인 쓰레기 더미를 뒤지고 있었다. 그 길을 지나 호텔가로 접어들었다. 택시가 멈춰 섰다. 아무런 특징도 없는 평범한 빌딩이다. 택시를 대기시키고 빌딩 안으로 들어갔다. 몇 대의 CCTV를 의식하면서 철문을 두드렸다. 인터폰을 눌렀다.

"후지시마야. 사키야마를 좀 만나야겠어."

잠시 후 고리를 푸는 소리가 나고 문이 열렸다. 카키색 전투복 차림의 젊은이가 머리를 조아리며 그를 맞아 주었다.

깊은 밤인데도 사무실 안에는 남자들이 많았다. 인간의 열기와 마작 패 돌리는 소리가 가득하다. 담배 연기와 술 냄새로 공기는 탁했다. 사키야마는 중앙 테이블에 다리를 올린 채 술잔을 한 손에 들고 멍하니 천장을 올려다보았다. 후지시마의 모습을 보더니 휘파람을 불었다.

"경부보, 당신도 참 대단한 인간이야."

"도망쳤어. 병원 창으로."

"오호."

"내가 그놈들 개라도 된 줄 알았어?"

사키야마는 후지시마의 너덜너덜한 옷과 붕대를 훑어보았다. 입술을 끌어 올리고 미소 지었다.

"와우, 그 몸으로 잘 왔소."

사키야마가 담배를 권했다. 후지시마는 담배를 받아 들고 데스크 위의 라이터로 불을 붙였다.

"오사나이가 죽었다고 하더군."

후지시마는 고개를 끄덕였다. 사키야마가 말했다.

"놈이 당신 딸 행방을 말했어?"

"모르는 것 같아. 사실을 확인하기 전에 권총으로 제 머리통을 날려 버리더군."

"아직 도망치는 중일지도 모르지."

"조하고 오사나이 패거리는 어떻게 하고 있어?"

"바로 그거야. 당신이 화려하게 휘저어 버리는 바람에 일이 아주 쉬워졌지."

사키야마는 술잔을 높이 들었다. 술잔 하나를 가져오라고 해서 후지시마에게 위스키를 권했다.

"오사나이와 같이 움직이던 놈들이 그가 형사들에게 쫓기다 자결했다는 소식을 듣고 겁을 먹은 거야. 조와 함께 묘가다니의 아파트에 틀어박혀 있다가 조를 버려두고 도망치려 했지. 우리 젊은 애들이 놈들을 잡았어. 덕분에 조가 있는 방 열쇠를 확보했지."

"어떤 놈이야?"

"오사나이가 말 안 했는가? 당신이랑 같은 가짜 형사였어. 그 조직에서 쫓겨나 노숙자처럼 사는 걸 오사나이가 구제해 준 모양이야."

"놈들은."

"물어봤지. 당신 딸에 대해. 놈들도 추적했다는 걸 인정하더군. 잡아서 묻어 버릴 생각이었다고. 아무리 캐도 불지 않았어. 아마 모를 거야."

후지시마는 길게 한숨을 내쉬었다. 사키야마가 말을 이었다.

"곧 우리 특공대가 조의 은거지를 칠 거야."

후지시마는 자기도 모르게 주먹을 불끈 쥐었다. 마치 자신이 놈들과 똑같은 아웃로의 일원이 되어 버린 것 같은 착각이 들었다. 아니 착각이 아니다. 가나코의 방에 들어선 이후로 이미 정상 세계에서 벗어나고 말았다.

사키야마는 데스크에서 다리를 내리고 일어섰다.

"나도 당신 딸에 대해 관심이 있어. 시간은 많아. 이리 와 봐. 소개할 인간이 있으니까."

"누구야?"

"누구긴, 후지시마 가나코를 아는 인간이지."

흐느적거리며 걸어가는 사키야마의 뒤를 따랐다. 남자들 사이를 헤집으며 사무실을 빠져나갔다. 사키야마가 문 가까이 붙은 스위치를 눌렀다. 서늘한 형광등 불빛이 켜졌다.

커튼을 친 좁은 방이었다. 가구나 장식품은커녕 카펫조차 깔지 않은 콘크리트 바닥이었다. 창에는 베니어판을 붙여서 완전히 빛을 차단했다. 한가운데 의자만 덜렁 놓여 있었다. 지독한 땀 냄새와 피 냄새가 풍겼다. 의자에 뒤로 손이 묶인 남자가 앉아 있었다.

빡빡머리에 피어스 젊은이였다. 아포칼립스의 무나가타. 얼굴을 알아보기까지 시간이 꽤 걸렸다. 얼굴 형태가 형편없이 무너져 있었다. 입술이 부어오르고 눈꺼풀이 검게 부풀어 올랐다. 볼에는 뒤틀린 상처. 눈썹과 귀의 피어스는 그냥 찢겨져 나갔는지 피부가 아무렇게나 벌어졌다.

"어이."

사키야마가 의자 다리를 찼다. 무나가타가 천천히 얼굴을 들어 올렸다. 눈꺼풀이 찢어져서 피딱지가 앉았다. 멍한 눈길로 두 사람을 바라본다.

"대장……."

무나가타가 기침을 하자 입 안의 피가 바닥에 떨어졌다.

사키야마가 벽에 걸린 인터폰을 들었다.

"물 가져와."

아래 사무실에 지시를 내리는 것 같았다. 바로 문 두드리는 소리가 나고, 젊은 애가 고개를 숙이며 생수를 들이밀었다.

"풀어 줘."

사키야마가 젊은 애한테 지시했다. 묶인 와이어를 풀었다. 무나가타가 바닥에 무너졌다. 생수병을 잡더니 벌컥벌컥 들이켰다. 그러고는 기침 때문에 물을 바닥에 쏟아 냈다.

사키야마는 호주머니에서 약병을 꺼내 안에 든 알약을 물에 풀었다.

"왜 배신했지?"

"대장……."

"돈?"

"아닙니다."

"여자?"

"아닙니다. 원래 야쿠자가 싫었습니다."

사키야마가 과장되게 어깨를 으쓱하더니 후지시마의 얼굴을 보았다.

"이렇다니까. 아주 징그러운 놈이잖아?"

"난 그냥 축제를 하듯이 즐기고 싶었습니다. 그쪽 뜻대로 놀아

나는 건 죽을 만큼 싫었습니다."

"사죄하고 다시 시작할 생각은 없다는 거지?"

무나가타는 천천히 고개를 저었다.

"그렇단 말이지."

사키야마의 눈에 뭔가가 스치는 것을 느꼈다. 담배에 불을 붙이고 재미없다는 듯이 벽에 몸을 기댔다.

"너, 가나코를 찾았어?"

무나가타가 후지시마를 올려다보았다.

"아뇨."

"당연히 그럴 테지. 가나코가 그리 쉽게 잡히지는 않을 거라고 생각했어."

"걔 있는 델 알아?"

"아는 데는 모두 찾아보았습니다."

무나가타는 벌러덩 드러누웠다. 울적한 눈길로 천장을 응시한다.

후지시마는 얼굴을 가까이 들이대고 말했다.

"말해. 왜 가나코야? 옛날에는 그런 애가 아니었어. 네놈들이랑 손을 잡은 뒤로 모든 것이 바뀌었어."

거짓말이다. 알면 알수록 가나코를 모르게 된다. 옛날이나 지금이나. 그러나 그렇게 말하지 않을 수 없었다. 무나가타의 입에서 단속적으로 공기가 새 나온다. 갈비뼈를 잡고 통증을 참으면서 웃었다.

"아저씨, 아는 게 하나도 없네요. 가나코는, 가나코는 누가 뭐래도 변하지 않아요."

후지시마는 그를 노려보았다. 무나가타는 부풀어 오른 입술을 비틀었다.

"우리는 그 애한테 살해당한 거요."

"왜, 왜 그 애가 네놈들이랑 한패가 된 거야? 그리고 왜 너하고 조를 배신했지?"

"배신이라…… 아니지요. 그 애는 애당초 우리를 함정에 빠뜨릴 생각이었으니까."

"뭐라고?"

"난 그걸 알고 있었어요. 그러나 우리는 아포칼립스잖아요. 여자 하나에 놀아날 리 없다고 방심한 거요."

"말해 봐. 그 애는 도대체."

"오가타 알죠?"

"그 애 남친이었다는."

"우리가 죽였어요."

"뭐라고?"

"나미가 그 애를 유혹했어요. 우리가 술과 약을 먹였지요. 그런 다음 조의 품에 안겨 준 거죠. 협박을 해서 몇 번이나. 그래서 그 애가 자살했어요."

후지시마의 뇌리에 사진 속의 몇 장면이 스쳐 지나갔다. 단체 사진에 나온 엔도 나미. 우울과 분노의 기운을 풍기던 소녀. 그리고 그 사진. 나이 든 남자들이 소년을 묶은 채 유린하던.

"가나코가 그것을 알았다는 거로군."

"사실은 다들 알았어요. 나미가 약에 취해서 아무한테나 나불

됐으니까요."

"그래서 복수하려고 가나코가 조에게 접근했다는 거야?"

"조만이 아니죠. 당연히 나미도 우리들도."

눈앞에 암흑이 펼쳐졌다. 부러진 쇄골과 머리 상처가 욱신거리기 시작했다.

"나미는 2년 전에 죽었어요. 가나코에게 미쳐 버린 꼬마한테 습격당해서. 얼굴과 귀가 엉망이 되어 버렸죠. 나이프로 긋는 바람에. 애당초 약물 중독자였는데 그 이후로 방에 틀어박혀 가나코가 공짜로 던져 주는 약에 절어 살다가 결국 철도에 뛰어들어 죽었죠."

"가나코에게 미친 꼬마……."

"세오카 나오토. 오가타와 마찬가지예요. 우리가 놈을 끌어들여서 약물로 의식을 빼앗은 다음 조에게 바쳤죠. 화가 난 그놈은 나미를 덮치고 또 가나코도 덮쳤어요."

"그래서…… 우리 애는 어떻게 됐어?"

방의 온도가 높다. 후지시마는 땀을 닦았다.

"말해서 뭐 해요. 당연히 가나코가 반격했죠. 우리는 가나코에게 홀렸어요. 모두가 그 애처럼 되고 싶어 했어요. 어느새 조도 그애 없이는 견디지를 못했고. 거기에 시의원, 부자, 공무원…… 이 거리의 거물이란 거물은 모두 침을 질질 흘리면서 가나코가 던져 주는 먹이만 기다렸죠."

무나가타는 부풀어 오른 눈꺼풀을 후지시마 쪽으로 향했다. 눈동자는 마지막 축제를 아쉬워하는 듯 쓸쓸하게 젖어 있었다.

"모든 것이 그 애가 그린 대로 흘러갔어요. 나미는 죽고 우리는 끝나 버렸죠. 멤버들끼리 서로의 머리를 쥐어뜯으면서."

사키야마가 말했다.

"조도 끝이야."

무나가타가 덧붙였다.

"가나코의 복수는 반드시 완성될 겁니다. 그 애는 그걸 위해서 살아왔으니까요."

눈두덩이 뜨거워졌다. 무나가타의 말을 그대로 받아들이기 힘들었다. 믿을 수 없었다. 그러나 수수께끼는 풀렸다. 또 한 걸음 가나코에게 다가섰다. 딸에 대한 사랑과 슬픔으로 가슴이 찌부러질 것 같았다. 오가타와 함께 했던 가나코는 가련한 미소를 머금었다. 결코 후지시마 앞에서는 보이지 않은 표정이었다.

가나코의 담임이었던 아즈마 선생의 말이 떠올랐다.

"슬픔을 드러내는 방식이 꼭 눈물을 보이는 것만은 아니죠. 그 아이는 자책했을 겁니다. 누구보다도 엄격하게. 서서히 슬픔에서 벗어나 치유되어 가는 우리와는 반대로. 일상으로 돌아오는 것조차도 거부하면서."

가나코는 그 아이의 죽음을 알고 무슨 생각을 했을까. 죽음에 이르게 한 자들의 이름을 알고 어떤 감정을 품었을까. 후지시마는 두 손으로 얼굴을 가렸다. 가나코는 슬플 정도로 비정했다. 복수를 위해서 어떤 희생도 서슴지 않았다. 각성제를 사용했다. 무나가타와 같은 불량 청소년들을 부렸다. 방해물에 대해서는 용서하지 않았다. 많은 피를 흘렸다.

딸의 지금을 생각해 본다. 아무도 그 행방을 모르게 홀연히 모습을 감추었다. 지금쯤 축배를 들고 있을까. 멀리 하늘나라로 가버린 오가타에게 기도를 올리고 있을까.

복수는 곧 완결된다. 다 끝내고 나면 그 아이는 과연 어떻게 될까. 딸에게는 먼 미래가 있다. 앞날이 창창하다. 만나고 싶었다. 지켜 주고 싶었다. 그런 세계에 몸을 던진 아이가 한없이 가련했다.

무나가타가 번뇌하는 후지시마를 지그시 바라보았다.

"만났소, 우리 엄마하고?"

후지시마는 고개를 끄덕였다. 무나가타가 다시 물었다.

"어땠어요?"

"뭐가?"

"짙게 화장하고 이렇게 더운 날씨에도 긴팔 옷을 입었을 테지. 아무리 숨겨도 다 아는데."

"너."

"너덜너덜하지 않았어요? 얼굴에는 멍 자국이 있고. 눈만 떼면 바로 그렇게 되어 버려."

"그건."

"아버지가 그래. 옛날부터 술만 들어갔다 하면 눈에 뵈는 게 없어져. 엄마는 바보야. 그 오랜 세월 두들겨 맞으면서 도망쳤다가는 다시 돌아와. 나도 당했어. 어린 시절 커다란 스패너로 맞았지. 차고에서 꿇어앉은 채."

무나가타는 이가 빠져나간 시커먼 구멍을 드러내며 웃었다.

"그 애가 선택한 게 오가타였어. 그러나 나와 가나코는 같은 종이었어."

"잠깐."

"한번 가나코에게 물은 적이 있어. 왜 친구를 아무렇지도 않게 도탄에 빠뜨리느냐고. 우리가 습격해서 반쯤 죽여 놓으면 되는데. 어떻게 그리도 냉정할 수 있느냐고."

손바닥으로 귀를 가렸다. 딱딱한 깁스 때문에 한 손은 귀에 닿지 않는다. 무나가타가 웃음을 지우고 칼날 같은 눈길로 노려보았다. 증오와 경멸이 마구 뒤섞여 있었다.

"그 애가 말했어. 금기에 당한 인간에게 금기는 없다고. 두려움도 없고 연민도 없다고."

"닥쳐!"

"아버지한테 처녀를 빼앗겼다고 했어. 당신, 딸의 몸을 유린한 거야."

비명을 질렀다. 한쪽 팔을 휘둘러 무나가타를 쳤다. 발로 찼다. 말을 못 하게 명치를, 목을.

코르셋으로 감싼 몸이 아파 왔다. 그러나 휘두르지 않을 수 없었다. 무나가타의 목소리가 더는 귀에 닿지 않게 있는 힘을 다해 외쳤다. 주먹이 빗나가 균형을 잃었다. 어깨부터 바닥에 떨어져석고 깁스가 깨졌다. 부서진 쇄골에 격통이 치달렸다.

등 뒤에서 강력한 힘이 십자로 몸을 조였다. 사키야마가 등에 달라붙었다.

"놔!"

꼼짝을 할 수 없었다. 술과 약물에 절어 버렸을 사키야마에게 어떻게 이런 힘이 있을까. 압도적인 힘이 그를 끌어냈다. 무나가 타는 타격당한 입을 손으로 가리면서 바닥을 굴렀다. 그런데도 칼날 같은 눈길로 후지시마를 노려본다.

그래도 후지시마는 고함을 지르면서 허공을 걷어찼다.

"거짓말! 거짓말!"

고개를 뒤로 돌려 사키야마에게 외쳤다.

"이 자식 말은 몽땅 거짓말이야!"

눈두덩이 뜨거워졌다.

"이 새끼……."

온몸에서 힘이 빠져나가고 시야가 뿌옇게 흐려졌다. 사키야마가 팔을 풀었다. 후지시마는 그 자리에 무너졌다. 손톱으로 얼굴을 마구 할퀴면서 흐느낀다. 눈앞에 있는 소년을 죽여 버리고 싶었다. 등 뒤에 있는 남자를 죽이고 싶었다. 그것을 아는 인간이 있다니, 도저히 내버려 둘 수 없다.

"나는, 나는."

불현듯 떠오르는 영상이 있다. 잠옷 차림으로 이불 속에서 떠는 가나코. 화장수와 제한제(制汗劑) 냄새가 났다. 오래된 흑인 노래가 흘러나왔다. 거대한 칼날이 영상을 잘라 버린다. 더는 참을 수 없다. 기억을 봉인했다. 너무 징그럽고 처참해서 소름이 돋았다.

갑자기 인터폰이 울렸다. 사키야마가 수화기를 든다. 대화는 간결했다.

"나야. 그래, 알았어."

사키야마가 어깨를 흔들었다.

"시간 됐어. 가."

후지시마는 그의 바지 자락을 잡았다.

"내가 할게. 내가 죽일 거야."

일어섰다. 현기증이 일고 격통이 치달렸다. 아직도 무나가타는 후지시마를 노려보고 있었다. 후지시마는 젖은 얼굴로 되쏘아 주었다.

사키야마는 무나가타를 힐끗 보고는 문을 연 뒤 발을 떼기 직전에 말했다.

"여기를 떠나. 내 눈에 띄면 그냥 묻어 버릴 거야, 알았어!"

무나가타는 미친 듯이 웃어 젖혔다. 절규하는 듯한 웃음소리가 좁은 공간에 메아리쳤다. 사키야마는 뒤도 돌아보지 않고 방을 나섰다. 후지시마는 떠나기 싫었다. 무작정 소년의 입을 막고 싶었다. 한마디도 내뱉지 못하게 하고 싶었다.

3년 전 | 12

그 풍경을 보고 예전에 자신이 이 계단을 올랐다는 사실을 떠올렸다.

24시간 선술집이 가까운 탓인지 음식이 익는 탁한 냄새가 났다. 깡깡. 철 계단과 하얀 벽. 눈에 익은 풍경. 누군가가 자신의 손발을 들어 올려 하늘 위로 붕 떠오르는 느낌에 사로잡혔던 기억이 되살아났다.

거부하고 싶은 기억조차도 멋대로 솟구쳐 올랐다. 거리를 헤매는 밤의 얼굴을 파먹는 그 무엇이 나를 내려다보았다. 새벽 3시 반. 앞으로 한 시간만 지나면 하늘이 밝아 올 것이다. 기다려달라고 뭔가를 향해 기도했다. 조금만 더 암흑 속을 걸어가게 해달라고.

오미야 센터 호텔의 비상계단에 서서 소프트 케이스에 든 알루미늄 배트를 꺼냈다. 거기에 이르러 차라리 정면으로 치고 들어가야 했다고 후회했다. 현관에서 프런트를 엿보았지만 사람 그림자 하나 찾을 수 없었으므로.

최상층의 철문을 밀었다. 조용히 열렸다. 잠기지 않았다는 사실에 놀랐다. 붉은 카펫과 자동판매기 돌아가는 소리가 났다. 귀를 기울이며 발을 안으로 들이밀었다. 몇 개의 방문에 귀를 대 보았지만 아무 소리도 들리지 않았다.

다리가 움직였다. 마치 누군가에게 불려가는 기분이었다. 아니 나는 이곳을 기억하는 것이다. 강제로 끌려왔던 장소를. 911이라 적힌 방문 앞에서 발걸음이 멈추었다. 심장이 아플 만큼 세차게 뛰었다. 그날 밤 일이 뇌리에 생생하게 떠올랐다. 맥없이 끌려가 벽에 머리를 부딪치면서 방 안으로 옮겨지는 내 모습. 그 안은 곰팡내가 나고 천장에 붙은 에어컨에서 소리가 났다. 남자들이 있었다.

"마음껏 귀염받도록 해. 좋잖아, 잊지 못할 밤이 될 거야."

여기 그녀가 있을 이유는 없다. 그렇지만 확신했다. 이 장소에 이 방에 그녀가 있다. 나를 기다린다. 손잡이를 잡는다. 나는 조용히 숨을 토하면서 손잡이를 돌렸다. 살짝 열린 문틈으로 목소리가 들렸다.

"열려 있어."

목소리의 반은 문에 차단된다. 그렇지만 착각할 이유가 없다. 배트를 가슴께로 들어 올리면서 문을 열었다. 손목에 강력한 반응이 전해져 온다. 갈색으로 칠했지만 문은 두꺼운 철제였다.

그녀가 있었다. 하얀 셔츠에 검은색 조끼 차림이었다. 검은색 미니스커트가 다리 길이를 강조했다. 길고 검은 삭스. 잘 어울린다. 말로 다할 수 없는 애절함이 솟구쳐 올랐다.

어두운 오렌지색 조명. 프로레슬링이라도 할 수 있을 것 같은 킹사이즈 침대. 그랬다. 희미한 기억이 격류가 되어 나를 흔들었다. 항문에 칼날이 들어온 듯이 아프다. 조의 침과 땀 냄새가 코를 찔렀다.

"이 방만 자동문이 아냐. 사람들이 많이 오가니까. 이 방은 그 남자의 개인실이나 다름없어. 어떤 소리도 새 나가지 않아."

여기에 그녀가 있었다. 저주받은 방에. 파멸과 악의가 거대한 입을 벌리고 기다리는 이곳에. 그 악마의 혀끝에 그녀가 서 있었다.

"후지시마……."

그녀는 하나도 변하지 않았다. 낭창한 몸매도 그 하얀 볼도. 눈을 똑바로 뜨고 나를 바라보았다.

"오리라 생각했어. 너라면 여기를 찾을 수 있지 않을까 생각했어."

나는 변했다. 무너진 세계를 살며 타 버릴 것 같은 몸을 끌면서 파괴와 죽음을 애원한다. 가슴과 목에 뭔가가 걸린 듯한 감각. 턱이 떨리고 코가 막힌다. 다만 그녀를 눈앞에서 보는 것만으로 눈물이 흘러내릴 것 같았다. 하고 싶은 말이 산처럼 쌓였지만 한 마디도 내뱉을 수 없었다.

그녀가 말했다.

"그리 오래 있을 수는 없어."

가슴이 오그라드는 것 같았다. 이미 알고 있는 일이었는데도 너무 슬퍼 숨도 제대로 쉴 수 없었다.

"또 나를 함정에 빠뜨린 거야?"

그녀는 무표정 그대로 대답하지 않았다. 나는 더는 참지 못하고 시선을 돌렸다.

"너에 대해 조금은 알게 됐어."

"그러니."

문을 잠그고 체인을 걸었다. 영원히 열리지 않았으면.

"오가타. 넌 그 애를 보고 있었어. 그 애만을 오래오래."

나는 그녀에게 다가갔다. 셔츠에 달라붙은 엔도의 피가 보일 정도의 거리까지. 그렇지만 그녀는 조용히 앉아 있을 따름이었다.

"놈들이 그 애를 죽였어. 그래서 너는 맹세한 거야."

배트를 들고 그녀의 가슴을 찔렀다. 도무지 말도 안 되는 행동을 한 것 같았다.

"반드시 놈들에게 복수하겠노라고. 조와 아포칼립스를 몰살시키겠노라고."

그러기 위해서는 어떤 희생도 감수한다고.

이케부쿠로역 앞에서 오가타와 함께 있는 그녀를 보았다. 정신이 아득해질 만큼 아름다운 미소를 머금었다. 지금 생각하면 아주 행복한 얼굴이었다.

"난 너를 좋아했어."

오래오래 가슴에 담아 둔 말. 그때 옥상에서 그때 공원에서 했어야 하는 말. 아니 훨씬 더 전에. 정말로 더 빨리. 그것을 입에 담기 위해서 지금까지 살아온 듯한 느낌이 들었다.

나는 배트를 머리 위로 들어 올렸다. 자신의 모순된 행동에 당황하며 지금이라도 그냥 무너져 버릴 것 같은 아슬아슬한 느낌이었다.

"어떤 일이든 할 수 있을 것 같았어. 너를 위해서라면. 나를 구해 주었으니까. 죽으라면 아마 죽었을 거야."

그녀는 조금도 두려워하지 않았다. 그 표정에는 혐오감이니 경멸이니 하는 것도 없었다. 광기를 띠고 꿈틀대는 뭔가가 나를 움직였다. 어떤 감정이라도 좋아. 그녀의 마음에 나의 존재를 심어 주고 싶어.

"나와 오가타 사이에 무슨 차이가 있다는 거야?"

진심에서 우러나는 고백. 놈들이 미웠다. 죽이고 싶었다. 나를 유린한 조라는 남자를 저주했다. 죽이고 싶었다. 엔도라는 소녀를 배트로 치고 얼굴에 증오를 새겨 넣어 희생물로 바쳤다. 그러나 나에게 가장 큰 적은 모든 사람에게 당하고 놈들의 이빨에 물려 스스로 죽음을 선택한 그 미성숙한 소년이었다.

그녀는 조용히 말했다.

"그랑 나는 똑같아."

그 한마디뿐이었다. 의미를 알 수 없었다. 그렇지만 그녀가 과거를 살면서 지금 여기 있는 나를 바라보지 않는다는 것만은 알 수 있었다.

"죽여 버릴 거야."

그녀는 나에게 가르쳐 주었다. 절망의 바닥에서 볼 수 있는 희망의 빛이 얼마나 눈부신가를.

"죽여 버릴 거야."

그녀는 나를 함정에 빠뜨렸다. 마법을 구사하여 나를 인간에서 짐승으로 바꾸어 버렸다.

머리 위로 치켜 올린 배트가 떨렸다. 죽여. 내가 뒤집어쓴 암흑을 나눠 줘!

그녀를 올려다보았다. 이름은 후지시마 가나코. 그녀는 예뻤다. 둥그스름하고 가느다란 눈썹. 백인처럼 색소가 엷은 커다란 눈동자. 홀쭉한 볼과 조금 튀어나온 듯한 턱. 비쩍 마른 몸매와 나보다 큰 키. 도저히 같은 나이로 볼 수 없었다. 조금도 변하지 않았다. 팔 근육이 뻣뻣해졌다. 그녀의 머리가 깨지는 이미지가 몇 번이나 뇌리를 스쳤다. 그때마다 내가 그 속으로 빨려 들 것 같은 착각에 빠져 비틀거렸다.

몸에서 힘이 빠져나갔다. 바닥의 카펫에 무릎을 꿇었다. 그녀가 조용히 나를 내려다본다. 그랬다. 그랬다고 나는 기억을 되살렸다. 그 보석 같은 눈동자를 언제까지나 보고 싶었다. 그런 걸 어떻게 부술 수 있단 말인가.

그녀가 가느다란 손을 눈앞으로 내밀었다. 배트를 바닥에 내던지고 그 손을 잡는다. 희미하게 과실주 냄새가 났다. 그렇다. 나는 그 냄새에 영원히 감싸이고 싶었다. 나는 그녀를 올려다보며 말했다.

"여기서 도망쳐."

어디든 좋다. 설령 나를 돌아봐 주지 않는다 해도, 함정에 빠뜨린다 해도, 벼랑 아래로 떠밀어 버린다 해도.

그녀하고 있는 것만으로 무너진 세계에도 빛이 비쳐 든다는 것을 알기에.

그녀는 천천히 고개를 저었다.

"나는 가지 않아."

"그러니."

대답은 처음부터 알고 있었다. 그녀가 그만큼 강고하다는 것도, 뭔가에 사로잡혔다는 것도, 바라지만 결코 접할 수 없다는 것도 알고 있었다. 나는 미소 지으려 했다. 찢어질 것 같은 고통을 참지 못하고 미친 듯이 비명을 질렀다.

그때 문 따는 소리가 들렸다. 동시에 문이 열리면서 체인에 걸려 그 충격으로 방 공기가 흔들렸다. 나는 배트를 잡으면서 그녀를 방구석으로 이끌었다.

문틈으로 거대한 니퍼 같은 것이 파고들었다. 체인을 집더니 간단히 끊어 버렸다. 용수철처럼 문이 뒤로 젖혔다.

남자가 들어왔다. 조도 아니고 무나가타도 아니었다.

갈대처럼 비쩍 마른 중년 남자였다. 많이 벗겨진 머리카락과 학자나 낌직한 검고 두꺼운 안경. 주름투성이 와이셔츠와 바지를 입었다. 너무 빈상이라 죽음을 이끌고 다니는 저승사자 같았다. 오른손 끝이 허벅지 그림자에 가려 보이지 않았다. 남자는 나를 힐끗 보더니 가련하다는 듯 얼굴을 실룩거렸다.

"비켜!"

폭력의 기운이 솟구쳐 올랐다. 그녀를 이 저주받은 방에서 데리고 나가기로 작정했다.

머리를 노리고 배트를 휘둘렀다. 그 순간 남자의 오른손에서 검은 덩어리가 나타났다. 구멍이 뚫린 그 끝에서 깊은 어둠이 터져 나왔다.

어둠이 하얗게 부서졌다. 엄청난 굉음이 귀를 찌르고 가슴에 뜨거운 충격이 일었다. 시간이 천천히 흘러간다. 다리가 바닥에서 떨어진다. 시야에서 남자의 모습이 사라지고 천장이 나타난다. 허공으로 흩어지는 핏방울이 보인다. 화약 냄새를 맡는다.

등이 바닥에 떨어진다. 철버덕, 웅덩이에 빠진 듯한 소리가 났다. 일어나려 했다. 안 된다. 딱딱한 통증이 가슴에서 온몸으로 퍼진다. 힘이 어딘가로 빠져나간다.

남자가 나를 내려다보았다. 피로에 찌든 것 같은 푹 꺼진 눈으로. 검은 덩어리를 내 얼굴에 들이밀었다.

"잠깐."

그녀가 권총을 밀쳐 냈다. 남자가 뒤로 물러나고 그녀가 다가왔다. 무릎을 꿇고 그 가느다란 손으로 내 머리를 감쌌다.

"후지시마……."

거의 들리지 않는 목소리였다. 목과 입 안이 피로 그득했다.

그녀는 얼굴을 가까이 댔다. 긴 머리카락이 내 얼굴을 덮고 두 사람만의 세계를 만들어 냈다. 마비된 내 마음이 크게 흔들렸다.

그녀의 커다란 눈동자가 젖어들고 깊은 슬픔에 빠져들었다.

그것으로 충분했다. 나는 미소 지으려 했다. 나는 충족되었다. 시야가 어두워질 때까지 그냥 바라만 보았다.

그녀가 피에 젖은 내 입을 그 입술로 덮었다.

영원히 이렇게 있고 싶어. 모든 감각이 엷어지고 어둠에 감싸이는 가운데 나는 영원히 그 부드러운 팔에 안겨 있었다.

22

"무슨 일이야, 이 시간에?"

"말해…… 기리코."

"당신, 우는 거야?"

"넌 알고 있었지?"

"도대체 무슨 말이야?"

"알잖아, 나와 우리 딸의 일을."

"당신과 우리 딸……."

"시침 떼지 마!"

"당신과 우리 딸……."

"모른 척하지 마. 넌 알아. 그걸 알면서 우리를 버렸어."

"도대체 무슨 말을."

"말하지 않으면 모르겠다는 거야! 모든 걸 말해야 인정하겠다는 거야!"

"잠깐, 잠깐만. 제발."

"나는 술에 취했어. 네가 없어서 정신을 잃은 거야. 딸만 있었어. 그래서 나는."

"닥쳐!"

"……알고 있었지? 넌 알고 있었어."

"그래서 나더러 어떡하라는 거야!"

"알면서 너는 우리를 버렸어."

"그런 걸 어떻게 견뎌 낼 수 있어!"

"돼지 같은 년!"

사무실은 바쁘게 움직이기 시작했다. 조를 성공리에 납치한 것 같았다.

마작에 열중하던 남자들이 장비를 갖추고 젊은 애들이 차를 준비하러 사무실을 나갔다. 여기 머물던 인간 반수가 나갈 것이다. 판에 찍은 듯한 전형적인 조폭 스타일 인간은 하나도 없었다.

모자를 쓰고 조끼를 착용했다. 낚시가방 같은 것을 멨다. 또는 두꺼운 작업용 바지를 입기도 했다. 낚시꾼이나 도로 작업 인부로 변장했다. 젊은이가 후지시마에게 인사하고 옷을 내밀었다. 낚시 도구 메이커의 로고가 든 셔츠와 조끼에 방수 가공된 나일론 바지였다. 피 묻은 셔츠를 버리고 그것을 입었다. 셔츠 소매는 길고 바지는 허리둘레가 컸다. 벨트로 묶었다. 사이즈는 원래 입던 옷하고 다르지 않았다. 요 며칠의 고생으로 살이 빠지고 몸이 쪼그라들었다.

조. 놈을 만나기 위한 끝도 없는 투쟁에 이윽고 종지부를 찍을 것이다. 모른다. 가나코를 만날 수 있을지. 그러나 어쨌든 움직여 봐야 한다.

사무실을 나서니 흰색 왜건 두 대가 기다리고 있었다. 후지시마는 그 한 대에 올라탔다. 낚시꾼 차림의 남자들은 한마디도 하지 않았다.

드라이브 시간은 아주 길었다. 차는 국도 16호선을 따라 가와코시 방향으로 나아갔다. 가와코시에서 간에츠 자동차 전용 도로로. 북쪽으로 30분 정도 달려 가엔 인터체인지로 내려갔다. 지지부 산악 지대에서 합류할 생각인 것 같았다. 지지부에는 놈들의 자회사가 경영하는 산업 폐기물 최종 처리장이 있다. 국도 149호선을 남동쪽으로 나아간다. 길은 구불구불하고 풍경도 시커먼 산들에 가로막힌다. 창으로 불어오는 바람이 차갑다.

지지부시 중심에서 남쪽으로 나아가 야마나시현 경계에 이르렀을 때 차는 현도에서 벗어나 비포장도로로 들어섰다. 덤프트럭의 타이어가 다져 놓은 길이 이윽고 처리장으로 보이는 철조망을 둘러친 시설로 이어졌다. 처리장에는 비닐 쪼가리가 날아다니고 금속과 플라스틱 더미가 지면을 가득 메웠다. 이미 한 대는 멈춰 서 있었다. 며칠 전에 사키야마가 탔던 엘그란드였다. 처리장의 황량한 분위기하고는 도무지 어울리지 않았다.

차가 멈춰 섰다. 후지시마는 슬라이드 도어를 열고 내려섰다. 하수도 냄새가 났다. 남자들이 하나 둘 내렸다. 아무리 낚시꾼 복장을 했어도 몸에서 풍겨나는 험악한 기운만은 숨길 수 없었다.

처리장의 산업 폐기물 더미에 몇 사람이 서 있었다. 사키야마가 산으로 향하자 기다리던 남자들이 말없이 고개를 조아렸다. 왜건에서 내려선 남자들은 그 반대로 처리장 입구에 흩어져 보초를 섰다. 후지시마는 사키야마 뒤로 이어지는 산을 오른다. 흙이 섞인 조그만 유리 파편을 밟는다. 토양 사이로 정체 모를 액체가 스며 나온다.

산 위 작업복 차림의 남자들 사이에 뒤로 손이 묶인 초로의 남자가 무릎을 꿇고 있었다. 하얀 러닝셔츠와 격자 문양의 팬티 차림이다. 검게 물들인 올백 머리카락이 흐트러졌다. 위엄은커녕 처량함만이 도드라져 보였다. 산악 지대의 냉기 탓인지 두려움 탓인지 입술이 새파랗게 질려 몸을 와들와들 떨었다. 강건해 보이는 볼에 하얀 눈물 자국이 떠올랐다. 조. 이 남자인가. 후지시마는 그를 바라보면서 다가간다. 이 남자 때문에 가나코는 인생을 걸고 싸웠던 것이다. 열기를 띤 분노가 솟구쳐 올랐다. 몇 번 거친 숨을 몰아쉰다.

자기주장이 강할 듯한 커다란 얼굴과 넓은 이마. 두툼한 가슴, 옆구리가 속옷을 밀쳐 내고 바깥으로 툭 불거졌다. 더블 슈트 같은 걸 입으면 정말 그럴듯해 보일 것이다. 그러나 지금은 거느리는 부하도 없고 몸을 장식하는 액세서리도 없다. 정강이를 드러낸 채 폐기물 위에 웅크린 모습은 가련하기조차 하다. 허망한 느낌마저 들었다. 복수의 대상으로 삼아야 할 가치랄 것이 있는 인간인지 의심스러웠다.

후지시마는 스스로 기세를 올리려 했다. 남자는 그에게 수많은 시체를 들이밀었다. 빠져나오기 힘든 악몽을 가져다주었다. 그리고 딸의 생명을 노렸다. 그 하나하나가 어김없이 죽어 마땅한 죄악이었다.

낚시꾼 차림을 한 사키야마가 소프트 케이스를 열었다. 미국 경찰에게 어울림직한 커다란 산탄총이 들어 있었다. 개머리판과 몸통 아래가 목제다. 사키야마는 호주머니를 뒤져 총알을 하나 집더니 익숙한 동작으로 약실에 끼워 넣었다.

"두 발이면 충분하겠지."

총신을 아무렇게나 잡더니 후지시마에게 넘겨주었다. 후지시마는 뭔가에 홀린 듯 받아 들었다. 조는 핏발 선 눈을 화들짝 열었다. 총신을 흔들어 장전했다. 금속이 마찰하는 소리가 났다. 사키야마가 눈짓을 했다. 그가 고개를 끄덕였다. 방아쇠를 당기는 일만 남았음을 알리는 신호였다.

"자, 잠깐만."

조가 굵직한 음성으로 애원했다.

"잠깐만 기다려 줘!"

사키야마가 담배에 불을 붙였다.

"빨리 해치워, 경부보. 아침이 되면 죽일 수도 없어져."

후지시마는 산탄총을 겨누었다. 가늠자 아래서 화약 냄새가 났다. 총구를 놈의 머리 쪽으로 돌렸다. 거리는 1미터도 안 된다. 빗나갈 수가 없다. 조가 짧게 비명을 질렀다. 다리에 힘이 들어가지 않는지 무릎으로 흙을 차면서 구른다. 둘러싼 남자들이 발로 밀어 한가운데에 몰아넣는다. 그래도 총구로부터 도망치려고 남자들의 발 아래로 기어간다.

후지시마는 총구를 뒤통수에 갖다 댔다.

"어이, 질문에 대답해. 나를 만족시켜 봐. 잘만 하면 살아날 수도 있으니까."

몸부림치던 조가 동작을 뚝 멈추었다. 붉게 충혈된 눈으로 올려다본다. 공포와 경악이 가득한 눈길이었다. 그 안쪽에서 희미하게나마 뭔가를 계산하는 탁한 움직임이 꿈틀댔다.

"내가 누구야?"

조는 모른다는 표정이었다. 다시 후지시마를 응시했다. 기억을 더듬는다. 하지만 체념한 듯 역시 모른다는 표정을 보였다. 분노의 불길이 점점 강해진다. 후지시마는 으르렁거린다. 감히 나를 모른다고!

"네놈 때문에……."

그는 산탄총을 하늘로 향했다. 남자들의 표정이 어두워진다. 상관하지 않았다.

"내가 누군지도 눈치 채지 못한단 말이지. 나를 뭘로 보고. 개 같은 놈, 내가 그렇게 만만해? 시발놈."

잠꼬대처럼 중얼거린다.

"난 후지시마 가나코의 아버지야. 모른다고 하지는 않겠지."

조는 놀라는 표정도 짓지 않았다. 왠지 화가 치밀었다.

"내가 누구야?"

강한 어투로 핍박한다.

"후지시마 가나코의…… 아버지."

"넌 죽이려 했어. 가나코를, 내 딸을. 아니면 벌써 죽였어? 어떻게 됐어, 대답해!"

"난 안 죽였어."

"그러나 죽이려 했어, 그렇지?"

"난 안 죽였어."

"그 애는 특별해. 몇 놈을 보내도 소용없어. 몇 명을 죽여도 아무도 내 딸을 건드리지 못해, 그렇지?"

"아, 아아, 맞아."

조는 아부하듯이 고개를 끄덕였다. 마른침을 삼키느라 목젖이 바쁘게 오르내린다. 마치 미친놈을 보는 듯한 눈길이었다. 총을 든 손에서 땀이 솟아나고 방아쇠에 건 손가락이 경련을 일으킨다.

"너, 꿈꿔?"

"꿈?"

조는 냉정을 되찾고 그 의미를 알아내려는 듯 후지시마의 얼굴을 빤히 들여다보았다.

"아, 가끔."

남자들의 날카로운 눈길이 따가웠다. 사키야마만이 여유롭게 담배를 피운다.

"나를 봐. 이게 바로 악몽이야. 네놈들이 사람을 죽인 현장을 모두 지켜본 얼굴이야. 잠이 들려 하면 내장이 튀어나온 놈, 눈알이 붉어져 나오고 피를 흘리는 여자가 나타나. 여자아이가 울면서 하소연해. 평생 악몽을 꾸게 됐어. 네놈 때문에!"

"그건."

"닥치고 들어. 그리고 대답해. 딸이 왜 너를 배신했는지 알아?"

조의 표정에서 공포가 어딘가로 날아가 버리고 증오와 굴욕으로 얼굴이 일그러진다.

"몰라."

"억울할 테지. 어린애한테 당했으니까. 몰랐을 테지. 너희들 아주 잘 맞았을 테니까."

"……."

"몇 년 전에 넌 소년을 유린했어. 소년은 자살했고. 알아 몰라!"

처음으로 조가 놀라는 표정을 지었다. 후지시마는 말을 이었다.

"자살한 소년은 가나코의 남자 친구였어. 어떻게 된 건지 이제 알겠어!"

조는 크게 입을 벌렸다. 후지시마가 다시 말했다.

"대단하다는 생각 안 들어? 복수야. 그 애는 너를 죽여 복수하려 한 거야."

"……그럴 목적으로 내게 접근했다는?"

"그 애랑 했어 안 했어?"

조는 침을 삼켰다. 후지시마는 총신으로 턱을 찔렀다.

"그 애랑 했는지 묻잖아!"

조의 입술이 굳어 버렸다. 어떻게 대답해야 할지 망설이는 것처럼 보였다. 총구로 명치를 쑤셨다. 조는 짧게 신음하며 몸을 구부리더니 폐병을 앓는 노인처럼 기침을 해댔다.

"생각하지 말고 대답해. 했어 안 했어. 어느 쪽인지 묻잖아!"

후지시마의 말이 열기를 띠었다. 입에서 침이 거품이 되어 튀어나온다. 새카만 조의 머리카락이 더러워진다. 둘러싼 남자들의 눈이 마음에 걸린다. 그러나 멈출 수 없었다.

조는 눈물을 머금으며 몇 번이나 고개를 끄덕였다.

또다시 깊은 밤의 어둠에 휩싸이는 듯한 느낌에 사로잡혔다. 조는 쏘지 말라고 손을 흔들었다. 그 손을 발로 차 버린다. 진흙이 튀어 오르고 갈색 비닐 조각이 흩어진다.

"입으로 대답해!"

"몇 번 안기는 했지만⋯⋯. 그 애가 나에게 다가왔어. 거부할 이유가 없었어."

후지시마는 냉정을 가장했다. 여유로운 미소를 머금으려 했다. 소용없었다. 총구가 가늘게 떨렸다. 관자놀이가 욱신거렸다. 어둠이 한층 깊어지고 사람들의 모습이 아지랑이처럼 흔들렸다. 어금니를 꽉 깨물었다. 돌아 버린 놈으로 보이기 싫었다. 그것이 질투라는 것을 누구도 절대 상상하게 하고 싶지 않았다.

조가 몸을 구부리며 외쳤다.

"그만둬!"

숨이 거칠어졌다. 산의 냉기와 하수도 냄새가 폐를 가득 채웠다. 그렇게 보이기 싫었다. 들키고 싶지 않았다.

"뭘, 뭘 그만두라는 거야!"

"알아, 알아, 아니까 쏘지 마!"

속옷 차림의 가나코가 뇌를 스친다. 브래지어가 위로 올라갔다.

팬티 옆으로 음모가 비어져 나왔다. 몸의 형태는 흐릿했다. 가슴이 크기도 하고 작기도 하고. 허리가 가늘기도 하고 너무 가늘기도 하고. 음모가 눈길을 돌리고 싶어질 만큼 풍성하기도 하고 초라하기도 하고.

"뭘, 뭘 안다는 거야!"

눈물을 보이고 싶지 않았다. 터프하고 당당하고 싶었다.

"당신 딸. 당연하잖아. 아직 죽지 않았어. 어디 있는지 알아."

"어디야."

조는 개처럼 젖은 눈으로 고개를 천천히 저었다.

"말하면 바로 죽일 거지?"

"어디야!"

조는 주위에 있는 사람의 얼굴을 찬찬히 둘러보았다.

"나랑 손을 잡아. 나는 아직 백년의 비밀을 알고 있어."

조가 땀을 뻘뻘 흘리며 열변을 토했다.

"사키야마 씨, 당신들한테 그 장사를 넘겨줄게. 여자들 명부도 손님 명부도 전부 갖춰 두었어. 호텔 방을 제공할게. 엄청 벌어. 당신들이 경영하는 업소보다 몇 배는 벌어. 아무리 값을 올려도 손님은 줄지 않아. 이 나라 남자들은 모두 변태니까. 여학생을 좋아해. 소년의 엉덩이를 좋아해. 그걸 협박 자료로 써먹어도 좋아."

남자들이 사키야마를 바라보았다. 말을 기다린다. 사키야마는 담배를 버리고 후지시마에게 묻는다.

"어떻게 생각해?"

조의 눈이 후지시마를 향했다.

"나는 후지시마 가나코를 잡지 못했어. 그러나 장소는 알아. 그 아이는 머리가 아주 좋아. 이번에 놓치면 영원히 만날 수 없을지도 몰라."

"넌 딸이 어디 있는지 절대로 몰라."

"나는."

"네가 키우는 개도 몰랐는데, 네가 알 리 없지."

"알아! 나는 알아!"

후지시마는 고개를 저으며 미소 지었다. 환희의 미소였다. 딸의 바람에 대답할 수 있다. 형사 시절에도 이렇게나 충족감을 느낀 적은 없다. 처음으로 딸과 똑같이 생각하고 함께 행동한 것 같은 느낌이 들었다.

"어느 쪽이든 상관없어. 네가 알건 모르건 딸이 바라는 건 네놈 목숨이니까."

"나는."

"딸은 내 거야. 딸이 바라는 일이 내가 바라는 것이기도 해."

조가 굶주린 개처럼 헐떡거리며 묻는다.

"보고 싶지 않아?"

"뭘?"

"비디오. 당신 딸이 관계하는 걸 찍은 거야."

후지시마는 웃는 얼굴로 총구를 겨누었다. 총구는 꼼짝도 하지 않았다. 다만 조의 눈매가 기분 나빴다. 후지시마의 감정을 읽어내려 하는 그 눈길이.

"변태 새끼."

"당신은 가지고 싶을 테지."

후지시마는 고개를 저었다.

"변태 새끼."

"나를 죽이면 그걸 볼 수 없어!"

조는 비뚤비뚤한 이를 드러내며 웃었다. 후지시마는 고개를 저었다.

"그딴 거 필요 없어."

후지시마의 목소리가 울먹인다.

"그딴 거 필요 없어."

조가 움직였다. 굳은 표정으로 일어섰다. 등을 보이고 달린다. 더러운 속옷이 멀어져 간다. 남자들이 발을 구른다. 노호가 튀어나온다. 방아쇠를 당긴다. 충격으로 머리가 흔들린다. 비뚤어진 풍경 한쪽에서 조의 왼쪽 다리가 찢어진 것이 보인다. 피가 뿜어져 나오고 무릎에서 신경이 실처럼 늘어졌다. 앞쪽을 잃어버린 다리뼈가 보인다. 균형을 잃은 조가 폐기물 더미에서 굴러 떨어진다. 먼지, 비닐, 종잇조각, 검은 덩어리 같은 유리가 일제히 흩어진다. 연기가 눈을 찌르고 화약 냄새가 퍼져 나간다.

총소리에 놀라 몸을 웅크린 남자들 곁을 스치며 치달린다. 쓰레기 더미를 내려가면서 총신을 미끄러뜨린다. 탄피가 떨어진다.

조는 오물 위를 기어간다. 왼쪽 무릎 아래가 떨어져 나가고 없다.

피가 흐르는 상처에 일곱 색깔로 빛나는 오물이 묻었다. 눈물이 렌즈처럼 풍경을 뒤튼다. 아침 햇살이 눈앞을 하얗게 물들인다. 핑크색 살을 보고 찢겨 나간 근육의 잔해를 보고 욕지기를 느낀다.

쓰레기 더미에서 피어오르는 냄새에 내장이 녹아내릴 것 같았다.

청각이 돌아온다. 피 냄새에 까마귀들이 흥분한다. 뒤를 따라온 남자들의 발자국 소리. 쓰레기 위를 기어가는 조의 목을 잡아챈다. 눈동자에 기름막 같은 것이 달라붙었다.

"사, 살려줘, 살려줘, 나는."

후지시마가 산탄총을 얼굴에 갖다 댔다. 위액과 화약 냄새가 났다.

"해치워!"

쓰레기 더미 위에서 사키야마가 살찐 볼을 떨며 외친다.

"해치워, 해치워!"

압도적인 볼륨이었다. 뒤를 돌아보았다. 아침 햇살이 비쳐 표정을 읽을 수 없었다. 그러나 번득이는 안광만은 확인할 수 있었다.

"해치워!"

조가 속삭였다.

"살려 줘…… 총으로 저놈들을 쏴. 안 그러면 너도 여기 묻힐 거야. 뭐든 다 해 줄게. 딸을 찾아 줄게."

쉬어 터진 조의 속삭임은 달콤하면서도 비통했다.

"방을 줄게…… 돈도 충분히 줄게. 이번에는 절대로 도망치지 못하게 하면 돼."

"그런 건 바라지도 않아."

"거짓말하지 마……."

조는 힘이 다했는지 흙 위에 주저앉았다. 창백한 얼굴과 울적한 눈길. 날아간 무릎에서 끝도 없이 피가 흘러내렸다.

"나는 아버지야."

후지시마는 자신의 가슴을 손가락으로 가리켰다.

"나는 아버지다!"

조가 단속적으로 숨을 헐떡거렸다. 웃는 것이다.

"아버지라고…… 네놈은 그 애가 말한 그대로야."

"뭐라고?"

"그 애의 환심을 사려고…… 몇 번이나 이야기를 해 봤어. 사람도 아닌 부모를 죽여 줄까 하고. 그 애는 고개를 저었어……. 화도 내지 않고 슬퍼하지도 않고. 그런 건 아무런 의미도…… 없다고."

"……."

"그 애는 말했어. 너희한테는 아무 짓도 할 생각이 없다고. 이미 없는 거나 다름없다고…… 돌아볼 것도 없다고…… 그게 너희한테 가장 큰 고통이 될 거라고."

방아쇠를 당겼다. 굉음이 모든 것을 지우고 몰려오는 까마귀들을 쫓아냈다. 양동이로 부은 듯이 피가 쏟아졌다. 조의 머리를 날려 버렸다. 회색 뇌수가 쓰레기 위에 흩어졌다. 머리카락과 두피가 사방으로 흩어졌다. 아래턱과 이 몇 개, 산탄을 덮어쓴 몸만 남았다.

후지시마는 더는 참지 못하고 위액을 토해 냈다. 그 광경을 평생 잊지 못할 것 같았다. 매일 밤 꿈에 나타나 자신의 평안을 뒤흔들어 놓을 것이다. 그러나 후지시마는 만족했다. 이것으로 가나코를 노리는 모든 인간을 지웠다고.

산에서 사키야마와 남자들이 내려왔다.

"와, 대단해."

사키야마는 시체 곁에 한쪽 무릎을 꿇었다. 턱에 손을 대고 몽롱하던 눈을 번득였다. 노출된 척수와 튀어나온 다리뼈를 살펴보았다. 이윽고 만족스럽게 튀어나온 배를 통통 두드리고는 한숨을 내쉬었다.

"옮겨."

남자들은 예전에 조라는 남자였던 살덩어리를 파란 비닐 시트에 감쌌다. 삽과 비닐 시트를 든 남자들이 처리장 구석으로 걸어간다.

후지시마는 그 모습을 바라보며 말했다.

"나는 안 죽일 건가?"

"당신을? 왜?"

"나는 너무 많은 것을 아니까."

"하긴. 물론 당신은 너무 많이 알지도 몰라. 그러나 난 마음에 들어. 자식의 원수를 갚은 아버지. 눈물이 나려고 해, 경부보. 우리 같은 조폭은 그런 이야기에 너무 약하단 말이야."

강렬해지는 햇살을 받으며 멍하니 섰다. 가나코에 대해 생각해 보았다. 만일 어딘가에 몸을 숨기고 있다면 하루라도 빨리 전해 주고 싶었다. 너를 구하기 위해서, 너 대신 원수를 갚기 위해서 애썼다고. 이 활극을 봐 달라고.

그 아이는 용서해 줄까. 그를 아버지로 인정해 줄까. 아버지라고 불러 줄까. 자신의 순결을 유린한 죄를 다 잊어버리고 미소를 지어 줄까. 불안과 희망이 뒤섞인 파도에 휩쓸려 가며 후지시마의 뇌리에서는 수많은 의문이 떠올랐다. 그런 가운데 그는 사방으로 흩어진 조의 파편을 내려다보았다.

23

요코하마에 있는 그 조직은 참으로 묘했다.

사와타리 조직이다. 이시마루 조직과 마찬가지로 이나바회의 산하 단체다. 사키야마는 후지시마를 죽이지 않았다. 그는 후지시마와 술잔을 나누고 형제의 의를 맺었다. 그리고 후지시마는 사와타리 조직에 소속되었다.

규모는 적었다. 구성원도 일곱 명뿐이다. 톨루엔을 너무 많이 해서 이가 너덜너덜해진 폭주족 같은 젊은 애부터 낡아 빠진 싸구려 정장 차림의 월급쟁이 같은 남자까지 다양했다.

조직원은 대체로 과묵했다. 우두머리는 키가 작고 비쩍 마른 노인네였다. 후지시마가 찾아가니 우두머리 사와타리는 간이 숙소거리의 삐끼처럼 그의 어깨를 툭툭 치면서 새로 온 조직원을 자세히 살펴보는 것이었다.

"사키야마가 보냈다면서? 그렇다면 꽤 일 좀 하겠지."

작렬하는 나날에서 해방되어 거짓말처럼 평온한 날들이 이어졌다.

불법 경마인 마떼기 사무실을 맡았다. 스무 명 정도의 소수 고객을 상대로 전화를 받아 경마 일을 처리하고 수금일이 되면 고객의 사무실이나 가게를 찾아가 정산했다. 고객은 모두 신사적이었다. 돈도 잘 내고 해서 트러블이라고는 없었다. 생활은 평화 그 자체여서 오히려 지겨울 정도였다.

다른 조직원들이 뭘 하며 먹고사는지는 몰랐다. 관심도 없었다.

남자들은 하루 종일 지겹게 마작 패나 돌리고 만화 같은 거나 보았다. 크게 바쁜 일도 없었다. 다들 너무 잘난 척도 하지 않고 세련된 조폭 흉내도 내지 않았다.

그런데도 이상하리만치 조직의 경제 사정은 좋았다. 매일 밤 사와타리는 조직원들을 거느리고 고급 클럽을 드나들었다. 애인에게 열어 준 업소에서 열심히 마셔 댔다. 조직원들은 의욕이 넘쳐났다. 모두가 강철 같은 위장과 천박해 보이리만치 튼튼한 간의 소유자였다. 게다가 성욕도 대단했다. 사와타리 말고는 특정한 여자를 두지 않고 안마시술소를 중심으로 중국인 클럽과 남미 여자나 러시아 여자가 진을 친 가게까지 누비고 다녔다. 피부색이나 언어가 다르건 말건 여자라면 무작정 안고 보는 인간들이었다. 후지시마에게도 그런 호의가 베풀어졌다. 그러나 그는 잠자리에 들어오는 여자를 돈을 주고 쫓아 버렸다.

사키야마에게 전화로 물어보았다.

"도대체 여긴 뭐 하는 데야?"

"마음에 들지?"

"음침한 놈들뿐인데 그래."

"그럴 테지. 넌 아직 그쪽이 얼마나 좋은지 잘 몰라서 그래."

"무슨 말이야, 그건?"

"이제 곧 알게 될 거야. 반드시 마음에 들 테고."

"……그 문제는 어떻게 됐어?"

"아, 정리됐지. 현경의 높으신 분이 오줌을 질금할 만큼 좋아하더군. 조의 금고를 살짝 보여 주기만 했는데 말이야. 놈의 고객 가운데는 빨갱이도 신문기자도 있었으니까. 이것으로 당분간 우리에게 불편한 일은 절대로 없지."

"그래서 나도 당당하게 활보할 수 있단 말이지."

"시간 나면 언제든 와. 그렇지만 조심해. 당신을 낚아 버리고 싶어 하는 짭새가 아직도 버글버글하니까."

"그딴 건 겁도 안 나. 오히려 내가 반격을 가해 줄 테니까."

"아무튼 일단은 그곳 분위기에 익숙해지는 거야. 하긴 곧 거기가 좋아서 절대로 안 떠나려고 할 테지만."

사키야마는 웃었다. 선물을 건네주는 아버지 같은 웃음이었다.

해답은 두 달 후에 나왔다.

그날, 사와타리는 나고야로 가라는 지시를 내렸다. 조직원 모두가 라이트밴 두 대에 올라 도메이 고속도로를 타고 서쪽으로 향했다. 적어도 한 사람마다 권총 두 자루가 주어졌다. 나이프와 경찰봉, 2연발 숏건, 가솔린, 타이머식 최루 스프레이 캔을 지급받았다. 무슨 농담하나 싶을 만큼의 무기가 차 안에 가득했다. 남자들의 눈에는 평상시에 볼 수 없었던 생기가 감돌았다. 마치 소풍가는 어린아이 같았다. 차 안에는 음침하면서도 활기찬 흥분이 퍼져 나갔다.

조그만 비즈니스 호텔에 도착해 보니 나고야를 지반으로 하는 이나바회 계통의 조직 간부 몇 사람이 인사를 하러 와 있었다. 간단한 접촉이었다. 그들은 원정 온 조직원들을 두려워하는 것 같았다. 위스키나 스피릿을 미친 듯이 밀어 넣는 남자들을 보고 어이없어했다. 조직의 간부가 사진 한 장을 사와타리에게 건네주었다. 남자였다.

다음 날 대낮에 그들은 최루 스프레이로 남자를 납치했다. 그의 정체는 사와타리 혼자 알고 있었다. 라이트밴의 짐칸에 밀어 넣고 아무 일도 없었다는 듯이 차를 달렸다. 발갛게 물들기 시작한 기후의 산속까지. 현도를 벗어나 잡초가 무성한 산길로 들어섰다.

사와타리는 손전등 몇 개, 로프 그리고 흙 묻은 삽을 들고 라이트밴에서 내렸다. 짐칸에서 눈을 가리고 재갈을 물린 남자를 끌어내 목에 로프를 감았다. 그들은 로프 양끝을 후지시마에게 맡겼다. 마치 후지시마를 시험이라도 하듯이. 어느 아프리카 부족의 의식 같았다. 번득이는 눈이 그를 지켜보았다.

작렬하는 나날은 계속되고 있었던 것이다.

벌레 울음 소리를 들으면서 남자를 뒤에서 묶었다. 남자의 손이 허공을 더듬었다. 집어던지기 요령으로 밧줄을 끌어당겼다. 몇 번 흔들자 남자의 경추가 부서지는 느낌이 로프로 전해져 왔다. 신들에게 바치는 희생물. 남자가 축 늘어졌다. 숨이 끊어지는 순간, 남자들은 얼굴을 구기며 후지시마를 칭찬했다. 후지시마를 그들의 일원으로 인정한 것이다.

깊이가 몇 미터나 되는 구덩이를 팠다. 남자를 던져 넣고 그 위에 석회석을 뿌렸다. 남자에 대해 아무런 감정도 일어나지 않았다. 그뿐만이 아니었다. 그날을 경계로 후지시마 주위를 어슬렁거리던 모든 망령의 그림자가 엷어지기 시작했다. 남자나 여자들 꿈을 꾸는 날도 줄어들었다. 꿈 없는 깊은 어둠만이 그의 잠을 지배했다.

사와타리 조직은 살인이 주업이었다. 때로 장기 밀매도 했다. 빚에 허덕이는 인간을 잡아 이나바회를 매개로 하여 병원에서 해체했다. 병원에서는 각막, 신장, 간, 심장, 피부, 골수, 뇌를 포함하여 분비물까지 다 쓸어 간다고 한다.

보름 뒤, 후지시마는 또 살인을 했다. 조를 살해했을 때와 마찬가지로 야외였다. 후쿠이 산중에 있는 최종 처리장에서 노인의 이마에 총알을 박아 넣었다. 그들은 또 그를 찬양했다. 홈런을 친 타자, 트라이를 완성한 럭비선수처럼. 더는 아무런 느낌도 없었다. 노인 머리에서 뿜어져 나온 피와 뇌수가 마지막 남은 망령의 찌꺼기를 쓸어가 버렸다.

주사기 사용이 능숙해졌다. 팔 정맥 주변의 피부가 딱딱해져서 복숭아뼈에 주사기를 찔러 넣었다. 희망과 자신감에 가득 차 매일처럼 딸을 찾았다. 사이타마에서는 아내 기리코가 대대적인 조직을 짜서 가나코 수색 활동에 나섰다. 거리에 나서서 부모와 함께 찍은 가나코 사진이 든 전단지를 나눠 준다고 한다.

그와는 반대로 현경의 움직임은 아주 소극적이라 편의점이나 고속도로 휴게소 같은 데도 가나코의 사진을 붙이지 않았다. 공안형사들이 은밀히 움직일 뿐 대대적인 공개 수사는 하지 않았다.

한 달 뒤, 현경은 편의점 강도 살인범으로 중국인 네 명을 잡아들였다. 돈에 쪼들린 불법 입국자들의 충동적인 범행이라고 발표했다. 오사나이가 현역 경찰이라 절대로 진범을 밝힐 수 없었을 것이다. 조에게 고용된 그와 그 동료는 자살, 사고사, 행방불명으로 처리되었다. 나가노 살해 용의자는 아직도 특정되지 않았다고 한다.

또 한 달 뒤, 사키야마에게서 소포가 왔다. 비디오 테이프였다. 조가 안가로 삼은 묘가다니의 아파트에 있던 것이라고 했다.

후지시마는 떨리는 손으로 테이프를 데크에 넣었다. 긴 머리카락, 긴 손발, 어머니를 닮은 가느다란 콧날, 자그만 가슴과 엷은 음모. 고정된 카메라가 전라의 가나코를 비춘다. 통통한 조가 침대로 밀어 넣고 다리를 벌리게 한다. 가나코의 음부가 드러났다 숨었다를 반복한다. 카메라맨 조가 가나코의 몸을 다리 쪽부터 드러나게 설정한 것이다. 카메라를 바라보는 가나코의 눈은 차갑기만 하다. 화면을 바라보는 후지시마를 나무라는 듯했다.

조가 가나코의 음부를 만지면서 물었다.

"아버지 물건을 받아들인 거야?"

"응."

후지시마는 두 손으로 얼굴을 마구 문질렀다.

"어땠어, 좋았어?"

"아프기만 했어. 난폭해서."

후지시마는 눈썹을 손가락으로 비틀었다. 카메라맨 조가 가나코의 볼을 가볍게 쳤다.

"거짓말. 넌 하늘이 내려 준 창녀야. 넌 처음부터 느꼈지?"

가나코가 웃는다.

"물론 느꼈지, 아빠."

후지시마는 비명을 질렀다.

조가 응석을 부리자 가나코가 조의 사타구니에 얼굴을 묻었다.

그만둬. 조가 딸의 부드러운 몸을 짓누른다. 축축하게 젖은 페니스를 소리 내며 움직인다. 가나코가 발개진 얼굴로 지싯거린다. 아주 외설적인 말을 옹얼거리며.

느낀 거야? 후지시마는 묻지 않을 수 없었다. 그런 건 알고 싶지도 않아! 조가 허리를 빨리 움직이며 외설적인 말을 입에 담는다. 권총으로 브라운관을 겨냥했다.

사타구니가 뻐근하다. 손바닥으로 얼굴을 가린 채 흐느꼈다. 그래도 비디오를 끄지 않고 영상을 보고 있었다.

에필로그

여자가 엔진을 끄고 차에서 내린다. 한파가 밀려오는 탓인지 차갑고 건조한 바람이 살을 엔다. 어둠 속에서 내뿜는 숨결이 하얗게 뻗어 나간다. 뒷문을 열고 저녁 찬거리가 든 슈퍼마켓 봉지를 집어 든다. 생수를 많이 사서인지 비닐봉지 손잡이가 손가락을 파고든다.

"선생님."

여자는 갑작스런 목소리에 놀라서 돌아본다. 아파트 가까이 댄 검은 사륜구동에서 남자가 달려온다. 다운재킷과 회색 스웨터가 보였다. 본 적도 없는 중년 남자다. 짧게 가지런히 자른 머리카락, 깊게 팬 미간의 주름과 길게 찢어진 눈, 예각 같은 볼과 얇은 입술. 어딘지 모르게 잔혹해 보이는 얼굴에 있는 힘을 다해 웃음을 새겨 넣고 있었다.

"아즈마 선생님이시죠?"

"누구시죠?"

"아, 저는."

남자는 명함을 꺼내면서 일간지 기자라고 자기소개를 했다.

"나한테 무슨……."

"후지시마 가나코 양을 아시죠?"

"예."

여자는 퉁명스럽게 대답했다.

"제자인데요. 벌써 3년이나 지났는데."

"그 학생이 여름에 행방불명됐다는 사실 아세요?"

"예."

"아시는 대로 아직도 행방불명 상태입니다."

"그렇다고 들었습니다. 정말로 믿기지 않아요."

"아세요? 그 아버지도 그로부터 며칠 후 행방불명되었다는 거."

그녀는 이상하다는 표정을 지으며 물었다.

"모르는데요. 정말 그랬나요?"

"아버지는 딸 후지시마 가나코의 행방을 찾고 있었습니다. 그러다 모습을 감추어 버렸어요. 두 사람 다 사건에 휘말렸을 가능성이 많아요."

"사건?"

여자는 믿을 수 없다는 표정으로 고개를 젓는다.

"그녀에 대해 좀 듣고 싶은데요."

이것으로 두 번째였다. 아름다운 제자에 대해. 여자는 아파트 창을 올려다본다. 불이 꺼졌다. 초등학교 다니는 딸은 아직 돌아오지 않았다. 오늘은 농구부 연습이 있어 귀가가 늦다.

"부탁합니다. 시간 많이 빼앗지 않겠습니다."

남자가 한걸음 다가서며 말한다. 그 말에는 이상하리만치 마력이 있었다. 하얀 입김이 얼굴에 닿는다.

귀찮았다. 어딘지 모르게 남자에게서 음침한 기운을 느꼈다.

"부탁합니다."

강요하는 듯한 어투로 말하는 남자. 설령 여기서 고사한다 해도 앞으로 몇 번이나 더 찾아올 것 같은 느낌이 들었다.

"알았습니다. 장소가 좀 그러니 들어오시죠."

"감사합니다."

방 두 개짜리 오래된 아파트. 팬히터 스위치를 누른다. 레인지의 불을 켜고 주전자를 올린다. 고다츠의 스위치를 넣고 남자에게 방석을 권한다.

"죄송합니다."

가슴이 수런댄다. 어디서 들어 본 듯한 목소리였다. 어디서 이 목소리를 들었더라.

커피를 내면서 여자는 이전과 똑같은 이야기를 한다. 우수한 학생이었고 졸업한 다음에도 여름에는 안부를 묻는 엽서를, 연초에는 연하장을 보내는 의리 있는 학생이라고. 남자는 고개를 끄덕이며 하나도 놓치지 않고 메모한다.

"참 대단하네요. 이렇게 훌륭한 아가씨가 어떡하다 실종을."

"예, 정말 모를 일입니다."

"그런데 선생님은 아시는지요? 가나코는 일시적이지만 불량 청소년들과 관계가 있었고, 약물 경험도 있다는 사실을."

턱에 힘을 넣고 끄덕인다.

"압니다. 그렇지만 일시적인 일에 지나지 않아요. 당시 그 애는 남자 친구를 잃고 많이 힘들어했으니까요."

시곗바늘이 6시를 넘어선다. 앞으로 한 시간 안에 딸이 돌아올 것이다. 무릎이 까딱거린다. 남자가 빨리 돌아가 주기를 바란다. 딸에게 이런 이야기를 들려주고 싶지 않다. 결코.

남자는 펜 꼬리로 관자놀이를 긁는다. 미간에 주름을 잡으며 툭 말을 던진다.

"그렇지만 그건 내가 취재한 내용과 다른데요."

"무슨 말씀이세요?"

"그녀는 그 뒤에도 약물이나 불량 그룹과 관계를 끊지 않았다고."

"그런?"

"이건 어떨까요? 고등학교에 진학한 다음 그들에게서 각성제를 공급받아 같은 학교 학생들에게 팔았다고."

발바닥이 얼어붙는 듯한 감각이 일었다. 자신도 모르게 남자를 응시했다. 남자는 미소를 머금은 채였다.

"그건 절대로 믿을 수 없어요."

"그럼 이런 건 어떨까요? 각성제에 빠져 버린 학생들에게 매춘을 강요했다."

그녀는 남자의 정체를 알아차렸다.

"모릅니다. 나는 아무것도 몰라요."

"이런 이야기는 또 어때요? 그녀의 커넥션이 아주 광범위했다고. 거대한 매춘 조직을 만들어 같은 학교 학생뿐 아니라 더 어린 소녀들까지 끌어들였어요. 돈과 약물로."

"이제 됐어요, 후지시마 씨."

남자는 미소를 거두고 무표정으로 돌아갔다. 성형이라도 했는지 예전과는 얼굴선이 완전히 달랐다.

"다른 한 가지도 알려 드리죠. 고객은 변태들입니다. 가나코는 고객의 요구에 응한 거지요. 초등학생도 끌어들여 놈들에게 대 주는 겁니다."

남자는 가방에서 A4 사이즈 봉투를 집어 들었다. 봉투 안에서 인화지 한 장을 꺼낸다. 여자는 얼굴을 손으로 가린다.

"그만두세요!"

"어린 소녀가 뭘 빨고 있네요."

"그만둬!"

억양 없는 목소리로 남자는 말을 이었다.

"질 찍혔네. 그런데 이 애, 아주 많이 발전했네. 말자지 같은 걸 물고 있어."

여자는 얼굴을 가린 채 고개를 저었다.

"당신 딸이야."

여자는 눈을 감는다. 사진을 보려 하지 않았다. 너무도 징그럽고 저주스러웠다. 그러나 딸의 영상을 뇌리에서 지울 수 없었다.

남편과는 사별했다. 그렇지만 평화로운 가정을 유지해 왔다. 딸은 성적도 좋고 왕따도 당하지 않았다. 예의가 바른 편이고 친구도 많은 평범한 아이다. 농구와 정크푸드를 좋아하는 어린아이다.

어느 날 휴대전화 신호음이 평화를 깨뜨렸다. 전원을 꺼 놓아야 했다. 착신음을 지웠어야 했다. 딸의 안색이 새파랗게 질렸다. 딸에게 휴대전화를 사 준 기억이 없었다. 이전부터 딸은 휴대전화를 가지고 싶어 했다. 그러나 여자는 사 주지 않았다. 딱히 깊은 뜻은 없었다. 그냥 너무 이르다고 생각했을 따름이다.

여자는 딸에게 따졌다. 누가 사 주었고 누가 매달 요금을 지불해 주는지. 어르고 타이르며 캐물었다. 이윽고 딸은 전화의 소유주 이름을 댔다. 이름은 후지시마 가나코. 옛날의 제자였다.

"당신 딸이지?"

후지시마의 얼굴이 뒤틀린다. 닥닥 이를 마주치며 미간에 주름을 잡는다. 머리를 마구 긁더니 맥이 빠진 듯 테이블에 팔꿈치를 댄다. 불쑥 안주머니에서 검은 물체를 꺼낸다. 그것이 총이라는 것을 안다. 총신이 아주 길다. 검은 총구가 다가온다. 거의 여자 얼굴에 닿을 정도다.

여자는 자신이 너무 침착하다는 것을 자각한다. 보복의 칼날이 날아올 날을 예감했는지도 모른다. 깊은 어둠 속에서 죽음의 구덩이가 눈과 눈 사이에 펼쳐졌다.

어느 날 그녀는 테니스부 연습을 빨리 끝낸 다음 후지시마 가나코가 다니는 학원 가까이 차를 댔다. 몇 번이나 말을 붙일까 하다가 그만두었는지 모른다. 알아서도 안 되고 관계해서도 안 된다고 생각했다.

수업을 받고 학원을 나서는 그 아이를 차창 너머로 바라보면서 참을 수 없는 고통을 느꼈다. 역으로 향하는 그 아이에게 여자는 결의를 다지고 말을 걸었다. 후지시마 가나코는 눈썹을 가볍게 들어 올리며 미소 지었다. 들키고 말았다는 듯 익살스런 웃음이었다.

지금 생각해 보면 가까운 찻집에 들어가야 했을지도 모른다. 사람들이 많은 장소라면 자신을 억제할 수 있었을 텐데.

차에 태웠다. 시내로 들어가 교통 정체로 거의 꼼짝도 않는 정지 상태에서 대화를 나누었다.

왜 내 딸한테 휴대전화를 사 주었느냐고. 왜 요금을 지불해 주었느냐고. 왜 그런 짓을 하느냐고. 평범한 여고생에 지나지 않는 네가 어떻게 돈을 대신 내 줄 수 있느냐고. 더 솔직히 물었는지도 모른다. 다시 말해 왜 딸에게 접근하느냐고.

가나코는 미안해하는 기색도 없이 대답했던 것 같다. 많은 말을 하지 않았다. 그 아버지인 남자가 그랬듯이 봉투에서 사진을 꺼냈다. 기시감이 들었다.

자기도 모르게 비명을 질렀다. 욕지기가 일어나면서 하늘이 빙글 돌았다. 목덜미가 뻣뻣하게 굳어 버렸다. 횡격막에 칼을 맞은 듯한 통증을 느꼈다. 이런 경험은 다시는 없을 것이라고 생각했다.

흐느끼는 여자를 향해 후지시마 가나코는 말했다. 쥐를 해부하는 과학자 같은 눈으로.

"이런 거예요, 선생님."

"이건…… 뭐야? 도대체 뭐 하는 짓이야?"

"오해하지 말아 주세요. 딱히 아키코한테 억지로 하라고 시키는 건 아니니까요."

몸에서 힘이 빠져나갔다. 표정을 잃고 입을 쩍 벌렸다는 것을 알았다. 남편이 쓰러졌다는 말을 들었을 때도 이런 충격은 받지 않았다.

"이거 사실이야?"

후지시마 가나코의 말은 자동판매기나 현금인출기에서 나오는 합성음처럼 평탄했다.

"사진을 잘 보세요, 선생님. 아키코가 울기라도 해요? 비명이라도 지르고 있나요? 이건 그 애 스스로 선택한 결과예요."

관자놀이를 누르지 않고는 버틸 수 없었다. 눈을 감지 않을 수도 없었다. 아무것도 보고 싶지 않았다. 억지로 강간당한 것이라는 말을 들었다면 얼마나 마음이 편했을까.

"그냥 그것 때문에, 그거 하나 때문에? 내가 사 주지 않아서? 그런 거야?"

용서를 구하듯이 여자는 말했다. 후지시마 가나코가 아주 희미하게 감정을 드러낸 듯한 느낌이 들었다. 경멸하는 건지 흥분한 건지 모를, 하얀 잇새로 슬쩍 흘러내리는 비웃음 같은 것을 보았다.

어디를 어떻게 달렸는지 모른다. 문득 정신을 차려 보니 신도시에 건설 중인 빌딩 사이였다. 저녁 어스름이 내리고 주변에는 차도 사람 그림자도 없었다. 깜빡이도 넣지 않고 차를 세웠다. 핸들에 엎드리며 소녀의 얼굴을 엿보았다.

옛날의 제자. 남자 친구가 비극적인 죽음을 맞이했다. 그래서 특별한 눈으로 그 애를 지켜보았다. 몇 번 집으로 초대하기도 했다. 딸은 후지시마 가나코를 좋아해서 언니처럼 따랐다.

여자는 생각했다. 만일 이 세상에 악마가 있다면, 그건 아마도 이 같은 모습일 것이라고. 끝도 없는 욕망과 고혹적인 매력을 뿜어내며 사람을 파멸로 이끌어 가는 존재.

지금이라도 심장이 멈추어 버릴 것 같았다. 내장을 모두 박탈당한 것 같은 공허감. 그다음 용암 같은 분노가 솟구쳤다.

"딸을 돌려줘."

"그 애는 처음부터 자유로웠어요."

"말도 안 되는 소리. 왜…… 왜 내 딸을, 도대체 그 애가 몇 살이라고 생각해?"

후지시마 가나코는 진지한 표정으로 대답했다.

"당연히 잘 알죠. 그러니까 끌어들인 거예요."

"다시는 우리 딸한테 접근하지 말아 줘."

"내가 그러지 않아도 지금은 아키코 짱이 다가오는걸요."

눈앞이 뿌옇게 흐려졌다.

"딸에게 접근하지 마."

그녀의 윤곽도 뿌옇게 흐려졌다.

"참 애석하네요. 누구보다 인기가 좋았는데."

의식이 아득해졌다. 그 아이의 목소리가 늘어진 테이프에서 흘러나오는 것 같았다.

"그 애는 정말 멋져요. 아주 멋져서……."

여자는 비명을 질렀다. 딸에게 쏟아 부은 사랑을 부정당한 것 같았다.

"돌려줘!"

조수석 쪽으로 몸을 돌려 멱살을 거머쥐고 세차게 흔들었다.

"내 딸을 돌려줘!"

안개가 걷히고 기억이 조금 또렷해졌다.

사이드 브레이크 위로 몸을 기울여 가나코의 가늘고 하얀 목을 잡았다.

"원래대로 돌려놔!"

후지시마 가나코는 목을 조르는 여자의 손 위에 자신의 손을 올렸다.

힘을 넣었다. 테니스로 단련된 팔은 그 아이의 목에 충분하리만 치 강력한 힘으로 작용했다. 격정이 일어나는 대로 졸랐다.

"돌려줘!"

"아직 나는."

후지시마 가나코도 힘을 넣었다. 여자는 작게 신음한다. 손목뼈 가 삐걱거릴 정도로 강력한 힘이었다. 어떻게 이리도 아름다운 소 녀에게 이런 근육의 힘이 있는지, 지금 생각해도 이상했다.

그러나 그것도 한순간이었다. 후지시마 가나코의 손에서 이내 힘이 빠져나갔다.

"돌려줘……."

그때 가나코가 어떤 표정을 지었는지 기억이 없다. 눈물 때문 에 모든 게 뒤틀려 보였다. 아무것도 보이지 않고 모든 것이 희 미했다.

적어도 그 아이가 용서를 구했더라면. 비명이라도 한번 질렀더 라면. 자신을 구원해 달라고 했다면. 혹은 더 길게 손목에 힘을 넣 었더라면. 여자는 제정신을 차렸을지도 모른다.

"뭐, 이제 됐잖아."

가나코는 희미하게 중얼거렸다. 몸 하나 흐트러뜨리지 않고 하 는 대로 가만히 있었다.

"이제…… 됐죠?"

그 아이의 마지막 말이었다. 여자에게 목을 졸리면서도 어딘가 먼 곳을 바라보고 있었다.

"네가 죽였어, 우리 딸을."

쉰 목소리로 남자가 말했다. 총구가 흔들렸다.

입을 열려고 하는 여자를 손바닥으로 막았다.

"딸을 어떻게 했어?"

"무슨 말을……."

"그만둬. 변명이나 거짓말은 절대로 안 돼."

남자의 말에는 단 한 점의 의구심도 없었다. 어딘지 모르게 광기조차 느껴지는 완고함이 있었다. 입을 쩍 벌리는 여자를 향해 남자는 말을 이었다.

"며칠 동안 은밀히 차를 조사해 보았어. 트렁크에서 긴 머리카락을 찾아냈지."

"그렇지만 그건."

"네 머리카락이 아냐. 동물의 털도 아니고. 나는 아직 경찰에 끈을 가지고 있어. 가나코가 사용한 빗에서 채취한 머리카락과 비교해 봤지. 일치했어."

정적이 내려왔다. 시곗바늘 소리만 들린다.

여자는 고개를 숙인 채 말이 없다. 정체 모를 진동이 등허리를 기어오른다. 아직 죽고 싶지 않아. 죽을 수 없어.

"대답할 수 없다는 거야?"

남자는 실망한 듯 숨을 토해 냈다.

"좋아, 대답할 때까지 기다리지."

여자가 마른침을 삼키며 고개를 든다. 남자가 고개를 끄덕인다.

"곧 딸이 돌아오지 않나? 내 얼굴을 볼 테지. 선생, 당신 하나만으로 넘어가지 못하게 돼."

"당신은 정말 미쳤어."

"딸은 어디에 있어?"

여자는 깊은 한숨을 내쉬며 바닥없는 어둠으로 추락하는 감각에 사로잡힌다.

"한 가지 약속해 줘."

"뭐야?"

"딸한테는 손을 대지 않겠다는 거."

"그래서?"

여자는 지지부의 한 고개 이름을 댔다

남자는 가볍게 고개를 끄덕이더니 권총의 격철을 세웠다.

"약속하지."

여자는 문득 생각났다는 듯이 입을 열었다.

"여기서는."

죽고 싶지 않다. 딸에게 자신의 시체를 보이고 싶지 않다. 그러나 입이 떨어지지 않는다. 순간의 섬광과 함께 여자는 얼굴에 구멍이 뚫리는 자신의 모습을 본다.

딸이 보면. 상상의 나래를 펴기 전에 모든 것이 멈춘다. 사고가 닫힌다. 어둠이.

남자는 뒷좌석에서 삽을 꺼낸다. 아까부터 낯익은 풍경이 눈앞에 펼쳐졌다. 보수로 손에 넣은 SUV 차량으로 눈 깊은 지지부 산길을 돌파한다. 온통 눈의 세상이다.

여자의 대답이 옳았을지도 모른다. 설령 옳다 하더라도 넓은 산 속에서 딸이 있는 장소를 특정할 수 없다. 설령 몇 백 명을 투입한다 해도 찾아내지 못할 것이다.

남자는 눈을 밟는다. 뭔가에 이끌리는 듯이.

"알아."

설원에 웅크리고 앉은 가나코를 향해 고개를 끄덕인다. 남자는 생각해 본다. 딸을 만날 수 있는 사람은 아버지인 그 자신뿐이라고. 그리 오랜 시간이 걸리지 않을 것이다.

끝도 없이 뻗은 설원과 숲 속을 헤치고 이윽고 남자는 얼어붙은 땅에 삽을 꽂았다.

"여기지?"

가나코가 고개를 끄덕인다. 여름옷 그대로다. 작렬하는 나날이 아직도 이어진다.

재회가 이루어진 날.

삽으로 눈을 파헤치며 무럭무럭 피어오르는 땀을 닦으면서 남자는 딸에게 말한다.

너의 진정한 모습을 보여 줘. 그리고 마음속 모든 것을 밝혀 줘.

그리고 제발 나를 사랑해 달라고.

그리고 나를 용서해 달라고.

갈증

초판 2쇄 발행 | 2018년 8월 10일

지은이 | 후카마치 아키오
옮긴이 | 양억관
발행인 | 김정희
편집 | 이정헌
마케팅 | 김선범
교정 | 노경수
디자인 | 이정헌
인쇄 | 공간

펴낸곳 | 도서출판 잔
출판등록 | 2017년 3월 22일 · 제2017-000113호
주소 | 06101 서울시 강남구 학동로44길 49
전화 | 02-3443-0334 · 팩스 | 02-3445-0510
전자우편 | zhanpublishing@gmail.com
홈페이지 | www.zhanpublishing.com

ISBN 979-11-950614-7-1 03830

일러스트 ⓒ 0.1

이 도서의 국립중앙도서관 출판예정도서목록(CIP)은 서지정보유통시스템 홈페이지
(http://seoji.nl.go.kr)와 국가자료공동목록시스템(http://www.nl.go.kr/kolisnet)에서
이용하실 수 있습니다(CIP제어번호: CIP2018013858).